KB077193

아주 특별한 치유여행

아주 특별한 치유여행

지은이   최오균
발 행   2022년 09월 30일
펴낸이   한건희
펴낸곳   주식회사 부크크
출판사등록   2014.07.15.(제2014-16호)
주 소   서울특별시 금천구 가산디지털1로 119 SK트윈타워 A동 305호
전 화   1670-8316
이메일   info@bookk.co.kr

ISBN 979-11-372-9549-0

www.bookk.co.kr

난치병 아내와 함께한 세계일주

아주 특별한 치유여행

최오균 지음

차 례

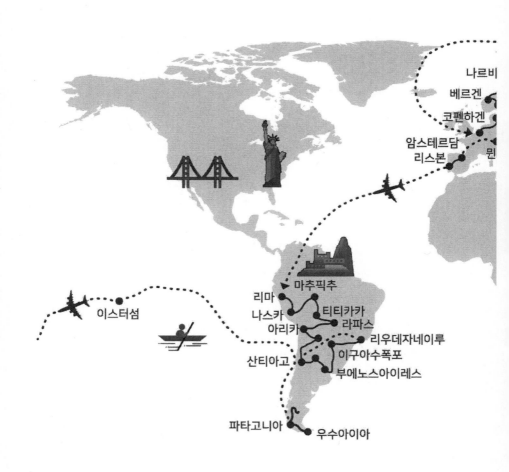

나르비
베르겐
코펜하겐
암스테르담   뮌
리스본

마추픽추
리마
나스카   티티카카
아리카   라파스
                리우데자네이루
산티아고   이구아수폭포
                부에노스아이레스

이스터섬

파타고니아   우수아이아

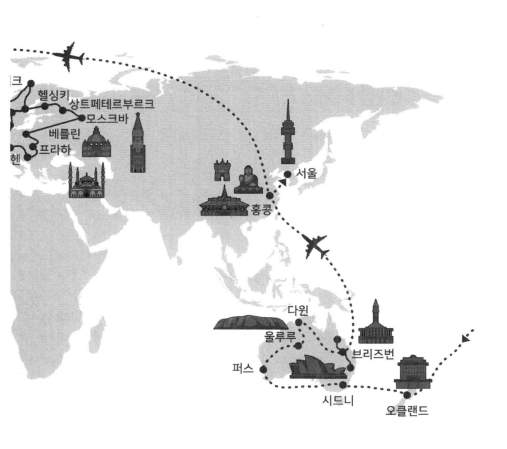

헬싱키
상트페테르부르크
모스크바
베를린
프라하
헨

서울

홍콩

다윈
울루루
브리즈번
퍼스
시드니
오클랜드

세계일주 여정도

난치병 아내와 함께한 감동적인 세계일주

지금까지 여행을 주제로 나온 책들을 많이 볼 수 있다. 여행지의 소개서나 여행한 당사자의 느낌을 실은 여행기도 있다. 흔히 볼수 있는 여행기 들이지만 이 책은 같으면서도 크게 다른 부분이 하나 있다. 나는 두 가지 이유에서 이 책을 많은 독자분이 읽어주었으면 하는 바람으로 이 추천서를 쓴다.

첫째 이유는 작가 최오균은 입지전적인 삶의 출발에 있다. 그는 중년에 들어서 순애보(殉愛譜) 적인 삶의 방편을 여행으로 삼았다는 점이다. 저자는 시골 벽촌에서 태어나 집이 가난하다는 이유로 학교에 가지 못했다. 그는 이런 역경을 딛고 스스로 늦깎이로 학업을 시작했으며, 중고등학교를 거치면서도 누구의 도움도 없이 자신이 발로 뛰어 적극적으로 개척해 나간 삶이 돋보이기 때문에 입지전적이란 말을 사용했다. 고등학교를 마치고 곧바로 은행에 취직하여 열심히 일한 탓으로 지점장에까지 이르렀다. 이 과정도 오로지 그자신이 그 능력을 적극적으로 발휘하면서 이루어 낸 결과다.

둘째 순애보 적이란 말을 쓴 이유는 그의 부인인 박정희 선생의 예기치 못했던 청천벽력 같은 난치병 진단을 받고서다. 부인은 희귀성 난치병으로 알려진 루푸스(Lupus, 신체의 면역체계가 과민 반응하여 정상적이고 건강한 조직을 공격하는 장기 자가면역질환)란 진단을 받은 것이다. 나는 불교 상담 개발원 원장직을 맡고 있을 때 박정희 선생을 처음 만났다. 그때 이미 홍반성 낭창이란 진단을 받고 치료 중이면서도 조계사의 상담실에서 봉사활동을 하고 있었다. 박정희 선생은 자신과 같은 진단을 받은 환자들과 함께 모임을 만들어 서로 위로하며 치료적 경험도 공유하고 외부인사를 초청하여 희망적인 강연도 듣곤 했는데, 그 모임에 나도 한번 초청을 받아 강연하러 간 것이 인연이 되어 지금까지 돈독히 이어 오고 있다.

홍반성 낭창이란 병은 희귀성도 있지만 말 그대로 난치병이라서 내일을 내다보기 어려운 질병이다. 이런 조건을 안고 저자의 부인은 세계일주 여행을 결심한다. 얼마 남지 않은 여생이라면 그 여생을 어떻게 보내는 것이 바람직할까를 생각한 나머지 '여행 바로 이것이다'라고 생각했을는지 모르겠다. 많은 치료자가 그런 몸 상태로는 여행이 어렵다고 만류했으나 듣지 않고 그녀는 여행에 올인하게 된다. 나도 여행을 만류했던 사람 중의 한 사람인데 그 뜻을 꺾지는 못 했다. 어느 날 저자의 부인은 남편 최오균 선생에게 세계일주 여행을 떠나자는 뜻을 알리자 그는 승승장구해 오던 직장을 버리고 단둘이서 배낭을 메고 여행을 떠났다.

일반인들이 생각하는 것처럼 즐거운 부부 여행은 아니다. 고통을 안고 떠나는 여행이다. 여행길도 주로 오지를 찾아다니는 수행자

같은 여행이다. 건강한 사람도 넘기 어려운 안데스산맥과 히말라야의 고산을 넘는 트레킹은 수행 그 자체다. 여행하는 동안 여러 가지 고통도 당하고 절망스러운 상황에도 봉착했지만, 저자의 순애보적인 사랑과 박정희 선생이 선택한 긍정적이고 굳은 의지가 합작이 되어 떠난 여행이었으니 그 과정의 고통이 심하면 심할수록 이 부부에게는 더 굳은 힘을 받았을 것 같다.

나는 2001년 9월 네팔 봉사를 하러 갔을 때 저자의 부부와 첫 인연을 맺었다. 순례자 같은 그들의 여행은 단순한 여행으로 그치는 것이 아니라 그 경험을 바탕으로 모든 것이 봉사로 이어졌다. 박정희 선생은 조계사 상담실과 '루푸스를 이기는 사람들'이란 환자 단체에서 오랫동안 봉사활동을 해왔고, 지금도 최오균 선생과 함께 네팔의 가난한 어린이를 돕는 (사)헬핑로드에서 10년 넘게 봉사활동을 하고 있다.

그동안 박정희 선생은 심장이식 수술을 받는 등 고비를 몇 차례 넘겼으나 여행만은 포기하지 않았다. 여행을 다녀온 이 부부를 만나보면 떠날 때와는 사정이 완전히 반전되어 온다. 아슬아슬하게 염려했던 박정희 선생의 건강은 몰라보게 치유되었고, 남편 최오균 선생은 떠날 때 비해 오히려 환자 같은 모습으로 돌아왔다. 이 말은 최오균 선생의 헌신적인 순애보를 증거하고도 남는다. 정말 기적 같은 여행이다. 의학적으로는 도저히 설명하기 힘든 난치병을 고통스러운 수행길 같은 여행으로 치유를 하며 돌아왔으니 기적 같은 부부의 여행이라고 말한 것이다. 그 경험담을 실은 최오균 선생의 이 책이 일반인은 물론, 비슷한 고통을 안고 있거나, 여러 사정으로 고통스럽게 삶을 살고 계시는 분들에게 등불 같은 희망의 길라잡이가 되었으면 한다.

　두 사람은 지금도 아마 다음 여행을 서로 의논하고 있을지 모르겠다. 앞으로의 여행길도 절대 쉽지는 않겠지만, 좋은 수행의 결과를 얻고 건강한 몸으로 돌아와 우리들의 지표가 되었으면 좋겠다.

　남녀가 함께 만나 부부라는 이름으로 한 이불속에서 살을 부딪치면서, 하나의 밥상에서 같이 밥을 먹고 서로의 생각과 얼굴도 닮아 가는 과정이 우리네의 평범한 부부의 생활일 것이다. 자그마한 바람이 있다면 앞으로도 오랫동안 이 기적 같은 부부 여행이 오래도록 이어지도록 기원해 본다. 마르쉘 푸르스트(Marcel Proust)가 한 명언이 있어 소개 해 본다. '진정한 여행이란 새로운 풍경을 바라보는 것이 아니라 새로운 눈을 가지는 데 있다.' 새로운 눈을 가진 분이 바로 최오균, 박정희 부부이다.

　　　　　　　　　　이 근 후(이화여자대학 명예교수)

—— 프롤로그

그 어느 약국에도 없는 명약 '여행'

_인생은 단 한 번의 여행이다

난치병으로 내일의 삶을 기약할 수 없는 아내가 어느 날 죽기 전에 세계일주 여행이나 했으면 원이 없겠다고 말했다. 어떻게 할 것인가? 나는 갈피를 잡지 못하고 오대산을 찾았다.

온통 눈으로 덮인 오대산은 흰 도화지처럼 깨끗했다. 방아착! 전나무 숲길을 걸어 눈 속에 묻힌 고풍스러운 산사를 보자 마음이 가라앉았다. 나는 발목까지 푹푹 빠지는 눈길을 걸어 적멸보궁으로 올라갔다. 적멸보궁에서 나는 몸을 던져 오체투지로 절을 하기 시작했다. 일 배, 이 배, 삼 배……. 나를 짓누르고 있는 삶의 무게를 벗어던지기라도 하듯 정신없이 절을 했다. 천 배를 넘겼을까? 온몸이 땀에 흠뻑 젖은 채 나는 고목처럼 툭 쓰러져 잠이 들었다.

"할! 세상에 존재하는 모든 것은 꿈과 같고, 허깨비 같으며, 물거품과 같고, 그림자와 같으며, 이슬과 같고, 번개와 같으니, 그런 줄로 생각하라."

금강경 마지막 사구게(四句偈)가 벼락 치듯 들려왔다. 나는 무엇인가에 뒤통수를 된통 얻어맞고 잠을 깼다. 깨고 나니 꿈이었다. 인생은 뜬구름과 같은데 나는 무엇에 집착하고 살아왔는가? 기껏해야 100년도 살지 못하는 것이 인생인데……. 한 치 앞을 내다보지 못하는 것이 인생이다. 그래, 모든 것을 던져버리고 아내의 소원대로 여행을 떠나자. 그렇게 마음을 바꾸어 생각하니 홀가분해졌다. 밖으로 나오니 눈이 펑펑 쏟아지고 있었다.

첫 여행지는 한 달간의 유럽이었다. 배낭을 메고 여행을 떠나자 아내는 마치 산소통을 짊어진 사람처럼 생기발랄해졌다. 컨디션도 몰라보게 좋아졌다. 여행은 아내를 치료하는 최고의 명약이었다. 여행 약발이 떨어질 때가 될 무렵이면 아내는 또 다른 여행을 주문했다. 나는 주로 세계의 숲과 기가 충만한 여행지를 찾아 여행을 떠났다. 미국 로키산맥 자연 여행, 세도나 명상 여행, 신의 나라 인도·네팔 명상 여행, 터키·그리스·이집트 신화여행, 티베트 순례, 실크로드와 차마고도, 뉴질랜드·태즈매니아 숲 치유 기행……. 여행을 하면 할수록 신기하게도 아내는 점점 더 건강해졌다. 아내에게 여행은 그 어떤 약보다도 효험이 좋은 예방약이자 치료제이며 동시에 회복제였다.

건강이 좋아진 아내는 내친김에 세계일주 여행을 하자고 했다. 세계일주는 아내의 로망이자 나의 꿈이기도 했다. 지금까지는 한 달 정도의 여행약을 복용했지만, 세계일주는 훨씬 장기적인 여행약이었다. 하지만 솔직히 두려웠다. 아픈 아내와 세계일주를 떠난다는 것은 미친 짓이나 다름없는 일이었기 때문이다. 후회 없는 인생과 미련이 남는 인생, 어느 쪽을 택할 것인가?

신화학자 조지프 캠벨은 말했다. "당신이 가기를 주저하는 바로 그곳에 보물이 있다. 당신이 들어가기를 두려워하는 바로 그 동굴 속에 당신이 그토록 찾아 헤매는 보물이 있는 것이다." 그의 말은 마치 여행을 떠나기를 두려워하고 있는 나를 두고 하는 말인 것 같았다.

삶에서 가장 후회되는 일은 하고 싶은 일을 하지 않는 것이며, 가장 후회되는 여행은 하고 싶은 여행을 하지 않는 것이다. 지금 떠나지 않으면 두고두고 후회할 것만 같았다. 어차피 인생은 단 한 번의 여행이다! 돈으로는 어제라는 시간을 살 수 없다. 그래, 떠나자! 아내와 나는 머리를 맞대고 세계일주 여행루트와 일정을 짜기 시작했다.

여행루트 짜기

나는 지도를 놓고 이미 다녀온 여행지와 중복을 피해 아내를 위한 치유 여행 일정을 연필로 그려보기 시작했다. 북유럽에서 오로라를 관측하고 러시아와 동유럽을 거쳐, 유럽의 서쪽 끝 포르투갈로 간 다음, 남미대륙으로 건너가 칠레의 땅끝 파타고니아와 이스터섬을 돌아서 호주 대륙으로 가는 여정이 그려졌다. 세상 끝에서 세상 끝으로 가는 긴 여정이었다. 여정 표를 아내에게 보여주었더니 낯선 여행지에 대한 호기심이 많은 아내도 대환영이었다. 생각만 해도 가슴이 두근거리는 멋진 루트였다.

여행은 항공 루트가 매우 중요하다. 웹투어의 도움을 받아 나는 원월드 세계일주 항공권(www.oneworld.com 참조)을 구매했다. 원월드 세계일주 항공권은 오른쪽으로 돌든 왼쪽으로 돌든, 어느 한 방향을 택해 대서양과 태평양을 건너 지구를 한 바퀴 돌아오도록 규정하고 있다. 역방향으로는 돌아갈 수는 없다. 1년간 총 20회를 탑승할 수 있고, 항공권 유효기간은 1년이었다. 우리는 대륙 간 이동과 한 대륙에서 아주 먼 거리를 비행하는 것만 원월드 항공권을 이용하고, 나머지는 여정은 대중교통을 이용하기로 했다. 우리가 설계한 세계일주 항공 여정은 다음과 같다.

- 인천공항~홍콩 : 캐세이퍼시픽항공
- 홍콩~암스테르담 : 캐세이퍼시픽항공
- 모스크바~런던~베를린 : 브리티시항공
- 뮌헨~마드리드 : 이베리아항공
- 리스본~마드리드~리마 : 이베리아항공
- 리우데자네이루~산티아고 : 란칠레항공
- 산티아고~이스터섬~산티아고 : 란칠레항공
- 산티아고~파타고니아 : 란칠레항공
- 파타고니아~산티아고~오클랜드~시드니 : 란칠레·콴타스항공
- 시드니~퍼스~엘리스스프링스 : 콴타스항공
- 엘리스스프링스~브리즈번 : 콴타스항공
- 브리즈번~홍콩 : 캐세이퍼시픽항공
- 홍콩~인천 : 캐세이퍼시픽항공
- 기차 : 북유럽 플랙시 패스, 동유럽 플랙시 패스

짐은 이렇게 꾸렸다.

배낭의 무게는 곧 삶의 무게와 같다. 배낭의 무게가 10kg을 넘기면 여행은 힘들어진다. 큰 배낭(50ℓ)과 작은 배낭을 하나씩 준비하고, 한두 번밖에 쓰지 않는 물건은 모두 빼냈다. 침낭은 부피와 무게를 고려해서 빼기로 했다. 노트북을 가지고 갈까 하다가 무게를 고려하여 빼기로 했다. 짐이 무거우면 즐거워야 할 여행이 고통으로 변하기 때문이다. 여행 중 꼭 필요한 것은 현지에서 구입하고, 필요가 없는 물건은 현지인에게 기부하거나 버리기로 했다.

리스트를 만들어 하나하나 체크를 하고, 배낭의 아랫부분에는 가벼운 물건을 넣고, 무거운 것은 윗부분에 차곡차곡 챙겨 넣었다. 그런데도 큰 배낭과 작은 배낭을 저울에 올려놓고 보니 15kg이나 되었다. 카메라와 캠코더, 충전기 때문이었다. 지금은 스마트 폰 하나면 족하지만, 스마트 폰이 없었던 당시에는 카메라가 필요했다. 우리가 준비했던 여행 물품은 다음과 같다.

•큰 배낭(50ℓ), 작은 배낭(큰 배낭에 들어갈 수 있는 크기)

•의류 : 긴바지2, 반바지1, 재킷1, 긴셔츠1, 반셔츠1, 팬티3, 내의1, 수영복, 모자

•잡화 : 신발, 슬리퍼, 세면도구(물비누, 샴푸, 치약, 칫솔, 면도기), 손톱깎이, 만능칼, 비닐지퍼팩, 빨랫줄, 화장품, 복대, 자물쇠(철끈 자물쇠, 번호키 열쇠), 자명종, 손전등, 우산, 비옷, 기념품(끈 달린 볼펜 등)

•의약품 : 아내 영문진단서와 영문처방전, 아내 약(인슐린, 주사기, 혈압약, 이뇨제), 변비약, 말라리아예방약(독시사이클린, 메플로퀸, 클로로퀸), 고산병 예방약(아세타졸아마이드, 휴대용산소), 감기약, 지사제, 아스피린, 소화제, 후시딘연고, 밴드, 붕대, 모기약, 빈대약

•카메라, 안내서 등 : 휴대용 디카, 캠코더, 메모리칩, 충전기, 여행일정표, 지도, 론리플래닛, 여행수첩, 소형금전출납부, 계산기, 6개국 회화집

•비상식량 : 컵라면, 튜브 고추장, 소금

•국가별 비상대응 전화번호 리스트 : 구급차(Ambulance Cell Numbers, 휠체어 여행 사이트 https://wheelchairtravel.org 참조)

•각종 증명서 : 여권, 비자, 항공권(원월드 세계일주 항공권), 유레일패스, 국제운전면허증, 황열병과 말라리아 검역증명서, 여행보험증, 여행자수표, 신용카드, 국제현금 카드, 현금(달러, 유로, 원화 약간), 유스호스텔회원증 등

마지막으로 아이들에게 유서 한 장을 남겼다.

존 A. 쉐드의 말처럼 배는 항구에 있을 때 가장 안전하다. 그러나 그것이 배의 존재 이유는 아니다. 배는 바다를 누비려고 존재하는 것이다. 아내와 나는 모든 것을 훌훌 던져버리고 둘만 떠나는 여행길에 올랐다.

둘만 떠나는 여행

_네덜란드 암스테르담

▸아내와 단둘이서 배낭을 메고
세계일주 여행을 떠났다.

9월 28일 오후 7시 55분, 홍콩행 캐세이퍼시픽 항공 CX 419 점보기는 요란한 굉음을 내며 창공으로 솟아올랐다.

"드디어… 가는군요!"

비행기가 하늘로 솟아오르자 비로소 아내는 실감이 나는 모양이었다. 그 몇 초 사이에 우리는 무한한 해방감에 젖어 들었다. 텔레비전, 신문, 전화, 핸드폰, 인터넷, 자동차의 소음과 매연, 각종 고지서, 청첩장, 체면, 명예, 돈 걱정……. 비행기가 하늘로 솟아오르자 잡다한 코드가 내 몸에서 싹 떨어져 나갔다.

마침내 우리 둘만 떠나는 여행길에 올랐다. 아무도 보호해주지 않는 우리 둘만의 여행을! 더구나 아내는 난치병을 앓고 있는 환자였다. 다들 우리가 떠나는 여행을 미친 짓이라고 손가락질을 하지만 우리는 떠났다. 그것도 세계일주라는 장기여행을. 우리 둘만 떠나는 여행길에는 곳곳에 위험이 도사리고 있으리라. 가다가 길에서 쓰러져 죽는 한이 있더라도 여행을 떠나겠다는 아내의 결연한 의지와 용기는 산을 움직일 만큼 강렬했다.

얼마나 잤을까? 눈을 떠보니 여명의 빛이 밝아 오고 있었다. 스크린에는 암스테르담에 도착하고 있는 지도가 보였다. 현지 시각 9월 28일 아침 6시 40분, 비행기는 암스테르담 스히폴 공항을 향해 부드럽게 하강을 했다. 세계일주의 첫 기착지인 스히폴 공항을 배경으로 기념사진 한 장을 찍었다. 비록 환영을 나온 사람은 없었지만, 우리 부부에게는 역사적인 날이었다. 밖으로 나오니 가을비가 촉촉이 내리고 있었다. 중앙역으로 가는 기차에 오르니 열차 안은 한가했다.

"어머, 저기 무지개를 좀 봐요!"

아내가 환성을 지르며 가리키는 하늘에는 아름다운 쌍둥이 무지개가 길게 걸려있었다. 여행 첫날부터 효험이 좋은 여행약을 우리는 복용하고 있었다. 행운의 상징인 무지개를 바라보니 마음이 상쾌해졌다. 무지개를 따라서 달려가는 기차는 마치 천국으로 가는 기차처럼 느껴졌다. 중앙역에서 내려 트램으로 갈아탔다. 트램은 운하와 다리를 느리게 기어갔다.

"꼭 동화 속의 나라에 온 느낌이 들어요!"

아내는 소녀처럼 볼이 상기되어 있었다. 거미줄처럼 얽힌 운하 위로는 작은 보트들이 떠다니고 자전거를 탄 사람들이 은륜을 굴리며 여유롭게 달려가고 있었다.

트램 위에 앉아있으니 거리의 표정이 잘 보였다. 연분홍 벽돌에 흰색의 모르타르를 붙여놓은 건물들이 정감이 갔다. 커튼도 없는 하얀 틀로 된 커다란 창문이 단조롭게 달려 있고, 집마다 대문 앞에는 자전거들이 한두 대씩 세워져 있었다. 암스테르담은 사람 수보다 자전거 수가 많다는 것이 실감이 났다.

장식이 별로 없는 벽돌 건물은 수수하면서도 질서와 청결을 유지하고 있었다. 커튼이 없는 창문 속에는 집 내부의 풍경까지 훤히 보였다. 지나가는 관광객이 신기해서 집안을 들여다보아도 네덜란드인들은 전혀 신경을 쓰지 않는다고 한다. "죄를 짓지 않고 떳떳이 살아가는 자는 결코 창문을 가리지 말지어다. 숨길 것이 없다는 것을 당당히 보여주라!" 네덜란드는 16세기 종교개혁가인 칼뱅의 영향을 지금까지 그대로 이어받고 있다.

트램에서 내려 호스텔을 찾아가는데, 비슷비슷한 운하와 거리가 헷갈려 도통 감이 잡히질 않았다. 마침 한 떼의 젊은이들이 자기 키보다 훨씬 큰 배낭을 걸머지고 운하를 건너오고 있었다. 분명히 호스텔에서 나온 여행자들처럼 보였다.

"혹시 스테이 오케이 호스텔에서 머물지 않았나요?"

"네, 그렇습니다."

"그 호스텔이 어디쯤 있지요?"

"하하하, 바로 이 앞 건물입니다."

"아, 네 감사합니다."

"천만에요."

그의 손가락을 따라 바라보니 바로 앞에 우리가 찾던 호스텔이 있었다. 갈색 벽돌에 호스텔 마크가 손바닥처럼 작게 붙어 있었다. 그 앞을 뱅뱅 돌면서도 우리는 호스텔을 발견하지 못했다.

"하하, 정말 등잔 밑이 어둡군."

"아니, 호스텔을 찾는데 이처럼 더듬거려서야……. 앞으로 고생 문이 훤히 보이네요. 당신의 그 어눌한 길눈이 첫날부터 나를 이렇게 힘들게 하고 있어요."

나는 길눈이 어둡다. 자동차 운전을 할 때도 엉뚱한 길로 들어서기가 일쑤여서 아내로부터 쉴 새 없는 질책을 받는다. 이번 여행 길에서도 내가 할 수 있는 일이란 어눌한 영어 몇 마디와 선무당이 사람을 잡는다는 용기뿐이다. 길눈이 어두운 나를 믿고 여행을 따라나선 아내는 내가 첫날부터 길을 헤매자 불안한 모양이었다.

호스텔 문을 열고 들어가니 머리를 빡빡 깎은 종업원이 웃으며 반겨주었다. 내가 부부라고 하며 싱글 룸을 달라고 하니 20여 명이 함께 사용하는 도미토리(공용침실) 밖에 없다고 하면서 1층 침대와 2층 침대가 붙어 있는 침실을 배정해주었다. 이게 그나마 최상의 배려라나. 아내는 1층 침대에 나는 2층 침대에 짐을 풀었다.

둘만 떠나는 여행은 자유롭다. 패키지여행처럼 태워주고, 먹여주고, 재워주는 편리함은 없지만, 시간과 장소에 구애를 받지 않고, 스케줄에 쫓길 염려도 없다. 아내와 나는 둘만 떠나는 자유로운 여행이 더 좋았다. 여행하는 동안 나는 여행일정표와 여행루트, 기록을 담당하고, 아내는 먹거리와 입을 거리를 담당했다.

아내는 긴 비행을 했는데도 전혀 피곤한 기색이 보이지 않았다. 여행이 주는 묘약일까? 여행은 기대와는 많은 차이가 있다. 언제 어디서나 예측할 수 없는 위험과 부딪히게 된다. 앞으로 우리 둘만 떠나는 여행길이 창창한데 정신 바짝 차리자.

좁은 비행기 좌석에서 밤새 쪼그리고 앉아서만 왔으니 신선한 공기를 마음껏 들이마시고 싶었다. 날씨도 쾌청하여 걷기에 딱 좋았다. 우리는 작은 배낭을 걸머지고 거리로 걸어 나갔다. 운하에는 오리들이 한가로이 헤엄을 치고 곤돌라가 유유히 지나갔다. 은륜을 굴리며 달리는 자전거가 도시의 풍경을 여유롭고 역동적으로 보이게 했다. 운하를 따라 걷다가 아내에게 물었다.

"암스테르담에서 가장 먼저 어디를 가고 싶소?"

"안네 프랑크의 집이요."

"그럼 안네의 집을 본 다음에 고흐미술관으로 갈까?"

"당근이지요."

세계일주 첫 시작점인 암스테르담에서 여행약을 복용하기 시작한 아내는 몰라보게 생생해졌다. 밤새 비행기를 타고 온 사람 같지

않아 보였다. 안네 프랑크의 집에 도착하니 벌써 많은 사람들이 줄
을 서서 기다리고 있었다. 삐거덕거리는 바닥을 밟으며 안내의 집
으로 들어서자 실내는 어둡고 침울했다. 창문 한번 열어보지도 못
하고 두 가족이 이렇게 좁은 방에서 2년 동안이나 지냈다니 믿어
지지 않았다. 다락방으로 올라가는 비밀 입구에는 안네가 영화잡지
에서 오려 벽에 붙였다는 사진들이 손때가 묻은 채 아직도 남아
있어 마음을 더욱 애틋하게 했다.

"언젠가 이 무서운 전쟁은 끝이 나겠지. 우리가 단지 유대인이
아니라 사람으로 인정받는 날이 반드시 올 거야(1944년 4월 11일 안네
의 일기에서)". 하지만 안네는 결국 1944년 8월 나치에게 체포되어
강제수용소로 보내진 후 사망했다. 단지 유대인이라는 이유만으로!
아내는 너무 슬프고 답답하다면서 그만 밖으로 나가자고 했다.

안네 프랑크의 집에서 나온 우리는 트램을 타고 빈센트 반 고흐
미술관으로 향했다. 그림책에서만 보았던 고흐의 '해바라기', '감자
먹는 사람들', '까마귀 나는 밀밭', '고흐의 구두'를 꼭 보고 싶었
다. 미술관 입구에는 내가 가장 좋아하는 고흐의 노란색 해바라기
그림을 단 깃발이 바람에 휘날리고 있었다. 반가웠다!

아내의 손을 잡고 미술관으로 들어가는데 갑자기 아내가 비틀거
리며 곧 쓰러질 것만 같았다. 재빨리 아내를 의자에 앉히고 혈당을
재보니 혈당수치가 50mg 이하로 떨어져 있었다. 심한 저혈당 증
세였다. 배낭에서 초콜릿을 꺼내 아내의 입에 넣어주고 미리 준비
해온 오렌지 주스를 마시게 했다. 여행 첫날부터 저혈당 증세가 심
한 아내를 보자 어쩐지 불안해졌다. 국내에 있었다면 응급실로 가

야만 할 위급한 상태였다. 주스를 마시고 초콜릿 한 개를 다 먹은 아내는 다행히 회복되어갔다.

"난 여기 좀 누워있을 테니 당신 혼자 돌아보고 나오세요. 조금 있으면 괜찮아질 거예요."

"아니야, 조금만 더 기다렸다가 함께 가요."

"관람 시간이 얼마 남지 않았어요. 나 때문에 그렇게도 보고 싶어 하던 고희의 그림을 제대로 감상하지 못하면 어떡해요."

"그림은 나중에 와서 보면 돼요."

"정말 괜찮다니까요. 오늘 보지 못하면 입장료를 또 내야 하지 않아요. 아까보다 한결 나아지고 있어요."

아내의 말처럼 미술관 마감 시간이 점점 임박해지고 있었다. 혈당을 다시 검사해 보니 90mg으로 올라가고 있었다. 이 추세라면 경험상 20분 후면 아내의 저혈당 증세는 곧 회복될 것 같았다. 나는 아내를 걱정스럽게 바라보며 홀로 전시실로 들어갔다.

전시관 입구에 들어서니 어두운 방, 희미한 등불 아래서 감자를 나누어 먹고 있는 '감자 먹는 사람들'이 보였다. 한때 탄광촌에서 전도사의 길을 걸어가기도 했던 고흐는 비참한 생활을 하는 노동자들의 모습을 화폭에 담았다. 고흐의 노란 '해바라기'를 바라보니 바로 고흐가 옆에 있는 것 같았다.

그렇게도 보고 싶었던 '까마귀가 나는 밀밭' 앞에 섰다. 노란 밀밭과 하늘로 양분화된 어두운 하늘에는 까마귀들이 어지러이 날고 있었다. 불안한 미래를 예고하고 있음일까? 밀밭으로 끝나는 지평선 너머에는 시커먼 구름이 하늘을 뒤덮고 있었다. 금방이라도 폭풍우가 쏟아져 내릴 것만 같았다. 황금 밀밭 위에는 갈 곳을 잃은 두 무리의 흰 구름이 외로이 떠 있었다. 밀밭에는 세 갈래의 길이 출구가 막힌 채 막다른 길로 뻗어있었다. 이글이글 타오르는 붓질은 지금도 고흐가 살아있는 듯 이방인의 가슴을 두근거리게 했다. 고흐는 이 밀밭에서 생을 마감했다. 까마귀 나는 밀밭 앞에서 이런저런 상념에 젖어 있는데 누군가 네 등을 살짝 두들겼다. 깜짝 놀라 되돌아보니 아내 정희였다.

"뭘 그렇게 열심히 보고 있어요?"

"당신 괜찮아요?"

"네, 이젠 괜찮아요."

오직 그림을 그리며 자신의 아픔을 이겨나갔던 빈센트 반 고흐와 오직 여행으로 자신의 병을 이겨내는 아내와는 어떤 상관관계가 있는 것일까? 가난했던 고흐가 죽는 날까지 미친 듯이 그림을 그리며 고통을 이겨낸 사람이라면, 갑작스러운 난치병으로 몇 번이나 죽음의 문턱을 넘나들었던 아내는 여행이란 묘약으로 난치병을 치료하며 치열하게 살아가고 있다. 아내와 함께 나는 고흐의 '해바라기', '까마귀 나는 밀밭', '감자 먹는 사람들', 그리고 '고흐의 구두'를 돌아보았다. 아내는 고흐미술관을 둘러보길 너무 잘했다고 좋아했다. 밖으로 나오니 고흐의 해바라기 작품을 단 깃발이 가을 바람에 쓸쓸히 나부끼고 있었다. 갑자기 빗방울이 떨어지기 시작했다.

"비도 피할 겸 저기 카페에 들어가 뜨거운 커피라도 한잔할까?"

"당근이지요."

비를 피해 노점 카페로 들어가니 파라솔 밑에 앉아있는 동양인 노부부가 한국말을 하고 있지 않은가! 우리는 그들에게 다가가 인사를 했다.

"안녕하세요? 반갑습니다."

"반가워요. 두 분만 여행을 다니시나요?"

"네. 그렇습니다."

"참 대단들 하시네요! 우리는 경남 부곡에서 왔어요."

노부부는 부모를 일찍 여읜 조카를 독일로 유학까지 보내게 되었다고 했다. 조카는 큰아버지의 도움으로 박사학위를 취득하게 되었는데, 학위수여식에 참석하기 위하여 독일까지 왔다고 했다. 커피 향을 맡으며 노부부와 조카 사이의 아름다운 사연을 들으니 가슴이 훈훈해졌다.

"세상은 이렇게 넓고 볼만한 곳이 많은데, 우린 참으로 우물 안 개구리처럼 살아온 것 같아요. 조금만 나이를 덜 먹었더라도 두 분처럼 여행을 떠나고 싶은 마음이 간절한데, 이젠 다리가 말을 듣지 않아 마음뿐이랍니다. 시간이 있으면 돈이 없고, 돈이 있으면 시간이 없고, 시간과 돈이 생기자 이제 늙어서 걸을 수가 없게 되어버렸어요. 두 분이 너무나 부럽소. 허허허."

"뭘요. 제가 생각하기엔 아직도 충분히 여행을 다니실 수 있어 보이는데요."

"그렇게 생각을 해주시니 고맙소. 부곡에 오실 기회가 있거든 저희 온천에 꼭 한 번 들려주시오."

"네, 감사합니다. 여행 잘하시고 늘 건강하세요."

"댁들도 건강하게 여행 잘하시오."

노부부는 주소까지 적어주면서 부곡에 꼭 한번 들리라고 했다. 멀어져 가는 노부부의 모습이 오래도록 여운을 남겼다. 노부부와 헤어진 우리는 트램을 탔다. 꽃의 나라 네덜란드는 봄에 방문하면 꽃 속에 묻히게 된다. 특히 튤립 축제가 열리는 4월 중순에서 5월 말경에 방문하면 수백만 송이의 튤립을 볼 수 있다. 세계 최대 튤립공원인 쾨켄호프에서 재배된 튤립 축제가 운하 위에 화려하게 펼쳐지기 때문이다. 그러나 지금은 가을이다.

"자, 빨리 내리시지요?"

"여긴 어딘데요?"

"내려 보시면 곧 알게 됩니다."

우리는 싱겔 운하 꽃시장에서 내렸다. 가을인데도 꽃시장엔 꽃들이 엄청나게 많이 진열되어 있었다.

"어머, 여긴 꽃시장 아닌가요?"

아내는 유난히 꽃을 좋아한다. 아내와 나는 4월 1일 만우절 날 아내의 시골집 정원에서 약혼식을 올렸었다. 우리는 약혼식 예물로 '붉은 장미' 한 송이와 '노란 장미' 한 송이를 아내의 화단에 심었다. 결혼식은 국화 일곱 송이를 주고받으며 유달산 기슭 작은 암자에서 올렸다. 오랫동안 꽃꽂이를 가르치기도 했던 아내는 꽃시장에 도착하자 입이 함박처럼 벌어졌다. 아내는 꽃 모양이 그려진 마그네틱과 작은 액세서리 몇 개를 샀다.

"자, 이 아름다운 튤립을 받아주세요."

"오, 이 예쁜 튤립!"

튤립 한 송이를 아내에게 내밀자 꽃을 받아 든 아내의 표정이 환하게 밝아졌다. 네덜란드의 국화인 튤립은 16세기 이전에는 귀족의 상징으로 황소 천 마리를 팔아야 구근 하나를 살 수 있을 정도로 귀했다고 한다.

꽃시장에서 나온 우리는 운하 위에 있는 노점 카페에 앉아 하이네켄 맥주 한 잔을 마시면서 노을 지는 운하를 바라보았다. 노천카페에서 마시는 맥주의 맛은 색다른 분위기를 느끼게 했다. 맥주 한 잔에 피로가 싹 풀리는 것 같았다.

"여행 첫날부터 너무 강행군하여 힘들지 않았소?"

"뭘요. 이렇게 팔팔해요. 저혈당 증세를 빼고는 오늘 일정이 너무 좋았어요."

"첫 도착지부터 길을 헤매어 당신을 힘들게 해서 미안해."

"괜찮아요. 나의 사랑하는 길치님. 호호."

"하하. 길치를 사랑한다니 고맙소! 앞으로 갈 길이 멀고 험하니 저혈당에 특별히 조심해요."

"그래야지요. 혈당 체크를 좀 더 자주 해야겠어요."

노을을 바라보며 아내는 오히려 미안한 표정을 지었다. 돌발적으로 일어나는 아내의 저혈당 증세가 늘 걱정이 된다. 아내의 혈당은 널뛰기하듯 종잡을 수 없이 오르내리는 경우가 많다. 국내에서는 응급 사고가 일어나면 즉시 병원 응급실로 가면 되지만 낯선 외국에서는 응급조치가 수월하지는 않다. 저혈당 증세 때문에 침울한 표정을 짓고 있는 아내를 바라보며 나는 분위기를 바꿀 궁리를 했다.

"오늘 저녁은 뭐로 할까?"

"뭐 특별히 먹을 만한 것이 있나요?"

"네덜란드식 팬케이크가 유명하긴 한데. 아마 좀 달아서 당신에
겐 잘 맞지 않을걸."

"나는 알큰한 라면을 먹고 싶은데요?"

"벌써 한국 음식이 먹고 싶다는 거요?"

"빵만 먹다 보니 입안이 개운치가 않아서요."

"그럼 호스텔로 가서 라면을 끓여 먹어요."

호스텔로 돌아온 아내는 부엌에서 물을 끓이기 시작했다. 부엌에
는 요리하는 젊은이들로 가득했다. 배낭에서 컵라면 두 개, 햇반
한 개를 들고나오니 냄비에서 벌써 물이 펄펄 끓고 있었다. 끓는
물에 라면을 넣고 슈퍼마켓에서 사 온 달걀 두 개를 풀어 넣으니
몇 분 만에 조리가 완성되었다.

"와! 이 라면 맛!"

"냄새가 죽여주지요?"

라면에 햇반을 섞어서 말아먹으니 맛이 그만이었다. 라면을 후루
룩후루룩 정신없이 먹고 있는데 키가 작은 동양인 아가씨가 소고
기를 볶은 김이 모락모락 나는 프라이팬을 들고 왔다. 일본어로 말
을 걸어와서 잘 알아듣지는 못했지만 앉아도 되느냐고 묻는 것 같
았다.

"네, 앉아도 됩니다."

"아, 미안합니다. 일본사람인 줄 알았어요."

"저는 한국에서 온 초이라고 합니다. 반가워요."

"저는 미찌꼬라고 해요. 오사카에 살고 있는데 북유럽을 여행하고 돌아오는 길이에요."

"아, 그렇군요. 우리는 서울에서 오늘 아침에 도착했어요. 모레 덴마크 코펜하겐으로 떠나 북유럽으로 가려고 합니다."

"코펜하겐이요? 그곳에서 어제 왔어요. 코펜하겐은 담배 연기밖에 기억이 나질 않아요. 사람들이 어찌나 담배를 피워 대든지."

"아하, 그래요? 베르겐은 어떻든가요?"

"베르겐이요? 그곳은 비가 매일 퍼붓는 바람에 거의 밖을 나가지 못했어요. 북유럽을 여행하는 한 달 내내 비를 맞은 기억밖에 나지 않아요."

"허허, 그것참 안됐군요."

미찌꼬는 소시지와 채소 그리고 소고기를 잔뜩 썰어 넣은 프라이팬을 앞에 두고 게걸스럽게 먹으며 따끈따끈한 현지 여행 정보를 전해주었다. 여행자들한테 듣는 정보야말로 살아있는 정보다. 체구는 작은 데 비해 식사량이 꽤 많아 보였다. 다부져 보이는 미찌꼬는 볶은 소시지와 소고기를 금방 먹어 치웠다.

따뜻한 라면 국물을 마지막까지 다 마시고 나니 느긋한 포만감이 온몸을 감싸고돌며 졸음이 몰려왔다. 평소에는 라면 국물까지 다 마신다는 것은 상상도 할 수 없지만, 여행을 떠나오면 국물 맛이 왜 이리 매콤하고 맛이 있는지…….

저녁 식사를 한 후 우리는 남녀가 혼숙하는 공용침실로 들어갔다. 초저녁이라 그런지 여행자들이 아직 돌아오지 않아 비어 있는 침대가 많았다. 내가 긴 하품을 하자 아내도 따라서 하품을 했다.

"피곤하지요? 내일을 위해서 푹 자요."

"졸리긴 하는데 잠이 제대로 올지 모르겠네요."

좁은 침대에 눕기 전에 아내는 주사기를 꺼내어 취침 전에 맞는 인슐린을 맞았다. 당시에는 펜슬로 나온 인슐린이 없어서 일회용 주사기로 병에서 인슐린을 일일이 흡입하여 주사를 맞아야 했다. 아내는 하루에 네 번 이상 인슐린을 직접 투여하고 있다. 인슐린을 맞는 아내를 보자 괜히 마음이 울적해졌다.

"내일은 어디를 가지요?"

"풍차마을을 갈 계획인데 당신 생각은 어떻소?"

"와, 풍차마을이요? 내일 여행이 기대되네요!"

인슐린 주사기를 내려놓으며 아내가 미소를 지었다. 어린애처럼 좋아하는 모습을 보자 울적한 마음이 다소 누그러졌다. '저렇게 좋아하는데 떠나오길 잘했어.' 여행에 대한 호기심이 아내를 치유하고 있었다. 나는 잠든 아내의 이마에 가볍게 입을 맞춘 후, 2층 침대로 기어 올라갔다. 아무리 여행을 좋아하는 아내라고는 하지만 여행 첫날밤을 좁은 공간에서 누에고치처럼 잠을 자게 하다니 좀 미안한 생각이 들기도 했다.

잠자리에 들기 전에 나는 침대에서 가부좌를 틀고 잠시 명상에 들었다. 나는 누구인가? 나는 지금 어디에 있는가? 나는 지금 무엇을 하고 있는가? 오늘은 무엇을 했는가? 행주좌와어묵동정(行住坐臥語默動靜)! 선(禪)은 앉아서만 하는 것이 아니다. 언제 어디서나 늘 깨어 있어야 하고, 현재 상황을 잘 파악하고 있어야 한다. 걷거나, 머물고, 앉아있거나 누워있을 때, 말하고, 침묵하고, 움직이거나 가만히 있을 때 등 일상생활의 모든 순간순간에도 항상 깨어 있어야한다. 여행하는 동안 긴장의 끈을 놓지 말고 항상 깨어 있도록 노력하자. 오늘 하루 무사하게 보낸 것에 감사드리며 성냥갑처럼 작은 침대에서 나는 누에고치처럼 웅크리고 잠을 청했다.

아침 9시 30분, 잔세스칸스 풍차마을로 가는 버스에 오르니 버스 문에 깜찍한 나막신이 걸려있고, 운전석 앞에도 노란 나막신이 걸려있었다. 네덜란드는 국토의 4분의 1이 바다보다 더 낮은 땅이다. 네덜란드인들은 바다를 막아 수문을 만들고 풍차를 돌려 물을 뿜어내 간척지를 만들었다. 땅이 늘 질퍽하여 그들은 굽이 높은 나막신을 만들어 신고 다녀야 했다.

잔세스칸스에 도착하니 푸른 초원 위에 드문드문 세워진 풍차와 작은 운하를 따라 예쁜 목조가옥들이 동화 속의 풍경처럼 다가왔다. 푸른 초원 위에 서 있는 풍차들이 그림처럼 아름다워 오히려 비현실적이라는 느낌마저 들었다.

"오, 마치 동화 속 마을에 온 느낌이 들어요! 저기 작고 앙증맞은 예쁜 집에서 살면 얼마나 좋을까?"

벽에 하얀 테두리를 두른 작은 목조건물에는 지붕마다 굴뚝이 세워져 있어 더 앙증맞게 보였다. 너무 작고 가볍게 보여서 이동식 주택처럼 그냥 번쩍 들어서 옮길 수도 있겠다는 생각이 들었다.

"건물 벽에 걸려있는 나막신 좀 봐요! 너무 앙증맞게 생겼어요!"

"저 나막신을 보니 어린 시절에 신었던 우리나라 나막신이 생각나네요."

▶ 걸리버나 신었음 직한 거대한 나막신

나막신을 만드는 클롬펜(klompen:네덜란드의 전통 신발. 나무를 깎아 만든 것으로, 앞코가 살짝 올라가 있다) 공장 입구에 붙어 있는 노란색 나막신이 앙증맞게 눈길을 끌었다. 안으로 들어가니 안내인이 나막신을 만드는 과정을 자세히 설명해주었다. 전시실에는 동화 속에 나오는 신데렐라가 신었음 직한 유리구두처럼 예쁜 신발들이 여러 가지 색깔로 빼곡히 들어차 있었다. 아내는 신발에 정신이 팔려 싱글벙글 입을 다물지 못했다.

"여보, 이 신발 좀 봐요. 정말 앙증맞군요!"

"정말 신데렐라의 유리구두처럼 앙증맞고 예뻐요! 한 번 신어봐요."

아내는 예쁜 신발을 들고 싱글벙글 웃었다. 여자라면 누구나 동화 속의 신데렐라가 되고 싶어 한다. 신데렐라는 '재를 뒤집어쓰다'라는 뜻으로 항상 부엌 아궁이 앞에서 일하는 데서 붙여진 별명이다. 나를 위해 25년 동안 재를 뒤집어쓰듯 궂은일을 도맡아 온 아내를 위하여 나는 무엇을 해주었는가?

진열장의 예쁜 신발을 신어보던 아내는 그 많고 화려한 신발 중에서도 냉장고에 기념으로 붙이는 작은 마그네틱 나막신 기념품을 하나 골랐다. 앙증맞게 생긴 마그네틱 나막신을 골라 들고 아내는 마치 신데렐라라도 된 듯 행복한 미소를 지었다.

밖으로 나오니 엄청나게 큰 대형 나막신이 진열되어 있었다. 베네치아의 곤돌라처럼 생긴 나막신은 사람이 안에 들어갈 정도로 컸다.

"이 나막신은 걸리버나 신어야겠군."

"신발이 아니라 곤돌라 같아요."

"저 나막신을 신고 걸리버가 한 번 되어 볼까?"

"호호호, 나막신에 온몸이 푹 빠지는데요!"

우리는 거대한 나막신을 안에 들어가 사진을 찍었다. 그 옆에 놓아둔 나막신을 신고 걸어보려고 했지만 움직이지도 않았다. 인생을 동화처럼 살 수는 없지만, 때로는 동화처럼 살아갈 필요가 있다. 그동안 너무 주위를 의식하고 체면치레를 하며 살아왔다. 여행하는 동안만이라도 동화처럼 살아가자.

살아있는 인어공주

_덴마크 코펜하겐

▶인어공주 동상이 부서진 바위에서 한
여행자가 인어공주 포즈를 취하고 있다.

　10월 1일, 이른 새벽 2층 침대에서 일어 사다리를 타고 살금살
금 내려왔다. 아내가 인기척을 느끼며 말했다.

　"음 음, 지금 몇 시지요?"

　"쉿, 조금만 더 자고 있어요. 곧 돌아올 테니."

　조심스럽게 배낭을 꾸려 놓고 아래층 부엌으로 내려갔다. 펄펄
끓는 물에 라면 두 개를 풀어 넣으니 수프 냄새가 확 퍼지며 입맛

을 돌웠다. 아내를 깨워 라면을 먹은 후 그릇을 깨끗하게 씻어 놓고 배낭을 걸머진 채 호스텔을 나섰다.

호스텔에서 역까지 걸어가서 지하철을 타자 곧 암스텔 역에 도착했다. 흰색 바탕에 파란색으로 'Euro Line'이라고 쓴 간판이 눈길을 끌었다. 아내가 화장실을 간 사이에 나는 배낭을 벽에 기대어 놓고 코펜하겐행 버스표 두 장을 샀다. 기차를 타면 360유로인데 버스는 240유로였다. 버스표를 손에 들고 돌아서는데 의자에 앉아 있던 청년이 눈을 크게 뜨며 말했다.

"헬로, 미스터, 배낭을 조심하시오. 배낭은 늘 당신 몸에 붙어 있어야 합니다. 터미널은 언제나 위험한 곳이거든요."

"아, 그렇군요. 감사합니다."

청년이 무심코 던진 말에 정신이 바짝 들었다. 아침 8시, 버스는 덴마크를 향해 출발했다. 도심을 빠져나온 버스는 편편한 들판을 달려갔다. 끝없는 초원이 이어지고 돌지 않는 풍차들이 드문드문 서 있었다.

네덜란드 북부 흐로닝언(Groningen)에서 운전사를 교대한 버스는 독일 국경을 통과하기 위해 잠시 정차를 했다. 키가 크고 어깨가 떡 벌어진 국경 경비원들의 모습이 자못 삼엄하게 보였다. 한 경비원이 버스에 오르더니 짐을 모두 내려서 창고에 넣으라고 했다.

승객들이 짐을 모두 창고에 넣자 경비원들은 송아지처럼 큰 셰퍼드 세 마리를 데리고 왔다. 경비원들은 셰퍼드를 한 마리씩 차례로 풀어서 창고로 데리고 가더니 여행자들이 짐에 냄새를 맡게 했다. 셰퍼드 세 마리가 교대로 냄새를 맡으며 짐을 검사했다. 셰퍼드마다 각자 임무가 따로 있는 것 같았다. 셰퍼드가 짐을 검사하는 동안 여행자들은 지루한 표정을 지으며 기다렸다. 짐을 검사하는 데 무려 2시간이 넘게 걸렸다. 독일인들의 철저한 정신만큼이나 셰퍼드도 철저하게 짐을 검사했다.

함부르크에 도착하자 운전사는 커피 한 잔을 마실 여유가 있다고 코멘트를 했다. 우리는 카페에서 커피 한 잔을 시켜 둘이서 나누어 마셨다. 버스가 푸트가르덴(Puttgarden) 항구에 도착하자 입을 떡 벌리고 있는 커다란 페리가 우리를 기다리고 있었다. 독일의 푸트가르덴과 덴마크의 뢰드비 페르게를 오가는 스칸드라인즈 페리는 하마처럼 입을 크게 벌리며 버스와 기차를 척척 집어삼켰다.

"이렇게 낭만적인 배에서는 우아하게 포도주라고 한 잔 마셔야 하지 않을까?"

"좋지요."

푸른 바다를 가르는 선상에서 아내와 나는 마주 보며 붉은 포도주잔을 부딪쳤다. 오후의 햇빛이 선실의 창문으로 새어 들어와 포도주잔을 핑크빛으로 물들였다. 건너편 테이블에 앉아있던 덴마크인들이 우리를 바라보며 맥주잔을 높이 들고 외쳤다.

"치어스!"

"브라보!"

그들은 아까부터 동양에서 온 이방인에게 관심을 보여주고 있었다. 저녁을 먹는 사이 곧 덴마크 쪽 뢰드비 항구에 도착했다. 덴마크 뢰드비 항구에 도착한 배는 뒤로 집어삼켰던 기차와 버스를 앞으로 토해냈다.

코펜하겐 중앙역에 도착하니 밤 8시 20분이었다. 호스텔로 가기 위해 중앙역에서 기차를 타고 셸뢰르역에서 내리니 거리는 어둡고 조용했다. 사람은커녕 택시와 버스도 보이지 않았다. 갑자기 방향 감각을 잃어버리고 한동안 역 주변을 서성거리고 있는데 어두움 속에서 두런거리는 말소리가 들려왔다. 뒤돌아보니 두 여인이 걸어 나오고 있었다. 나이가 지긋해 보이는 여인들에게 다가가 길을 물었다.

"저, 아마거 호스텔로 가는 길을 찾고 있는데요?"

"아, 그래요. 저희도 그 호스텔로 가는 길이랍니다."

"잘 되었군요. 그럼 두 분을 따라가면 되겠네요."

갑자기 만난 두 여인이 마치 길을 안내하는 수호천사처럼 반가 웠다. 기차역에서 호스텔까지는 꽤 멀었다.

"정말 감사합니다!"

"천만에요. 우린 둘리 자매라고 해요."

"우린 한국에서 온 초이 부부랍니다."

언니라고 소개한 할머니는 갈색 머리에 70대로 보였다. 50대로 보이는 동생은 금발 머리에 타원형의 얼굴이었다. 부에노스아이레 스에서 왔다는 둘리 자매는 영어가 우리처럼 서툴러 오히려 정감 이 더 갔다. 다음 날 아침 일찍 부엌으로 가니 둘리 자매가 아침 식사를 하고 있었다. 내가 손을 번쩍 들고 인사를 하자 그들도 손 을 흔들며 자리를 함께하자고 했다. 토스트가 담긴 접시를 들고 그 들 옆에 앉았다.

"어젯밤에는 정말 고마웠습니다."

"별말씀을, 잘 잤어요?"

"네, 코펜하겐에 며칠이나 머물 건가요?"

"우리는 한 도시에 최소한 3일 이상 머무는 것을 원칙으로 하고 있어요. 발을 충분히 쉬게 해야 여행이 피곤하지 않으니까요. 코펜하겐에서는 5일 정도 머물 예정입니다. 두 분은요?"

"발을 충분히 쉬어야 한다는 말씀은 명언이군요. 우린 이틀간 머물 예정입니다. 그런데 지금 마시고 있는 차는 무슨 차지요?"

"아, 이 차요? 마테라고 불리는 아르헨티나 차예요."

"찻잔이 참 예쁘군요."

"우린 여행 중에도 매일 마테차를 마시지요. 피로회복에 아주 좋아요. 좀 마셔볼래요?"

언니가 찻잔을 내게 내밀었다. 금발 머리를 곱게 빗어 내린 언니는 이목구비가 뚜렷하고 생김새가 영화배우 멜 깁슨을 닮아 보였다. 마테차를 넣은 찻종지에는 파이프처럼 생긴 빨대가 꽂혀 있었다. 파이프를 입에 대고 빨자 따뜻한 차가 구수하게 미각을 자극하며 목구멍을 타고 넘어갔다. 언니가 웃으며 아내에게도 마셔볼 것을 권했다. 우리는 번갈아 가며 마테차를 마셨다. 차를 마시고 나니 그들과 금방 더 친숙해졌다. 지구 반대편에 사는 둘리자매는 우리와 전생에 무슨 인연이 있었을까? 두 분에게 신의 축복이 내리길 기원하며 그들과 헤어졌다.

아침 일찍 호스텔에서 나온 우리는 중앙역에서 내려 인어공주

▶ 코펜하겐의 안데르센 동상

동상이 있는 곳까지 천천히 걸어가기로 했다. 중앙역을 빠져나오니 티볼리 공원이 보였다. 티볼리 공원은 세계 최초의 테마파크다. 각종 놀이기구는 물론 넓고 푸른 공원에는 오락장과 고적대, 댄스홀과 맥줏집, 야외 오픈 무대, 포장마차와 멋진 레스토랑이 즐비하게 늘어서 있었다. 티볼리 공원은 어린이뿐만 아니라 남녀노소가 모두 즐겨 찾는 국민의 놀이터 역할을 하고 있다.

티볼리 공원을 나와 시청사 앞에 이르니 안데르센 동상이 나타났다. 안데르센 동상을 바라보고 있노라니 갑자기 어린 시절이 생각 나 가슴이 뭉클해졌다.

"그렇게도 좋아했던 안데르센 아저씨를 드디어 만났군요."

"오, 나의 안데르센 님!"

비록 동상이지만 안데르센을 만나게 되니 감회가 컸다. 해방과 6.25전후 혼란한 시기에 가난한 농부의 6남매 중 막내로 태어난 나는 이 세상에 나오지 말았어야 할 미운 오리 새끼 같은 존재였다. 11살이 되어서야 늦깎이로 초등학교에 들어가서 내가 가장 먼저 읽었던 동화책이 바로 안데르센의 동화 『미운 오리 새끼』였다. 그 동화는 나에게 깊은 감동을 주었다. 주인공 오리 새끼가 나하고 똑같은 신세였기 때문이었을까? "나도 언젠가는 백조처럼 훨훨 날아서 넓은 세상으로 가고 말 거야" 미운 오리 새끼를 읽은 후 나는 늘 입버릇처럼 중얼거리며 백조가 되는 꿈을 꾸었다.

안데르센은 문법학교 시절 20살의 나이에 십 대의 학생들과 같이 공부했다고 한다. 큰 키에 덩치가 큰 나도 서너 살 어린 학생들과 어울려 공부를 하게 되었다. 늦깎이로 학교에 들어간 나는 어른처럼 조숙해 있었고, 책을 읽는 것만이 시골 벽촌을 벗어날 수 있는 유일한 길이라는 것을 일찍 깨달았다.

책 속에 길이 있다는 것을 알게 된 나는 읽을거리에 굶주려 있었다. 하지만 시골 학교에는 교과서 말고는 달리 읽을 책이 없었다. 그런데 4학년 때부터 학교에 도서실이 생겨 소년·소녀 문학전집과 위인전집이 도서실에 비치되었다. 나는 마음껏 책을 읽고 싶어 도서부에 들어갔다. 나는 틈만 나면 세계명작문고와 세계위인문고 시리즈를 탐독했다. 명작문고 중에서도 특별히 걸리버 여행기, 로빈슨 크루소, 허클베리 핀의 모험, 톰소여의 모험, 보물섬, 80일간의 세계일주 등 여행 관련 책들이 매우 흥미진진했다. 몇 번을 읽어도 싫증이 나지 않았다. 나는 손에 잡히는 대로 책을 읽고 또 읽었다. 그러다 보니 책벌레라는 별명까지 붙여지게 되었다.

나는 마크 트웨인의 소설을 읽으며 모험심과 용기를 배웠고, 쥘 베른의 소설을 읽으며 상상력을 키웠다. 쥘 베른은 11세 때 평소 연모를 했던 사촌누이에게 산호 목걸이를 사다 주겠다며 인도로 가는 선박에 몰래 올라탔다가, 아버지에게 붙잡혀 집으로 돌아와야 했다. 그는 아버지에게 "앞으로는 꿈속에서만 여행하겠어요."라고 맹세를 하고 상상력을 발휘하여 수많은 모험소설과 공상 소설을 썼다. 나는 책을 통해서 상상의 날개를 펴고 간접적으로 끝없이 넓은 세상을 여행했다. 그리고 나도 언젠가는 그들처럼 넓은 세상을 구경하고 말리라는 꿈을 품게 되었다.

책을 많이 읽은 덕분에 나는 중고등학교 전 학년을 장학생으로 다니게 되었다. 나는 기차 통학을 하며 학교에 다녔는데 우리 집에서 임성리역까지 4km를 걸어가서 기차를 타고 목포역에서 내려 다시 학교까지 3km를 걸어가야만 했다. 아침에는 새벽공기를 가르며 집을 나섰고, 저녁에는 별을 바라보며 집으로 돌아왔다. 하루에 14km를 6년 동안 걸어 다닌 덕분에 내 다리는 매우 튼튼해졌다. 그 덕분에 나는 지금도 걷기에는 자신이 있다.

중학생이 되면서부터 나는 영어 공부가 무척 신기하고 재미있었다. 영어 교과서에 밑줄을 그어가며 문장과 단어를 무조건 외웠다. 어려운 단어는 따로 단어집을 만들어 기차 안에서, 그리고 걸어 다니면서 손에 들고 외웠다. 어느 가을날 영어책을 읽으며 코스모스 하늘거리는 철길을 걸어가다가 나는 3m나 되는 다리 밑으로 그만 떨어지고 말았다. 그런데 신기하게도 아무 데도 다친 곳이 없이 멀쩡했다. 나는 먼지를 툭툭 털고 일어나 다시 책을 읽으며 걸어갔다. 그 무엇이 나를 도와주었을까? 어머님께 그 말씀을 드렸더니

"조상님이 널 보살펴 준 거야. 앞으로는 앞을 똑바로 보고 걷도록 해라. 오룡산에서 다리가 부러진 네가 아니냐."라고 타이르셨다. 정말 조상님이 나를 돌보아주었을까?

희망이 있는 한 꿈은 언젠가는 이루어진다고 했던가? 결국, 나는 40년이란 세월이 흐른 뒤에 백조처럼 덴마크로 날아와 안데르센을 만나고 있었다. 실로 감개가 무량했다! 왼손에 지팡이를 들고, 오른손에는 동화책을 들고 앉아있는 안데르센의 품에 나는 어린아이처럼 안겼다.

19세기 나폴레옹이 유럽을 휩쓸 무렵 덴마크는 나폴레옹 편을 들었다. 나폴레옹 대군이 러시아 원정을 갈 때 원정에 끌려갔던 덴마크 청년 가운데 한 구두 수선공이 있었다. 그 청년은 전쟁에서 살아 돌아왔지만, 오랫동안 전쟁 트라우마와 신경쇠약에 시달리다가 눈이 내리던 날 갑자기 세상을 떠나고 말았다. 이 구두 수선공의 아들이 훗날 동화작가로 성장해서 아버지가 겪었던 끔찍한 겨울의 공포를 소재로 『눈의 여왕』이란 동화를 썼다. 그 가난한 구두 수선공의 아들이 바로 동화의 아버지라 불리는 한스 크리스티안 안데르센(Hans Christian Andersen, 1805~1875)이다.

보행자들의 천국인 스트로이어트 거리는 덴마크에서 가장 화려한 쇼핑가이다. 코펜하겐은 모든 시설이 보행자 위주로 되어있다. 육교나 지하도가 없고 버스 문턱은 유모차를 밀고 바로 들어가게끔 보행로와 수평으로 설계되어 있다. 버스에는 유모차를 싣는 전용공간이 따로 있다. 주부들은 집에서부터 유모차를 밀고 나와 버스를 타고 약속 장소로 가거나 쇼핑을 한다. 그러니 굳이 자동차를

▶ 버스 안 유모차에서 편하게 잠자고 있는
아기 모습(덴마크 코펜하겐)

몰고 다닐 필요가 없다. 조금 먼 거리는 자전거를 타고 간다. 동네 마트를 가더라도 자동차를 몰고 가는 우리나라 풍경하고는 퍽 대조적인 모습이다.

뉘하운 부두에 들어서니 소박한 선술집과 카페들이 줄지어 들어서 있었다. 안데르센도 생시에 보행자 거리를 따라 뉘하운 항구까지 자주 산책을 했다고 한다. 'ㄷ' 자형으로 굴곡진 뉘하운 부두에는 돛대를 길게 단 작은 어선들이 정박해 있었다. 사람들은 운하 난간에 아무렇게나 기대앉아 칼스버그 맥주를 마시거나 커피를 마시며 담소를 하고 있었다. 웃통을 벗은 채 문신을 드러내 놓고 맥주를 마시는 사람도 보였다.

진한 커피향기가 코를 찔렀다. 아내와 나는 거품이 반쯤 덮여있는 뜨거운 커피잔을 들고 운하의 난간에 있는 옥외 테이블에 앉아 커피를 마시며 휴식을 취했다. 커피를 마신 후 아마리엔보리 궁전에 도착하니 장난감 병정처럼 생긴 경비병들이 교대식을 하고 있었다. 저 병정들을 보고 안데르센은 『장난감 병정』이란 동화를 썼을까? 경비병들의 우스꽝스러운 교대식을 구경하다가 인어공주 동상이 있는 곳에 도착한 우리는 아연실색을 하고 말았다. 있어야 할 인어공주는 없고 텅 빈 바위만 떨렁 남아 있었다.

"아니, 도대체 인어공주는 어디로 가고 없지요?"

"거품이 되어 바닷속으로 사라져 버렸을까?"

인어공주 동상이 설치되었던 바위 앞에는 작은 안내 간판이 하나 세워져 있었다. 내용을 보니 누군가가 인어공주를 폭탄으로 파괴하여 바닷속에 빠뜨렸다고 한다. 다행히 바닷속에 가라앉은 인어공주 상을 경찰이 발견하여 건져내 수리 중이라고 했다.

범죄율이 가장 적은 나라에서 어찌 이런 일이 발생할까? 인어공주에 대한 발칙한 테러 행위는 끊이지 않고 일어나고 있다고 한다. 목이 잘리기도 하고, 팔이 떨어져 나가기도 하고, 페인트를 여러 번 뒤집어쓰기도 했다. 이렇게 수난을 당하기 때문에 인어공주는 더욱 사랑을 받는 것일까?

겨우 80cm밖에 되지 않는 인어공주 동상은 사실 볼품이 없다. 그래서 사람들은 코펜하겐의 '인어공주', 브뤼셀의 '오줌싸개', 독일 라인강에 있는 '로렐라이 언덕'과 함께 유럽의 3대 '썰렁 명소'로 부르기도 한다. 그런데도 해마다 100만 명 이상의 관광객이 이곳을 찾는 이유는 무엇일까? 여행자들은 볼품없는 인어공주를 보기 위해서 오는 것은 아니다. 어린 시절 읽었던 안데르센 동화에 얽힌 애틋한 사연을 상상하면서 인어공주에 대한 향수에 젖어 찾아온다.

"어, 저기 살아있는 인어공주가 있네!"

"어머, 정말이네요!"

인어공주 동상을 볼 수 없는 것이 너무 안타까웠는지 어떤 여인이 인어공주를 설치해 놓은 바위에 올라가 인어공주와 똑같은 자세를 취하고 있었다. 긴 머리에 날씬한 몸매가 정말 인어공주처럼 예뻤다. 사람들은 모두 이 살아있는 인어공주를 향해 "원더풀!"을 연발하며 카메라 세례를 퍼부었다.

"아이고, 이번에는 왕자님이 출현하셨네!"

그 여인이 바위에서 내려오자 이번에는 한 청년이 인어공주 바위로 올라가 요염한 자세를 흉내 냈다. 그 모습을 보고 사람들은 그만 폭소를 자아내고 말았다.

"기회는 단 한 번, 당신도 저 바위에 올라가 인어공주가 되어 보실까?"

"아이고, 그만둬요."

"죽어있는 인어공주보다 살아 숨 쉬는 저 인어공주가 생동감 있게 보이지 않소?"

먼바다의 바다 왕에게는 여섯 명의 공주가 있었다. 모두가 아름답고 예쁜 마음씨를 가졌는데, 그중에서도 막내 공주는 호기심이 많으며 조용하고 사려 깊었다. 공주들은 열다섯 살이 되면 물 위로 헤엄쳐 올라 인간 세상을 구경할 수 있었다. 막내 인어공주도 열다섯 살이 되던 해에 바다 위의 인간 세상을 구경하러 갔다가 난파

된 배에서 왕자를 구하고 그를 사랑하게 된다. 막내 공주는 왕자를 만나기 위해 마녀에게 자신의 영혼까지 저당 잡히지만, 결국에는 물거품이 되고 만다. 안데르센의 동화는 『인어공주』처럼 모두가 슬픈 내용을 담고 있다.

갑자기 하늘에 회색 구름이 잔뜩 끼더니 거센 바람과 함께 비가 부슬부슬 내리기 시작했다. 바다에는 순간 큰 파도가 일며 하얀 거품이 일어났다. 자칫 잘못하면 하얀 거품 속으로 빠져 버릴 것 같았다. 비를 맞으며 우리는 중앙역으로 돌아왔다. 호스텔로 돌아와 저녁을 준비하기 위해 냉장고에 넣어둔 음식을 꺼내러 갔던 아내가 허겁지겁 달려왔다.

"여보, 냉장고에 우리 음식이 하나도 없어요."

"설마……."

"한국에서 가져온 김, 김치, 네덜란드에서 사 온 치즈도 몽땅 없어졌어요."

냉장고 문을 자세히 살펴보니 '목요일 12시까지 냉장고 음식물을 청소합니다. 치우지 않는 음식물은 버립니다.'라고 쓴 안내문이 깨알 같은 작은 글씨로 붙어 있었다. 냉장고에 부식된 음식물이 방치되는 것을 막기 위해 목요일이면 음식물 청소를 한다는 안내문이었다. 호스텔 종업원에게 물어보았더니 이미 쓰레기장에 버려졌다고 했다.

"당신 약을 넣어 두지 않는 게 천만다행이네요."

아찔했다. 만약 아내의 인슐린과 약을 냉장고에 넣어 두었더라면 여행을 중단해야 하는 긴급 사태까지 일어날 뻔했다. 냉장고 문을 붙잡고 울상을 짓고 있는 아내의 표정이 꼭 『성냥팔이 소녀』처럼 보였다. 따뜻한 빵에 맛있는 암스테르담의 풍차마을에서 사 온 치즈를 발라 먹으려고 잔뜩 기대했던 아내는 성냥팔이 소녀처럼 허무한 표정을 짓고 있었다.

"나의 인어공주님, 지나간 것은 빨리 잊어버리고 약을 잊어버리지 않는 것만으로도 천만다행으로 생각하자고요."

"그래야겠군요. 아이들에게 엽서나 써야겠어요."

아내는 침대에 엎디어 아이들에게 보낼 엽서를 썼다. 아내가 엽서를 쓰는 동안 나는 잠시 가부좌를 틀고 앉아 명상에 들었다. 잠을 자기 전에 잠시 명상에 드는 것은 하루 일과를 반성하게 하고 언제나 마음을 초심으로 돌아가게 한다. 여행을 떠날 때 마음먹었던 초심(初心)을 잃지 말자.

아름다운 풍경은
난치병도 치료한다

_노르웨이 베르겐

▶피오르 여행의 출발점 베르겐 항구

아침 일찍 베르겐으로 가는 기차를 타기 위해 호스텔을 나섰다. 오늘은 북유럽 철도 패스를 처음으로 사용하는 날이다. 안경을 쓴 곱다란 여자 역무원에게 스칸 레일 패스와 여권을 건네주니 그녀 는 안경 너머로 미소를 지으며 패스에 날짜와 여권 번호를 기재한 후 건네주었다. 10월 3일 오후 1시 36분, 오슬로행 특급열차에 오르자 코펜하겐 중앙역을 빠져나온 기차는 눈 깜짝할 사이에 해저 터널로 들어갔다가 다시 바다 위로 솟아 나왔다. 순식간에 기차는 오레선드 다리를 무서운 속력으로 질주했다. 과학의 발달과 문명의 이기는 유럽과 스칸디나비아반도를 오레선드라는 다리로 연결해 놓고 있었다.

기차여행은 생각의 산파다. 차창 밖으로 스쳐 지나가는 풍경을 바라보노라면 마음속에 가득 차 있는 번뇌가 풍경 속으로 스르르 사라져가고 낭만적이고 긍정적인 생각을 하게 된다. 시간이 지나고 보면 모든 것이 사소한 일 아니지 않던가. 우리는 그 사소한 일에 목숨을 거는 경우가 종종 있다.

10월 4일 아침, 긴 기차여행 끝에 북유럽의 서쪽 끝 베르겐에 도착했다. 베르겐역에 내리니 비가 세차게 쏟아져 내렸다. 아침 7시인데도 컴컴했다. "베르겐에 5일간 머무는 동안 비가 왔던 기억밖에 나지 않아요." 암스테르담에서 만났던 미찌꼬의 말이 떠올랐다. 호스텔로 가는 버스를 한동안 기다렸는데도 오지 않았다. 무작정 기다릴 수도 없고, 그렇다고 배낭을 메고 비를 철철 맞으며 걸어갈 수도 없었다. 할 수 없이 택시를 탔다. 안내서를 보니 베르겐역에서 몬태나 유스호스텔까지는 5km 정도로 가까운 거리였다. 짧은 거리인데도 택시요금이 140크로네나 나왔다. 북유럽은 물가는 살인적으로 비싸다.

몬태나 유스호스텔은 울리켄(Ulliken) 산등성이에 위치하여 베르겐 시내가 한눈에 보이는 전망 좋은 곳이다. 안개에 싸인 항구의 풍경이 너무나 아름다웠다. 한 폭의 풍경화가 안개 속에 가렸다가 나타나곤 했다. 베르겐은 '피오르의 수도'라고 불릴 만큼 북유럽 피오르 관광의 관문이다. 남북으로 길게 뻗어있는 수많은 피오르를 관광하려면 반드시 들려야 하는 항구이다. 일곱 개의 산으로 둘러싸인 천혜의 항구 베르겐은 그 자체만으로도 너무 아름답다.

게스트하우스에 짐을 풀고 휴식을 취한 후 우리는 솔베이지의 노래를 작곡한 그리그의 집으로 갔다. 에드바르 그리그(E. H Grieg, 1843-1907)의 집은 베르겐 교외 트롤드하우겐 언덕에 자리 잡고 있었다. '트롤'은 보는 사람에 따라서 선인과 악인으로 변하는 '숲속의 요정'이다. '하우겐'은 '집'이란 뜻이니 트롤드하우겐은 '요정이 사는 집'이란 뜻이다.

숲으로 둘러싸인 그리그의 집은 협만이 내려다보이는 언덕에 있었다. 오두막 맞은편 바위에는 그리그와 부인 니나가 함께 묻혀 있는 묘지가 있었다. 오두막 안에는 그가 작곡할 때 썼던 피아노 한 대가 주인을 잃고 홀로 놓여있었다.

"전원주택이라면 이 정도는 되어야지요."

"귀국하면 이보다 더 멋진 전원주택을 지어주겠소."

"호호호, 기대해 보아야겠군요."

아내는 내가 말하는 의미를 알고 있었고, 나는 아내가 웃는 의미를 알고 있었다. 여행지마다 아내가 좋다고 하는 집을 나는 모두 네모 상자에 담았다. 카메라의 네모 상자에 담긴 추억의 사진을 볼 때마다 여행의 추억이 소환되어 아름다운 전원주택이 되어주곤 했다.

그리그의 집에서 어시장으로 돌아온 우리는 해물 요리점에 들러

점심을 맛있게 먹었다. 어시장 건너편에는 울긋불긋한 브뤼겐 (Bryggen)이라 불리는 목조건물이 항구를 아름답게 장식하고 있었다. 바닷가 좁은 길가에 다닥다닥 붙어 있는 목조건물은 14세기 한 때 '한자동맹'과 더불어 400년간 영화를 누렸던 곳이었다. 유네스코 지정 세계유산으로 등록된 이 낡은 목조건물들은 지금도 그대로 이용되고 있다.

점심을 먹고 밖으로 나오니 하늘은 짙은 잿빛으로 가려 있고 비가 오락가락 내렸다. 우리는 푸니쿨라를 타고 플뢰위엔 산(Mt. Floyen) 정상에 올랐다. 산 정상은 안개가 잔뜩 끼어 아무것도 보이지 않았다. 설상가상으로 비가 세차게 쏟아지고 바람마저 강하게 불었다. 카페에 들어가 뜨거운 커피를 마시며 안개가 걷히기를 기다렸다. "기다리면 보여준다!"라는 말이 있다. 지척을 분간하기 어려운 안개가 삽시간에 걷히고 베르겐의 아름다운 피오르 해안이 한눈에 들어왔다.

"오, 정말 한 장의 엽서 그대로군요!"

아내는 감탄을 금치 못하며 감격에 겨운 듯 눈 앞에 펼쳐진 풍경을 넋을 잃고 바라보았다. 'U'자형으로 빙하가 빠져나간 피오르 해안은 형형색색의 목조건물들과 어울려 멋진 절경을 보여주고 있었다. 사람은 아름다운 풍경에 압도되어 큰 감동을 할 때 엔도르핀의 몇천 배에 달하는 다이돌핀이 솟아난다고 한다. 이 순간이 그랬다. 놀라운 풍경은 난치병도 치료한다는데, 다이돌핀이 팍팍 솟아나 아내의 병이 치유되었으면 좋겠다.

플뢰위엔 산에서 내려와 몬태나 호스텔로 돌아왔다. 울리켄 산기

늪에 있는 몬태나 호스텔은 명상하기에도 좋았다. 우리는 가능하면 아침저녁으로 잠시 명상을 하기로 했다. 아침저녁으로 잠시 명상에 드는 것은 참으로 좋다. 일단 가부좌를 틀고 앉으면 깊은 호흡과 함께 정신이 맑아지고 마음이 가라앉는다. 저절로 하루의 일을 반성하게 되고 감사하는 마음이 생긴다. 인간은 환경의 지배를 받게 마련이다. 명상도 환경의 지배를 받는다. 낯선 땅에서 잠시 명상을 하는 것은 몸과 마음을 치유하는 좋은 방법이다. 베르겐은 명상에 들기에 좋은 환경이다. 우리는 잠시 가부좌를 틀고 명상에 들었다. 호흡이 깊어지자 하나의 작은 산이 되는 것 같았다. 우리는 세상의 모든 것들에 감사드리며 잠자리에 들었다.

노르웨이는 1만 년 전 지구의 마지막 빙하가 끝난 후에야 비로소 빙하가 녹아 없어지고 나서 햇빛을 보게 된 나라다. 피오르는 그리그의 음악과 입센의 희곡, 그리고 뭉크의 그림에 많은 영향을 주었다. 그들의 예술에는 피오르처럼 차가운 아름다움과 웅장한 고독이 배어있다.

다음 날 아침 베르겐역에서 기차를 타고 송네피오르로 떠났다. 1시간 정도를 달려 보스역에서 내리니 버스가 대기하고 있었다. 크고 작은 폭포들이 떨어져 내리는 계곡을 굴러 내려가 송네피오르 크루즈 기점인 구드방엔에 도착했다. 절벽에는 실핏줄 같은 폭포들이 무수히 쏟아져 내리고 있었다.

유람선은 깎아지른 절벽과 절벽 사이를 유유히 흘러갔다. 선상에는 그리그의 '모닝'이 은은하게 울려 퍼지더니 이윽고 '솔베이지의 노래'가 흘러나왔다. 청량한 피오르에 빙하처럼 흘러내리는 그리그의 선율이 가슴을 뭉클하게 해주었다.

유람선을 타고 떠나는 피오르 여행은 날씨에 따라 느낌이 변한다. 햇살이 비칠 때에는 은빛 물길을 따라 낭만적으로 항해를 하다가, 갑자기 폭풍전야로 변하기도 한다. 피오르 여행은 낭만과 스릴을 동시에 느끼게 된다.

북유럽의 10월은 초겨울 날씨다. 아내는 춥다며 선실 안으로 들어갔다. 홀로 뱃전에 기대서서 유유히 흘러가는 산과 호수를 바라보고 있는데, 챙이 둥근 모자를 깊이 눌러쓴 여인이 요정처럼 웃으며 내게로 다가왔다. 작은 키에 아주 깜찍하게 생긴 아가씨는 인어공주처럼 아름다웠다.

"저어, 사진 한 장 찍어주실래요?"

"오케이."

피오르 풍경 속에서 미소를 짓고 있는 그녀를 향해 카메라의 셔터를 연속해서 눌렀다. 풋풋한 사과처럼 웃는 모습이 북유럽의 신화에 나오는 이둔(Idun)처럼 맑고 예뻤다. 그녀가 먼저 자신을 소개했다.

"저는 포르투갈 리스본에서 온 가브리엘라예요."

"반갑습니다. 코리아에서 온 오케이 초이라고 합니다."

"오케이? 호호, 멋진 이름이군요."

"네, 매우 기억하기 쉬운 이름이지요. 에브리씽 오케이, 하하."

나는 외국인들에게 나를 소개할 때 내 이름의 영문 머리글자 'Oh Kyun' 첫 자를 따서 'OK'라고 간단하게 소개한다. 어차피

풀 네임을 소개해 보아야 발음을 하기도 어렵고, 또 금방 잊어버릴 것이므로, 부르기도 좋고 기억을 하기에도 쉽게 '오케이'라고 소개를 한다.

국제관계학을 공부하고 있다는 그녀는 여러 나라의 다양한 사람들을 만나 대화를 하고 서로 다른 문화, 다른 관습들을 접하며 국가 간의 관계 증진을 위한 커뮤니케이션을 연구하고 있다고 했다. 가브리엘라와 이야기를 하는 동안 유람선은 목적지인 플롬 역에 정박했다.

플롬 산악철도 노선은 노르웨이가 자랑하는 세계에서 가장 매력적이고 장엄한 철도 중의 하나다. 뮈르달-플롬 간을 오가는 이 철도는 베르겐 노선의 깊숙한 구석에 자리 잡은 멋진 여행지다.

이윽고, 기차가 긴 기적 소리를 내며 출발했다. 플롬에서 출발하는 기차는 뮈르달 역까지 11개의 역을 통과한다. 총연장 20km의 짧은 구간에 20개의 터널이 있고, 가장 높은 역은 뮈르달 역으로 매우 가파른 곳에 있다.

효스포젠 역에 도착하자 기차는 승객들에게 사진 촬영의 기회를 주기 위해 15분 동안 정차를 했다. 폭포가 웅장하게 흘러내리는 이곳은 플롬 철도 여행의 하이라이트이다. 사진을 몇 컷 찍고 있는데 차장이 호루라기를 길게 불었다. 기차에 오르라는 신호였다. 승객들이 서둘러 기차에 올랐다. 플롬 철도의 종점인 뮈르달 역(863.5m)에 도착하니 흰 눈이 펑펑 쏟아져 내렸다. 올해 들어 처음으로 맞이하는 첫눈이다. 첫눈을 맞으며 기차에 오르는 아내의 표정이 행복하게 보였다. 필름 철도 기차여행의 약발이 제대로 먹힌 것일까? 아내의 영혼과 내 영혼에 첫눈이 녹아내렸다. 기차여행은 영혼까지 충만하게 해준다.

베르겐역에 도착하니 눈 대신 비가 세차게 내리고 있었다. 우리는 역 근처의 식료품점에 들려 돼지고기와 채소, 빵 등을 샀다. 몬태나 호스텔에 도착하여 저녁 요리를 하기 위해 부엌으로 들어가니 중년 부부가 요리를 하고 있었다. 키가 크고 얼굴이 긴 미인형의 부인은 피자를 데우고 있었고, 밤색 재킷을 걸치고 피노키오처럼 긴 코를 가진 중년 남자가 포도주 마개를 따고 있었다. 내가 먼저 눈인사를 건네자 그도 한쪽 눈으로 윙크를 보내며 웃었다. 아내가 돼지고기를 설겅설겅 썰어서 채소와 섞어 프라이팬에 지글지글 볶기 시작했다. 그 모습이 재미있게 보였던지 포도주 마개를 따던 남자가 아내를 바라보며 말했다.

"아하, 고기를 참 맛있게 굽는군요."

"돼지고기인데요. 좀 드시겠어요?"

손이 큰 아내가 돼지고기를 듬뿍 떠서 접시에 담아 그에게 내밀었다.

"감사합니다. 일본에서 오셨나요?"

"아니요, 저희는 한국에서 왔답니다."

"오, 코리아! 저희는 브라질 리우데자네이루에서 왔어요. 2002년도에 한국에서 치른 월드컵 축구 경기가 너무 인상 깊더군요. 이탈리아전에서 헤딩 골을 멋지게 넣었던 삼손처럼 머리가 긴 한국 선수가 아직도 기억에 생생합니다."

"아, 그랬군요! 안정환 선수의 멋진 골이었지요."

"자, 이 포도주도 한 잔 드시지요."

그는 포도주 두 잔을 맥주 글라스에 듬뿍 따라서 우리 테이블로 가져왔다. 우리는 브라질 부부와 함께 포도주잔을 높이 쳐들고 축배를 들었다. 그는 렌터카로 북유럽을 여행하고 있다고 했다.

"운전하기는 어렵지 않던가요?"

"길이 한가로워 큰 애로는 없어요. 구부러진 길들이 많아 조금 위험하기도 하지만 너무 환상적인 드라이브 코스입니다."

"저희도 처음엔 자동차 여행을 계획했다가 변경했어요."

"아니 왜요?"

"저희 여정은 발트해를 건너 헬싱키로 가서 그곳에서 러시아로 들어가는데, 렌터카 반환 비용이 너무 비싸서 포기했지요."

"그렇기도 하겠군요. 브라질은 다녀오셨나요?"

"아니요. 아직 가보지 못했지만 이번에 페루를 거쳐 리우데자네이루까지 갈 예정입니다."

"와, 정말이요? 두 분만?"

"네."

"참 대단한 용기군요. 리우에 가면 슈하스코 요리를 꼭 한 번 먹어보세요. 아주 싸고 맛이 그만입니다."

"슈하스코? 어떤 요리지요?"

"긴 꼬챙이에 쇠고기, 돼지고기, 양고기, 닭고기, 오리고기, 칠면조까지 구운 일종의 바비큐 같은 것이지요."

"듣기만 해도 군침이 흐르는데요. 꼭 한 번 먹어봐야겠네요. 요리 이름을 좀 적어주시지요."

"오케이. 잊지 말고 꼭 먹어보세요. 슈하스코!"

그는 내 수첩에 'Churrasco'라고 적어주며 영어로는 '츄라스코'라고 발음을 한다고 했다. 그는 유쾌한 남자였다. 축구를 좋아하고 여행을 좋아하는 남미 특유의 기질이라고 할까? 그는 은퇴하고 부인과 함께 가고 싶은 여행지를 골라 마음껏 여행을 다니고 있다고 했다.

"슈하스코! 잊지 않을게요."

"기억하세요. 슈하스코!"

여행은 다양한 사람과의 만남이다. 오늘 피오르 여행의 풍경도 아름다웠지만 만난 사람들도 아름다웠다. 포도주 한잔을 마시고 나니 베르겐의 야경이 더욱 아름답게 보였다. 인생을 살아볼 만한 가치로 만드는 유일한 길이 있다. 바로 아름다움이다, 여기에 이의를 달 사람은 아무도 없다.

첫 번째 물방울

_노르웨이 오슬로

▶ 노벨평화상을 시상하는 오슬로 시청사에
서 있는 아내의 모습이 물방울처럼 보였다.

북유럽 여행의 가장 큰 목적은 오로라를 보는 것이었다. 노르웨
이 관광청이 추천하는 오로라 관측장소는 보되, 로포텐 제도, 나르
빅, 트롬쇠 등이다. 우리는 육로를 통하여 베르겐에서 보되나 나르
비크까지 가는 방법을 고려해 보았지만, 들쑥날쑥한 피오르 협만
때문에 교통이 복잡했다. 오슬로를 거쳐서 나르비크로 가는 것이

거리도 훨씬 가깝고 교통비용도 저렴했다. 우리는 오슬로를 거쳐서 나르비크로 가기로 했다.

기차로 갈 것인가 버스로 갈 것 인가를 망설이다가 값이 싼 버스를 선택했다. 아내는 5만 원을 절약하기 위해 버스를 타자고 우겼다. 결국, 아내의 의견대로 버스를 타고 가기로 했다. 저녁 7시 30분, 오슬로행 버스에 몸을 실었다. 달리는 버스에 등을 기대니 베르겐 시가지를 빠져나가기도 전에 눈이 감겨왔다. 한참 단잠을 자고 있는데 운전사가 버스를 갈아타야 하니 빨리 내리라고 했다. 오슬로로 가는 도중에 운전사가 세 번이나 교대했다. 우여곡절 끝에 다음 날 아침 6시 오슬로에 도착했다. 밤새 버스에서 시달린 우리는 너무 피곤하여 택시를 타고 호스텔로 가기로 했다. 호스텔에서 내려 요금을 계산하려고 하니 108크로네나 달라고 했다.

"북유럽에서는 절대로 택시를 타지 말아야겠어요."

아내는 비싼 택시요금에 놀라며 투덜거렸다. 오슬로 반드레르히엠 하랄드쉐임(Vandrerhjem Haraldsheim)호스텔은 푸른 잔디가 시원스러운 언덕에 있었다. 호스텔 문을 열고 들어서니 중년의 여자 종업원이 씽긋 웃으며 우리를 반겨주었다. 방값을 물으니 더블룸이 1박에 500크로네나 되었다. 시트 요금으로 100크로네를 별도로 받았다. 하룻밤에 600크로네(약 12만 원)는 배낭여행자에게는 너무 큰 부담이 되는 숙박비였다.

비싼 물가에 놀란 아내를 달래며 2층으로 올라갔다. 짐을 푼 아내는 라면이 먹고 싶다며 큰 배낭에서 컵라면 알맹이 두 개를 꺼내 끓였다. 라면 국물까지 다 마시고 나자 속이 후련해졌다. 행복한 라면 먹기를 끝낸 우리는 침대에 벌렁 누워 느긋하게 휴식을 취했다.

잠시 휴식을 취하고 나니 아내는 다시 기운이 솟아난 모양이었다. 귀한 시간을 호스텔에서만 지낼 수 없다며 빨리 오슬로 시내로 나가자고 재촉을 했다. 우리는 도심으로 가는 트램을 타기 위해 푸른 잔디밭을 걸어 내려왔다.

오슬로에서 우리가 먼저 찾아간 곳은 뭉크 미술관이었다. 뭉크의 '절규(The Scream, The Cry)'라는 그림 한 점을 보기 위해서였다. '뭉크(Munch)'는 승려를 뜻한다. 드디어 뭉크의 '절규' 앞에 섰다. 촉기를 잃은 퀭한 눈동자, 뿌연 암모니아 속에 갇혀 있는 모습처럼 모호한 형체, 이글이글 타는 화탕지옥에서 막 건져 올린 것 같은 흐물흐물한 윤곽, 북구의 하늘을 휘감아 도는 오로라의 환상처럼 너울거리는 캔버스의 배경들은 공포의 극치를 나타내고 있었다. 뭉크의 그림을 보고 있는 아내의 표정이 갑자기 어두워졌다. 나는 아내의 손을 잡고 뭉크 미술관을 나왔다.

우리는 트램을 타고 비겔란의 조각품이 전시된 프롱네르 공원으로 향했다. 프롱네르 공원 정문에서 내린 우리는 파란 잔디밭이 시원스럽게 펼쳐진 정원으로 들어갔다. 잔디밭 양옆에는 이제 막 단풍이 들려고 하는 키 큰 나무들이 늘어서 있었다.

북반구의 짧은 해가 벌써 숨을 거두어 가고 있는 공원은 저녁 노을로 물들어가고 있었다. 비겔란의 다리를 지나니 광장 한 가운데 거대한 조각 기둥이 하늘 위로 우뚝 나타났다. 비겔란의 영혼이 깃든 모노리스(Monolith, 돌기둥)였다. 무게 260톤, 높이 17.3m의 거대한 화강암 기둥에는 121명의 남녀노소가 서로 정상을 향해 기어오르기 위해 안간힘을 쓰고 있었다. 마치 수많은 애벌레가 정상을 향해 아귀다툼하며 기어오르는 모습과도 흡사했다. 밀치고, 끌어올리는 모습, 절규, 슬픔, 화난 표정……. 모노리스는 민초들의 치열한 생존경쟁을 나타내고 있었다.

공원의 맨 끝자락에는 일곱 명의 사람들이 몸을 앞과 뒤로 연결하며 둥글게 원을 만들고 있었다. 윤회의 굴레를 표현한 것일까? 인생의 끝없는 윤회! 비겔란은 입구 난간에 탄생을 뜻하는 조각들에서부터 시작하여 험한 세파를 헤쳐나가는 인간의 다양한 군상, 그리고 죽음 다음에 오는 윤회 사상에 이르기까지 인간의 희로애락과 생로병사를 담아내고자 했다.

"여보, 저기 아르헨티나 둘리자매가 보여요!"

"어? 정말 둘리자매네!"

어둠 속에서 점점 가까이 다가오는 두 여인은 분명 덴마크의 코펜하겐에서 만났던 둘리자매였다. 꽉 조인 레깅스를 입은 멋쟁이 언니와 동생이 우리를 보더니 반가운 듯 손을 흔들었다. 우리는 그들과 어떤 인연의 끈을 가졌을까? 이곳에서 다시 둘리자매를 다시 만나다니……. 둘리자매는 손을 흔들며 점점 어둠 속으로 사라져갔다.

호스텔로 돌아오니 베르겐 몬태나 호스텔에서 만났던 브라질 부부가 우리를 보고 손을 번쩍 들고 흔들었다. 그는 오늘 온종일 드라이브를 하여 지금 막 도착했다고 했다. 반가웠다.

"미스터 초이 다시 만나서 반가워요!"

"반가워요! 아니 베르겐에 더 머물지 않고요……."

"말도 마세요. 빗속에 갇혀 있다가 지겨워서 떠나왔어요."

"온종일 운전했겠네요."

"네. 하지만 비가 계속 내리는 베르겐에 죽치고 있는 것보다는 나았어요."

훤칠한 키에 피노키오처럼 긴 코를 가진 그는 유쾌하게 웃으며 "돈 포게트 슈하스코!" 하며 씩 웃었다. "오케이. 우리 또 만나요." 유쾌한 그를 보니 내 마음도 덩달아 유쾌해졌다.

오슬로의 상징인 시청사는 붉은 벽돌 건물과 두 개의 사각기둥 탑이 강한 인상을 주며 바닷가에 우뚝 서 있었다. 입장할 때 가이드를 부탁했더니 검정 투피스를 입은 키가 크고 푸른 눈의 미인이 싱글싱글 웃으며 우리 곁으로 왔다. 그녀는 오슬로 시청사에 열리는 노벨평화상 시상식과 북유럽의 신화 '에다(Edda)'를 그린 거대한 벽화의 내용을 상세하게 해설해주었다. 열여섯 개의 나무 조각에 북유럽의 창조 신화를 묘사해 놓은 그림은 매우 흥미로웠다.

노르웨이 신화 에다에 따르면 천지창조는 '물방울'에서부터 시작되었다고 한다. 북쪽 서리 나라에 강물이 얼자, 남쪽의 불꽃 나라에서 불덩이가 날아와 얼음을 녹이고, 최초의 물방울이 용감하게 떨어지기 시작했다. 마지막 물방울은 생명을 잉태하여 태초의 거인 '위미르(Ymir, 북유럽신화에 나오는 거인들의 조상)'를 탄생시켰다.

고 김대중 전 대통령이 오슬로에서 노벨평화상을 수상할 때 노벨상 위원회 군나르 베르게 위원장은 발표문에서 "옛날 옛적에 물

두 방울이 있었다네. 하나는 첫 방울이고 다는 것은 마지막 방울. 첫 방울이 가장 용감했네."라는 노르웨이의 시인 군나르 롤드크밤 (Gunnar Roalddkvam)의 '마지막 한 방울'이란 시를 인용하였다. 군나르 베르게 위원장은 이 시를 인용한 후 다음과 같이 말했다.

"세계 대부분 지역에서 냉전의 시대는 끝났습니다. 세계는 햇볕 정책이 한반도의 마지막 냉전 잔재를 녹이는 것을 보게 될 것입니다. 시간이 걸릴 것입니다. 그러나 그 과정은 시작되었으며, 오늘 상을 받는 김대중 대통령보다 더 많은 기여를 한 사람은 없습니다. 시인의 말처럼 첫 번째 떨어지는 물방울이 가장 용감하노라."

어떤 일이든지 첫발을 내딛는 것이 가장 어렵다. 누가 첫 번째 물방울이기를 바라겠는가? 그것은 온 몸을 던진 희생이다. 한국인으로서는 최초로 노벨평화상을 받은 고 김대중 전 대통령은 한국의 민주화를 위한 첫 번째 물방울이었다. 그는 반세기를 투옥, 가택연금, 망명 생활, 사형선고를 받는 인고의 세월을 보내면서도 한국의 민주화를 위해 목숨을 건 용감한 첫 물방울이었다.

2층에서 내려다보니 아무도 없는 텅 빈 홀의 모자이크 바닥에 서 있는 아내가 물방울처럼 보이기도 했다. 나는 누군가를 위하여 과연 첫 번째 물방울이 될 수 있을까?

시청사를 빠져나와 카를 요한스의 거리로 걸어가는데 갑자기 빗방울이 떨어지기 시작했다. 오, 물방울! 누구를 위한 빗방울인가? 비를 피해 잠시 쇼핑상가로 들어갔는데 건물 안에서 유모차를 밀고 나오는 주부들을 만났다. 유모차 줄이 끝없이 나오고 있었다.

유모차를 밀고 나오는 아주머니들은 모두가 늘씬한 북유럽의 미녀들이었다. 극장에서 나온 주부들은 유모차를 밀고 버스정류장으로 갔다. 우리나라에서는 볼 수 없는 진기한 풍경이었다. 궁금해서 건물 안으로 들어가 보니 멀티영화관이 그곳에 있었다.

극장 앞에는 아기들을 맡아서 돌보아주는 돌보미가 있었다. 그들은 아기들을 돌보미한테 맡겨두고 영화를 관람하고 나오는 가정주부들이었다. 북해 유전 개발로 노르웨이는 생활도 풍족하고 사회복지도 매우 잘 보장된 나라다. 그들이 자가용이 없어서 유모차를 끌고 나오지는 않았을 것이다. 집에서 유모차를 밀고 나와 버스를 타고 영화를 보는 마음의 여유는 어디에서 나올까? 곰곰이 생각해볼 문제다.

노르웨이의 역사는 탐험의 역사라고 해도 과언이 아니다. 바이킹 시대부터 시작하여 북극을 탐험한 난센, 세계 최초로 남극을 탐험한 아문젠, 콘티키 호를 타고 페루에서 폴리네시아까지 항해한 헤이에르달에 이르기까지……. 이들을 기념하는 박물관들이 바닷가에 인접한 뷔그되이 지구에 운집해 있다. 바이킹 박물관 내부로 들어가니 둥근 막사처럼 생긴 전시실이 나오고, 영화에서나 보았던 아름다운 곡선을 가진 바이킹의 선체가 하얀 벽과 대조적인 암갈색으로 놓여있었다.

"이건 여왕 전용 배라고 쓰여있네."

"배의 곡선이 너무 아름다워요!"

이 선박들은 한때 대서양을 횡단하여 미국까지 건너갔던 쾌속선들이다. 바이킹 박물관에서 나온 우리는 콘티키 박물관까지 걸어갔다.

"와, 저게 수수께끼의 모아이 상이로군요!"

"흠, 꼭 제주도의 돌하르방과 비슷하게 생겼군."

"정말 저 갈대 배를 타고 이스터섬까지 갔을까요?"

"글쎄, 저렇게 작은 배를 타고 망망대해를 저어갔다니 도저히 믿어지지 않아요."

노르웨이의 인류학자 토르 헤이에르달은 전설적인 인디오의 항해를 입증하기 위해 1947년 6명의 승무원과 함께 갈대로 만든 콘티키(Kon-Tiki)호를 타고 페루에서 이스터섬을 향하여 출발했다. 콘티키는 폴리네시아 어로 '태양의 아들'이라는 의미다. 그는 101일 동안 8,000㎞를 항해하며 표류하다가 폴리네시아의 투아모투 섬에 도착했다. 비록 이스터섬에는 도착하지 못했지만, 전설적인 항해로 알려졌다. 콘티키 박물관은 헤이에르달의 전설적인 항해를 기념하기 위하여 세워진 박물관이다.

모든 탐험은 하나의 가설에서 시작된다. 우리가 지구 최북단 노르웨이에서 남태평양의 망망대해에 한 점처럼 떠 있는 이스터섬까지 가려고 마음을 먹고 있는 것도 하나의 가설이 될지도 모른다. 단지 헤이에르달이 타고 갔던 갈대 배가 아닌 비행기로 날아간다는 차이가 있을 뿐이다. 난치병을 앓고 있는 아내와 단둘이서 지구를 돌아 남태평양의 이스터섬까지 간다는 것은 어쩌면 헤이에르달의 모험보다 더 무모하고 위험할지도 모른다. 하지만 시인 군나르 롤드크밤이 노래한 첫 번째 물방울처럼 용기 있는 자에게는 길이 열리리라.

오직, 오로라를 위하여!

_노르웨이 북극권

▸ 노르웨이 북극권에 출현하는 오로라

　밤 11시 5분, 노르웨이 북극권으로 가는 기차를 탔다. 오슬로에서 출발한 기차는 어둠 속을 뚫고 계속 북으로 북으로 달려갔다. 오슬로에서 보되(Bodø)까지 18시간이 걸리는 긴 여정이었다. 우리가 노르웨이의 북극권으로 가는 이유는 단 한 가지다. 그것은 오직 '오로라'를 보기 위해서였다.

　북극으로 가는 3등 열차. 꿈결처럼 들려오는 솔베이지의 노래 속에 잠시 잠이 들었던 나는 새벽녘에 다시 눈을 떴다. 아내는 여전히 차창에 기대어 잠들어 있었다. 찬바람이 우우 창가에 스며들었다. 기차는 차가운 밤공기를 가르며 북으로 북으로 달려갔다.

아침 6시, 트론헤임(Trondhiem) 역에서 보되(Bodø)로 가는 기차로 갈아탔다. 3칸뿐인 열차는 마치 장난감 기차처럼 보였다. 기차는 꽁지 빠진 말처럼 덜커덕거리며 서서히 달려갔다. 산 위에는 구름이 낮게 걸려있고, 노란 자작나무 단풍잎에는 눈이 하얗게 서려 있었다. 북극권은 지금까지 보아온 풍경과는 또 다른 느낌으로 다가왔다. 잔디는 파란데, 나무는 단풍으로 물들고 그 위에 눈이 내려앉은 모습은 비현실적인 풍경을 연출했다.

사람은 풍경 속에서 다시 태어난다. 아름다운 풍경, 새로운 풍경은 사람의 마음을 사로잡으며, 과거를 잊게 하고, 미래를 걱정하지 않게 한다. 거기엔 오직 아름다운 풍경만이 있을 뿐이다. 차창밖에 펼쳐지는 아름다운 풍경을 바라보는 아내의 모습이 풍경 속에서 새롭게 피어나고 있었다.

"여보, 저기 사슴이 보여요!"

"어, 정말이네! 순록이군!"

그림에서나 보았던 순록이 눈 덮인 산에서 뛰놀고 있었다. 눈에 보이는 모든 풍경이 동화처럼 보였다. 저런 풍경 위에 오로라가 펼쳐지면 얼마나 멋질까? 풍경에 취하다 보니 해가 기울고 기차는 종착역인 보되에 도착했다. 북극권과 로포텐제도로 들어가는 관문인 보되는 최근 오로라 관광지로 더욱 사랑받는 여행지로 주목받고 있다.

우리는 보되역 인근에 있는 유스호스텔에 여장을 풀고 오로라를

70

관측하기 위하여 해변으로 걸어갔다. 오슬로에서 1,200km나 떨어진 보되는 여름에는 백야를 구경하기 위해 관광객이 몰리고, 겨울철에는 오로라를 관측하기에 많은 여행자들이 찾아온다. 우리가 보되까지 온 것은 오직 오로라를 보기 위해서였다. 갑자기 출현할지도 모르는 오로라를 보기 위해 눈이 빠지도록 하늘을 바라보았지만 둥근 달만 휘영청 떠 있을 뿐 오로라는 나타나지 않았다.

"여보, 추워요! 그만 돌아가지요."

"조금만 더 기다려 봐요."

"아이고, 조금만 조금만 하다가 얼어 죽겠어요."

밤이 되니 기온이 뚝 떨어져 날씨가 몹시 추워졌다. 우리는 쓸쓸한 거리를 걸어서 유스호스텔로 돌아왔다. 아내는 피곤한지 그대로 잠자리에 들었다. 나는 잠을 이루지 못하고 카메라와 캠코더를 들고 밖으로 나갔다. 추위에 덜덜 떨며 자정이 넘도록 고개를 뒤로 젖히고 오로라가 나타나기를 기다렸지만 허사였다.

"오로라는 이 지역의 어느 곳에나 자주 출현합니다. 때로는 여름밤에도 노던 라이트(Northen Light)가 나타나기도 하지요. 하지만 한겨울에도 전혀 나타나지 않을 때도 있어요. 그런 날은 억세게 운이 없는 날이 되겠지요. 오로라가 자주 출현하는 12월이나 1월에도 한 달, 아니 두 달을 기다려도 오로라를 보지 못할 수도 있답니다."

보되로 오는 열차에서 역무원이 나에게 귀 띔을 해주었던 말이 생각났다. 오로라(Aurora)는 라틴어로 '새벽'이란 뜻으로 로마 신화에 등장하는 여명의 신 '아우로라(Aurora, 그리스 신화에 나오는 새벽의 여신 에오스'를 따서 붙여진 이름이다. 오로라는 무한한 감동을 주어서 모든 고통을 잊어버릴 수도 있다고 한다. 나는 혹시 오로라를 보면 아내의 난치병을 치유하는 기적이 일어날 수도 있지 않을까 하는 그런 일말의 기대를 안고 머나먼 북극권까지 왔다. 하지만 차가운 하늘에 덩그렇게 떠 있는 달만 바라보다가 자정이 넘어서야 호스텔로 돌아왔다. 나는 엎치락뒤치락하다가 새벽녘이 되어서 겨우 눈을 붙일 수가 있었다.

다음 날 아침 보되 버스터미널에서 나르비크(Narvik)로 가는 버스를 탔다. 보되에서 북쪽으로 180km 떨어진 나르비크는 기찻길이 끊겨있어 버스를 타야 했다. 만약 그곳에서도 오로라를 보지 못하면 다시 더 북쪽에 있는 트롬쇠로 갈 계획이었다.

버스와 배를 번갈아 타고 피오르를 바라보는 풍경은 매우 비현실적이었다. 잔뜩 흐린 날씨, 하늘과 맞닿아 있는 눈 덮인 설산, 톱니바퀴처럼 들쑥날쑥한 피오르, 설산에 떼지어 뛰노는 순록의 무리……. 눈발이 휘날리는가 하면, 어느 순간에 비가 내려 종잡을 수 없을 만큼 변덕스러운 날씨를 연출하고 있었다.

오후 2시쯤 버스는 간이 휴게소에서 잠시 정차했다. 진한 커피향이 우리를 유혹했다. 김이 모락모락 나는 커피잔을 들고 휴게소앞에 장승처럼 생긴 목각 인형 앞으로 갔다. 목각 인형은 북유럽의 신화에 나오는 신들의 모습 같기도 하고, 숲속의 요정인 트롤(Troll) 같기도 했다. 코가 긴 남자와 키가 작은 여인의 모습은 보기만 해도 우스꽝스러웠다. 안데르센은 우리 눈에 보이는 모든 것은 다 동화가 될 수 있다고 했다. 지금 풍경이 그랬다. 눈에 보이는 모든 풍경이 동화처럼 보였다.

"하하, 장승 앞에 선 당신이 북유럽의 신화에 나오는 요정처럼 보이네!"

"에고, 당신 마음대로 동화를 쓰는군요. 호호호."

오후 3시경 나르비크에 도착하자 햇볕이 쨍쨍 내리쬐기 시작하였다. 버스터미널에 도착한 아내와 나는 목적지에 대하여 다소 의견이 엇갈렸다. 나는 트롬쇠까지 가서 오로라를 기어코 보자는 의견이었고, 아내는 한 겨울에도 오로라를 볼 수 없다는데 요행을 바라지 말고 그냥 스톡홀름으로 가자고 했다.

"오로라를 볼 확률이 거의 없을 것 같은데, 괜히 헛걸음을 치지 말고 스톡홀름으로 가는 것이 좋을 것 같아요."

"오직 오로라를 보기 위해서 이렇게 먼 길을 힘들게 왔는데 여기서 포기를 한다는 것이 너무 억울하지 않소?"

"그런데 이상해요. 이번 여행에서는 오로라를 만날 수가 없을 것 같은 예감이 드니 말이에요."

"황홀한 오로라를 바라보면 난치병이 치유될 수도 있다는데 정말 후회하지 않겠소?"

"호호호, 당신도 참, 그 말을 정말 믿으세요. 저는 여기까지 온 것만으로도 만족해요."

"그럼 이렇게 합시다."

"어떻게요?"

"트롬쇠를 가지 못하는 대신, 스웨덴의 키루나로 가서 거기서 하룻밤을 지내고 스톡홀름으로 가는 것이 어때요? 키루나도 오로라가 자주 출현하는 곳이라니까. 세계 유일의 얼음호텔이 있는 아름다운 곳이기도 하고요."

"아직도 오로라에 미련이 있는 거죠? 좋아요."

우리는 트롬쇠로 가려던 방향을 바꾸어 키루나로 가기로 했다. 나르비크역에 도착하여 키루나로 가는 시간표를 물어보니 오후 4시 5분에 출발하는 기차가 있었다. 잠시 플랫폼 의자에 앉아 기차를 기다리고 있는데 어떤 동양인 부부가 들어오며 일본말로 말을 걸어왔다. 내가 한국인이라고 말하자 부인이 일본인 특유의 공손한 자세로 인사를 했다.

"어디서 오는 길이지요?"

"저희는 지금 키루나에서 오는 중이에요."

"호오, 그래요. 우리는 키루나로 가려고 하는 참인데……. 다음 목적지는 어딘가요?"

"트롬쇠로 가요. 저희는 오직, 오로라를 보기 위해서 북유럽 여행을 왔거든요. 트롬쇠에서 오로라를 보지 못하면 더 북쪽으로 갈 예정입니다."

"오직, 오로라를 위해서? 더 북쪽으로!"

"네, 오직 오로라를 위해서요!"

"키루나에서는 오로라를 보지 못했던가요?"

"키루나가 오로라를 관찰하기에 좋은 장소라고 해서 일주일 동안이나 머물며 고개가 떨어지라고 밤하늘을 쳐다보았는데, 오로라는 끝내 나타나지 않았어요."

"사실 저희도 여기까지 온 건 오직, 오로라를 보기 위해서인데 아직 오로라를 보지 못했거든요."

"그럼 저희와 함께 트롬쇠로 가요."

"우린 이미 키루나로 가는 기차표를 샀어요."

일본인 부부의 오로라에 대한 집념은 대단했다. 그들의 배낭은 우리 배낭보다 두 배 정도는 더 커 보였다. 배낭이 무겁지 않으냐고 물었다.

"무겁지요. 하지만 남편이 서양 음식을 전혀 먹지 못해 일본에서 음식 재료와 취사도구까지 챙겨서 가져오다 보니 이렇게 배낭이 커졌어요. 더구나 남편은 술을 좋아해서 술안주까지 준비하다 보니 배낭이 더욱 무거워졌어요."

"참, 대단한 여행을 하고 있군요."

"아유, 음식 챙기랴 남편 챙기랴 죽을 지경이랍니다."

그들은 마치 무거운 배낭을 메고 오로라를 향해 돌진해 가는 특공대처럼 보였다. 일본인 부부가 사라져가는 모습을 물끄러미 바라보고 있는 나를 위로라도 하듯 아내가 말했다.

"트롬쇠까지 가도 아마 오로라를 보기는 어려울 거예요."

오로라를 보면 아내의 병이 좀 나아질 수도 있지 않을까? 하지만, 이번 여행은 아내를 위한 여행이 아닌가? 아쉽지만 아내의 의견을 따르기로 했다. 키루나를 향하여 출발한 기차는 눈과 호수가 어우러진 스웨덴 북극 산악지방을 느리게 달려갔다.

어두워질 무렵 기차는 키루나역에 도착했다. 키루나역 부근에 있는 호스텔에 도착하니 문이 잠겨 있었다. 아무리 문을 두드려도 인기척이 없었다. 호스텔 바로 옆에는 중국음식점 간판이 보였다. 배가 고픈 우리는 우선 중국집에서 저녁을 먹기로 했다. 음식점으로 들어가니 중국인으로 보이는 중년 남자가 웃으며 우릴 맞이했다.

"반가워요! 저희는 한국에서 왔답니다."

"아, 반갑습니다. 두 분만 여행을 오신 건가요?"

"네."

"그 나이에 배낭여행이라니 대단하시군요. 저는 마이클 장이라고 합니다."

음식 주문을 하면서 호스텔이 문이 잠겨 있다고 했더니 저녁 6시 이후에는 주인이 퇴근한다고 했다. 그는 친절하게도 주인집으로 전화를 걸어 통화를 하더니 30분 후면 주인이 도착할 것이라고 했다. 마이클 장은 무역상사 주재원으로 이곳에 왔다가 키루나의 자연환경에 반해 그만 이곳에 머물게 되었다고 했다.

저녁을 다 먹어 갈 즈음 콧수염을 기르고 빼빼 마른 중년 사내가 들어왔다. 그는 숙박비 320크로네를 받더니 방 열쇠와 현관문 암호를 알려 주고 호스텔 사용 방법을 숨 쉴 틈도 없이 장황하게 설명했다. 그리고 나를 빤히 쳐다보며 질문이 있느냐고 말했다. 아내와 나는 그의 수다에 얼이 빠져 말문이 막혔다.

"침묵은 질문이 없다는 것이겠지요? 그럼 저는 이만 물러갑니다. 애로사항이 있으면 이 번호로 전화 주세요."

그는 손을 흔들며 유유히 사라져 갔다. 숙소에 여장을 풀자 아내는 샤워를 하고 쉬겠다고 했다. 나는 카메라를 메고 홀로 밖으로 나왔다. 혹시 오로라가 출현하지 않을까 하는 기대감에서였다. 1시간 동안 밖에서 덜덜 떨며 오로라가 출현하지 않을까 기다려 보았지만, 오로라는 나타나지 않았다. 나는 터벅터벅 걸어서 숙소로 돌아왔다. 아내의 예감이 맞았다. 아내의 말대로 끝내 오로라는 나타나지 않았지만, 그날 밤 나는 꿈속에서 오로라를 보았다.

다음 날 아침 우리는 버스를 타고 유카스야르비(Jukkasjarvi)로 향했다.

"어머, 저기 이글루가 보여요!"

하얀 눈이 덮인 들판에는 아치형의 대형 이글루들이 늘어서 있었다. 얼음으로 지어진 결혼식장, 얼음교회, 영화관, 미술관, 아이스바, 레스토랑도 있었다. 객실 침대는 부드럽고 따뜻한 순록 가죽으로 덮여있고, 특수 열 침낭 속에서 잠을 자기 때문에 얼어 죽을 일은 없다고 한다. 아이스바에서는 수정 같은 얼음 잔에 칵테일을 즐길 수 있다. 얼음으로 만든 안락의자에 앉아 다정한 연인과 칵테일을 즐기는 모습은 상상만 해도 몽환적이었다.

"얼음호텔에서 하룻밤을 자는 데는 얼마나 될까요?"

"글쎄?"

얼음호텔을 돌아보던 아내는 객실료가 궁금한 모양이었다. 프런트에 객실 요금을 알아보니 장난이 아니었다. 얼음호텔은 콜드 룸, 아트 스위트 룸, 디럭스 스위트 룸 등으로 구분되는데, 2인 1실 기준 최저 640달러에서 1,300달러가 넘었다. 그래도 겨울에는 방이 거의 없다고 한다. 아내에게 객실 요금을 설명했더니 눈이 휘둥그레졌다.

우리는 기념품 가게에서 얼음호텔 기념엽서를 몇 장 사 들고 키루나로 가는 버스를 기다렸다. 한참을 기다려도 버스는 오지 않았다. 마침 빨간색 왜건 한 대가 다가오고 있었다. 내가 히치하이크를 하듯 손을 흔들었더니 자동차가 후진하며 되돌아왔다. 마음씨 좋아 보이는 노인이 고개를 내밀며 싱긋 웃으며 타라고 손짓했다.

노인은 거의 영어를 하지 못했지만 무언가를 우리에게 알려 주려고 무척 노력했다. 우리는 키루나 도심에서 내렸다. 아내가 감사의 표시로 한국 전통 무늬가 새겨진 열쇠고리 하나를 선물로 주었더니 노인은 원더풀을 연발했다. 마음이 따뜻한 노인! 우리는 손을 흔들며 멀어져가는 노인의 차를 한동안 바라보았다.

"어머, 이걸 어쩌지요?"

"아니, 왜요?"

"아이스 호텔에서 산 그림엽서를 몽땅 그 차에 두고 내렸어요."

"저런!"

세상엔 공짜란 없다. 아쉬운 표정을 짓고 있는 아내를 달래며 걸어가는데 갑자기 발바닥이 아팠다. 신발이 다 해져 발가락에 물집이 생기고 물이 새어들었다. 아내의 신발도 물이 새어들고 있었다. 신발가게를 찾아가니 마침 편한 신발을 발견하였다. 가격을 물어보니 한 켤레에 8만 원 정도 했다. 아내와 나는 몇 번을 망설이다가 결국 사기로 했다.

비록 키루나에서 오로라를 보지 못했지만 새 신발을 신고나니 마치 세상을 다 얻은 것처럼 기분이 좋았다. 6시 51분, 우리는 스톡홀름행 기차를 탔다.

정말 심심해서 자살을 할까?

_스웨덴 스톡홀름

▶ 스웨덴 유르고르덴섬
로댕의 '생각하는 사람' 조각상

　무려 16시간이 넘게 기차를 타고 스톡홀름역에 내리니 몸의 중심이 흔들리고 방향감각이 없어졌다. 북유럽 스칸레일 패스를 마지막으로 사용한 긴 여정이었다. 역에 있는 여행자 안내센터에서 숙소를 예약하고 걸어서 호스텔을 찾아가는데 생각보다 멀고 찾기가 힘들었다. 몇 번이나 물어서 겨우 찾아간 호스텔은 지하에 있었다. 호스텔로 내려가는 회전식 복도는 배낭을 메고 내려가기도 힘들

정도로 좁았다. 나보다 몸이 비대한 아내는 낑낑대며 겨우 난간을 빠져 내려갔다.

"아휴, 이렇게 통로가 좁다니…. 사람 잡네요!"

비좁은 복도를 내려가 방으로 들어가니 핸드폰을 든 남자가 며칠 동안 머물 거냐고 물었다. 하룻밤만 머물겠다고 하며 카드로 방값을 결제하겠다고 했더니 현금만 받는다고 했다. 하는 수 없이 배낭을 내려놓고 밖으로 나가 현금을 찾아왔다. 지하에는 20여 명이 잘 수 있는 침대가 층층이 놓여있었다. 남녀 혼성으로 사용하고 있는 침대에는 헝클어진 배낭들이 여기저기 널려 있었다. 아내는 1층 침대에 나는 2층 침대에 자리를 잡았다. 누에고치처럼 2층 침대에서 잠을 청했으나 이 생각 저 생각에 밤새 뒤치락거리다 새벽녘에야 겨우 잠이 들었다.

스톡홀름은 세계 제일의 복지국가답게 모든 시스템이 인간중심으로 되어 있다. 그런데 완벽한 복지제도 때문에 자살률이 오히려 높다니 잘 이해가 되지 않았다. 스웨덴에서 태어나는 아이들 세 명 중 한 명은 미혼모로부터 태어난다고 한다. 스웨덴은 미혼모들에게 경제적인 복지혜택을 더 많이 준다. 미혼모 수당, 육아 수당, 아파트보조금을 주는가 하면, 미혼모들이 냉대와 비난의 대상이 아닌, 하나의 가족 형태로 받아들여져 각종 복지 서비스가 제공된다. 말 그대로 아이를 낳기만 하면 '요람에서 무덤까지' 국가가 보살펴 주는 것이 스웨덴의 복지제도다. 그러나 아무리 완벽한 복지제도를 갖추었다 하더라도 인간을 행복하게 해주지는 못한 모양이다. 완벽한 사회보장시스템은 오히려 사람들에게 정신적인 나태함을 불러

일으켜 자살의 원인이 된다고 한다. 너무 심심해서 우울증에 걸리고 자살을 하게 된다니 참으로 아이러니한 일이다.

"죽고 싶은 생각이 있으면 일을 하라."는 볼테르의 말이 생각났다. 정말 배가 고프면 자살할 생각보다 돈을 벌기 위해 무슨 일이라도 하게 된다. 인도를 여행하면서 보았던 거지들은 하루 끼니를 해결하면 그것으로 만족해하며 하늘을 보고 웃는 모습을 종종 볼 수 있었다. 인간의 행복은 과연 어디에 있는 것일까?

다음 날 아침 보트를 타고 유르고르덴섬으로 갔다. 한 폭의 수채화처럼 단풍으로 물든 숲속을 뚫고 유람선이 유유히 흘러갔다. 유람선에서 내린 우리는 버스를 타고 북방 민족 박물관 앞에서 내렸다.

"웬 사람들이 저렇게 줄을 많이 서 있을까?"

"글쎄요. 뭔가 특별한 것이 있는 모양인데요?"

줄을 서 있는 사람에게 물어보니 박물관 안에서 초콜릿 축제를 하고 있다고 했다. 아내는 당뇨병 때문에 초콜릿을 먹지 못하지만 그래도 입이 함박처럼 벌어졌다. 박물관 안으로 들어서니 이집트 투탕카멘의 황금마스크가 눈에 확 들어왔다.

사람들이 발을 디딜 틈도 없이 꽉 차 있었는데, 주로 어린이들과 젊은 부부들이 많았다. 초콜릿을 제조하는 회사들이 부스에 자기 회사에서 만든 초콜릿을 진열해 놓고 공짜로 시식을 하게 해주고 있었다. 이거, 웬 떡인가! 여행 중에 이런 횡재를 만난다니! 초콜릿도 공짜로 먹고, 눈요기도 하고…….

먹기 좋게 만들어진 초콜릿은 맛도 무척 좋았다. 우리는 진열대에 전시된 다양한 초콜릿을 공짜로 맛을 보았다. 무대에서는 초콜릿 그랑프리 대상자들을 한 줄로 세워놓고 사회자가 인터뷰를 진행하기 시작했다. 수상 대상자들의 이름을 부를 때마다 여기저기서 괴성과 환호가 터졌다. 마침내 축제의 하이라이트인 그랑프리 수상자가 선정되자 장내는 우레와 같은 박수갈채와 환호성으로 가득 찼다. 열기와 환호로 가득 찬 고궁의 초콜릿 축제는 특별한 행사였다.

초콜릿을 실컷 시식한 후 우리는 운하를 따라 낙엽이 휘날리는 숲길을 걸었다. 낙엽을 밟으며 아내와 나는 하염없이 걷고 또 걸었다. 푸른 바다로 둘러싸인 유르고르덴섬은 아름다웠다. 물이 찰랑찰랑 넘실거리는 운하 사이로 그림처럼 비추는 단풍나무들! 바람이 불어오자 가지가지 색깔의 낙엽들이 거울 같은 운하 위로 우수수 떨어져 내렸다.

문득 우리네 인생도 저 낙엽처럼 힘들지 않게 떨어져야 한다는 생각이 들었다. 낙엽은 자신의 길을 너무도 잘 알고 있는 것 같다. 봄에 싹이 났다가, 여름내 탄소동화작용으로 겨울 동안 살아갈 양분을 저장하고, 가을이 오면 미련 없이 몸체에서 떨어져 내린다.

"우리네 인생도 저 낙엽과 같은 거야."

"새삼스럽게 그런 말을…"

"언젠가는 저 낙엽처럼 가볍게 고통 없이 떨어졌으면 좋겠다는 생각이 들어서요."

"아직은 그런 생각을 하기엔 이르지 않은가요?"

"언젠가는 그때가 오지 않겠소? 하지만 죽음은 생이 끝나는 것

이 아니라 새로운 영혼으로 다시 태어나는 시발점이라는 생각이
들어요."

"그렇긴 하지만…"

"하하, 너무 심각한 이야기를 했나?"

우리는 운하를 따라 걷다가 다리가 아프면 운하의 둑에 앉아 쉬
거나 바닷가에 보트를 매어두는 나무 턱에 걸터앉아 먼바다를 바
라보았다. 오전에 보트를 타고 한 번 지나쳤던 길이었지만, 그때와
걸어가고 있을 때의 감정은 사뭇 달랐다.

길 위에 떨어진 낙엽은 바람결에 도미노처럼 또르르 굴러가며
파노라마를 연출했다. 떨어지는 낙엽도, 구르는 낙엽도 어쩌면 저
리도 아름다울까?

"여행의 묘미는 바로 이런 게 아닐까요?"

"무슨 묘미?"

"꽉 찬 마음을 비우게 해주는 것……."

"정답이네요!"

정말 그렇다. 여행은 마음을 가볍게 비워주고 새로운 활력소로
재충전을 시켜준다. 지금 이 시간이 우리에게 그런 메시지를 강하
게 던져주고 있었다. 아름다운 것들은 아름답게 보아주어야 한다는
것. 평화로운 것은 평화롭게 느껴야 한다는 것. 여행은 쉼표와 느
낌표를 동시에 찍어주고 있었다. 적어도 이 순간 아내는 전혀 아픈
사람처럼 보이지 않았다. 모든 것이 풍요롭고 행복하게만 보였다.

유르고르덴섬에는 풍경과 어울리는 조각들이 듬성듬성 세워져

있었다. 조각상 중에서도 로댕의 '생각하는 사람'이 유독 가슴에 와닿았다. 로댕의 '생각하는 사람'은 지옥에 스스로 몸을 내던지기 전에 자신의 삶과 운명에 대해 심각하게 고민하는 인간의 내면세계를 표현하고 있다고 한다.

스웨덴 사람들은 정말 심심해서 자살을 할까? 자살은 아주 순간적인 찰나의 충동이나 다름없다. 그렇다면 지옥에 스스로 몸을 내던지기 전에 자신의 삶과 운명에 대하여 다시 한번 재고를 해보아야 하지 않을까? 찰나의 순간을 넘기고 나면 새로운 삶이 보이지 않을까?

"저기, 바이킹호가 보이네요!"

"저 배가 바로 오늘 밤 우리가 타고 헬싱키로 갈 바이킹 라인이야."

"아하! 그렇군요."

멀리 빨간 단풍 사이로 거대한 바이킹호가 마치 하나의 성처럼 보였다. 우리는 유르고르덴섬을 나와 짐을 챙겨 들고 헬싱키로 떠날 준비를 했다.

선실에 오줌을 갈겨대는
바이킹의 후예

_발트해~핀란드 헬싱키

▶ 스톡홀름에서 발트해를 건너
헬싱키로 가는 바이킹 라인

　스톡홀름에서 발트해를 건너 헬싱키로 가는 바이킹 라인(Viking Line)을 탔다. 내가 바이킹 라인을 선택한 이유는 순전히 '바이킹'이라는 이름 때문이었다. 유레일패스를 소지한 여행자는 약간의 예약비만 내면 바이킹 라인 3등 객실을 탈 수가 있다. 편하게 누워서 가기를 원하면 캐빈(Cabin-일종의 침대) 요금을 따로 지급해야 한다. 북유럽의 짧은 해가 저물어가고 있었다. 노을 속에 모습을 드러낸 바이킹 라인은 마치 거대한 빌딩처럼 보였다. 승객을 2,500명이나 태운다고 하니 어지간한 빌딩보다 훨씬 더 큰 배다.

선실에 오르니 밴드가 음악을 연주하는 가운데 화려한 의상을 걸친 북유럽의 팔등신 미녀들이 미소를 지으며 환영을 했다. 새빨간 입술에 은색 망토를 걸친 미녀들이 마치 요정처럼 보였다. 바이킹호는 16시 50분 정각에 출발했다. 뱃고동을 길게 울리며 발트해를 향해 닻을 올리는 바이킹호의 위용은 대단했다. 배가 움직이기 시작하자 승객들이 큰소리로 환호를 지르기 시작했다. 그 모습은 마치 비운의 타이타닉호를 연상케 했다. 나는 배낭을 쇠줄로 엮어서 자물쇠를 채워 의자에 걸어놓고 아내와 함께 갑판 위로 올라갔다. 엘리베이터를 타고 꼭대기 층으로 올라가 문을 열고 나가려고 하자 강한 바람이 나를 배 안으로 밀어 넣어 버렸다. 몸을 날려버릴 것만 같은 강풍이었다.

"바람이 너무 세니 당신은 배 안에서 기다리고 있어요."

"그럴 수야 없지요."

내가 조심스럽게 문을 붙들고 필사적으로 밖으로 나가자 아내도 기어코 따라 나왔다. 잘못하면 바람에 날아갈 것만 같았다. 노을빛을 받으며 바이킹호는 유르고르덴섬과 셰프스홀맨섬 사이를 유유히 미끄러져 나갔다.

"와우, 당신 모습이 영화 타이타닉 주인공처럼 멋지게 보이네!"

"호호, 그래요? 모두가 당신 덕분이지요."

"하지만 나는 당신을 3등 객실에 태우는 가난한 여행자인걸."

"그래도 나는 백만장자보다 당신이 더 좋은걸요. 호호호."

우리는 영화 타이타닉의 주인공 흉내를 내며 깔깔 웃어댔다. 인생이란 한 편의 영화와 같은 것이 아니겠는가? 유르고르덴섬을 빠져나가 넓은 바다 쪽으로 나아가자 강한 바람 때문에 갑판 위에 서 있기 어려웠다. 그대로 있다간 정말 바람에 날려 발트해의 고기밥이 되어 버릴 것만 같았다.

여객선 안에는 카지노, 나이트클럽, 디스코 클럽, 푸드 가든, 미니 바, 퍼브, 뷔페식당 등이 호화롭게 갖추어져 있었다. 뷔페에서 저녁을 먹는 동안 발트해의 넓은 바다로 빠져나갔다. 넓은 바다로 나아가자 배가 심하게 흔들렸다.

"너무 심하게 흔들리는데 괜찮을까요?"

"걱정하지 말아요. 이 배는 그 유명한 바이킹호가 아니오."

클럽에서는 승객들의 춤사위가 벌어지고 있었다. 흔들리는 선실 홀에서 남녀가 한 쌍이 되어 빙글빙글 잘도 돌아가고 있었다. 우리는 포도주 두 잔을 시켜 발트해의 무사 항해를 기원하는 축배를 들었다. 벌써 꼭지가 돌 정도로 술에 취한 취객들이 비틀거렸다. 먹고 마시고 춤을 추고 떠들어대는 바이킹호의 모습은 그야말로 아수라장이었다.

발트해의 밤은 길었다. 밤이 깊어지자 점점 취객들이 늘어났다. 3등 객실로 돌아와 잠을 청했지만, 쉽사리 잠을 이룰 수가 없었다. 술 취한 취객들이 밤새 들락날락하는 데다가 객실은 추웠다. 눈을 감고 잠을 청하는데 갑자기 수돗물 흘러내리는 소리가 났다.

"웬 물소리지요?"

"배에 물이 새는 것 아닐까?"

순간 비운의 타이타닉호가 생각났다. 눈을 떠보니 맙소사! 술 취한 취객이 객실출입문에 서서 오줌을 신나게 갈겨대고 있었다. 화장실이 아니라고 아무리 말을 해도 그는 막무가내였다. 다른 승객이 보다 못해 일어나 그를 떠밀치며 화장실로 가라고 소리를 지르자, 그는 그대로 벌렁 누운 채로 오줌을 갈겨댔다. 완전히 취해버린 그는 인사불성이었다. 선실 바닥은 오줌으로 흥건히 젖어 들었다. 오줌 냄새가 코를 찔렀다. 설상가상으로 취객은 십자가를 그리며 길게 누워서 코를 드르릉드르릉 골기 시작하더니 잠꼬대를 하며 한쪽 발을 뻗어 내 다리 위에 얹어 놓았다.

"이거야 정말, 제발 좀 다리를 내려다오."

그러나 만취가 된 그는 막무가내였다. 그는 웩웩 트림을 하더니 오물까지 선실 바닥에 토해냈다. 지옥이 따로 없었다. 잠을 자기는 이미 글렀다. 나는 조심스럽게 다리를 빼내어 아내 쪽으로 몸을 잔뜩 웅크렸다. 오줌 냄새, 술 냄새, 소음, 취객들의 비틀거림, 파도에 흔들리는 배……. 나는 잠을 이루지 못하다가 새벽녘에야 깜빡 잠이 들었다. 아내가 날이 밝았다고 나를 흔들어 깼다. 문제의 취객은 그때까지도 코를 드르렁거리며 세상없이 자고 있었다.

밖으로 나가니 어슴푸레한 여명 속에 핀란드 땅이 보이기 시작했다. 헬싱키 항구에 가까이 다가갈수록 점점 도시의 윤곽이 드러났다. 우여곡절 끝에 '발트해의 아가씨'라고 불리는 헬싱키에 도착했다. 내 생애 가장 오랜 시간을 배 안에서 보낸 지옥 같은 밤이었다. 배에서 내리자 몸이 흔들거렸다. 아직도 배 안에 있는 것만 같았다.

우리는 선착장에서 가까운 호스텔에 짐을 풀고 커피와 빵으로 간단하게 아침 식사를 한 후 도심으로 가기 위해 트램을 탔다. 트램에 오르니 검은 머리에 갈색 눈동자를 가진 사람들이 눈에 많이 띄었다. 검은 머리를 보니 어쩐지 낯설지 않고 정감이 갔다. 핀란드 민족은 아시아 계통 흉노족의 한 갈래라고 한다.

트램에서 내려 맨 처음 도착한 곳은 우스펜스키 교회였다. 붉은색 벽돌과 청회색 지붕이 조화를 이루고 있는 황금색의 첨탑은 우아하면서도 화려했다. 헬싱키 대성당은 우스펜스키 교회와 정반대의 느낌을 주었다. 상앗빛 하얀 벽과 기둥, 푸른 하늘로 솟아있는 녹색의 돔은 눈이 부시도록 아름다웠다.

"여보, 저기 태극기가 보여요!"

"어, 정말 태극기네!"

우연히 발견한 태극기! 어찌나 반갑던지 우리는 태극기가 걸려있는 건물 쪽으로 걸어갔다. 핀란드 한국대사관이었다. 벨을 누르니 경비원이 한국인을 바꾸어 주었다.

"무슨 용건으로 오셨지요?"

"서울에서 온 여행자인데요. 태극기를 발견하고 그냥 한번 들르고 싶어서요."

"아, 그래요. 잠깐만 기다리세요."

대사관으로 들어가니 한국인으로 보이는 여직원이 친절하게 맞이하며 원두커피 두 잔을 가져왔다. 우리 부부가 둘이서 배낭여행을 하고 있다는 말을 듣고 그녀는 눈을 크게 뜨고 놀라면서 헬싱키에 대하여 친절하게 안내해 주었다. 자작나무 숲을 찾아가고 싶다고 했더니 세우라사리(Seurasaari) 야외박물관을 소개해주며, 올림픽 경기장에 가면 핀란드 시내를 한눈에 조망할 수도 있고, 핀란드 사우나도 저렴하게 할 수 있다고 귀띔해주었다. 우리는 그녀에게 감사 인사를 하고 한국대사관을 나왔다.

트램을 타고 그림 같은 거리를 지나 암석 교회에 도착했다. 템펠리아우키오(Temppeliakio) 암석 교회는 자연을 그대로 보전하면서 특징을 살려 지은 건물이었다. 토굴 같은 문으로 들어가니 수백 개의 서까래가 타원형으로 둘려 있고, 천장은 유리로 되어있어 하늘이 훤히 보였다.

교회 안으로 들어가니, 마치 비행접시를 탄 느낌이 들었다. 천장의 돔은 아무런 장식이 없는 게 오히려 마음에 들었다. 거대한 파이프 오르간이 벽에 설치되어 있었다. 빨간색 의자에 앉아 잠시 묵상에 잠겨 있는데 갑자기 파이프 오르간이 울려 퍼졌다. 어찌나 장엄하고 신비하던지! 아마 그 장엄한 파이프 오르간 소리는 평생 잊지를 못할 것 같았다. 암석 사이로 물이 흘러내리고 독특한 디자인으로 자연의 음향효과를 그대로 살리고 있어 오르간 소리는 더욱 성스럽게 들려왔다. 마음이 정화되고 긴장이 풀려 몸과 마음이 저절로 힐링이 되는 것 같았다. 교회 안에 들어온 사람 모두가 조용히 침묵하고 있었다. 묵언정진(黙言精進)! 백 마디의 설교보다 묵언으로 올린 기도가 하느님께 더 가까이 가는 길이 아닐까? 우리는 촛불을 켜 들고 침묵 속에 기도를 올렸다. 저절로 경건한 마음이 들었다.

핀란드에서 내가 가장 가고자 했던 곳은 라플란드 자작나무 숲이었다. 우리는 라플란드 자작나무 숲을 가지 못한 대신 대사관 직원이 알려 준 세우라사리 야외물관(Seurasaari Open-Air Museum)으로 출발했다. 헬싱키 북서쪽 외곽에 있는 세우라사리 섬은 호스텔에서 약 1시간 정도 걸렸다. 트램에서 내리니 자작나무 숲에 둘러싸인 섬이 나타났다. 우리는 자작나무 숲을 거닐며 신선한 공기를 마음껏 들이마시며 바이킹호에서 묻혔던 지린내를 숲속으로 털어냈다. 자작나무 숲길을 걷다 보니 몸과 마음이 저절로 힐링이 되었다.

핀란드는 마누라 없인 살아도 사우나 없이는 살지 못한다는 나라이다. 핀란드 사람들은 사우나에서 태어나서, 사우나에서 죽는다고 할 정도로 사우나를 좋아한다고 한다. 집을 지을 때도 사우나부터 짓고, 비즈니스 상담도 사우나에서 하고, 시신까지도 사우나에서 닦는다고 한다. 핀란드에 왔으니 그 유명한 핀란드 사우나를 한번 경험해보기로 했다.

우리는 올림픽 경기장 내에 있는 핀란드 사우나를 찾아갔다. 올림픽 경기장에 들어서니 자작나무 숲속에 경기장이 깔끔하게 들어서 있었다. 1972년 올림픽경기를 개최했다는 경기장은 조용하고 한적했다. 높이 72m의 타워에 올라가 시내를 바라보니 헬싱키는 도시라기보다는 숲에 둘러싸인 큰 정원처럼 보였다.

타워에서 내려와 경기장 부속 사우나로 들어갔다. 사우나 요금은 1인당 2유로였다. 사우나실 안으로 들어가니 넓은 홀에는 샤워 시설이 갖추어져 있고 물통이 몇 개 놓여있었다. 샤워로 몸을 씻고 스모크 사우나라고 표시된 곳으로 들어가니 별로 뜨겁지도 않고 스팀도 나오지 않았다. 천장과 벽은 자작나무로 둘러싸여 있고, 한 구석에는 벌겋게 달구어진 돌무더기가 있었다. 그때 몸이 뚱뚱하고 가슴에 털이 부숭부숭하게 덮인 어떤 사내가 사우나실로 들어왔다. 그는 양동이에 물을 담아오더니 바가지로 물을 떠서 뜨겁게 달구어진 돌에다 부었다. 순식간에 실내는 증기로 가득 찼다. 실내 공기가 갑자기 뜨거워졌다. 너무 뜨거워서 참을 수가 없었다. 사우나를 별로 좋아하지 않는 나는 그 뜨거운 증기에 질려서 밖으로 나오고 말았다.

핀란드 사우나는 2000년 전부터 개발된 핀란드만의 독특한 목욕법이다. 핀란드는 전국에 160여만 개나 되는 사우나가 있다고 한다. 과연 사우나의 나라답다. 핀란드 사람 네 명 중의 한 명이 사우나실을 가지고 있다니 자동차보다 더 많은 숫자다. 핀란드 속담에 '만약 사우나와 보드카가 당신의 병을 고칠 수 없다면 아무도 그 병을 고칠 수 없다'란 말이 있다. 마누라 없인 살아도 사우나 없인 살지 못한다는 말이 실감이 났다.

호스텔로 돌아온 우리는 저녁을 먹고 잠시 바닷가를 산책하다가 호스텔 침대에서 가부좌를 틀고 명상을 들었다. 숨을 코로 깊게 들어 마시고 입으로 천천히 후유~ 하고 길게 토해냈다. 바이킹호도, 선실에 오줌을 갈겨대는 바이킹의 후예도 점점 멀리 사라져 갔다.

삶이 그대를 속일지라도

_러시아 상트페테르부르크

▸상트페테르부르크 '피의 사원' 앞
결혼식을 올린 신랑 신부와 친구들

10월 16일 오후 3시, 헬싱키역에서 러시아로 가는 기차를 탔다. 열차 난간 앞에는 러시아 군인 모자를 쓴 역무원이 날카로운 눈초리로 우리를 훑어보았다. 열차에 오르려고 하자 그는 여권과 승차권을 달라고 하더니 돌려주지 않았다.

여권을 돌려주지 않느냐고 하자 그는 빨리 기차에 오르라고 턱을 들어 입구 쪽을 가리켰다. 6인석으로 되어있는 객실은 육중한 철문으로 되어있었다. 객실로 들어가 철문을 닫으니 "철커덕!"하며 마치 감옥문이 닫히는 소리처럼 요란하게 들렸다. 바닥에 깔린 카펫에서는 두엄 썩는 냄새가 진동했다. 매우 밀폐된 공간이었다.

"숨이 막혀 버릴 것만 같군요."

아내는 코를 손으로 감싸며 질색을 했다. 기차가 석양 노을이 지는 헬싱키를 뒤로하고 움직이기 시작하자 숨통이 좀 트이는 것 같았다. 헬싱키 도심을 벗어나자 끝없는 자작나무 숲이 이어졌다. 역무원이 여권과 승차권을 돌려주어 안도의 숨을 쉬고 있는데 곧 군복을 입은 여자 경찰이 또다시 여권을 회수해 갔다. 한참을 기다리자 여자 경찰이 여권을 주고 가더니 이번에는 사복 경찰관이 여권을 다시 검사했다. 도대체 몇 번이나 여권을 검사했는지. 당시에는 러시아 비자를 받기가 무척 까다로웠다. 러시아 현지 여행사로부터 '초청장'을 받아서 첨부하여 '여행 바우처(Travel Voucher)' 접수확인서를 발급받아야 했다. 비자 비용도 한 달 전, 일주일 전 등 일수에 따라 달랐다. 나는 1인당 13만 원의 거금을 들여 러시아 비자를 어렵게 받았다(최근에는 60일 무비자 여행이 가능하도록 바뀌었다).

밤새 뒤척이다 겨우 잠이 들었는데 군인 복장을 한 승무원이 상트페테르부르크에 도착했으니 내리라고 했다. 러시아에 첫발을 내딛는 순간 어쩐지 가슴이 얼어붙는 느낌이 들었다. 거리에는 흰 눈이 내리고 있었다.

새벽이라 대중교통을 이용하기도 어렵고 말이 전혀 통하지 않아서 우리는 택시를 탔다. 우락부락하게 생긴 택시 운전사가 다소 마음에 걸리기는 했지만, 그는 우리가 머물 나타샤란 민박집 앞에 안전하게 내려주었다. 헬싱키에서 출발하기 전 인터넷에서 우연히 나타샤의 민박집을 발견한 나는 나타샤라는 이름이 어쩐지 마음에 들어서 숙소를 나타샤의 집을 택했다.

나타샤의 집으로 들어가니 한국인 나타샤가 반갑게 맞이해 주었다. 숙소 이름만 보고 처음엔 러시아인이 경영하는 게스트하우스인 줄 알았는데 알고 보니 한국인이 운영하는 게스트하우스였다. 나타샤의 집은 아주 오래된 낡은 아파트였다. 나타샤의 말로는 아마 지은 지 70년은 넘었을 것이라고 했다. 벽에 세워진 낡은 라디에이터가 오래된 아파트라는 것을 말해주고 있었다.

세 개의 방이 있었는데 나타샤는 그중에서 방 두 개를 민박으로 사용하고 있었다. 그녀는 첼로를 전공하는 딸을 뒷바라지하기 위해 한국을 떠나 온 지 10년이 넘었다고 했다. 우리나라 어머니들의 교육열은 참으로 대단하다. 딸의 음악교육을 위해 멀리 동토의 땅 러시아까지 와서 민박집을 운영하는 나타샤야말로 현대판 신사임당이라는 생각이 들었다.

"음악을 좋아하세요?"

"네, 좋아합니다."

"주로 어떤 음악을 좋아하세요?"

"어떤 음악이나 다 좋아하지만, 러시아에 오니 라흐마니노프를 듣고 싶군요."

"아, 그래요. 잠시만 기다리세요."

나타샤는 안방에 있는 오디오에 CD를 넣더니 내가 좋아하는 '피아노 협주곡 2번'을 틀어주었다. 창밖을 바라보니 눈이 펑펑 쏟아져 내리고 있었다. 마치 닥터 지바고의 한 장면을 연상케 하는 풍경이랄까? 동토의 땅 러시아에 도착한 첫날 눈 내리는 풍경은 우리의 마음을 사로잡기에 충분했다. 나는 문득 백석 시인의 '나와 나타샤와 흰 당나귀'란 시가 떠올랐다. '가난한 내가 아름다운 나타샤를 사랑해서 오늘 밤은 눈이 푹푹 나린다 …… 눈은 푹푹 나리고 아름다운 나타샤는 나를 사랑하고 어데서 흰 당나귀도 오늘 밤이 좋아서 응앙응앙 울을 것이다' 창밖의 풍경이 그의 시와 같은 분위기였다. 눈이 내리는 나타샤의 집에 딱 어울리는 시였다. 나는 아내를 포옹하며 아내의 볼에 가볍게 키스를 했다.

"오, 나의 사랑하는 나타샤!"

"아니 갑자기 왜 이러세요?"

"눈이 푹푹 내리니 당신이 더욱 사랑스럽게 보이네!"

"아이고, 잠이나 자요."

상트페테르부르크는 핀란드만으로 흘러나오는 네바강의 델타 석호(潟湖) 지대에 세워진 물 위의 도시로 100개 이상의 섬과 500여 개의 다리로 연결되어 있다. 그래서 상트페테르부르크는 '러시아의 베네치아'라고도 불린다. 다음 날 네바강 변으로 산책을 나섰다. 강변에는 먹구름이 끼고 바람이 강하게 불고 있었다. 바람이 너무 거세게 불어와 눈을 뜰 수가 없었다. 우리는 강변 산책을 멈추고 도심으로 가기 위해 지하철역으로 갔다. 지하철은 매우 깊었다. 에스컬레이터를 타고 한참을 내려갔는데도 탑승장이 나오지 않았다. 도대체 지하 몇 미터까지 내려갔는지 가늠하기가 어려웠다. 지하철문은 왜 그리 또 육중한지. 사람을 태우고 나면 육중한 철창문이 철커덕 소리를 내며 닫혔다.

넵스키 대로에서 내려 밖으로 나가니 컴컴한 지하철과는 다른 세계가 펼쳐졌다. 바로크 양식과 클래식 양식으로 지어진 중후한 건물들이 제정 러시아 시대의 화려한 영화를 보여주고 있었다. 성 이삭 대성당으로 가기 위해 넵스키 대로를 따라 서쪽으로 걸어갔다. 이삭 대성당 앞에 서서 아내는 우선 그 규모에 놀라 입을 다물지 못했다. 상트페테르부르크의 어느 건축물도 이 성당의 높이 (101.5m)를 초과하지 못하도록 규제한다고 한다. 이는 로마의 건축물을 베드로 성당 높이를 초과하지 못하도록 제한 것과 같다.

교회 내부는 화려함의 극치를 이루고 있었다. 천장에 새겨진 성화는 눈이 부셔 바라보기가 곤혹스러울 정도였다. 이 성당을 짓는 동안에도 수많은 노동자가 죽어갔다고 한다. 상트페테르부르크는 인민의 피와 뼈 위에 세운 도시다. 1년의 절반은 장마와 홍수로, 나머지 절반은 눈과 얼음으로 뒤덮이는 혹독한 기후 조건 속에서 새로운 도시를 건설하겠다는 표트르 대제의 야망은 수많은 노동자, 농민들을 추위와 굶주림, 과로와 질병으로 내몰았다. 공사 기간 중 도시 전체 인구의 3분의 1이 피를 흘리며 네바강의 물에 빠져 죽어갔다고 하니 한 인간의 욕망이 얼마나 잔인한가.

우리는 성당 밖으로 나와 뺑뺑이 계단을 타고 전망대로 올라갔다. 전망대 입구에는 할머니가 지키고 앉아 입장료를 따로 받았다. 러시아는 매표소 직원들이 거의 할머니들이다. 이들은 공산당원으로 매우 관료적이어서 하나같이 석고상처럼 딱딱했다. 친절은커녕 호통이나 맞지 않으면 다행이었다.

할머니에게 200루블을 지급하고 헐떡거리며 긴 계단을 타고 오르니 멀리 네바강과 도시 전체 풍경이 한눈에 들어왔다. 전망대에 장치된 스피커에서는 차이콥스키의 교향곡 '비창'이 흘러나오고 있었다.

이삭 성당을 나와 우리는 황제들의 겨울 궁전이라 부르는 에르미타슈 미술관으로 걸어갔다. 에르미타슈 미술관은 자세히 관람하려면 한 달이라도 부족할 만큼 방대한 규모다. 미술관에는 약 300만 점에 달한다는 소장품이 보관되어 있다고 한다. 그 많은 소장품 중에서 내가 가장 보고 싶었던 그림은 렘브란트의 '돌아온 탕자'였다. 아내와 나는 미로 같은 방들을 지나 렘브란트의 '돌아온 탕자'가 전시된 방을 겨우 찾아냈다. 그림 한 장을 감상하는 것이 뭐 그리 대단하겠느냐고 반문을 할 수도 있지만, 동토의 땅에서 '돌아온 탕자'를 감상하게 되니 감회가 남달랐다.

렘브란트의 '돌아온 탕자'는 '누가복음서' 15장에 관한 이야기를 담은 그림이다. 한 아들이 아버지한테서 자기 몫의 재산을 미리 받아서 먼 객지로 떠나 방탕한 생활로 재물을 다 없애버리고 남의 집 더부살이로 연명을 하지만, 누구도 그를 동정하여 도와주는 사람이 없자, 아들은 그때야 비로소 정신이 들어 아버지한테로 돌아간다. 아들은 조용히 무릎을 꿇고 아버지의 가슴에 안기고 있다. 집을 나설 때 화려했을 옷은 걸레처럼 낡아 빛이 바래져 있고, 신발은 해지다 못해 뒤창이 떨어져 나가 있다. 돌아온 아들을 맞이하는 아버지의 표정은 담담하기만 하다.

사람은 누구나 '돌아온 탕자'의 기질을 가지고 있다. 앞으로 살아갈 날이 얼마나 될지는 모르지만, 이 한 장의 그림을 통해서 더욱더 많은 용서와 화해, 그리고 참회하면서 보내고 싶다는 생각이 들었다.

　너무 많이 걸은 탓인지 아내가 저혈당 증세가 나타나 초콜릿을 먹고 난 후 잠시 휴식을 취했다. 궁전광장 앞에 맥도널드 마크를 보았던 기억이 나서 아내를 부축하고 맥도널드 가게로 갔다. 가까스로 맥도널드에 도착한 나는 빅맥과 감자 칩을 시켜 먹었다. 다행히 아내는 곧 회복되었다.

　나타샤는 상트페테르부르크에서 세 개의 궁전을 꼭 가보라고 권했다. 겨울 궁전, 여름 궁전, 예카테리나 궁전. 그중에서도 호박(Amber)보석으로 치장한 예카테리나 궁전을 꼭 가보라고 했다.

　"예카테리나 궁전은 새로 단장을 해서 올해 문을 다시 열었는데요, 이곳에 살고 있는 나도 아직 가보지 못했어요. 일일 입장객 수와 입장 시간을 엄격히 제한하므로 일찍 가야 해요."

　나타샤는 친절하게도 예카테리나 궁전으로 가는 길을 러시아 말로 적고 그 밑에 한글로 발음까지 달아주며 자세하게 일러주었다. 방향을 묻는 말도 간단하게 적어주었다. '넵스키 그제(넵스키 거리로 갑시다)', '까라블예 스트로이쩰예이 그제(나타샤의 집 주소)', '스빠시바(감사합니다)' 등. 그녀는 포스트잇에 꼭 필요한 러시아말을 몇 가지 러시아어로 쓰고, 그 밑에 한글로 발음을 달았다.

"여보, 어제가 아니고 그제야."

"그렇지. 그제, 그제, 그제를 잊지 말아야겠군."

'그제'는 방향을 묻는 러시아 말이라고 했다. 러시아에 와서 가장 답답한 것은 의사소통이었다. 러시아는 거의 다른 언어를 쓰지 않을 뿐만 아니라, 심지어 국제 여행안내 센터의 안내원들도 영어를 전혀 알아듣지 못했다.

무식하면 용감하다고 했던가? 우리는 나타샤가 적어준 메모지 한 장을 들고 예카테리나 궁전으로 가기 위해 나타샤의 집을 나섰다. 나타샤의 말대로 초록색 3번 지하철을 타고 다시 파란색 4번 지하철로 갈아탔다. 아내와 나는 지하철 정거장 수를 손가락을 꼽아 세며 일곱 번째 역인 마스코프스카야 역에서 내려 푸시킨 고로드로 가는 마이크로버스를 탔다. 갈아타는 역을 놓치지 않으려고 잔뜩 긴장하며 용을 쓰다 보니 메모지를 든 손에 땀이 났다.

마이크로버스가 도심을 빠져나가자 러시아의 전형적인 농촌 풍경이 펼쳐졌다. 끝없이 펼쳐진 들판을 지나 우리는 푸시킨 고로드에 도착했다. 버스정류장에서 20여 분 정도를 걸어가니 화려한 궁전이 푸른 초원에 나타났다. '세계 8대 기적'이라고 불리는 예카테리나 궁전은 정문에서부터 숲, 조각상, 연못 등 모든 것이 조화를 이루며 궁전을 더욱 아름답게 장식하고 있었다.

궁전 앞에는 관람객들로 장사진을 이루고 있었다. 호박방을 보기 위해 몰려든 인파였다. 호박방은 제2차 세계 대전 당시 독일군에 의해 파괴되었다가 상트페테르부르크 도시 건설 300주년을 맞이하여 24년 동안의 복원공사 끝에 62년 만인 2003년 6월에 문을 다시 열게 되었다고 한다. 입장객을 제한한다는 정보는 나타샤의 귀 띔으로 이미 알고 있었지만 이렇게 사람이 많을 줄은 몰랐다. 거의 1시간 가까이 줄을 서서 기다렸는데도 우리 차례가 오지 않았다. 비까지 부슬부슬 내렸다.

"여보, 저 사람들은 분명히 우리 뒤에 섰던 사람들인데 새치기를 하고 있어요."

"정말 이러다간 날 새겠는데……."

아내와 나는 새치기를 한 사람들 앞으로 밀치고 나갔다. 궁전 관리인이 러시아어로 말을 하며 화를 냈다. 러시아말을 못 알아듣는 나는 한국어로 큰 소리로 말했다.

"우리 뒤에 저 사람들이 새치기한 거예요."

한국말로 항의를 하는 우리를 바라보며 관리인은 어이가 없는 듯 그냥 픽 웃고 말았다. 러시아인들이 새치기하는 것을 뻔히 보고 있었기 때문이다. 그는 한국말을 알아듣지는 못하지만, 우리가 무슨 말 하는지는 이해를 하고 있었다. 궁하면 통한다. 일단 우리는 궁전 입장에 성공했다.

궁전에서 가장 화려한 부분은 '황금의 엔필라데(enfilade : 출입구의 병렬 배치법)'라 불리는 일렬로 늘어선 화려한 방들이다. '호박의 방' 도 그중의 하나이다. '호박의 방'에 들어서자 사방에서 뿜어내는 황금빛 보석이 눈을 어지럽게 만들었다. 가지가지 색깔의 호박 보석을 정교하게 가공한 후 큰 판으로 만들어 벽과 천장 전체에 호박 보석으로 채워 놓고 있었다. 장식장과 가구, 탁자도 모두 호박 보석 일색이었다. '지구상에서 가장 호화로운 방'이라는 말을 실감케 했다.

밖으로 나오니 햇살이 눈부시게 초원에 부서지고 있었다. 한쪽은 노랗게 단풍이 든 나무가, 다른 한쪽은 푸른 삼나무가 늘어서 있는 정원이 퍽 이채롭게 보였다. 신선한 공기와 물, 나무들은 호박 보석보다 귀한 존재들이다.

예카테리나 궁전 바로 그 옆에는 푸시킨이 공부했던 리체이 학습원이 붙어 있었다. 이 학습원은 러시아 귀족 자제들을 교육할 목적으로 세워진 학교였다. 모스크바의 오래된 귀족 가문에서 태어난 푸시킨은 '학습원'의 제1기생으로 졸업했다.

영국에 셰익스피어가 있고, 독일에 괴테가 있다면, 러시아에는 푸시킨이 있다. 푸시킨은 러시아의 국민 시인으로 추앙을 받고 있다. 나는 예카테리나 궁전보다는 푸시킨이 공부를 했다는 학습원에 관심이 더 쏠렸다. 학습원 내부를 둘러보고 뒤뜰로 돌아가니 작은 공원이 있었다. 공원 중앙에는 푸시킨 동상이 오른손으로 턱을 괴고 앉아 깊은 사색에 잠겨 있었다.

흥미로운 것은 푸시킨이 아프리카 혈통을 이어받았다는 믿기지 않는 사실이다. 곱슬머리에 두툼한 입술을 한 동상이 그의 혈통을 말해주고 있었다. 표트르 대제 시절 에티오피아에서 건너온 푸시킨의 외조부는 표트르의 총애를 받아 귀족 작위를 하사받았다. 푸시킨은 에티오피아가 고향인 그 외조부의 혈통을 이어받은 후손이다.

빗방울이 옷깃을 촉촉이 적셨다. 비를 맞으며 푸시킨 동상을 바라보노라니 문득 '삶이 그대를 속일지라도'란 푸시킨의 시가 떠올랐다. 학창 시절에 누구나 한 번쯤은 이 시를 낭송해보았을 것이다. 나 역시 고등학교 시절에 애창했던 시다. 나는 비를 맞으며 '삶이 그대를 속일지라도'란 푸시킨의 시를 낮게 읊조렸다.

"삶이 그대를 속일지라도 슬퍼하거나 노하지 말라! 슬픈 날엔 참고 견디면 즐거운 날이 오고야 말리니……."

"호호, 그 시를 아직도 잊지 않고 있다니 놀랍네요."

푸시킨의 시처럼 삶이 우리를 속일지라도 정말 슬퍼하거나 노하지 않을 수 있을까? 슬픔의 날을 참고 견딘다고 해서 꼭 기쁨의 날이 오라는 보장은 없지 않은가? 모든 것은 순간 속에 지나가고 만다. 삶은 한순간에 지나가 버리는 것이니 오히려 미래에 살지 말고 찰나의 순간을 후회 없이 살아가야 하지 않을까? 우리는 푸시킨의 학습원과 정원을 산책하다가 오후 늦게 상트페테르부르크로 돌아왔다.

넵스키 대로에서 내려 운하를 따라 '피의 사원' 쪽으로 걸어갔다. 운하 속에 비치는 성당이 한 폭의 그림처럼 보였다. 우리는 피의 사원을 들러본 후 어느 카페로 들어가 점심을 먹기로 했다. 깃발로 화려하게 장식된 카페의 천장에는 이상한 휘장이 둘려 있었다. 카페로 들어가자 짧은 미니스커트를 입은 종업원들이 묘한 표정을 지으며 쳐다보았다. 우리는 이름도 모르는 러시아 음식과 맥주 한 병을 주문했다. 값을 물어보니 320루블이라고 했다. 러시아에 와서 처음으로 맛보는 레스토랑 음식이었다.

"우리들의 러시아 여행을 위하여 건배!"

"건배!"

카페에서 점심을 먹고 나오니 거리에는 러시아 인형을 파는 노점상이 줄이어 있었다. 아내는 요술 주머니처럼 생긴 러시아 인형 하나를 샀다. 오뚝이처럼 생긴 인형에서는 양파 껍질처럼 점점 작은 인형이 계속 쏟아져 나왔다.

"정말 무진장 쏟아져 나오네!"

"너무 귀엽지 않아요?"

러시아 인형을 들고 아내는 매우 만족스러운 표정을 지었다. 마트료시카(Matryoshka)라고 불리는 이 인형은 러시아어로 어머니란 뜻의 '마쯔'에 어원을 두고 있다. 다산과 다복을 기원하는 러시아 인형은 보통 자작나무로 만들어진다. 겉으로 보면 한 개인데 중간 허리를 돌리면 양파 껍질을 벗기듯 조금씩 작아지는 인형들이 자꾸만 솟아 나온다.

피의 사원 앞에는 웨딩드레스를 입은 신부가 축하객들에 둘러싸여 사진을 찍고 있었다. 신랑 신부는 아랑곳하지 않고 들러리를 서고 있는 하객들끼리 서로 부둥켜안고 키스를 하고 있었다.

상트페테르부르크의 겨울 해는 매우 짧다. 오후 3시인데도 벌써 거리가 어두워졌다. 우리가 러시아 인형을 산 뒤부터 우리 뒤를 그림자처럼 따라다니는 가죽 잠바 차림의 청년들이 몇 명 있었다. 그 중의 한 명이 내 배낭의 뒤를 손대는 것을 눈치를 챘다.

"여보, 조심해요!"

"알고 있어요. 상관 말고 그대로 빠른 걸음으로 지하철역으로 들어갑시다. 절대 뒤를 돌아보지 말아요."

이럴 때는 뒤를 돌아보지 말아야 한다. 뒤돌아서 얼굴을 보면 그들은 폭력을 행사하기 때문이다. 특히 러시아엔 힘없는 아시아인들을 골라 주먹을 휘두르는 '스킨헤드'들이 있다는 정보를 나는 알고 있었다. 우리는 그들을 모른 척하고 잰걸음으로 사람들이 구름처럼 몰려드는 지하철역으로 들어갔다. 지하철역에는 마침 퇴근 시간인지라 많은 사람이 오가고 있었다. 우리는 군중 속에 묻혀 재빨리 지하철 문을 통과하여 그들을 따돌리고 안으로 들어갔다. "휴~" 긴 안도의 한숨이 절로 나왔다.

지하철을 타고 한 정거장을 지나 센나야 역에서 내렸다. 센나야 역에는 도스토옙스키의 소설 '죄와 벌'의 주인공인 리콜리니코프가 속죄하며 대지에 입을 맞춘 광장이 있었다. 도스토옙스키는 이 광장에서 가까운 운하 근처 노란색 건물 하숙방에서 3년간 머무르며 '죄와 벌'을 썼다고 한다. 갱을 따돌리려고 하다가 우연히 '죄와 벌'의 무대인 센나야 광장을 서성거리다가 지하철을 타고 숙소로 돌아왔다.

상트페테르부르크를 떠나가야 할 시간이 다가왔다. 5일간의 시간이 금방 지나갔다. 밤늦게 우리는 모스크바로 가는 야간열차를 타기 위해 나타샤의 집을 나섰다. 우리를 환송하기라도 하듯 아침부터 눈이 하얗게 내리고 있었다. 나타샤가 버스정류장까지 환송을 나와 주었다.

"나타샤, 그동안 정말 고마웠습니다."

"누추한 집에서 머무는 동안 불편하시지는 않았는지요? 두 분이 부러워요. 두 분이 세계일주를 무사히 끝내도록 기도를 드리겠습니다."

"감사합니다! 한국에 오시면 꼭 전화 주세요."

눈이 펑펑 쏟아져 내리고 있었다. 이별의 순간은 언제나 가슴 뭉클했다. 버스는 거리를 빙빙 돌더니 네온사인이 휘황하게 비추는 네바강을 지나갔다. 네바강이 도도히 흐르는 상트페테르부르크는 찬란한 문화와 역사가 강렬한 인상을 심어주면서도 무언가 우수를 느끼게 했다.

"모스크바스키 바그잘(모스크바 역입니다)."

운전사가 우리를 바라보며 모스크바역에 다 왔으니 내리라고 말했다. 상트페테르부르크에는 상트페테르부르크역이 없고, 모스크바에는 모스크바역이 없다. 러시아는 도착지 이름을 출발지에서 사용하기 때문이다.

기차에 오르니 기차 통학을 했던 고향 산천이 떠올랐다. 나는 고향의 기찻길을 회상하며 목포에서 기차를 타고 시베리아 철도를 횡단하여 상트페테르부르크까지 가는 기차여행을 상상해보았다. 삼팔선을 지나 평양으로, 평양에서 블라디보스토크로, 블라디보스토크에서 시베리아 횡단 열차를 타고 바이칼 호수와 시베리아 설원을 지나 이곳 상트페테르부르크까지…….

상상만 해도 가슴이 설렜다. 꿈은 계속 꾸다가 보면 꿈은 이루어진다고 하지 않았는가?. 삶이 그대를 속일지라도 꿈을 잃지 말자. 드디어 기차가 움직였다. 그날이 올 때까지 상트페테르부르크여 안녕!

모스크바 블루

_러시아 모스크바

▶크렘린궁 성벽 무명용사비 앞

밤새 기차를 타고 온 우리는 이른 아침 모스크바 상트페테르부르크역에 도착했다. 도착하자마자 큰 배낭을 맡겨놓기 위해 라커룸을 찾았지만, 쉽게 발견할 수가 없었다. 사람들을 붙들고 "라커룸", "러기지 박스", "세이프 박스", "코인박스" 등 여러 가지 단어로 말해 보았지만 아무도 그 말을 알아듣지 못했다. 러시아어 사전을 챙기지 못한 게 크게 후회되었다.

라커룸을 찾아 헤매다가 'International Information Center'

라는 영어 안내판이 눈에 띄었다. 영어로 안내판을 걸어 놓았으니 웬만한 영어는 통할 수 있으리라 기대를 하며 안내센터로 갔다. 그러나 머리가 하얀 할머니는 영어를 알아듣기는커녕 오히려 큰 소리를 지르며 빗겨 서라고 손사래를 쳤다. 늙은 여우처럼 생긴 할머니는 내가 계속해서 라커룸이 어디에 있느냐고 묻자 화를 버럭 냈다. 할머니의 큰 소리에 주눅이 들린 우리는 그만 목이 움츠러들었다. 아침부터 모스크바 여행은 망했다.

마침 그때 제복을 입은 여자 경찰이 우리 쪽으로 걸어왔다. 그녀는 인상이 퍽 좋아 보였다. 나는 그녀에게 네모난 상자를 손가락으로 그려 보이며 배낭을 집어넣는 시늉을 보여주었다. 그러자 그녀는 알아들었는지 빙그레 웃으며 지하로 내려가라고 했다. 지하로 내려가니 수화물 창고 앞에 줄을 길게 서 있는 사람들이 보였다.

맨 뒷줄에 서서 한참을 기다려 내 차례가 다 되어가고 있는 찰나에 우리가 줄을 서고 있는 수화물 창고 문이 그만 철커덕 닫혀버렸다. 손짓 발짓으로 옆 사람에게 물었더니 담당자 근무 시간이 끝나 다른 창구를 이용해야 한다고 했다. 창구 위에 쓰인 안내판을 보니 짐을 맡기는 시간과 찾는 시간이 정해져 있었다.

할 수 없이 옆 창구로 가서 더 긴 줄 뒤에 서서 차례를 기다릴 수밖에 없었다. 무려 두 시간이 지난 다음에야 겨우 큰 배낭을 맡길 수 있었다. 듣던대로 공산주의는 경쟁자가 없어 모든 일이 능률이 떨어질 수밖에 없다는 생각이 들었다.

모스크바는 상트페테르부르크보다 훨씬 복잡했다. 지하철 노선도 11개나 되었다. 우리는 크렘린궁으로 가는 메트로를 타고 안내서에 적힌 '비브리오쩨까 임 레니나 역(레닌도서관 역)'에서 내리는 것을 놓치지 않기 위해 역의 수를 손가락을 꼽아가며 헤아렸다. 역에서 내려 러시아 국립도서관 출구로 나가니 도스토옙스키 동상이 우수에 젖은 듯 우리를 내려다보고 있었다.

크렘린궁의 붉은 성벽 보이기 시작했다. 밑에서 올려다보니 성벽의 끝이 아득했다. 붉은 깃발이 휘날리는 크렘린궁이 베일 속에 가린 채 우뚝 솟아있었다. '크렘린'은 '성벽'을 의미하는 러시아어다. 붉은 광장으로 들어가는 다리 건너편에는 트로이츠카야 탑(삼위일체 망루)이 우뚝 서 있었다. 트로이츠카야 탑을 지나 붉은 광장으로 들어섰다.

레닌의 묘로 들어가 밀랍 인형처럼 어두운 지하에 방부 처리된 채 누워있는 레닌의 시체를 본 순간 왠지 소름이 끼쳤다. 레닌은 죽어서도 편하게 잠들지 못하고 있었다. 레닌 묘에서 나오니 양파머리를 이고 있는 성 바실리 성당의 종루에서 종소리가 은은하게 울려 퍼졌다.

우리는 성 바실리 성당에서 사진을 한 장 찍고, 모스크바를 빨리 떠나기로 했다. 어쩐지 모스크바는 우리 정서 맞지 않았다. 아내의 치유에도 전혀 도움이 되지 않을 것 같아 단 하룻밤도 머물고 않고 모스크바를 미련 없이 떠나기로 했다.

잿빛 하늘에 빗방울까지 떨어지기 시작하는 모스크바는 을씨년스럽기만 했다. 상트페테르부르크역으로 돌아온 우리는 수화물 보관소에서 짐을 찾아 지하철을 타고 도모데도보 공항으로 가는 기차를 가까스로 갈아탔다. 런던으로 가는 브리티시 에어라인은 탑승

한 지 1시간이 지났는데도 비행기가 이륙할 기미가 보이지 않았다.

"신사 숙녀 여러분, 죄송합니다. 비행기 날개가 얼어서 출발이 지연되고 있습니다. 날개의 얼음을 녹이기 위해서는 앞으로 약 30분이 더 걸릴 것 같습니다. 좌석에 앉은 채로 잠시만 더 기다려 주십시오."

"여보, 지금 뭐라고 하는가요?"

"비행기 날개가 얼어서 늦어지고 있다는군."

"아니, 비행기 날개가 다 얼다니요?"

비행기는 예정 시간보다 2시간 늦게 이륙했다. 늦게 이륙한 비행기 때문에 런던의 히스로 공항에서 더 심각한 문제가 발생했다. 히스로 국제공항은 터미널 간 이동 거리가 너무 멀어서 순환 버스를 타고 이동해야 했다. 3터미널에 도착하니 탑승 시간보다 무려 10분이나 초과하고 있었다. 승무원이 서둘러 탑승하라고 재촉했다. 우리 두 사람 때문에 비행기 출발이 늦어지고 있다고 했다. 비지땀을 흘리며 비행기 트랩으로 달려갔다. 가까스로 좌석에 앉으며 아내와 나는 동시에 "휴~"하고 긴 안도의 숨을 토해내며 서로를 마주 보았다.

좌석에 앉자마자 비행기는 곧 이륙했다. 우여곡절 끝에 우리는 베를린에 무사히 도착했다. 그런데 엎친 데 덮친 격으로 베를린 공항에서는 더 심각한 문제가 우리를 기다리고 있었다.

베를린 장벽의 낙서

_독일 베를린

▶베를린 장벽의 낙서

　런던 히스로 공항을 출발한 비행기는 밤 11시 베를린 쉐네펠트 국제공항에 도착했다. 수화물 벨트에 서서 짐을 기다렸는데 마지막으로 줄무늬가 그려진 가방이 벨트를 한 바퀴 돌아갔는데도 우리 배낭이 나오지 않았다. 줄무늬가 그려진 가방은 짐이 모두 다 나왔다는 신호였다. 컨베이어 벨트도 돌아가는 것을 멈추었다. 수화물 클레임 창구로 가니 중년 여자가 홀로 앉아 한가롭게 커피를 마시고 있었다. 티켓과 수화물표를 건네받은 그녀는 컴퓨터를 한참 체크를 해보더니 매우 난처한 기색으로 말했다.

"아, 저런! 짐이 아직 런던에 있어요. 비행기를 갈아탈 때 미처 짐을 옮겨 싣지 못했군요."

"그럼 어떻게 되는 거죠?"

"아마 내일 비행기로 올 것 같은데요. 호텔 주소를 적어주시면 수화물이 오는 즉시 배달해 드리겠습니다."

"아내의 약과 인슐린이 그 배낭 속에 모두 들어있습니다. 좀 더 빠른 방법은 없나요?"

"오늘은 런던에서 오는 비행기가 없어서 다른 방법이 없습니다."

아내의 약이 몽땅 큰 배낭에 들어있었다. 특히 인슐린이 문제였다. 아내는 인슐린이 한 방울도 분비되지 않는 제1형 당뇨를 앓고 있어 하루에 네 번씩이나 인슐린 주사를 맞고 있다. 모스크바에서 비행기 날개가 얼어서 출발이 늦어질 때부터 예감이 좋지 않았는데 이런 일이 벌어지다니……

울상을 짓고 있는 아내를 달래며 '베꼽 민박'을 찾아 나섰다. 베꼽 민박은 우연히 인터넷을 뒤지다가 발견한 한국인 민박집인데 '베꼽'이란 이름이 재미있어 그 민박집으로 가기로 했다. 공중전화 부스에서 베꼽 민박집에 전화했더니 젊은 여자가 밝은 목소리로 전화를 받았다.

"초역에서 전철을 타고 오스트반호프 역에서 내려서 약도를 보고 찾아오시면 됩니다."

그녀가 일러준 대로 오스트반호프 역(베를린 동역)에서 내렸지만,

민박집을 찾느라고 한참을 헤매야 했다. 늦은 밤이라 거리엔 물어볼 사람도 없었다. 자정이 넘어서고 있었다. 그때 마침 어떤 젊은 남자가 어두운 골목에서 홀로 뚜벅뚜벅 걸어왔다. 나는 그에게 주소와 약도를 보여주며 길을 물었다.

"죄송합니다. 이 주소의 집을 찾고 있는데요?"

키가 큰 청년은 내가 내민 약도와 주소를 들여다보더니 빙그레 미소를 지었다.

"하하, 바로 이 앞에 있는 아파트예요."

청년이 가리키는 아파트를 바라보며 아내와 나는 어이가 없어 서로 마주 보며 웃고 말았다. 바로 코앞에서 우리는 뱅뱅 돌고 있었다. 등잔 밑이 어둡다더니 나는 정말 길치 중의 길치인가보다.

"감사합니다."

"천만에요. 좋은 밤 보내세요."

청년은 미소를 지으며 어두운 골목으로 사라져 갔다. 베꼽 민박집 문을 두들기니 젊은 한국인 아주머니가 반갑게 맞이해주었다.

"많이 늦었군요."

"배낭이 도착하지 않아서 클레임을 청구하느라 늦었어요."

"저런! 그래서 어떻게 되었나요?"

"내일 오후에나 도착한다는군요."

"내일 틀림없이 도착할 겁니다. 너무 걱정하지 말고 우선 차나 한잔하시지요."

"벌써 자정이 넘었군요. 너무 늦게 도착하여 미안합니다."

"여행이 그렇지요. 베를린에 오신 것을 환영합니다. 그런데 우리

집은 어떻게 아셨지요?"

"인터넷에서 우연히 발견했어요. '베꼽'이란 이름이 재미있기도 하고요. 베꼽이 무슨 뜻이지요?"

"베를린을 곱빼기로 즐기자는 의미랍니다. 호호호."

"아하, 그런 뜻이 있었군요."

여행은 트러블의 연속이라고 하더니 앞으로도 얼마나 더 많은 트러블이 일어날까? 어쨌든 오늘은 푹 자고 내일 일은 내일 생각하기로 했다.

다음 날 아침이 되어도 배낭은 도착하지 않았다. 인슐린을 맞지 못한 아내는 적게 먹고 대신 운동을 더 많이 하겠다고 했다. 베를린의 가을 하늘은 푸르고 청명했다. 우중충하고 흐리기만 했던 러시아에서 머물다가 오랜만에 청명한 하늘을 바라보니 마음이 상쾌해졌다. 이렇게 날씨가 좋은 날 배낭을 기다리며 민박집에만 틀어박혀 있으면 더 우울해질 것만 같았다.

"베를린에서는 100번과 200번 버스를 타면 만사 오케이랍니다. 1일 권 티켓을 사서 베를린의 명소를 곱빼기로 즐겨보시지요. 배낭이 오면 제가 잘 챙겨 놓을게요."

지하철을 타고 초역에서 내리니 100번 버스가 대기하고 있었다. 버스에 올라 2층에 앉아있으니 거리가 잘 보였다. 버스는 느리게 달려갔다. 카이저 빌헬름 교회가 부서진 채 2차 세계대전 당시 처참한 모습을 보여주고 있었다. 인류역사상 베를린이라는 도시가 지닌 의의는 크다. 한때 첨예하게 대립한 이념 속에 동과 서로 나누어진 베를린에 살고있는 사람들은 불안에 떨며 서로 상처를 받아야 했다.

우리는 브란덴부르크 문 앞에서 내렸다. 브란덴부르크 문에서 가까운 운터 덴 린덴(Under den Linden:보리수나무 아래라는 뜻) 정원에서는 때마침 평화를 기원하는 곰돌이 인형 이벤트가 열리고 있었다. 세계 각국에서 출품한 곰돌이 인형이 가을 하늘을 향해 지구촌의 평화를 기원하고 있었다. 하늘을 향해 평화를 부르짖는 곰돌이 사이를 아내와 나는 마치 숨바꼭질을 하듯 철없이 끼어 다녔다. 동심으로 돌아가 숨바꼭질을 하는 동안에는 아무것도 생각나지 않았다. 역시 철없는 인생이 좋다.

박물관의 섬에서 나와 다시 100번 버스를 타고 시내를 유람하다가 베꼽 민박집으로 돌아오니 마침 배낭이 도착해 있었다. 아내는 마치 살아있는 사람을 만나듯 돌아온 배낭을 보고 너무나 반가워하며 행복한 미소를 지었다.

시간은 우리 편이었다. '작은 것'에 항상 감사하자. 배낭이 하루 늦게 도착했지만 분실되지 않고 돌아온 것이 얼마나 다행인가? 우리는 돌아온 배낭에 감사드리며 베꼽 민박의 좁은 방에서 편안하게 잠이 들었다.

아침 일찍 숙소를 출발하여 100번 버스를 타고 베를린 장벽의 잔해가 남아 있는 이스트 사이드 갤러리(East Side Gallery)로 갔다. 이스트 사이드 갤러리는 헐지 않고 남아 있는 베를린 장벽 1.3km

에 조성된 야외 미술 갤러리다. 그곳에는 1990년 세계 각국에서 모인 미술작가들이 베를린 장벽에 그린 105점의 그림들이 전시되어 있었다.

우리나라의 임진강 변에 남과 북을 가르는 철책선이 가로막고 있다면, 베를린에는 슈프레 강이 동과 서를 가르는 베를린 장벽이 가로막고 있었다. 자유란 무엇인가? 장벽에 그려진 그림들을 바라보며 새삼 자유라는 단어를 입속으로 되뇌어 보았다. 가슴 저미는 사연들로 장벽에 빼곡히 들어찬 그림들은 가슴 뭉클하게 했다.

"여기를 좀 봐요. 우리나라의 통일을 담은 낙서도 있어요!"

통일의 염원을 담은 우리나라 여행자들의 낙서를 보니 서글픈 마음이 들었다. 〈남과 북은 하나〉, 〈지구상에 하나뿐인 휴전선을 허물자〉, 〈통일이여, 어서 오라!〉……. 간절한 소원을 담은 낙서를 보니 왠지 가슴이 아팠다.

낙서로 점철된 베를린 장벽을 지나 높이 365m의 TV 전망대에 올라가니 베를린 시내가 한눈에 들어왔다. 통일 후 새로 태어나는 베를린 거리는 마치 새로운 옷으로 갈아입고 있는 느낌이 들었다.

세상은 끊임없이 변한다. 아무리 철옹성 같은 철의 장벽도 언젠가는 무너진다. 베를린 장벽이 그 좋은 사례다. 베를린 장벽이 갑자기 무너진 것은 동독 공산당 정치국원이자 선전 담당 비서인 '귄터 샤보브스키(Günter Schabowski, 1929~2015)'의 긴급 기자회견이 톡톡히 한몫했다고 한다.

"지금, 이 순간부터 동독 국민들은 모든 국경을 넘어 자유롭게 여행할 수 있습니다"

1989년 11월 9일 저녁 7시, 갑작스럽게 이 소식을 들은 동서독의 사람들은 귀를 의심했다. 시민들은 '체크포인트 찰리'를 비롯해서 베를린으로 통하는 검문소로 밀물처럼 모여들기 시작했다.

　"장벽을 열어라!" 시민들의 외침에 초소 경비병들은 우왕좌왕했다. 상부로부터 아무런 지시도 받지 못했기 때문이다. 나중에 알려진 일이지만 이날 샤보브스키가 국경 개방의 시점을 '지금 당장'이라고 발표한 것은 실수였다고 한다. 공산당 정치국은 그때까지 국경 개방에 대한 최종적인 결정을 내리지 못하고 있었다. 그러나 대세를 되돌리기에는 이미 때가 늦어버렸다. 장벽을 돌파하려는 시민들에게 발포한다면 그것은 곧 엄청난 살상을 가져오는 파국임이 너무나 명백해 보였기 때문이었다. 처음에는 수백 명이, 이어서 수천 명이, 그 후 며칠 후에는 수백만 명이 서독으로 넘어갔다. 베를린 장벽은 도미노처럼 무너지고 '베를린 장벽 붕괴'의 세기적 뉴스가 전 세계로 타전됐다. 역사는 이처럼 예측할 수 없게 흘러간다. 물론 그 배경에는 자유국가 서독의 국력이 있었기 때문이다. 대한민국도 휴전선이 무너질 때 북한 주민들을 수용하기 위해서는 국력을 키워야만 한다.

　TV 탑에서 내려와 알렉산더 광장으로 가니 많은 사람이 들끓고 있었다. 어깨에 메고 다니는 핫도그 노점상의 퍽 이색적으로 보였다. 허름한 옷을 입은 중년의 사내가 노점상으로부터 핫도그 하나를 사 들고 입에 넣더니 금방 다 먹어 치웠다. 나는 가난한 노동자로 보이는 이 사내의 모습에서 알프레드 되블린(Döblin, Alfred 1878-1957)이 쓴 소설 『베를린 알렉산더 광장』의 주인공 프란츠 비버코프를 떠올렸다. 경제 대공황 시대를 배경으로 한 되블린의 대표작인 알렉산더 광장은 거대하고 위험하며 유혹적인 대도시에서 겪는 다양하고 혼란스러운 인간의 초라한 자화상을 그려내고 있다. 아직도 알렉산더 광장에는 주인공 비버코프 같은 수많은 동독 출신의 노동자들이 방황하고 있었다. 어디를 가나 민초들의 삶은 힘들고 고달프다.

100번 버스를 타고 베를린을 곱빼기로 즐기다 보니 시간이 꿈결처럼 지나갔다. 우리는 친절한 베꼽 민박집의 아주머니와 이별을 하고 드레스덴을 가는 기차를 타기 위해 오스트반호프 역으로 갔다.

황금소로에서 길을 잃다

_체코 프라하

▶ 프라하 황금소로 카프카의 집

오후 6시, 베를린 오스트반호프 역에서 드레스덴으로 가는 기차를 탔다. 드레스덴으로 가는 이유는 딱 하나다. 라파엘로의 '시스티나의 마돈나'란 그림 한 점을 보기 위해서였다. 드레스덴에 도착하여 하룻밤을 지낸 우리는 츠빙거 궁전으로 갔다. 크라운 왕관처럼 보이는 츠빙거 궁전이 고풍스럽게 다가왔다. 성곽으로 올라가 조각을 감상하며 궁전을 둘러보았다.

거리에는 2차 대전 당시 폭격으로 부서진 교회와 건물을 복원하는 공사가 한창 진행 중이었다. 엘베강 변에 있는 드레스덴은 도시 구조가 여러모로 베네치아를 연상케 했다. 작센 왕국의 통치자 아우구스트 2세는 "엘베강이 베네치아보다 못할 게 뭐 있어."라고 말하며 또 하나의 베네치아를 건설하고자 했다. 그는 츠빙거 궁전을 건축하고 그곳에 거장들의 작품을 가득 채울 계획을 세웠다. 그중의 하나가 바로 라파엘로의 작품 '시스티나의 마돈나(Madonna Sistina)'였다. 드레스덴 미술관으로 들어가니 내가 그토록 보고 싶었던 라파엘로의 명작 '시스티나의 마돈나'가 우리를 기다리고 있었다.

그림의 중심에는 아기 예수를 받쳐 안고 구름을 사뿐히 밟고 서 있는 마돈나와 아기 예수는 신의 영역인 천상에 속해 있다. 구름 속에 몸을 반쯤 내밀고 있는 날개를 단 두 푸토(putto, 아기천사)는 호기심이 가득한 시선을 던져주고 있다. 성모마리아의 시선은 세속을 넘어, 내면의 온유한 지혜를 드러낸다. 어디선가 심술궂은 바람이 입김을 불어서 마리아의 두건과 옷자락을 잡아챈다. 아기 예수의 머리카락도 바람에 헝클어진다.

턱을 괴고 위를 쳐다보는 아기천사들의 모습은 보기만 해도 마음이 편안해졌다. 이 그림 한 점을 보는 것만으로도 드레스덴에 온 것은 대만족이었다. 평온한 그림은 마음을 치유해 준다. 츠빙거 궁전을 나오니 거리엔 눈이 쏟아져 내리고 있었다.

10월 25일, 오후 6시. 가로등이 하나둘 켜지는 드레스덴역에서 프라하로 가는 기차를 탔다. 우리 앞자리에는 이지적으로 보이는 아름다운 아가씨가 홀로 앉아있었다. 그녀를 본 순간 나는 문득 영화 '프라하의 봄'이 떠올랐다. 프라하의 봄은 밀란 쿤데라(Milan Kundera)의 소설 『참을 수 없는 존재의 가벼움』을 영화로 제작한 것이다. 그녀는 영화 프라하의 봄에 나오는 여자 주인공 사비나와 테레사를 반반쯤 닮은 매력적인 모습이었다. 나는 그녀에게 왠지 그냥 말을 걸고 싶어 졌다.

"저어, 어디까지 가시나요?"

"프라하까지요."

"아, 그래요? 저희와 목적지가 같군요. 저는 한국에서 온 오케이라고 합니다. 이쪽은 아내 정희랍니다."

"아, 그러세요? 저는 니키라고 해요."

"드레스덴에 살고 있나요?"

"아니요, 프라하에 살고 있는데 드레스덴에서 디자인을 공부하고 있어요. 프라하는 처음 오시는가요?"

"네, 첫 방문이지만 영화 '프라하의 봄'을 감명 깊게 보아서인지 프라하는 왠지 낯설지 않게 느껴져요."

"아, 그 영화요! 멋진 영화지요. 하지만 프라하의 밤길은 위험하니 조심하여야 합니다."

프라하에는 도둑도 많고, 소매치기도 많다고 했다. 그녀는 프라하에선 푸른 눈을 가진 매력적인 여인을 조심하고, 바바리코트 깃을 세우고 친절하게 다가서는 멋진 남자를 조심하라고 귀띔을 해 주었다. 그들은 십중팔구 소매치기이거나 사기꾼이라는 것. 니키와 이야기를 하는 동안 어느새 프라하 중앙역에 도착했다. 중앙역에서 버스를 타러 가는 길은 어두웠다. 니키는 이 길이 때로는 강도가 출몰하는 매우 위험한 길이라고 하며 동행까지 해주는 친절을 베풀었다.

"여기서 5번 트램을 타고 시티 센터에서 내리면 찾고자 하는 숙소가 매우 가까워요."

"니키, 당신은 너무나 친절하시군요. 감사합니다!"

"천만에요. 행운을 빌어요!"

마침 5번 트램이 프라하의 뒷골목에서 으르렁거리며 다가왔다. 니키는 우리가 트램에 오를 때까지 서 있다가 트램이 출발하자 어두운 가로등 밑에서 손을 흔들어주었다. 사비나처럼 촉촉한 눈빛과 테레사처럼 풋풋한 느낌을 가진 매력적인 프라하의 아가씨가 어둠 속으로 멀어져 갔다.

니키가 일러준 대로 시티 센터에서 내린 우리는 가물거리는 가로등을 따라 여행자 숙소를 찾아갔다. 시설은 형편없는데 방값은 너무 비쌌다. 미처 예약하지 못한 데다 밤늦게 도착해서 우리는 다른 숙소를 찾아 나서기도 어려웠다.

삐걱거리는 어두운 계단을 올라가 철장으로 둘러쳐진 5층 방으로 들어가니 네 개의 작은 침대가 놓여 있었다. 침대 위에는 마치 누에가 허물을 벗은 듯 배낭여행자들의 침낭과 옷가지들이 어지러이 널려 있고, 뚜껑이 열린 배낭들이 아무렇게나 내팽개쳐 있었다. 이미 이런 방에 익숙해진 아내와 나는 아무렇지도 않게 여장을 풀었다. 침대에 누우니 침대 가운데가 푹 꺼져내려 허리가 바닥에 닿을 것만 같았다. 밤이 깊어지자 길거리를 헤매던 보헤미안들이 하나둘 방으로 들어왔다. 그들은 침대에서 자지 않고 바닥에 침낭을 깔고 널브러져 잠을 잤다. 밤중에 화장실을 가려면 조심스럽게 그들을 피해서 가야만 했다. 유럽의 호스텔 중에서 최악이었다.

좁은 침대에서 웅크리고 새우잠을 잔 다음 날 아침 일찍 우리는 프라하 바츨라프 광장으로 걸어갔다. 소련 점령군과 시위대의 격돌로 수많은 사람이 피를 뿌렸던 성 바츨라프 기마상 앞에는 '공산주의 희생자 추모비' 하나가 서 있었다. 추모비 앞에는 1969년 1월 16일 소련군의 탄압에 반발하며 분신한 얀 팔라흐(Jan Palach, 1948~1969)의 얼굴이 새겨져 있었다. 그는 이곳에서 소련의 탄압에 저항하며 분신자살로 목숨을 끊었다. 1969년 2월과 4월 같은 장소에서 또 다른 두 학생이 분신으로 저항을 했다. 이를 계기로 계속해서 자유를 외치며 분신으로 저항하는 사건이 이곳에서 계속 발생했다. 분신자살로 민주화 운동에 불을 지핀 젊은이들의 희생으로 공산주의에 저항하는 대규모 반정부 시위로 이어졌다.

프라하는 중세풍의 골목이 거미줄처럼 어지럽게 얽혀 있고, 박물관과 미술관, 재즈클럽, 록 공연장, 음악 홀이 곳곳에서 여행자들을 유혹하고 있었다. 소설 '변신'의 작가 프란츠 카프카는 프라하를 두고 '유혹의 발톱을 숨긴' 도시라고 피력했다. 프라하는 카프카의 말처럼 유혹의 발톱을 숨긴 매력이 넘치는 도시다.

"여보, 저기 뜨거운 와인이 있네요!"

"뜨거운 와인? 정말 김이 모락모락 나네! 오늘 점심은 케밥에 뜨거운 포도주 한잔으로 해볼까?"

"조오치요!"

우리는 'Hot Wine'이란 팻말이 붙어 있는 음식점 앞에 서서 케밥과 함께 뜨거운 와인을 한 잔씩 주문하여 케밥과 함께 마셨다.
내 일생에 뜨거운 포도주를 마시기는 처음이었다.

"자, 프라하의 봄을 위하여 브라보!"

"여보, 누가 보면 웃겠어요. 호호."

거리에서 포도주잔을 마주치며 케밥을 먹는 모습이 웃기게 보였
든지 케밥을 파는 종업원도 웃고, 지나가는 사람들도 윙크하며 웃
었다. 뜨거운 포도주가 목구멍을 타고 위장으로 들어가자 금방 기
별이 왔다.

"위장 속에 오선지가 가득 찬 기분이네! 하하하."

"호호, 정말 포도주가 오선지로 바뀌었나 봐요."

케밥에 뜨거운 포도주 한 잔을 마시고 나니 세상 부러울 게 없
었다. 경쾌한 오선지가 위장에서 하늘로 피어오르며 날아갔다. 몸
도 따뜻해지고 마음도 따뜻해졌다. 눈에 들어오는 모든 것이 아름
답게만 보였다. 어지러운 골목길 풍경도 아름답게만 보였다. 이거
야말로 그 약국에도 없는 여행약이 아니겠는가?

골목을 빠져나와 구시가지 광장으로 가니 천문시계탑 앞에 사람
들이 구름처럼 몰려 있었다. 여행자들이 카페에서 지친 다리를 쉬
며 맥주를 홀짝거리고 있었다. 12시 정각이 되자 죽음의 신이 알
리는 종소리와 함께 시계탑 양옆으로 창문이 열리고 그리스도의
열두 제자가 안쪽에서 천천히 돌아가며 차례로 나타났다. 퍼포먼스
의 마지막에는 황금 수탉이 "꼬끼오!"하면서 한바탕 울고 들어갔
다. 엄숙한 표정으로 열두 제자를 바라보던 사람들이 수탉 울음소
리를 듣고 모두 까르르 웃었다. 구름처럼 몰려 있던 사람들은 닭

울음소리가 끝나자 사방으로 뿔뿔이 흩어져 갔다.

천문시계탑에서 아내의 손을 잡고 카를교로 걸어갔다. 블타바강을 가로질러 구시가지와 프라하성을 연결하는 카를교는 유럽에서 가장 오래된 석조 다리다. 다리 위에 조각된 30여 개의 동상은 하나하나가 멋진 예술품이다. 카를교 위에는 그림을 그리는 사람, 악기를 연주하는 사람, 이상한 음악상자를 밀고 다니는 노인 등, 갖가지 풍경이 블타바강과 절묘하게 어울렸다.

"여보 우리도 저 여자 화가의 모델이 되어 볼까?"

"시간이 너무 많이 걸릴걸요. 그냥 보는 것만으로도 만족해요."

카를교 중앙에서 여행자들의 모습을 스케치하는 여자 화가의 모습이 퍽 이색적으로 보였다. 밀란 쿤데라는 '인생은 스케치와 같은 것'이라고 말했다. 어떤 결단이 올바른 것인가를 절대적으로 검토한다는 것은 불가능하다. 우리는 태어나서부터 모든 것을 준비도 없이 체험한다. 이는 연습도 해보지 않고 무대에 등장하는 배우와 같다. 하지만 삶을 위한 최초의 시연이 이미 삶 자체라면, 삶은 어떤 가치가 있을 수 있는가? 그래서 삶은 언제나 스케치와 같다.

생각해 보면 아픈 아내와 함께 무작정 떠난 세계일주도 아무 준비가 없는 스케치와 같은 것이다. 아내와 내가 처음 만났을 때 어찌 배낭 하나 걸머지고 지구촌을 여행하리라고 예견을 했었겠는가? 또한, 그렇게 건강했던 아내가 난치병에 걸릴 줄 어떻게 알았겠는가? 그러므로 한 사람의 일생이 이미 정해져 있다는 운명론은 받아들이기 어렵다. 운명은 이미 정해져 있는 것이 아니라 상황에 따라 다르게 변한다는 것이 옳을 것 같다.

▸프라하 카를교에서 스케치하는 화가

"그럼 스케치 대신 우리도 영화 한 컷을 찍어볼까?"

"영화라니요?"

"저 다리 밑으로 내려가 보면 알아요."

"하필이면 다리 밑까지 내려가요? 여기서도 좋은데."

"이왕이면 영화 '프라하의 봄' 주인공 토마스와 테레사가 영화를 멋지게 찍었던 자리에서 포즈를 취해보는 것이 좋지 않겠소?"

나는 아내의 손을 잡고 다리 밑으로 끌고 내려갔다. 그리고 다리 위에서 블타바강을 내려다보고 있는 젊은 친구를 손짓하며 불렀다. 그는 기꺼이 우리들의 촬영 스텝이 되어주었다. 카를교는 영화 '프라하의 봄'을 비롯하여 각종 영화와 CF 촬영지로도 유명한 곳이다.

"좀 더 가까이 와요."

"좀 점잖게 굴어요. 남이 보면 웃어요."

"웃으면 어때요."

"원더풀! 너무 멋져요!"

서양인들은 무엇이든지 일단 멋지다고 말한다. 어쨌든 그 말을

들은 아내와 나는 괜히 우쭐해지고 기분이 좋아졌다. 칭찬은 고래
도 춤추게 한다고 하지 않던가?

카를교를 지나 우리는 프라하성에 진입하기 위해 매트로 A선을
타고 말로스트란스커 역에서 내려 프라하성으로 가는 계단을 올라
갔다. 계단을 타고 언덕에 오르니 시야가 확 트이고 블타바강과 프
라하 시가지가 한눈에 확 들어왔다. 오색으로 물든 단풍에 둘러싸
인 프라하성이 아름답게만 보였다.

여행은 누구와 함께 다니느냐에 따라 느낌도 달라진다. 여행의
동반자가 중요하다는 것은 아무리 강조해도 지나침이 없다. 그런
의미에서 천생연분으로 만난 아내와 함께 여행하는 나는 행운아다.
낙엽이 물든 고풍스러운 산책길은 모든 것을 잊게 해 주었다. 길을
걷다가 낙엽이 휘날리는 벤치에 앉았다. 아내는 배낭에서 사과 한
개를 꺼냈다. 고성의 언덕에서 먹는 사과 한 쪽의 맛이 꿀맛이었
다. 우리가 앉아있는 옆 벤치에는 백발의 노부부가 앉아 다정하게
사랑을 나누고 있었다. 서로 안아주고, 쓰다듬어 주고, 키스해주
고……. 아름답게 나이 들어가는 멋진 장면이었다. 나이 들수록 스
킨십을 자주 하라고 했던가? 스킨십을 자주 할수록 황혼이혼은 없
다고 한다. 끊임없이 스킨십을 주고받던 노부부는 우리와 눈이 마
주치자 싱긋 웃었다. 웃는 모습이 천진난만하게만 보였다.

우리는 미로처럼 생긴 산책로를 따라 프라하성으로 들어갔다. 성
안으로 들어가니 많은 관광객이 붐비고 있었다. 옥수수 콘처럼 생
긴 성 비트 성당의 거대한 첨탑이 하늘을 찌르고 있었다. 성당 안

에는 발 디딜 틈도 없이 사람들로 붐비고 있었다.

황금색으로 빛나는 높은 천장이 실내를 압도하고 있었다. 스테인
드글라스 창문과 모자이크가 신비감을 더해주고 있었다. 다리도 쉴
겸 나는 성당 바닥에 주저앉았다. 어디선가 신비로운 파이프 오르
간 소리와 함께 성가가 울려 퍼지기 시작했다. 잔잔한 성가가 높은
천장에 부딪히며 실내를 휘감아 돌았다. 눈을 지그시 감고 성가 소
리에 취한 듯 앉아있으니 슬슬 졸음이 몰려왔다.

"당신 또 잠들려고요? 그만 일어나요."

"저 파이프 오르간 소리가 자장가처럼 들려오지 않소? 잠시 눈
을 감고 휴식을 취해봐요. 오늘 온종일 너무 많이 걸었어요?"

"그럼, 잠시만 쉬는 거예요?"

"오케이."

아무 데서나 앉으면 졸리는 것이 나의 버릇이다. 내가 지치지
않고 여행을 계속할 수 있는 비결은 어디서나 잠깐 눈을 붙이는
것이다. 이 짧은 순간에 나는 에너지를 충전한다. 내가 정말 잠이
들려고 하자 아내가 팔을 잡아끌었다. 성당을 나와 우리는 황금소
로로 이어지는 뒷골목으로 들어갔다.

"꼭 달동네 언덕 같군요."

"사람 냄새가 물씬 나는 구불구불한 이 골목길이네!"

"저 빨간 지붕들도 너무 예뻐요!"

황금소로는 좁고, 예쁘고 아담했다. 동화책에나 나올법한 그런
골목과 빼곡히 들어차 있는 집들이 꼭 어느 달동네를 연상케 했
다. 우리는 점점 황금소로의 매력에 빨려 들어갔다. 작은 가게,

계단에 늘어선 노점상, 예쁘게 가꾼 집들, 골목길에는 사람 냄새가 물씬 풍겨왔다. 여행은 사람과 문화의 만남이다. 아내는 가게마다 기웃거리느라고 정황이 없었다. 황금소로는 최초에 프라하성에서 일하는 집시나 하인들이 살았다는데, 그 후 연금술사들이 차츰 모여들면서 '황금소로(Golden Lane)'라는 이름이 붙여졌다고 한다.

"이거, 어디가 어딘지 도대체 길을 찾을 수 없네."

"사람들에게 물어봐요."

황금소로의 좁은 골목을 오르내리다 우린 그만 길을 잃어버리고 말았다. 길을 잃고 나서부터 여행은 시작된다고 했던가? 이렇게 아름다운 거리라면 길을 잃어버려도 괜찮을 것 같았다.

"저 파란 집 앞에는 웬 사람들이 저렇게 많지요?"

"맛있는 카푸치노를 파는 카페가 아닐까?"

커피 생각이 간절했던 나는 따끈한 카푸치노 한잔이 생각이 났다. 가까이 다가가 보니 푸른 집 대문에는 '22번지'라고 쓰여 있었다. '황금소로 22번지'는 프란츠 카프카가 살았던 집이라고 한다. 길을 잃은 덕분에 우리는 카프카가 살았던 집을 구경하게 되었다. 황금소로가 더욱 유명해진 것은 카프카가 한동안 이곳에서 살았다는 사실이 알려지면서부터다. 카프카는 한때 막내 여동생 오틀라가 살고 있었던 이 집에서 살았다. 낮에는 보험회사 직원으로 일하고 밤에는 글을 쓰며 고된 삶을 살아갔던 카프카는 이곳 황금소로를 오르내리며 작품구상을 했다고 한다.

프라하 사람들은 말한다. '카프카는 프라하이며, 프라하는 카프카이다'라고. 그만큼 카프카는 체코인들로부터 사랑을 받는 작가이다. 프라하에서는 카프카의 책 『변신』이나 『성』 등 카프카의 책을 들고 카프카의 흔적을 찾아다니는 카프카 마니아 문학도들을 심심치 않게 만날 수 있다. 문학도가 아니라도 카프카의 흔적을 찾아보는 것은 프라하 여행의 백미 중의 하나일 것이다.

우리는 프라하에서 영화 같은 멋진 시간을 보냈다. 국립 마리오네트 인형극장에서 '돈 조반니' 인형극도 관람하고, 실내악 연주회도 관람했다. 프라하는 문학과 예술, 음악이 흐르는 멋진 도시였다. 우리는 프라하의 매력에 흠뻑 취해 시간 가는 줄을 몰랐다.

"침대가 최고로 불편했지만 프라하는 유럽의 도시 중에서 최고였어요!"

"하하, 그럼 침대가 푹신한 호텔로 옮겨 며칠 더 머물다 갈까?"

"호호, 이 정도로 충분해요. 다음 여행지가 궁금해요."

스케치가 없는 여행… 인생은 흐르는 강물처럼 어디론가 떠나는 여행과도 같은 것이 아닐까?

아우슈비츠 수용소에도
행복은 있었다

_폴란드 아우슈비츠 수용소

▶ 아우슈비츠 수용소 정문
'일하면 자유로워진다'는 녹슨 간판

　아침 7시 폴란드의 수도 바르샤바 중앙역에 도착하여 트램을 타고 구시가지로 향했다. 최고급 부티크가 모여 있는 파스텔 색조의 신세계 거리를 지나 왕궁이 바라보이는 광장에 내리니 칼과 방패를 든 인어공주가 허공을 응시하고 있었다. '착한 사람에게는 반드시 행운이 깃든다'라는 전설을 가진 인어공주 동상은 바르샤바의 수호신으로 평화와 번영을 상징하고 있다. 하지만 칼과 방패를 든 인어공주가 어떤지 섬뜩하게만 보였다. 우리는 구시가지에서 쇼팽의 심장이 안치된 성 십자가 교회로 갔다. 파리에서 마지막 숨을 거둔 쇼팽은 자신의 심장만은 고국에 묻어달라고 유언을 했다. 쇼팽의 유언에 따라, 쇼팽의 누나가 당국의 심한 감시를 뚫고 치마에 쇼팽의 심장을 숨겨왔고, 후에 심장을 담은 항아리를 성 십자가 교회 기둥 안에 안치되었다고 한다. 쇼팽의 박물관을 돌아본 후 우리는 쇼팽의 생가에 가는 것을 포기하고 호스텔로 돌아왔다. 그러나 유스호스텔의 현관문은 굳게 닫혀있었다.

"오후 다섯 시까지는 청소 시간으로 들어갈 수 없다고 하네."

"그래도 사정을 좀 해봐요. 너무 피곤해서 좀 누워있고 싶어요."

현관문에 달린 도어폰으로 문을 좀 열어달라고 사정을 했지만, "노오"라는 쌀쌀한 대답만 들려왔다. 날씨는 춥고 아내는 안색이 좋지 않았다. 근처에 있는 카페로 들어가 커피 한잔을 마시고 문이 열리기만을 기다렸다. 오후 5시가 지나서야 우리는 호스텔로 들어갈 수 있었다. 아내는 냉랭한 바르샤바를 빨리 떠나자고 했다.

다음 날 오전 9시, 우리는 바르샤바 중앙역에서 크라쿠프로 가는 급행열차를 탔다. 열차가 출발하자 아내는 곧 잠이 들었다. 아내를 지치게 해서는 안 된다. 좀 더 재미있고 여유가 있는 여행을 해야 해. 기차는 2시간 만에 크라쿠프 중앙역에 도착했다.

"여기서 아우슈비츠로 가는 기차가 있는데 컨디션이 좀 어떻소?"

"한숨 자고 났더니 많이 좋아졌어요."

"그럼 큰 배낭을 라커룸에 맡기고 아우슈비츠행 기차를 타는 게 어떨까?"

"아우슈비츠 수용소는 꼭 가고 싶었던 곳이니 내친김에 가지요."

마침 10분 후에 오시비엥침(Oswiecim, 아우슈비츠의 폴란드 지명)으로 가는 완행열차가 있었다. 큰 배낭을 라커룸에 맡기고 오시비엥침으로 가는 기차를 탔다. 기차는 2시간 후에 오시비엥침 역에 도착했다. 역에는 마침 아우슈비츠 수용소로 가는 셔틀버스가 대기하고 있었다.

수용소 정문에는 '일하면 자유로워진다(ARBEIT MACHT FREI)'라는 나치 시대의 녹슨 간판이 바람에 흔들리며 을씨년스럽게 걸려있었다. 정문을 지나 수감자들의 사진을 걸어놓은 복도에 도착하니 어느 중년 부인이 장미꽃을 꽂아둔 사진 앞에서 한 소년을 끌어안고 흐느끼고 있었다. 저 사진의 대상은 아마 소년의 할아버지쯤 되지 않을까?

1970년 12월 7일 빌리 브란트 서독 수상은 "역사에 눈감는 자 미래를 볼 수 없다."라고 말하며 폴란드 바르샤바 유대인 게토 앞에서 무릎을 꿇고 나치의 유대인 학살과 폴란드 점령에 대하여 진심으로 사죄를 하였다. 독일은 1995년 1월 27일을 강제수용소 해방 50주년을 맞이하여 과거의 잘못을 기억하는 날로 지정하고 있다. 전후 독일은 이스라엘과 배상 협정을 맺고 진심으로 사과하며 나치 피해자 유가족과 희생자들에게 2,000억 마르크(약 120조 원)에 해당하는 배상을 했다. 그런데 이웃 나라 일본은 어떠한가? 그들은 참회와 배상은커녕 위안부들을 능멸하고 오히려 전범 군신들을 묻어놓은 야스쿠니 신사에 참배하며 군국주의 부활을 꿈꾸고 있다.

우리나라의 국력이 일본보다 월등히 강하지 않으면 일본은 영원히 참회하지 않을 것이다.

수용소에는 유대인들의 신발, 브러시, 의복, 안경, 가방이 그대로 보관되어 있었다. 'Kafka'라고 쓰인 가방도 보였다. 카프카의 누이 세 명이 모두 아우슈비츠 수용소에서 생을 마쳤다고 한다. 트렁크에는 소유자의 이름, 주소, 생년월일이 적혀 있었다. 화장터 입구에는 아우슈비츠 수용소 소장 루돌프 회스(Rudolf Hoss, 1901-1947)의 사형을 집행한 교수대가 그대로 남아 있었다. 피해자 가족들의 요구와 학살자에 대한 본보기로 루돌프 회스를 사형시키기 위해 제작한 특설 교수대였다. 1947년 4월 16일 회스는 이 교수대에서 공개 처형되었다.

나치가 인간을 이토록 잔혹하게 학살한 이유는 무엇일까? 학자들은 이것을 '증오'에서 찾고 있다. 게르만족과 유대인 사이에는 보이지 않는 증오가 있었다고 한다. 히틀러는 그 증오를 이용한 희대의 최면술사였다.

아우슈비츠의 비극은 아직 끝나지 않고 있다. 독일의 작가 토마스 만(Thomas Mann, 1875~1955)은 나치즘 하의 독일인들과 전후 유대인들이 보여주는 놀라운 유사성에 대해 "그들은 모두 똑같은 방식으로 미워하고 경멸하며 두려워한다. 그리고 똑같은 정도로 남을 소외시키며 자신이 소외되어 있다고 생각한다."라고 기술했다.

노벨문학상 수상 작가 임레 케르테스(Imre Kertesz, 1929~2016)는 그의 소설 『운명』에서 언제 죽을지 모르는 아우슈비츠 수용소의 고통 속에서도 잠시 쉬는 시간에 행복을 느낀다고 말했다. 과연 죽음이 눈앞에 보이는 공포 속에서도 행복을 느낄 수 있었을까?

공포의 아우슈비츠 수용소를 돌아보던 아내는 치를 떨며 빨리 아우슈비츠를 벗어나고 싶다고 했다. 오시엠빙침 역으로 돌아온 우리는 기차를 타고 크라쿠프로 향했다. 크라쿠프역에 도착하니 벌써 사방이 어두워졌다.

요한 바오로 2세의 고향인 크라쿠프에 도착하니 가을비에 촉촉이 젖은 거리 모습이 너무 아름답고 평화로웠다. 바르샤바가 독일의 무차별 폭격으로 도시 전체가 파괴된 것에 비해 크라쿠프는 2차 대전 당시 독일군의 진지가 주둔하고 있어서 폭격을 피해 갈 수 있어서 크라쿠프는 중세의 문화유산이 고스란히 남아 있다.

구시가지 광장에 들어서니 성 마리아 성당 첨탑에서 나팔 소리가 흘러나왔다. '헤이나우'라고 불리는 이 멜로디는 탑 꼭대기에서 나팔수가 직접 분다. 타타르족의 침입이 잦았던 시대, 성모 마리아 첨탑은 파수병이 경계를 보던 망루 역할을 했다고 하는데 지금까지 그 전통을 이어오고 있다고 한다.

비가 오는 구시가지 거리는 한 폭의 고풍스러운 수채화와 같았다. 골목엔 멋진 카페들이 많았다. 야마 미할리카(Jama Michalika)라고 표시된 카페로 들어가 뜨거운 커피를 주문했다. 카페의 고풍스러운 분위기가 더욱 커피 맛을 돋워주었다. 알고 보니 이 카페는 매우 유명한 카페였다. 1895년 개업한 이래 크라쿠프의 예술가와 문인들이 즐겨 찾던 곳이란다. 커피색처럼 어두운 조명 아래 오래된 예술품들이 가득해서 마치 어느 박물관에서 차를 마시는 기분이었다.

다음 날 아침 크라쿠프에서 부다페스트로 가는 기차를 탔다. 슬로바키아를 관통해서 끝없는 초원을 달려간 기차는 오후 6시경 부다페스트 켈레티 동역에 도착했다. 플랫폼으로 나가자 호객꾼들이 몰려들었다. 우리는 호객꾼들을 무시하고 지하철을 탔다. 블라하역에서 내린 우리는 숙소인 호스텔을 지척에 두고 뱅뱅 돌며 한참을 헤맸다.

사람들에게 길을 물어도 도대체 제대로 대답해준 사람이 없었다. 무려 한 시간 반 동안을 헤매다가 호스텔 근처 골목에서 한 아가씨를 만났다. 마침 그녀는 우리가 찾고 있는 호스텔에 머물고 있다고 했다. 호스텔은 바로 지척에 있었다. 등잔 밑이 어둡다는 말은 이럴 때를 두고 한 말 같다. 길치인 나를 따라 무거운 배낭을 메고 장시간을 헤맨 탓에 아내와 나는 녹초가 되어있었다.

"암스테르담에 도착했을 때도 숙소를 지척에 두고 찾지 못하더니 오늘도 이렇게 힘들게 찾는군요."

"미안하오. 나는 역시 길치인가 봐요."

지친 아내를 보기가 민망했다. 갈 길이 구만리인데 앞으로가 더 걱정이다. 호스텔에 도착하니 트윈룸 방값이 60달러나 되었다. 호스텔 종업원은 이 방도 지금 잡지 않으면 곧 나갈 거라고 했다. 아내는 방값이 너무 비싸다고 투덜댔지만, 나는 숙박료를 지불하고 욕실이 딸린 방에 여장을 풀었다. 샤워를 하고 나오며 아내가 말했다.

"물이 참 부드러워요. 샤워하고 나니 정말 좀 살 것 같군요."

부다페스트는 약 100여 개의 온천이 있다고 한다. 호스텔의 물이 부드러운 것도 온천물과 무관하지 않은 것 같았다. 샤워를 하고 나니 피로가 확 풀리고 마음이 여유로워졌다. 호스텔 카페로 가니 카페의 분위기도 생각보다 좋았다. 젊은이들이 커피를 마시거나 맥주를 마시며 재잘거리고 있었다. 길을 헤맨 데다가 샤워를 하고 나니 목이 말랐다. 맥주 한 병을 사서 우리는 건배를 했다.

"오늘 길을 헤매서 미안하오. 부다페스트 여행을 위하여 건배!"

"앞으로는 헤매지 않고 숙소를 잘 찾아 주겠지요?"

"하하, 명심하겠나이다."

이럴 때는 무조건 웃어야 한다. 맥주 한 잔을 마시고 나니 피로가 확 풀리는 것 같았다. 저녁을 먹고 침실로 가니 눈이 곧 가물가물 감겨 와 깊은 잠의 늪 속으로 빠져들어 갔다.

늦잠을 자고 일어나니 비가 추적추적 내리고 있었다. 비 내리는 거리는 어쩐지 우울하게 보였다. 부다페스트는 도나우강을 사이에 두고 서쪽의 '부다(Buda)'와 동쪽의 '페스트(Pest)'로 나뉘어 있다. 부처의 '붓다'와 흑사병을 일으키는 '페스트'균을 상상하게 하는 묘한 이름이다. 이 두 도시 사이를 가로지르는 도나우강에 다리가 놓이면서부터 하나의 도시로 합쳐져 부다페스트란 이름이 탄생 되었다. 호스텔을 나오며 아내가 물었다.

"오늘은 어디를 먼저 가는 거지요?"

"하하, 따라와 보면 알아요."

우리는 블라하 루이자 역에서 노란색 메트로를 탔다. 모스크 테러역에서 내려 밖으로 나가니 비가 세차게 내렸다. 확 트인 영웅광장 한복판에 높이 솟아있는 탑 위에는 민족의 수호신이라는 가브리엘 천사상이 날개를 펴고 있었다. 가브리엘 상을 지나니 바로 시민공원으로 연결되었다. 공원에 들어서자 호수 위에 둥둥 떠 있는 것 같은 고풍스러운 건물이 나타났다. 바이다 후냐드 성이다. 이 성은 드라큘라 전설의 무대가 되었던 루마니아의 브란성(Bran Castle)을 재현한 것이라고 한다. 물안개가 자욱이 드리워진 성의 분위기는 어디선가 금방 드라큘라라도 나타날 것만 같은 분위기였다.

"여보, 어쩐지 분위기가 으스스해요!"

"어디선가 드라큘라가 나타날 것 같지 않소?"

"도대체 어디까지 이렇게 걸어갈 거죠?"

"조금만 더 가면 돼요."

비 오는 날이라서 그런지 공원 내에는 사람의 그림자도 없었다. 여기저기 앉아있는 동상들도 다소 광기 어린 눈빛으로 지나가는 나그네를 쏘아보고 있었다. 으스스한 숲속을 지나 우린 어느 궁전을 방불케 하는 웅장한 건물 앞에 섰다.

"저건 무슨 건물이지요?"

"목욕탕이야."

"목욕탕이요? 설마⋯⋯. 꼭 궁전건물과 같이 생겼는데요."

네오바로크 양식의 웅장한 세체니 온천은 지하 1,000m에서 뿜어 나오는 온천수로 목욕을 한다고 한다. 나는 여독에 지친 몸을 온천으로 풀고 싶었다. 궁전 같은 온천 건물로 들어가니 사람들이 줄지어 서 있었다. 이 온천에서는 남녀 구분 없이 이용하기 때문에 반드시 수영복을 입어야 한다. 실내는 생각보다 규모가 엄청나게 컸다. 부드러운 물로 온천을 하고 나니 여독도 풀리고 한결 기분이 고조되었다. 우리는 지하철을 타고 부다 지구에 있는 어부의 요새로 갔다.

"오늘 같은 날에는 얼큰한 김치찌개가 먹고 싶어요."

"이 근방 어디에 한국인 음식점이 있다고 들었는데⋯⋯."

따끈한 김치찌개 생각이 절로 났다. 안내서를 뒤져 보니 '서울의 집'이란 한국요리점이 어부의 요새 근처에 있다고 했다. 공중전화 부스에서 전화를 걸었더니 하필이면 오늘이 쉬는 날이라고 했다.

우리는 케이블카를 타고 어부의 요새를 내려와 세체니 다리를 건너갔다. 난간을 잡고 강물을 내려다보다가 나는 문득 영화 '글루미 선데이(Gloomy Sunday, 우울한 일요일의 노래)'의 한 장면을 떠올렸다. 영화 속에서 이 다리는 항상 죽음의 모티브와 연결되곤 했다. 우울할 때 다리를 건너는 사람에겐 소리 없이 흐르는 강물이 갑자기 묘한 말을 걸어온다. "당신은 자살하고 싶지 않으냐?"라고. 누구에게나 한 번쯤은 자살의 유혹에 빠질 수도 있다. 나는 강물을 내려다보는 아내의 손을 잡고 재빨리 세체니 다리를 건너갔다.

▶ 영화 '글루미 선데이'의 촬영 무대 부다페스트

호스텔로 돌아와 여행일기를 쓰려고 배낭을 뒤져 보니 수첩이
없었다. 지금까지의 여행일기를 빼곡히 기록해 놓은 매우 소중한
수첩이었다. 아마 서울의 집으로 전화를 걸었던 공중전화 부스에
두고 온 것 같았다. 지하철을 타고 다시 어부의 요새로 올라가 전
화를 걸었던 공중전화 부스를 찾아갔지만 수첩은 없었다. 손때묻은
여행 수첩을 잃어버린 나는 괜히 우울해졌다. 홀로 지하철을 타고
호스텔로 터벅터벅 돌아오는 길이 허탈하기만 했다. 잊어버리자.
어차피 여행은 마음속에 남은 것들만 기억하면 되니까.

걸어라!
그대 뼈는
아직 부러지지 않았으니

_오스트리아 클라겐푸르트

▶ 노이슈반슈타인성으로 가는 길

　11월 3일, 부다페스트 호스텔에서 한 여행자가 준 정보를 듣고 우리는 알프스 티롤을 향해 무작정 떠나기로 했다. 그는 기차를 타고 알프스 티롤을 넘어가면 활활 타오르는 최고의 가을 풍경을 구경할 것이라고 귀띔을 해주었다.

부다페스트 중앙역에서 기차에 오르니 좌석이 텅텅 비어있었다. 텅 빈 객실에 팔베개하고 누워서 파란 가을 하늘을 보는 느낌이 너무 좋았다. 빈역에서 기차를 갈아타고 1시간여를 지나자 가파른 알프스산맥을 오르기 시작했다. 기차는 속도가 느려지고 헉헉거렸다. 산 산 산, 터널 터널 터널, 다리 다리 다리, 단풍 단풍 단풍…. 알프스의 놀랍도록 아름다운 풍경에 아내와 나는 그저 와와! 하며 감탄사만 연발했다. 꽃보다 아름다운 것이 단풍이 아닐까?

"비디오를 이쪽으로 돌려요."

"저 단풍을 놓치지 말고 잡아요!"

아내의 주문에 따라 캠코더를 정신없이 돌려댔다. 그러나 카메라에 사진을 담는 것은 한계가 있다. 알프스 자락에 펼쳐지는 아름다운 풍경을 직접 보지 않고는 뭐라고 말할 수 없다. 가을에 유럽 여행을 하고자 하는 여행자는 이 코스를 놓치지 말아야 할 것 같다. 절대로 후회하지 않을 것이다. 우리는 부다페스트의 호스텔에서 정보를 준 여행자에게 감사를 드려야 했다.

오후 5시, 기차는 목적지인 클라겐푸르트에 도착했다. 콜핑 호스텔에서 하룻밤을 지낸 다음 날 아침 우리는 새들의 울음소리에 잠을 깼다. 아침 식사를 한 후 우리는 타운 홀 쪽으로 걸어 나갔다. 한적한 거리는 퍼즐 조각처럼 정돈이 잘되어 있어 깔끔했다. 보행자 전용도로 주변에는 르네상스 시대의 정원이 아름답게 도시를 장식하고 있었다.

클라겐푸르트는 '갯벌을 둘러싸고 탄식 소리가 끊이지 않았다는 뜻'을 담고 있다. 도시와 인접해 있는 뵈르터제 호수에는 사람들을 먹어 삼키는 드래건을 닮은 괴물이 살고 있었는데, 영주는 그 괴물을 죽이는 자에게 호수의 땅을 주겠다는 방을 붙였다. 동네의 용감한 청년들이 마침내 그 괴물을 죽이고 땅을 하사받아 그 자리에 세운 도시가 바로 클라겐푸르트이다. 전설을 말해주듯 뵈르터제 호수에 살았다는 괴물 드래건 조형물이 광장 한가운데 거대하게 서 있었다. 드래건의 맞은편에는 도시의 수호성인 '성 게오르그'가 방망이 하나를 들고 용을 내려칠 듯이 서 있었다.

시청사 건너편에 있는 랜드하우스로 들어가니 수백 개의 코트어브암스(Coat-of-Arms:갑옷 조각 같이 생긴 판에 유명인들의 생애를 기록한 문장)가 실내를 황금색으로 장식하고 있었다. 랜드하우스는 캐른텐주에 최초로 세워진 중세기의 성이다. 건물 내부에는 캐른텐주에 공을 세운 재산가, 정치가, 성직자들의 이름과 생애를 간단하게 기록한 665개의 암스(Arms)가 벽과 천장을 빈틈없이 장식하고 있었다. 바둑판 같은 바닥에 걸어놓은 조각판이 역사를 말해주고 있었다.

대성당 종루에서 정오를 알리는 종소리가 평화롭게 울려 퍼졌다. 서점에서 아이들에게 보낼 귀여운 엽서와 학용품을 샀다. 책방 모퉁이에 앉아 엽서를 써서 바로 옆에 있는 우체국으로 가서 부쳤다. 작은 선물을 동봉하여 엽서를 보내고 나니 마음이 뿌듯해졌다.

거리를 산책하다가 우리는 뵈르터제(Wörthersee) 호수로 가는 버스를 탔다. 뵈르터제 호수에 도착하자 알프스 산기슭에 형형색색으로 물든 단풍나무들이 잔잔한 호수에 그대로 반영되어 한 폭의 수채화를 그려내고 있었다. 뵈르테제 호수는 브람스와 구스타브 말러 등 많은 작곡가에게 영감을 준 호수다. 호수 주변에는 사람들이 산

책을 하거나 한가로이 앉아 책을 읽으며 휴식을 취하고 있었다. 아름다운 호숫가를 산책하니 몸과 마음이 저절로 힐링이 되었다.

클라겐푸르트는 오스트리아가 낳은 위대한 여류시인 잉게보르크 바흐만(Ingeborg Bachmamn, 1926-1973)의 고향이다. 바흐만은 『삼십세』, 『추락하는 것은 날개가 있다』 등으로 우리나라에도 널리 알려진 작가이다. 바흐만의 집에서 뵈르테제 호수로 이르는 길은 그녀가 마지막으로 남긴 작품 『호수로 가는 세 갈래 길』의 무대로 삼았던 길이다. 사람들은 이 길을 '바흐만 길'이라고 부른다.

바흐만의 단편집 『삼십세』는 젊은 날 나에게도 큰 울림을 주었다. 30세가 되던 해 나는 서점에서 우연히 바흐만의 삼십세를 발견하고 그 자리에 앉아서 읽어내려갔는데, 마지막 구절이 나에게 강한 메시지를 던져주었다.

내 그대에게 말하노니
일어서서 걸어라!
그대의 뼈는 결코 부러지지 않았으니.
-잉게보르크 바흐만의 '삼십세' 중에서-

바흐만은 불행한 사람들, 병약한 사람들, 빈사의 사람들 곁을 떠나서 힘차게 나아가라고 외쳤다. "걸어라! 내 뼈는 아직 으스러지지 않았으니." 이 말은 지금 아내와 나에게 하는 말 같았다. 그렇다! 우린 죽는 날까지 일어서서 걸을 것이다. 스스로 땅을 딛고 걷지 못할 때 우리의 생은 죽어있는 것이나 마찬가지다.

나는 뵈르테제 호수와 클라겐푸르트 거리를 걸으며 고요함과 행복을 느꼈다. 사람들이 귀하게 느껴지고, 함께 걸어가는 아내가 더욱 소중하다는 생각을 들게 했다. 사람들을 소중하게 여기는 도시… 그런 도시에서 살아야 한다. 바흐만의 시와 말러의 음악이 흐르는 클라겐푸르트 같은 도시에서 살고 싶었다. 클라겐푸르트에 머무는 동안에는 마음이 조급하지 않고 몸이 저절로 힐링이 되는 것 같았다. 오래도록 머물고 싶은 보석 같은 도시였다.

"이 도시는 정말 아름답고 걷기에 좋은 것 같아요."

"오늘 정말 많이 걸었네요."

오늘 하루 우리는 정말 뼈가 으스러지도록 많이 걸었지만, 별로 피곤하지 않았다. 기분 좋은 하루였다. 우리는 잠자리에 들기 전에 가부좌를 틀고 앉아 잠시 명상을 했다. 알프스 자락의 아름다운 풍경이 파노라마처럼 스치고 지나갔다. 나는 알프스의 심장과 교감을 하고 허공에 떠 있는 별과 교감을 했다. 우리 몸은 하나의 작은 행성이나 다름없다. 어떤 사람은 사람의 몸을 우주에 비교하기도 한다. 그렇다면 나와 아내는 각자 하나의 소행성이요 작은 우주이다. 명상을 마친 후 우리는 깊은 잠으로 빠져들어 갔다.

11월 5일 아침 9시 36분, 클라겐푸르트에서 출발하는 독일 도르트문트행 기차에 올랐다. 동유럽 유레일패스를 마지막으로 사용하는 날이었다. 기차는 알프스에서 가장 험악한 타우에른 산맥을 향해 달려갔다. 흔히 알프스 하면 스위스를 연상하지만, 알프스의 심장에 해당하는 티롤이 오스트리아에 있다는 사실을 아는 사람들은 그리 많지 않다. 세계적인 등반가들을 수없이 배출한 곳도 오스트리아다. 『티베트에서 7년』이란 책을 저술한 하인리히 하러를 비롯해서 유명 등반가들이 오스트리아에서 배출되었다. 그들은 티롤지방에서 산악인의 꿈을 키워왔다.

11시 44분, 기차는 알프스를 넘어 잘츠부르크역에 도착했다. 잘츠부르크역에서 햄버거에 커피를 사 들고 인스브루크행 기차를 기다렸다. 안내판을 보니 인스브루크행 기차는 오후 1시 4분에 있었다. 그런데 우리는 인스브루크행 기차를 탄다는 것이 그만 뮌헨행 기차에 잘 못 오르고 말았다. 아무래도 이상한 느낌이 들어 마침 지나가는 역무원에게 인스브루크행이 맞느냐고 물었더니 뮌헨으로 가는 기차라고 했다. 황급히 기차에서 내린 우리는 인스브루크행 기차로 갈아탔다. 자칫 잘못했으면 엉뚱한 방향으로 갈 뻔했다.

잘츠부르크에서 출발한 기차는 한쪽엔 호수와 강, 그리고 다른 한쪽엔 만년설을 끼고 달려갔다. 이 노선은 오스트리아에서도 가장 험준한 알프스인 호에 타우에른(Hohe Tauren Mt.)을 넘는다. '높은 산에 있는 길'을 의미하는 호에 타우에른은 오스트리아 최초의 국립공원으로 등산과 스키의 메카이다. 험준한 산맥을 넘자 거대한 호수가 시야에 나타났다. 겨울엔 스키를 즐기고, 여름엔 보트 스포츠를 즐길 수 있는 첼암제(Zell am See) 호수다. 알프스의 눈과 빙하가 녹아서 만들어진 첼암제는 한 폭의 수채화처럼 아름다웠다.

첼암제를 지나니 'Tirol'이라는 이정표가 나왔다. 기차는 인 강

(Inn River)을 끼고 서서히 미끄러지다가 마침내 마침내 티롤 지방의 주도 인스브루크에 도착했다. 스키의 천국 인스브루크는 두 차례나 동계 올림픽을 개최한 알프스의 심장이다.

우리는 인 강 바로 옆에 있는 인스브루크 호스텔에 여장을 풀었다. 이곳 호스텔은 규정이 다소 까다로워 오후 5시 이후에 체크인하고, 남녀가 분리된 공용침실만 있었다. 아내와 나는 불가피하게 다시 이산가족이 되었다. 아내는 1층에, 나는 2층으로 방을 정했다.

알프스 티롤을 넘어간 우리는 오랜만에 멋진 레스토랑에서 저녁을 먹기로 했다. 요들송을 들으며 포도주까지 곁들인 만찬은 멋진 그만이었다. 요들송 관람으로 한껏 기분이 고조되어 호스텔로 돌아왔다. 오늘따라 더욱 사랑스럽게 보이는 아내를 안아주고 싶지만 우리는 서로 층이 다른 각자의 방으로 이산가족이 되어 헤어져야 했다.

"나의 하이디 소녀, 잘 자요."

"호호, 당신도……. 2층 침대에서 떨어지지 말고 잘 주무세요."

나는 높은 2층 침대로 조심스럽게 올라가 잠을 청했다. 포도주를 몇 잔 마셔서 그런지 곧 잠이 들었다. 호사다마라고 했던가? 다음 날 새벽에 화장실을 가려고 침대에서 내려오다가 나는 그만 발을 헛디며 2층 침대에서 떨어지고 말았다. 침대에서 떨어져 다친 허리가 욱신거리며 아팠다. 아침에 케이블카를 타고 하펠레칼슈피츠(Hafelekarspitz) 꼭대기에 올라가려고 했으나 오늘따라 케이블카가 운행하지 않는다고 했다. 우리는 하룻밤 더 머물기로 했던 인스브루크를 떠나기로 했다.

인스브루크역에서 뮌헨행 기차를 기다리고 있는데 뼈만 앙상히 남은 깡마른 중년 남자가 두 여인의 부축을 받으며 힘겹게 걸어왔다. 바람이 불면 혹 날아가 버릴 것 같은 가냘픈 몸이었다. 그는 숨을 가쁘게 몰아쉬며 힘겹게 벤치에 앉았다. 그런데 이게 웬일? 그는 가쁜 숨을 고르며 주머니를 뒤지더니 담배를 꺼내 들고 피우기 시작했다. 담배 연기를 한 모금 깊숙이 들어 마신 그는 허공을 응시하며 긴 한숨과 함께 하늘로 토해내더니 몸이 널뛰기하듯 심하게 흔들리며 기침을 했다. 저렇게 심한 기침을 하면서도 담배를 피우다니! 그런데도 그를 부축했던 두 여인은 그가 담배를 피우는 것을 말리지 않았다. 인생은 허공에 흩어지는 담배 연기 같은 것일까? 기차가 인스브루크역을 출발하자 멀어져 가는 그들을 바라보며 아내가 의아스러운 모습을 지으며 말했다.

"아까 역에서 만난 그 사람 말이에요."

"담배를 피우던 그 사람?"

"네, 그렇게 심하게 기침을 하면서도 담배를 피우고 싶을까요?"

"사람이란, 각자 가는 길이 다르듯이 죽도록 좋아하는 것도 다르지 않겠소? 그는 지금 담배 한 대를 피우는 것이 가장 큰 낙일지도 모르지요."

"아무리 그렇기는 하지만……."

뮌헨행 열차는 총알처럼 벌판을 달려갔다. 늦가을 풍경을 바라보며 우리는 한동안 말이 없었다. 가다가 죽어도 좋으니 여행을 떠나자는 아내와 담배를 피우다가 죽어도 좋다는 표정을 짓던 그 깡마른 사나이의 얼굴이 차창에 겹쳐졌다.

뮌헨역에 도착하니 시곗바늘은 12시 40분을 가리키고 있었다. 퓌센으로 가는 기차는 12시 51분에 있었다. 라커룸에 큰 배낭을 맡기고 허겁지겁 뛰어가서 퓌센행 기차를 탔다. 동유럽의 마지막 여행지로 퓌센을 정한 것은 탁월한 선택이었다. 로맨틱 가도를 달리는 기분도 좋았지만, 알프스산맥 기슭에 하얀 백조처럼 목을 길게 빼고 서 있는 희고 아름다운 노이슈반슈타인 성이 우리를 반겨주고 있었기 때문이었다. 노이슈반슈타인(Neuschwanstein)은 '새로운 백조의 바위'란 뜻이다. 호수에 둘러싸여 알프스 자락에 고고하게 서 있는 노이슈반슈타인 성은 마치 한 마리 학처럼 보였다.

이 성을 직접 설계하고 건축한 사람은 바이에른의 국왕 루트비히 2세(Ludwig 2, 1845~1886)였다. 그는 바그너의 오페라 '로엔그린'을 관람한 뒤부터 이곳에 백조의 성을 지어 바그너의 오페라 '로엔그린'의 주인공인 백조의 기사와 '탄호이저'에 나오는 음유시인처럼 살기를 원했다. 정치에 점점 무관심한 왕은 낮에는 주로 잠을 자고, 밤이 되면 황금마차를 타고 성 주변을 배회하였다. 성을 짓기 시작한 지 무려 17년이 지났지만 3분의 2밖에 완성하지 못한 채 그는 호수에서 변사체로 발견되었다. 정사를 돌보지 않고 성을 짓는 데 국가재정을 탕진한 왕의 비참한 최후였다.

나는 아내의 손을 잡고 백조의 성을 향해 걸어갔다. "걸어라! 그대 뼈는 아직 으스러지지 않았으니." 백조의 성으로 가는 숲길에

▸백조의 성 노이슈반슈타인 성(독일 퓌센)

바흐만의 외침이 들려왔다. 마차를 타고 오를 수도 있었지만 우리는 낙엽이 붉게 물든 낭만적인 길을 그냥 걷는 게 좋을 것 같아 걸어서 올라가기로 했다. 단풍잎이 바람에 포물선을 그으며 우수수 떨어졌다. 미련 없이 떨어지는 낙엽은 자신의 갈 길을 알고 있었다. 발밑에 밟히는 낙엽이 사각사각 영혼의 소리를 냈다.

"시몬, 나무 잎새 져버린 숲으로 가자. 낙엽은 이끼와 돌과 오솔길을 덮고 있다. 시몬! 너는 좋으냐 낙엽 밟는 소리가."

"그 시를 아직도 기억하고 있네요."

"이런 아름다운 길을 걷다 보면 누구나 시인이 되지 않겠소? 정희야 너는 좋으냐? 낙엽 밟는 소리가."

구르몽의 시를 읊으며 30분 정도를 걸어 올라가니, 드디어 하얀 대리석으로 치장된 노이슈반슈타인 성이 백조처럼 우아하게 고개를 내밀었다. 성안에는 곳곳에 바그너의 오페라 '로엔그린'과 '탄호이저', '파르치팔' 등을 배경으로 한 회화로 가득 채워져 있었다. 심지어는 문고리도 모두 백조 모양으로 만들어져 있었다. 루트비히

2세가 노이슈반슈타인 성을 짓는데 얼마나 정성을 들였는지 짐작이 갔다.

노을이 지기 시작하는 알프스의 언덕에 안개가 끼기 시작했다. 안개가 드리워진 노이슈반슈타인 성은 하얀 면사포를 입은 듯 더욱 아름답게 보였다. 인생은 짧고 예술은 길다고 했던가? 비운의 루트비히 2세는 41살로 세상을 떠났지만, 백조의 성은 수많은 관광객을 불러드리며 백조처럼 고고히 서 있었다.

노이슈반슈타인성에서 퓌센으로 돌아온 우리는 뮌헨으로 가는 기차를 탔다. '맥주 한잔하러 뮌헨까지 간다'라는 말이 있다. 사람들이 이렇게 말하는 데는 나름대로 이유가 있다. 뮌헨역에 도착하니 저녁 7시였다. 우리는 그 유명한 뮌헨의 맥주 한잔을 하기 위해 궁정 맥주 공장인 '호프브로이하우스'를 찾아갔다.

흔히 우리가 말하는 '호프'도 호프브로이하우스에서 유래된 것이라고 한다. 독일어로 'Hof'는 '궁정'을 뜻하고 'Bräuhaus'는 양조장을 의미한다. 이 두 개의 합성어는 '궁정양조장'을 의미한다. 호프브로이하우스에 들어서자 우선 그 규모에 놀랐다. 5,000명 이상을 수용할 수 있다는 대형 맥주 홀은 빈자리가 없을 정도로 사람들로 가득 차 있었다. 구석에 겨우 자리를 잡은 우리는 500CC 생맥주 두 잔을 시켜 잔을 높이 들고 축배를 외쳤다. 빈속에 맥주가 들어가니 짜릿한 맥주 맛이 목덜미를 타고 내려가 오장육부에 전달되었다. 지금까지 쌓인 여독이 맥주 한 잔에 살살 녹아내리는 것 같았다. "맥주 한잔을 마시러 독일 뮌헨까지 온다"라는 말을 이 이해할 수 있을 것 같았다.

맥주 한잔 덕분에 이렇게 행복해지다니! 살아 있다는 것은 경이로운 것이다. 언젠가 자동차를 몰고 가다가 라디오에서 어느 신부님이 하신 말씀이 기억났다.

"살아서 행복한 사람이 죽어서도 행복하다. 오늘 행복한 사람이 내일도 행복하다. 오늘 불행하다고 생각하면 내일도 불행하다. 항상 살아 있음에 감사하라!"

맞는 말이다!

정말 뼈가 으스러지게 많이 걸었지만 행복했다. 맥주 거품 속으로 피로가 녹아서 사라져 버린 것 같았다. 아내의 컨디션은 최고조에 달했다. 오늘 행복한 사람이 내일도 행복하다. 내일이면 유럽의 땅끝 리스본으로 간다. 그곳엔 어떤 여행약이 기다리고 있을까?

유럽의 땅끝에서

_포르투갈 리스본

▶ 리스본 발견의 탑

11월 8일, 마드리드 공항에서 리스본으로 가는 기차를 타기 위해 메트로를 타고 차마르틴역으로 갔다. 밤 10시 34분, 리스본행 열차에 오르니 좌석이 아내와 서로 떨어져 엇갈리게 배정되어 있었다. 같은 좌석에 앉은 여자 승객에게 좌석을 좀 바꿀 수 없느냐고 사정했지만 돌아온 대답은 단호하게 "노오"였다.

기차는 느리고 불편했다. 알랭 들롱과 까뜨리느 드뇌브가 주연으로 출연했던 '리스본 특급'이라는 오래된 영화가 떠올랐다. 그 영화를 상상하며 낭만에 부풀었는데 우리가 탄 리스본행 기차는 낡고 느렸다. 느리게 기어가는 기차에 갑자기 거센 빗줄기가 차창을 때렸다. 빗방울 소리를 자장가 삼아 아내도 나도 잠이 들었다.

눈을 뜨니 아침 7시였다. 올리브 나무들이 어둠 속에서 헝클어진 파마머리를 한 여자처럼 나타났다. 창문을 열자 올리브 향기가 짙게 스며들었다. 밤새 달려온 기차는 다음 날 아침 8시 15분 리스본 떼주 강가에 있는 산타 아폴로니아 역에 도착했다. 국제열차가 도착한 역이지만 마치 어느 시골의 간이역처럼 한적했다. 아아, 무역풍이 불어온다! 드디어 우리는 유럽의 끝, 리스본 항구에 도착한 것이다.

리스본에 도착하여 가장 먼저 눈에 띄는 것은 거리의 문양이었다. 보도블록에는 검은색 물결무늬와 닻이 파도처럼 물결치며 그려져 있었다. 호스텔로 가는 90번 버스를 기다렸지만 버스는 나타나지 않았다. 비가 점점 더 세차게 내리기 시작했다. 빵모자를 뒤집어쓴 남미 스타일의 가냘픈 아가씨가 자신의 몸보다 더 큰 배낭을 걸머지고 버스 정류소로 걸어왔다. 버스를 기다리는 동안 우리는 서로 인사를 나누었다. 알리시아라고 자신을 소개한 그녀는 멕시칸이었다. 우연하게도 그녀도 목적지가 우리와 같은 호스텔이었다. 우리는 기다려도 오지 않은 90번 버스를 포기하고 알리시아와 함께 46번 버스를 탔다.

버스에 오르니 흐느끼는 듯한 여인의 노래가 구슬프게 흘러나왔다. 파두(Fado)였다! 금방 눈물이 뚝뚝 떨어져 내릴 것만 같은 애절한 멜로디가 빗물처럼 구슬프게 흘러내렸다. 우리는 호시우(Rossio) 광장에서 내려 45번 버스를 타고 호스텔 리스본(Hostel Lisbon)에 도착했다.

호스텔에서 잠시 휴식을 취한 후 거리 산책에 나섰다. 호시우 광장까지 걸어간 우리는 그 유명한 산타후스타 엘리베이터를 탔다. 덜컹거리는 엘리베이터는 100년도 넘어 보였다. 꼭대기 층으로 올라가니 올망졸망한 시가지가 한눈에 들어왔다. 전망대 카페에서 커피를 마시며 잠시 휴식을 취한 우리는 바이샤 지구로 걸어갔다. '낮은 땅'이란 뜻을 가진 바이샤 거리는 레스토랑, 카페, 바, 상점들이 거미줄처럼 얽혀 빼곡하게 들어서 있었다.

리스본의 구시가지는 일곱 개의 언덕으로 되어있다. 28번 전차는 미로처럼 얽힌 바이후 알투, 바이샤, 알파마 지구의 언덕을 편리하게 연결해주고 있었다. 우리는 추억의 28번 트램을 타고 좁고 구불구불한 리스본의 언덕길을 오르내리며 리스본의 매력에 흠뻑 빠져들어 갔다. 알파마 지구로 가서 리스본의 언덕 중에서 가장 높은 곳에 위치한 상 조르제 성에 오르니 리스본 시가지가 한눈에 들어왔다. 리스본 구시가지의 매력은 미로처럼 얽힌 좁은 골목길을 오르락내리락하는 재미다.

바이후 알투 지구로 들어서니 파두를 공연하는 유흥업소와 바, 레스토랑이 즐비하게 늘어서 있었다. 유흥가 지역이라 밤에는 다소 위험하다는 정보를 알고 있었지만 파두의 진수를 느껴보기 위해서 우리는 어느 낡은 레스토랑으로 들어갔다. 어두운 카페 한쪽에 자리를 잡고 스낵을 곁들인 포르투 와인(Port Wine-발효 중인 와인에 브랜

디를 첨가한 포르투갈 와인)을 시켰다. 달콤한 맛을 내는 포르투 와인은 마시자 금세 취기가 돌았다.

어둡고 좁은 공간에서 사람들은 포르투 와인을 마시며 파두를 감상하고 있었다. 검은 가운을 입고 2인조 기타 소리에 맞추어 파두를 부르는 파디스타(fadidsta, 파두를 부르는 솔로 가수)의 흐느끼는 곡조가 포르투 와인 잔에 녹아내렸다. 구슬프면서도 나른한 파두의 선율이 온몸을 휘어 감았다. 이윽고 한 중년 파디스타가 흐느끼듯 '어두운 숙명'을 부르더니 이어서 '검은 돛배'를 열창했다.

아말리아 호드리게스(Amalia Rodrigues, 1920~1999)는 파두를 전 세계에 전파한 파두의 여왕이다. 포르투갈인들은 그녀의 노래를 '포르투갈의 목소리'라고 할 정도로 좋아한다. 1999년 그녀가 세상을 떠났을 때 포르투갈은 그녀를 위해 3일간의 국장을 치를 정도로 전 국민이 그녀의 죽음을 애도했다. 호드리게스의 노래가 포르투갈의 목소리가 된 이유는 노래 속에 포르투갈 서민들의 한과 영혼을 담고 있기 때문이다.

파두는 뱃사람들의 슬픈 사연을 담은 노래이다. 포르투 와인을 마시며 파두의 선율에 흠뻑 젖은 보는 밤. 비가 추적추적 내리는 리스본의 밤이 깊어 가고 있었다. 때로는 슬픈 멜로디가 마음을 치유해 주기도 한다. 오늘 밤이 그랬다.

11월 10일 아침, 리스본 호시우역에서 신트라 행 기차를 탔다. 시가지를 벗어나자 곧 그림 같은 전원 풍경이 펼쳐졌다. 리스본에서 28km 떨어진 신트라는 일찍이 영국의 시인 바이런이 '영광의

에덴동산'이라고 노래했을 정도로 아름다운 곳이었다. 신트라는 바이런의 표현이 전혀 어색하지 않을 정도로 아름다운 도시다. 여행자들은 유럽의 땅끝 호카곶보다는 이곳 신트라를 보기 위해 리스본을 빠져나온다.

포르투갈 왕실이 500년 동안이나 '여름 별장'으로 사용했다는 신트라 왕궁에서 빠져나온 우리는 산책로를 따라 무어인의 성터로 올라갔다. 성터에 오르니 멀리 수평선이 보이는 대서양이 하늘과 분간을 하지 못할 정도로 푸르렀다.

"저어, 사진 한 장 찍어주시겠습니까?"

"오케이, 그건 내 기쁨이요."

성터에서 만난 두 청춘남녀에게 사진 한 장을 찍어달라고 했더니 활짝 웃으며 다가왔다. 남아공에서 왔다는 그들은 아내와 내가 닭살 같은 포즈를 취하자 "원더풀!"을 연발하며 계속 카메라의 셔터를 눌러댔다.

"저희 사진도 한 장 찍어주시겠습니까?"

"물론이지요."

웨인이라고 자신을 소개한 그는 스페인 마드리드에서 카메라를 도난당해 아름다운 풍경을 담을 수 없다며 애석해했다. 장발에 구레나룻을 기른 건장한 체격의 웨인 커플은 고풍스러운 무어인 성터와 너무나 잘 어울렸다.

웨인과 헤어져 우리는 마법의 성 같은 무어인 성터를 오르내렸다. 아무런 계획도 없이 마냥 걷는 길이 너무 좋았다. 무어인 성터를 오르내리다가 도착한 '페나 궁전(Palacio da Pena)'은 신트라 여행의 백미를 한껏 더 고조시켜주고 있었다. 정문으로 들어서는 순간, 마치 동화 속으로 빨려 들어가는 느낌이 들었다. 울퉁불퉁한 정문의 벽과 곡선이 기하학적인 조형미를 이루며 마음을 사로잡았다. 멀리 호카곶에서 불어오는 바람은 파두의 슬픈 곡조를 싣고 왕궁의 테라스를 맴돌고 있었다.

유럽의 땅끝이라 부르는 호카곶에 도착하자 십자가를 떠받치고 있는 돌탑이 보였다. 돌탑에는 포르투갈의 서사시인 까몽이스의 대표작 '우스 루지아다스(포르투갈인을 지칭함)'에 나오는 "이곳에서 땅이 끝나고, 바다가 시작된다"란 시가 한 줄 새겨져 있었다. 육지가 끝나는 곳, 웅대한 자연의 파노라마 앞에는 신대륙을 향한 십자가 하나가 우뚝 서 있고, 가장 높은 곳에는 등대 하나가 외로이 설치되어 있었다.

"유럽의 서쪽 땅끝에 서 있는 소감이 어떻소?"

"감회가 무량하기만 해요. 저 바다를 건너가면 아메리카 신대륙에 닿겠지요?"

"그렇소. 또 다른 대륙이 우릴 기다리고 있소. 내일모레 우린 남미대륙의 땅을 딛고 새로운 여행을 시작하게 될 거요."

11월 11일 아침, 나는 큰 배낭에서 겨울옷을 꺼내 챙겨 들고 호스텔 근처에 있는 세탁소로 갔다. 세탁물을 맡기고 호스텔로 돌아오니 아내가 예쁘게 머리 단장을 하고 기다리고 있었다. 30년 전 11월 11일 11시, 우리는 목포 유달산 기슭 한 작은 암자에서 양가 가족이 참석한 가운데 간소하게 결혼식을 올렸다. 결혼식 예물은 각자 손에 든 국화꽃 일곱 송이였다. 그날 마침 첫눈이 내려 마음이 더욱 포근했다. 가난했지만 행복한 결혼식이었다. 어느덧 30년이란 세월이 흘러 여행 중에 결혼 30주년을 맞이하게 되니 감개무량했다.

신혼부부라도 된 것처럼 우리는 손을 잡고 추억의 28번 트램을 탔다. 낡은 트램은 땡땡거리며 항해 왕 엔히크 왕자를 기리는 '발견의 탑'으로 달려갔다. 트램에서 내리니 범선 모양의 발견의 탑(Padrao dos Descobrimentos)이 바다를 향하여 도도하게 서 있었다. 뱃머리 맨 앞에는 항해 왕 엔히크 왕자가 두 손에 리스본의 희망을 실은 범선을 떠받쳐 들고 있었다. 그 뒤를 이어 바스코 다 가마, 서사시인 까몽이스, 그리고 항해의 일등 공신들인 기사, 천문학자, 선원, 지리학자, 선교사들이 차례로 서 있었다.

결혼 30주년 기념일 날 아내와 나는 대서양을 바라보며 남미로 날아가는 희망에 부풀어 있었다. 발견의 탑에서 다시 추억의 28번 트램을 타고 바이샤 지역으로 돌아왔다.

"오늘은 우리들의 결혼 30주년 기념일이니 멋진 레스토랑에서 현지 음식을 한번 먹어볼까?"

"현지 음식보다는 중국 음식은 어때요?"

"당신이 좋다면 반대할 이유가 없지요."

마침 정류장 앞에 'Grande Mundo'라는 중국집 간판이 보였다. 중국음식점으로 들어가니 주현미의 '신사동 그 사람'이라는 노래가 중국어로 흘러나왔다.

"어? 주현미의 신사동 그 사람이네요?"

"하하, 정말이네!"

유럽의 땅끝 중국집에서 주현미의 노래가 나오다니 놀라웠다. 마치 우리의 결혼기념일을 축하해 주듯 '신사동 그 사람'이 중국어로 흘러나오고 있었다.

"유럽의 땅끝에서 주현미의 '신사동 그 사람'을 들으며 결혼 30주년을 맞이하다니 정말 꿈만 같군요."

"내일은 남미대륙으로 가는 새로운 여행이 시작되는데 우리의 무사 여행을 위하여 건배합시다."

"남미 여정이 정말 기대돼요."

저녁을 먹은 후 호시우 거리로 나와 부적처럼 생긴 '행운의 닭'이란 작은 기념품을 샀다.

"이 행운의 닭이 우리의 여정을 안전하게 지켜줄까요?"

"물론! 우리가 그렇게 믿는다면……."

호스텔로 돌아온 우리는 남미대륙으로 떠날 준비를 했다. 신대륙을 향해 떠난다는 설렘에 한껏 상기되어 있었다. 500여 년 전 콜럼버스의 마음이 이러했을까? 아내는 부픈 가슴을 안고 잠자리에 들었다. 행복한 표정으로 잠든 아내를 바라보니 덩달아 행복했다. 유럽의 땅끝에서 나는 가부좌를 틀고 앉아 깊은 명상에 잠겼다. 아메리카 신대륙은 우리에게 어떤 명약을 처방해 줄까?

리마의 도둑은 바람처럼 빠르다

_페루 리마

▶ 리마의 차이나타운

　11월 12일, 마드리드를 이륙한 비행기는 대서양과 남미대륙을 횡단하여 긴 비행 끝에 11월 13일 오후 19시 30분, 페루 리마 호르헤 챠베스 국제공항에 무사히 착륙했다. 출입국 절차를 마치고 공항 대기실로 나가니 호객꾼들이 우르르 몰려들었다. 리마의 치안은 지구상에서 최악일 정도 악명이 높다. 두려워하지 말고 방심하지 말자. 호객꾼들을 무시하고 공중전화 부스로 갔다. 미리 메모를 해둔 한국인 민박집에 전화를 걸었더니 처음엔 스페인 말이 나왔다. 내가 한국말로 말을 하자 곧이어 반가운 우리말이 들려왔다.

"저희는 서울에서 온 부부 여행자입니다."

"아, 그러세요. 반갑습니다."

"숙박이 가능한지요?"

"네, 가능합니다."

"하루 숙박 요금은 얼마이지요?"

"네, 아침과 저녁 포함해서 40달러입니다."

"어떻게 찾아가면 되지요?"

"반드시 캡이 달린 택시를 타고 미라폴로레스로 가자고 하세요. 요금은 10달러 정도 되고요, 택시 운전사에게 우리 집 번지수를 말해주면 바로 집 앞에 내려줄 겁니다."

"감사합니다."

한국인 민박집은 아내가 김치를 먹고 싶다고 하여 리스본에서 미리 찾아놓은 숙소였다. 택시를 타기 위해 공항 밖으로 나오니 호객꾼들이 더욱 극성을 부리며 따라붙었다. 리마의 택시 운전사들은 터무니없는 가격으로 바가지를 씌우므로 조심을 하라고 안내서에 적혀 있었다. 나는 정복을 입은 경찰에게 택시를 잡아달라고 부탁을 하기로 했다.

거리에 서 있는 정복 경찰에게 미라플로레스라고 쓴 메모지를 보여주며 택시를 잡아달라고 부탁을 하자 그는 내 얼굴과 메모지를 번갈아 보더니 캡이 달린 택시를 불렀다. 그리고 택시 운전사에게 스페인어로 뭐라고 몇 마디를 주고받더니 요금이 10달러라고 하며 흥정까지 해주었다. 경찰에게 감사하다는 인사를 하고 택시를 탔다. 운전사는 내가 건네준 메모지를 희미한 불빛 아래 비추어보고는 고개를 끄덕이며 액셀을 밟았다. 20분쯤 달렸을까? 운전사가 어느 주유소에 갑자기 차를 세우고 시동을 껐다. 그리고는 뒤를 돌아보며 말했다.

"투 퍼슨, 투엔티 달러(두 사람이니 20달러 줘야 해)."

"폴리스 맨 톨드 미 10달러(경찰이 10달러라고 했는데)."

"경찰은 1인당 10달러라고 말한 것이다. 두 사람이니 20달러다."

순간 불안감이 스쳐 지나갔다. 마침 공중전화가 주유소 벽에 보였다. 나는 택시 문을 열어놓은 채 공중전화로 가서 민박집으로 전화를 걸었다. 민박집 주인은 아무 소리 하지 말고 그냥 택시 안에 가서 가만히 앉아 있으라고 했다. 그러면 그가 수작을 부리는 것을 포기하고 데려다줄 거라고 했다. 나는 운전사에게 지금 경찰서에 신고하고 오는 중이라고 거짓말을 했다.

"아이 콜 폴리스 스테이션(나 지금 경찰서에 신고를 했어)."

"노 프라블람, 10달러 오케이."

경찰서에 신고했다는 말이 먹혀들어 갔다. 운전사는 시동을 걸고 출발했다. 마음이 조마조마했는데 그는 다행히 우리를 민박집 앞에 내려주었다. 시간은 밤 11시를 지나가고 있었다. 민박집 부부가 자동차 소리를 듣고 대문 밖으로 나와 반가이 맞이해 주었다.

"무사히 도착해서 다행입니다. 저녁상을 차려놓을 테니 2층으로 올라가 먼저 샤워를 하시지요."

"감사합니다. 두 분을 뵈니, 마치 한국에 온 기분이 드는군요."

2층으로 올라온 아내는 "후유~"하고 안도의 숨을 토해냈다. 샤워를 하고 옷을 갈아입는데 1층에서 김치 냄새가 풍겨왔다. 입에서 저절로 군침이 흘러나왔다. 아래층으로 내려가니 식탁에는 김치, 김치찌개, 상추, 된장, 고추장, 그리고 김이 무럭무럭 나는 흰쌀밥이 차려져 있었다. 아내와 나는 공깃밥을 두 그릇이나 비우며 눈이 뻥 뚫리도록 맛있게 먹었다. 역시 우리는 김치 민족이다. 김치에 쌀밥보다 더 좋은 식사가 어디 있겠는가? 저녁 식사를 맛있게 먹은 후 차 한 잔을 마시며 민박집 주인과 담소를 나누었다.

"이곳 리마는 위험하니 긴장을 풀지 말고 조심해야만 합니다."

"오늘 밤 택시 운전사만 해도 멀쩡하게 택시요금을 두 배나 달라고 하니 황당했어요."

"그런 건 약과지요. 레스토랑에 가서도 배낭끈을 다리에 감아서 안쪽에 두시고, 줄 달린 열쇠가 있으면 의자에 채워두는 것을 잊지 마세요."

"꼭 그렇게까지 해야 하나요?"

"저도 몇 개월 전에 은행에서 돈을 찾아오다가 택시강도를 만나 죽을 뻔했답니다."

"오, 저런! 그래서 어떻게 하셨지요?"

"눈 질끈 감고 그냥 곰처럼 웅크리고 앉아 마냥 버텼지요."

"그들이 가만두던가요?"

"몇 시간째 꿈쩍 않고 그렇게 앉아 있었더니 그들도 질렸는지 보내 주더라고요. 허허허."

"정말 큰일 날 뻔했군요."

몸집이 좋은 주인아저씨는 은행에서 2만 달러를 찾아 나오다가 대낮에 은행 정문 앞에서 택시강도를 만났다고 했다. 그러니 리마에서는 언제나 경계를 게을리해서는 안 된다고 했다.

저녁을 배부르게 먹는 데다가 긴장이 풀리니 갑자기 피곤이 몰려왔다. 숙박비를 지급하려고 하니 80달러라고 했다. 공항에서 전화할 때는 하룻밤에 40달러로 알고 왔는데, 아주머니는 1인당 40달러로 두 사람이니 80달러라고 말했다. 순간 그 택시 운전사 생각이 났다. 아내의 눈이 휘둥그레졌다. 아내의 표정을 본 민박집 주인은 20달러를 깎아주며 60달러만 받겠다고 했다. 2층 방으로 올라온 아내가 놀란 표정을 지으며 말했다.

"공항에서 전화할 때 40달러라고 하지 않았던가요?"

"글쎄. 뭔가 의사소통이 잘못된 것 같아요. 그래도 먹고 싶은 김치에 쌀밥을 실컷 먹었으니 기분이 좋지 않소?"

"그렇긴 하지만……. 너무 비싸요."

"그럼 오늘 밤만 여기서 자고 내일 다른 데로 옮기지요."

김치에 쌀밥을 맛있게 먹은 탓인지 푹 잤다. 다음 날 아침 우리는 볼리비아 영사관에 가서 비자를 받기로 했다. 'TAXI'라고 써 붙인 작은 중고차를 탔는데 자세히 살펴보니 우리나라 티코였다. 리마에서는 아무 승용차에나 택시라고 써 붙이고 영업을 했다. 안전을 위해서는 라디오 택시를 타는 것이 좋지만, 라디오 택시를 쉽게 발견하지 못해 우리는 티코를 탔다.

볼리비아 영사관은 산 이시드로 235번지에 주택처럼 생긴 허름한 건물 안에 있었다. 아침 일직이라 그런지 영사관엔 우리 부부뿐이었다. 대문을 열고 들어가니 중년 부인이 안경 너머로 우리를 쳐다보았다. 내가 비자를 받으러 왔다고 했더니 비자비용이 1인당 30달러라고 하며 약 2시간 정도 소요된다고 했다. 좀 빨리해줄 수 없느냐고 말했더니 그녀는 안경 너머로 우리를 힐끗 쳐다보면서 비자 신청서류를 들고 영사관 실로 들어갔다. 영사관 실에서 나온 그녀는 영사가 직접 면접하겠다고 하니 들어가라고 했다. 영사관 실로 들어가니 훤칠한 키에 미남형의 백인 영사가 우리를 친절하게 맞이했다.

"어서 오십시오. 아주 멀리서 오셨군요. 한국인이 이곳에서 볼리비아 비자를 받는 일은 매우 드문 일인데 볼리비아는 무슨 일로 가시나요?"

"티티카카 호수와 우유니 소금 사막을 보러 갑니다."

"아하, 그래요. 두 분은 부부 사이신가요?"

"그렇습니다."

"오, 그렇군요. 지금 즉시 비자를 드리겠습니다."

볼리비아 영사는 손을 내밀어 악수까지 청하더니 여직원을 불러 즉시 비자를 발급해 주라고 지시했다. 단 10분 만에 비자를 발급받았다. 기분 좋게 영사관을 나온 우리는 택시를 타고 아르마스 광장으로 갔다.

아르마스 광장에 도착한 우리는 스페인의 정복자 피사로의 미라가 안치된 대성당부터 돌아보기 시작했다. 스페인의 지배를 받은 남미의 도시는 아르마스 광장을 중심으로 대부분 대성당, 시청사,

166

박물관 등이 타원형을 이루며 운집해 있다. 격자형을 이루고 있는 아르마스 광장에서 제일 먼저 눈에 띄는 것은 대성당이었다.

스페인의 전설적인 정복자 프란시스코 피사로(Francisco Pizarro, 1475~1541)는 이 대성당 터에 말뚝을 박고 남미를 지배하는 전진기지로 삼기 위해 리마를 건설하기 시작했다. 사생아로 태어난 피사로는 글자도 읽지 못하는 문맹자였다. 피사로의 '이슬라델가요의 13인'은 유명한 일화로 전해 내려오고 있다. 남미정복에 나선 피사로의 동료들은 길고도 힘든 정복의 길에 지쳐 있어 탐험을 포기하고 파나마로 돌아가자고 했다. 그러나 피사로의 결심은 확고했다. 그는 '황금으로 번쩍이는 나라' 엘도라도를 절대로 포기할 수 없었다. 의기소침해진 동료들 앞에서 피사로는 땅바닥에 선을 하나 그어 놓고 부하들을 다그친다.

"동지이자 친구인 여러분, 이쪽에는 가난과 굶주림, 고생, 억수 같은 비, 그리고 박탈이 기다리고 있다. 저쪽에는 쾌락이 있다. 이쪽에 서면 파나마와 가난으로 돌아간다. 저쪽에 서면 부자가 된다."

피사로의 설득에 그의 동료 가운데 12명이 넘어왔다. 훗날, 그 선을 넘어선 자들이 그 유명한 '이슬라델가요의 13인'이라는 이름으로 기록된다. 무식하면 용감하다고 했던가? 하지만 인생을 헤쳐 나가는 데는 피사로 같은 용기가 필요하다.

프란시스코 피사로의 미라가 안치된 대성당을 돌아보고 나오니 대통령 궁 앞에서 코스타리카 대통령 환영식이 열리고 있었다. 코스타리카 대통령 환영식에서 우리는 30대의 한국인 L씨 부부를 만났다. 인사를 나누고 보니 그들은 신혼여행으로 일 년 동안 세계일주 여행을 다니고 있다고 했다.

점심때가 되어 우리는 L씨 부부의 안내로 싸고 맛있다는 레스토랑으로 갔다. 아르마스 광장에서 불과 5분 거리에 있는 페루 전통 레스토랑이었다. 우리는 레스토랑 한가운데 자리 잡고 앉았다. 나는 어젯밤 민박집 주인의 말이 생각나서 배낭끈을 다리에 감아서 양다리 앞에 끼고 앉으며 아내에게도 그렇게 하라고 일렀다.

"설마 대낮에, 레스토랑 한가운데서 무슨 일이 일어나겠어요?"

아내는 배낭에서 인슐린을 꺼내어 맞아야 하고 물도 마셔야 한다고 하면서 바로 옆 빈 의자에 배낭을 내려놓았다. 보송보송한 냉동감자 츄노(Chuno, 최초의 페루 냉동건조 감자)를 구워 특이한 소스를 넣어서 만든 감자요리는 맛이 그만이었다. 아내는 1인분씩 더 시키자고 했다. 내가 웨이터에게 음식을 시키는 찰나에 아내가 갑자기 "어머나, 내 배낭!"하고 외마디 비명을 질렀다. 눈 깜짝할 사이에 배낭에 없어져 버린 것이다. '리마의 도둑은 바람처럼 빠르다'란 말이 실감이 나는 순간이었다. 레스토랑 주인에게 배낭이 없어졌다고 말했으나 자신은 모르는 일이라며 시치미를 뗐다.

큰일이었다! 도난당한 배낭 속에는 돈보다도 더 중요한 아내의 약이 몽땅 들어 있었다. 3개월분의 인슐린, 300여 개나 되는 주삿바늘, 고혈압, 갑상샘 약 등등. 당뇨병을 앓고 있는 아내에게 인슐린은 생명과도 같았다. 여권과 항공권은 복대에 넣어두어서 그나마 다행이었지만. 약을 구하지 못하면 우리는 꼼짝없이 귀국해야 할 판이었다. 어떻게 해야 할 것인가?

나는 마음을 가다듬고 어떻게 할 것인가를 냉정하게 생각해 보았다. 일단 경찰에 신고하고 필요한 약을 당장 구하기로 했다. 공중전화 부스로 가서 한국으로 전화를 걸어 아내가 도난당한 신용카드와 국제현금카드 분실신고를 했다. 분실신고를 마치고 아르마스 광장 바로 뒤편에 있는 관광경찰서로 갔다. L씨 부부가 미안해하며 동행했다.

경찰서에 들어서니 검정 바지에 푸른 제복을 입은 경찰이 친절하게 맞이해 주었다. 마르틴 올리바레스(Martin Olivares)라는 관광경찰이 우리 사건을 맡았다. 사건의 자초지종을 들은 그는 미안한 표정을 지으며 말했다.

"정말 미안합니다. 최선을 다해보겠지만 아마 배낭을 찾기는 어려울 겁니다."

"그럼 잃어버린 약과 인슐린 등을 이곳에서 구할 수 있을까요?"

"글쎄요. 아무튼, 저와 함께 병원과 약국으로 가서 알아봅시다."

"약을 구하지 못하면 우리는 한국으로 돌아가야 합니다."

"아마 구할 수 있을 것입니다. 너무 걱정하지 마세요."

한국을 떠날 때 영문진단서와 처방전을 챙겨 온 것이 천만다행이었다. 우리는 진단서와 처방전을 들고 마르틴과 함께 약을 구하러 나섰다. 훤칠한 키에 잘생긴 마르틴은 낙천적이고 친절했다. 그는 먼저 배낭을 도둑맞은 음식점에 가서 현장 검증을 하고 경찰서로 가서 도난신고와 조서를 받도록 협조를 해주었다.

경찰서에 도착하여 도난신고를 하고 있는데 30대로 보이는 유럽인 부부가 허겁지겁 들어왔다. 부인은 거의 초주검이 된 몰골이었다. 그들의 사연은 우리보다 훨씬 심각했다. 그들은 리마의 다운타운에 있는 켄터키치킨에서 점심을 먹다가 여권과 항공권, 돈이 든 배낭을 몽땅 도난을 당했다고 했다. 조서를 받던 남편이 폴란드대사관에 연락하려고 하는데 경찰서 전화를 좀 쓸 수 없느냐고 물었다. 그러나 형사는 경찰서 전화는 사용할 수 없으니 공중전화를 사용하라고 하면서 냉담한 표정을 지었다. 그가 현금은 물론 신용카드까지 전부 도난을 당해 수중에 돈이 한 푼도 없다고 했지만, 형사는 여전히 냉담했다.

내가 주머니에서 동전을 꺼내어 그에게 건네주자 그는 고맙다는 인사를 하며 공중전화부스로 갔다. 폴란드대사관에 통화를 하고 온 그의 표정이 다소 안정을 찾는 것처럼 보였다.

"정말 감사합니다."

"뭘요. 저도 댁과 같은 처지랍니다."

바르샤바에서 신혼여행을 왔다는 그들은 리마에서 비행기를 타고 쿠스코로 갔다가 부인이 고산증이 너무 심해져 견디지 못하고 그다음 날 다시 리마로 돌아왔다고 했다. 부인의 고산병이 생각보다 심각해서 폴란드로 귀국을 하려고 했는데 여권과 항공권, 돈까지 몽땅 털려서 오지도 가지도 못하는 신세가 되어버렸다고 했다.

"아무쪼록 일이 잘되어 무사히 귀국하기를 기원하겠습니다."

"감사합니다. 선생님도 배낭을 찾아서 다시 여행을 할 수 있기를 바랍니다."

도난 신고서를 접수하고 그 젊은 부부에게 행운을 빌며 경찰서를 나왔다. 마르틴은 무려 이틀간이나 우리와 동행하면서 우리 사건을 해결하는데 전력을 다해주었다.

"마르틴, 불안해서 당신네 나라를 여행할 수 있겠소?"

"미안합니다. 워낙 가난한 나라이다 보니 좀도둑들이 많아서 우리도 큰 골칫거리랍니다."

우리는 마르틴의 안내로 아내의 약을 구하기 위해 병원과 약국을 찾아 나섰다. 리마의 약국과 병원을 전전하면서 다행히 인슐린과 주사기, 이뇨제, 혈압약 등 중요한 약을 가까스로 구할 수 있었다. 인슐린 62솔, 주사기 23솔, 이뇨제 18솔……. 리마의 화폐단위는 솔(Sol, 당시 환율 1솔=340원)이다. 의외로 약값은 비싸지는 않았지만 화폐단위처럼 돈이 솔솔 나갔다.

"마르틴, 아내의 안경과 배낭을 어디에서 살 수 있지요?"

"차이나타운으로 갑시다. 거기 가면 모든 걸 다 구할 수 있어요. 값도 싸고요."

차이나타운은 마치 작은 할리우드 거리를 연상케 했다. 도로 바닥에는 페루 스타들의 이름이 새겨져 있었다. 우리는 어느 허름한 안경원에서 아내의 안경을 마쳤다. 노인 안경사가 안경 도수를 재고 안경알을 수동식으로 잘라 연마기에 갈아서 다듬었다. 안경을 만드는 동안 가까운 가방가게로 가서 아내의 잃어버린 배낭을 샀다. 35솔을 주고 산 배낭은 그런대로 쓸 만했다. 새 배낭을 메고 새 안경을 낀 아내가 겸연쩍게 웃으며 나를 바라보았다.

"마르틴, 고맙소. 덕분에 필요한 건 거의 다 구한 것 같아요."

"미스터 초이, 한국으로 돌아가지 않아도 되겠네요."

"그렇소. 모두가 마르틴 덕분이요. 저녁 식사를 함께하고 싶은데 시간이 나는지요? 괜찮다면 마르틴이 음식점도 소개해 주시지요?"

"좋아요. 이곳 차이나타운에 중국음식점을 잘하는 곳이 있어요."

그는 유쾌하게 웃으며 기꺼이 응해주었다. 우리는 마르틴의 안내로 L씨 부부와 함께 차이나타운의 어느 중국음식점으로 들어갔다. 마르틴은 시종일관 웃는 얼굴로 우리를 대해주었다. 비록 배낭을 잃어버렸지만, 마르틴의 따뜻한 도움이 크게 위로가 되었다.

"마르틴, 고맙소. 당신의 친절을 잊지 않으리다."

"천만에요. 즐거운 여행하시고 언제나 조심하세요."

마르틴과 헤어진 우리는 숙소를 L씨가 묵고 있는 게스트하우스로 옮기기로 하고 한국인 민박집으로 갔다. 민박집에 도착하여 오늘 일어난 일을 말했더니, 눈을 크게 뜨며 리마의 도둑은 정말 바람처럼 빠르다고 했다.

"배낭끈을 다리에 감아놓지 않았던가요?"

"레스토랑 한가운데 앉았는데 설마 했어요."

"그 설마가 사람은 잡지요."

우리는 민박집 주인이 차려준 저녁을 맛있게 먹은 후 L씨가 묵고 있는 다운타운 근처에 있는 게스트하우스로 숙소를 옮겼다. 하루 숙박료 7달러로 한국의 민박집 80달러보다 열 배나 더 쌌다. 7달러짜리 게스트하우스로 옮긴 우리는 괜히 큰돈을 번 기분이 들었다. 배낭을 도난당하고 약과 안경 등을 구하느라 적지 않은 돈이 들어갔지만, 안정을 되찾고 여행을 계속할 수 있게 되었다.

다음날 우리는 쿠스코로 떠나기로 했다. 아내는 리마 사람들이 모두 도둑으로 보인다고 하며 한시라도 빨리 리마를 벗어나고 싶다고 했다. 아내는 기분이 매우 좋아 보였다. 새 배낭, 새 안경을 낀 아내를 바라보며 우린 유쾌하게 웃었다. 우리에겐 다른 어떤 약 보다도 여행이라는 묘약이 있지 않은가?

리마를 떠나기 전에 마지막으로 우리는 아르마스 광장에 있는 관광경찰서를 다시 한번 들려보기로 했다. 도둑도 일말의 양심이 있다면 주사기와 약이 든 배낭을 돌려주지 않을까 하는 실낱같은 기대를 하며 관광 경찰 사무소에 도착하니 마르틴이 웃으며 인사 를 했다.

"미안해요. 미스터 초이. 도둑맞은 배낭은 돌아오지 않아요."

"혹시나 해서 왔어요."

"미스터 초이, 도둑맞은 배낭은 잊어버리고 나머지 여행이나 잘 하시오."

"고맙소."

그래, 지나간 것은 빨리 잊어버리자. 약을 구해서 여행을 계속할 수 있게 된 것만도 천만다행이었다. 우리는 마르틴과 헤어져 버스 터미널로 갔다. 플라자 노르테에 위치한 그란 버스터미널은 여행자 들로 붐비고 있었다. 나는 1인당 98솔을 주고 쿠스코로 가는 티켓 을 들고 잉카제국의 수도 쿠스코로 가는 버스에 올랐다. 5,000m 가 넘는 안데스산맥을 과연 무사히 넘어갈 수 있을까?

잉카의 성스러운 계곡 순례

_페루 쿠스코

▶피사크 유적지 일요시장

11월 15일 오후 2시, 리마에서 출발한 버스는 팬 아메리칸 고속도로를 시원하게 달려갔다. 버스는 나스카(Nazca)까지 곧게 뻗은 하이웨이를 기분 좋게 달렸다. 태평양에서 불어오는 신선한 바람이 기분을 상쾌하게 해주었다. 우리는 배낭을 도둑을 맞았던 일을 까맣게 잊어버리고 새로운 여행의 묘약 속으로 취해 들어갔다.

거침없이 달려간 버스는 나스카에서 멈춰 잠시 숨을 골랐다. 나스카를 출발하면서부터 버스 안내원이 멀미용 비닐봉지를 배급했다. 본격적으로 험한 길을 올라간다는 신호였다. 길은 점점 험해졌다. 나스카를 출발하여 30여 분이 지나자 곧 안데스의 고산지대로 접어들었다. 숨쉬기가 어려워지고 고산증세가 점점 심하게 느껴졌다. 버스는 해발 3,500m에서 4,000m를 넘나들며 구불구불한 길을 롤러코스터를 타듯 비틀거리며 기어갔다.

좀체 멀미하지 않던 아내가 드디어 토하기 시작했다. 아내뿐만 아니었다. 승객들이 여기저기서 웩웩 토하기 시작했다. 나는 정신을 가다듬고 숨을 길게 들이쉬며 복식호흡을 계속했다. 고산증세는 산소 부족으로 오는 병이다. 많은 양의 산소를 취할 수 있는 복식호흡은 고산증세에 상당한 효과가 있다. 복식호흡 덕분인지 가까스로 토하지는 않았지만 나도 점점 한계점에 다다르고 있었다.

아내에게도 복식호흡을 권했지만 이미 한계점에 도달해 그럴만한 여유가 없었다. 아내는 토하고 또 토했다. 한 사람이 토기 시작하니 마치 도미노 현상처럼 전후좌우에서 승객들이 "욱욱~" 하며 줄줄이 토하기 시작했다. 순식간에 버스는 시궁창 같은 냄새로 가득 찼다. 불구부정(不垢不淨)! 세상 만물은 더럽지도 않고 깨끗하지도 않은 것일진 데, 범부의 마음은 왜 이리도 더러운 것을 분별할까?

승객들이 점점 더 힘들어하자 버스는 컴컴한 산비탈에 잠깐 멈추었다. 비틀거리며 밖으로 나간 승객들은 컴컴한 허공에 마지막 참았던 오물을 토해냈다. 신선한 공기를 마시고 나니 좀 살 것 같았다. 버스는 20여 분쯤 멈추었다가 다시 출발했다. 승객들도 잠잠해지더니 비몽사몽간에 잠이 들었다. 아내와 나도 깜박 잠이 들었다.

닭 모가지를 비틀어도 새벽은 온다고 했던가? 지옥 같은 밤이
지나고 안데스산맥에 먼동이 터 오기 시작했다. 구름 위에 만년설
이 덮인 산봉우리들이 둥둥 떠 있었다. 버스는 구름 위를 달리기도
하고 눈 덮인 길을 슬금슬금 기어가기도 했다. 버스가 꼬불꼬불한
내리막길을 달릴 때는 롤러코스터를 탄 것처럼 오금이 저렸다. 산
등성이를 굽이굽이 돌아 내려온 버스는 마침내 평지를 달려갔다.
아침 9시, 시야에 붉은 지붕들이 보이기 시작했다.

드디어……. 우리는 잉카제국의 수도 쿠스코에 도착했다! 곡예를
하듯 곤두박질치며 산기슭을 내려왔지만, 쿠스코는 여전히 해발
3,400m의 고산지대였다. 버스에서 내리자 발을 헛디딘 것처럼 비
틀거렸다. 머리가 띵하고 뒷골이 저울추를 달아놓은 것처럼 무거웠
다. 한발 한발 내딛기가 무척 힘이 들었다. 아내의 손을 잡고 비틀
거리며 가까스로 호스텔에 도착했다.

호스텔에 도착한 우리는 고산증세 때문에 꼼짝 못 하고 누워있
어야만 했다. 누워있어도 여전히 뒷골이 당기고 하늘이 뱅뱅 도는
것처럼 어지러웠다. 고산증세가 점점 심해졌다. 몽롱한 정신으로
누워있는데 호스텔 지배인이 펄펄 끓인 물에 푸른 잎사귀를 넣은
주전자를 가져왔다.

"이 차를 자꾸 마시고 가만히 누워 계세요."

"이게 무슨 차지요?"

"코카잎 차예요."

"코카잎 차?"

"네, 고산병에 특효약이지요."

우리는 지배인이 준 코카잎 차를 계속 마셨다. 안데스 원주민들은 오랫동안 산소 흡수를 돕는 성분이 함유된 코카잎을 씹거나 우려 마시며 고산증을 이겨냈다고 한다.

온종일 코카잎 차를 마시며 누워있었더니 뒷골 당기는 것이 한결 누그러졌다. 밤새 토해내고, 코카 차를 온종일 마셔대며 계속 배설한 탓이지 마치 공중 부양을 한 것처럼 몸이 둥둥 떠 있는 느낌이 들었다. 텅 빈 충만! 색즉시공 공즉시색(色卽是空 空卽是色)의 경계란 이런 것일까? 뭘 먹고 싶은 생각은 전혀 들지 않았지만 아내가 인슐린을 맞아야 하므로 점심을 먹기 위해 호스텔 카페로 내려갔다. 마침 한국 라면이 있었다. 얼큰한 라면을 먹고 나니 기운이 솟아났다.

"좀 걸어도 되겠소?"

"코카잎 덕분인지 한결 좋아졌어요."

"그럼 고산지대 적응도 할 겸 아르마스 광장으로 천천히 걸어가 봅시다."

아르마스 광장에 도착하니 대성당이 우측에 자리 잡고 있었다. 쿠스코를 정복한 스페인 통치자들은 잉카제국의 보물을 약탈하고, 잉카의 건물을 무참하게 파괴한 후 그 자리에 유럽풍의 궁전과 교회를 세웠다. 비라코차 신전 터에 지어진 대성당은 1560년부터 건축을 하기 시작하여 무려 100년이란 세월이 지난 다음에 완성된 건물이다. 그 육중한 외관을 바라보며 문을 들어서니 내부는 의외로 매우 섬세하게 느껴졌다.

벽에는 수없이 많은 종교화가 걸려있었다. 그중에서 화가 마르코스 사파타(Marcos Zapata, 1710-1773)가 그렸다는 '최후의 만찬(The Last Supper)'이 유독 눈에 띄었다. 마르코스 사파타는 잉카 원주민 출신 화가였다. 그림 속 인물들 가운데 피부색을 검게 채색된 사람은 유다라고 한다. 유다는 예수를 팔아넘기고 받은 돈을 식탁 아래 오른손에 꼭 쥐고 있었다. 사파타는 유다를 왜 검은색으로 칠했을까? 정복자에 대한 아부일까? 아니면 반항일까?

성당을 나와 모퉁이로 돌아서니 양쪽으로 길게 이어진 잉카의 돌담이 나왔다. 돌담의 견고함이 장난이 아니었다. "면도날 하나도 통하지 않는다!"라는 평판답게 잉카의 석재 건축술은 놀라웠다. 퍼즐 조각으로 끼어 맞춘 듯 촘촘히 짜 맞춘 돌들의 모습은 조각품을 보는 것 같았다.

가장 유명한 잉카의 벽은 아툰루미욕이라는 골목길에 있었다. 그중에서도 단연 돋보이는 것은 '12각 돌'이었다. 돌 하나를 12각으로 다듬어 종이 한 장 들어갈 틈이 없이 물려놓은 건축술은 놀랍기만 했다.

우리는 아르마스 광장을 어슬렁거리다가 석양 노을이 질 무렵 호스텔로 돌아와 휴식을 취했다. 마법 같은 코카잎 차 덕분일까? 고산증세도 사라지고 컨디션도 좋아졌다. 케추아어인 '코스코(qosqo)'에서 유래된 쿠스코는 '세계의 배꼽'을 뜻한다.

잉카인들은 쿠스코가 세상의 중심이라고 생각했다. 저녁을 먹은 뒤 코카잎 차를 마시며 휴식을 취하다가 잠자리에 들기 전에 가부좌를 틀고 앉아 선(禪)에 들어갔다. 숨을 천천히 들이쉬며 깊은 호홉 속으로 빠져들어 갔다. 나는 어디로 가는가? 나는 누구인가? 잉카인들과 나는 어떤 인연이 있었을까? 자꾸만 의문 덩어리가 꼬리를 물고 일어났다. 해발 3,000m가 넘는 잉카제국의 수도 쿠스코에서 체험한 선을 뭔가 특별한 느낌이 들었다.

아침 일찍 '잉카의 성스러운 계곡(Valle Sagrado de Los Inca)' 순례에 나섰다. 잉카의 성스러운 계곡은 우루밤바강을 중심으로 계곡과 산언덕에 흩어져 있는 잉카제국의 유적과 마을을 돌아보는 순례길이다.

쿠스코에서 출발한 버스는 꼬불꼬불한 도로망을 따라 덜컹거리며 산언덕을 기어갔다. 버스는 먼저 사크사이와만 요새에 멈췄다. 사크사이와만(Sacsaywaman)은 '매의 둥지'란 뜻이다. 1536년 5월, 잉카인들과 스페인 침략자들의 치열한 전투가 이곳에서 벌어졌다. 백병전에 익숙한 잉카인들이 밤에는 싸우지 않는다는 사실을 간파한 침략자들은 한밤중에 공격했다. 허점이 찔린 잉카인들은 스페인군의 화승총 앞에서 속수무책으로 죽어갔다. 많은 원주민이 죽어 시체가 산같이 쌓였고, 그 시체를 뜯어먹으려고 매들이 몰려들어 인육을 포식했다. 그래서 '매의 둥지'라는 뜻을 가진 사크사이와만이란 지명이 붙여졌다고 한다.

놀라운 것은 이 성벽을 쌓는 데 사용된 거대한 돌들이다. 어떤 것은 높이 8m, 무게가 100톤에서 361톤에 이르기까지 거대한 바위들이 다양한 각도로 톱니바퀴처럼 정교하고 정확하게 맞물려 있었다. 잉카문명은 쇠나 강철, 수레바퀴, 마차도 없었다고 하는 데

도대체 인간의 힘으로 어떻게 운반해왔을까? 거대한 돌덩이 너머로 구름이 무심하게 흘러갔다. 그 위로 콘도르 두 마리가 먹이를 찾는 듯 두리번거리며 날아갔다.

사크사이와만을 출발한 버스는 아슬아슬한 절벽을 타고 내려와 강가에 있는 피사크라는 마을에 멈췄다. 피사크(Pisac) 유적지는 쿠스코에서 30km 떨어진 작은 마을로 일요일에 장이 선다. 인근에 있는 원주민들이 갖가지 식료품이나 손으로 만든 일용품을 가지고 와서 물물교환하거나 팔고 있었다.

마을광장에는 채소, 고기, 의류, 일용품들을 팔고 있었다. 피사크 시장은 페루의 전통 디자인과 수공예 역사를 고스란히 품은 곳으로 태피스트리(tapestry, 잉카의 직물)와 러그(rug, 잉카의 방석), 그리고 잉카의 전통 옷을 만들어 팔고 있다. 전통 치마를 입고 둥근 갓처럼 생긴 모자를 쓴 원주민 여인들의 패션이 퍽 재미있게 보였다.

라마와 염소를 끌고 온 아이들이 있는가 하면, 땅바닥에 앉아서 원단을 짜고 있는 할머니도 있었다. 주변에는 돼지들이 꿀꿀거리며 자유롭게 달려 다녔다. 어떤 원주민은 시도 때도 없이 소라고동을 길게 불곤 했다. 사람들은 물건을 사라고 조르지도 않고 호객행위도 하지 않았다. 그냥 그렇게 있는 그대로를 좌판을 벌여 놓고 보여주고만 있었다. 퍽 자연스럽고 재미있는 풍경이었다.

마을 중앙광장에 이르자 채소와 생활용품을 파는 사람들로 시장은 더욱 활기를 띠었다. 배추, 무, 당근, 파, 고추……. 보따리를 짊어진 여인들의 모습과 천을 휘감아 아이를 등에 업은 여인들의 모습이 퍽 이채로웠다.

시장에서 파는 강냉이 맛이 일품이었다. 햇빛을 많이 받아서인지 알이 굵고 맛이 구수하고 좋았다. 버스로 돌아온 여행객들의 입에는 어김없이 잉카의 옥수수가 물려 있었다.

가파른 언덕을 덜컹거리며 올라가던 버스가 펑! 하는 소리와 함께 한쪽으로 기울며 급정거를 했다. 자칫 잘못하면 천 길 낭떠러지로 떨어져 불귀의 귀신이 되고 말 뻔했다. 1시간여 동안 타이어를 교체하고 언덕을 덜덜거리며 올라가다가 버스는 성벽처럼 생긴 언덕 밑에 정차했다. 오랜 비밀을 간직한 피삭크 유적지가 산등성이에 건설되어 있었다. 유적 밑 언덕에는 계단식 밭이 아름다운 곡선을 그리고 있었다. 파란 하늘과 계단식 밭 사이로 천년의 비밀을 머금은 채 피삭크 유적지가 드러났다. 우루밤바강을 휘돌아 잉카의 성스러운 계곡이 시원하게 펼쳐져 있었다.

피삭크를 출발한 버스는 우루밤바강을 따라가다가 카사그란데(Casagrande)란 간판이 달린 레스토랑 앞에서 멈췄다. 레스토랑 앞뜰에는 토끼와 닭, 돼지도 키우고 채소 등 잉카의 농작물을 재배하고 있었다. 우리는 레스토랑에서 뷔페식으로 잉카 전통음식을 맛있게 점심을 먹었다. 우루밤바강 언저리 한적한 위치에 자리 잡은 레스토랑은 조용하고 아늑했다.

점심을 먹고 버스에 오르자 잉카의 소년 세 명이 남미의 전통악기를 들고 버스에 올랐다. 버스가 출발하자 두 소년이 피리를 불고 다른 한 소년은 북처럼 생긴 타악기를 손으로 구성지게 두드리며 안데스 곡을 연주했다. 신명 나게 악기를 연주하는 소년들은 먼 잉카 시대에서 온 소년들처럼 보였다. 연주가 끝날 때마다 승객들은 뜨거운 갈채를 보냈다.

소년들은 버스가 올란타이탐보에 도착할 때까지 연주를 멈추지 않았다. 올란타이탐보 마을에 도착할 무렵 그들은 '엘 콘도 파사'를 마지막으로 연주했다. 승객들의 우레 같은 박수갈채가 터졌다. 가장 어린 소년이 모자를 들고 돌자 승객들이 감사의 표시로 약간의 팁을 집어넣었다. 아내도 2솔을 소년의 모자에 넣었다. 공연료를 챙긴 소년들은 일어서서 얌전히 답례 인사를 하고 버스 무대에서 내렸다. 소년들이 연주하는 잉카음악은 고산지대에 여행에 지친 여행자들의 마음을 어루만져주는 청량제 역할을 했다.

쿠스코에서 88km 떨어진 지점에 있는 올란타이탐보는 잉카제국 시대의 요새 터였다. '탐보(Tambo)'는 케추아어로 '여행 가방'을 의미한다. 1536년 스페인 정복자들에게 반기를 든 만코 카팍이 잉카 군사와 함께 올란타이탐보에 잠입하여 스페인군과 마지막 항전을 한 후 남은 무리를 이끌고 빌카밤바(Vilcabamba, 케추아어로 '성스러운 평원'이란 뜻으로, 주로 '잉카의 잃어버린 도시'로 알려져 있음)로 떠났다고 한다.

숨을 헐떡거리며 300개나 되는 유적지 계단에 올라서니 아름다운 석벽이 석양빛을 받아 찬란하게 빛나고 있었다. 저 거대한 돌들을 어떻게 이곳까지 옮겼을까? 이 의문은 페루의 유적지에서 언제나 꼬리를 물고 일어나는 풀 수 없는 화두였다. 마을로 이어지는 언덕에는 관개수로와 식품 저장고, 주거지의 흔적이 비교적 원형대로 남아있다.

"천년을 흘러온 이 물은 만병통치약이라고 하네요."

"만병통치약이라는 말을 믿지는 않지만, 마셔보기는 해야지요."

수로에서 졸졸 흐르는 물을 손으로 받아 마시니 뱃속까지 시원했다. 버스는 올란타이탐보를 떠나 가파른 언덕을 헐떡거리며 올라갔다. 금빛 찬란한 태양이 눈 덮인 안데스의 높은 산들을 비추고 있어 마치 산 전체가 황금처럼 보였다. 버스는 사진 촬영을 위하여 라찌 전망대(Mirador Racchi)에서 잠시 정차를 했다. 해발 3,700m 라찌 전망대에 서니 발아래 점점이 흩어진 마을과 집들이 까마득하게 내려다보였다. 그 장엄한 풍경이 한 편의 서사시처럼 보였다. 버스는 노을빛을 받으며 다시 산길을 헐떡거리며 올라가 해발 3,762m에 있는 친체로(Chinchero) 마을에 도착했다. 쿠스코보다 무려 400m나 높은 친체로는 '무지개의 탄생지(The Birthplace of Rainbow)'로 알려져 있다. 해가 완전히 기울고 사방이 어둠에 싸이자 친체로 마을에는 하나둘 불빛이 켜지기 시작했다. 친체로 마을은 옛 잉카의 마을 중에서 가장 높은 곳에 있다. 키가 크고 깡마른 안내원이 갑자기 열변을 토해냈다.

"친체로! 친체로! 무지개의 고향 친체로! 잉카의 가장 높은 마을. 현지인들의 물물교환 교역 장소지요. 비록 작은 규모지만, 1천 종류의 감자, 150종류의 옥수수, 마법의 코카 잎, 신비한 잉카의 약초, 아름다운 잉카의 옷이 거래됩니다. 지금 사지 않으면 절대로 후회할 겁니다. 자, 사세요, 골라 사세요, 후회하지 말고. 다시는 오기 힘든 무지개 행운의 쇼핑을 하세요……."

그의 코멘트가 재미있어 사람들은 모두가 까르르 웃었다. 버스에 올라 어둠에 싸여가는 친체로 마을을 뒤돌아보고 있는데, 악기를 든 어떤 소년이 "올라! 올라!" 하면서 손을 흔들었다. 자세히 보니 그는 우루밤바 계곡 버스에서 연주했던 그 소년이었다. 싱긋 웃는 소년의 모습이 전등보다 더 밝게 다가왔다. 옷깃만 스쳐도 5백 생의 인연이 있다고 하는데, 나는 먼 과거 생에 잉카제국에서 살지 않았을까?

"올라!"

"올라!"

"안녕!"

손을 흔드는 소년이 불빛 속으로 사라져 갔다.

잉카의 성스러운 계속을 순례하는 동안 우리는 완전히 고산지대에 적응을 했다. 염려했던 아내가 나보다 더 생생했다. 국내에 있을 때는 뒷동산도 올라가지 못했던 아내가 아니었던가? 참으로 신통했다. 잉카의 계곡을 순례하는 동안 호기심과 여행의 묘약이 아내를 치유해 주고 있었다.

아아, 마추픽추!

_페루 마추픽추

▶ 안개 속에서 나타난 마추픽추 유적

쿠스코를 잉카의 심장이라고 한다면 '잉카의 길(Camino Inca)'은 잉카제국의 혈관 역할을 담당했다. 그러나 잉카의 멸망과 함께 잉카의 길은 점점 사라져 가고 현재는 그 일부가 관광객을 위한 트레킹 코스로 남아있다. 잉카의 길은 쿠스코를 중심으로 사방으로 뻗쳐 있었는데 잉카 전성기에는 이 길의 총연장이 3~4만km나 되었다고 한다.

'잉카 트레일(Camino del Inca)'의 시작점인 오얀타이탐보에서 마추픽추에 이르는 약 47km로 3박 4일이 걸린다. 지리산 종주 코스와 비슷한 거리지만 해발 4,200m까지 고도를 오르내리기 때문에 고산증세가 올 수도 있고 숙박시설이 없어 텐트에서 야영해야 한다. 잉카제국의 신비로운 역사를 찾아 떠나는 이 길은 안데스 최고의 트레킹 코스로 자리매김하고 있다. 고산증에 적응한 아내는 3박 4일 트레킹도 자신 있다고 했지만, 체력을 고려해서 'Km 104역'에서 출발하여 위나이와이나에서 1박을 하고 마추픽추에 도착하는 2일간의 짧은 트레킹 코스를 선택했다.

아침 6시. 쿠스코의 산 페드로 역에 도착하니 마추픽추로 가는 여행객들로 붐비고 있었다. 열차에 오르니 길잡이 겸 포터인 어네스토(Ernesto)가 우리 좌석으로 와서 인사를 했다. 당시 잉카트레일은 반드시 안내인을 동행하도록 규정하고 있었다. 6시 15분에 출발하기로 한 기차는 40분이 지나서야 덜컹덜컹 소리를 내며 움직이기 시작했다. 기차는 급상승하는 경사를 타고 바로 올라갈 수가 없어 전진과 후퇴를 반복하며 스위치백(switch back)을 하면서 점점 고도를 높여갔다.

겨우 언덕을 기어오른 기차는 내리막길을 달려가며 제법 속도를 냈다. 협궤가 좁아 커브를 돌거나 언덕을 오르내릴 때마다 기차가 심하게 흔들렸다. 차창에는 야자수와 각종 아열대 나뭇가지가 스치며 바스락거렸다. 계곡은 깊고 공기는 신선했다. 깎아지른 계곡이 금방 손에 닿을 것만 같았다. 기차는 점점 깊은 정글 속으로 빠져

들어 갔다.

　느리게 달려가는 열차 위쪽으로 거대한 한 마리 콘도르가 날개를 펴고 날아갔다. 남미의 콘도르는 보통 몸길이 1.3m, 무게가 10kg 정도로 맹금류 주에서 가장 큰 새다. 페루에는 영웅이 죽으면 콘도르로 부활한다는 전설이 있다.

　한 원주민 포터가 콘도르를 바라보며 피리로 '엘 콘도르 파사'를 연주하기 시작했다. 애잔한 피리 소리가 달리는 열차 안에 울려 퍼졌다. 승객들은 창밖에 날고 있는 콘도르를 바라보며 음악에 취해 눈을 감기도 했다. 10시 30분, 기차는 트레킹의 출발점인 'Km 104역'에 도착했다. 역에서 내려 출렁다리를 건너가니 곧바로 여행자들을 체크하는 검문소가 나왔다. 검문소부터는 가파른 언덕을 올라가야 했다.

　"여기서부터 본격적으로 고산지대로 트레킹이 시작되는데 컨디션은 어떻소?"

　"내 걱정은 말아요. 이래 봬도 걷는 데는 자신이 있으니까요."

　길잡이 어네스토는 본격적인 트레킹을 시작하기 전 최종 점검을 했다. 우리 그룹은 보스턴에서 온 쇼와 아르헨티나에서 온 마리노 일행 4명, 스코틀랜드에서 온 마리아 일행, 아일랜드에서 온 남자 등 모두 11명이었다. 검문소 입구에서 포터가 나누어준 도시락으로 옹기종기 모여 앉아서 점심을 먹었다.

　첫 번째로 도착한 곳이 차차밤바(Chachabamba, 어머니의 대지, 2.250m)란 유적지였다. 차차밤바를 잠시 둘러본 뒤 다시 가파른 언덕을 올라갔다.

▶마추픽추로 가는 길에 핀 영원한 '젊음의 꽃'

"우와! 이 아름다운 꽃들 좀 봐요!"

"정말 아름답네! 어네스토, 이 꽃 이름이 뭐지요?"

"우리는 이 꽃을 위나이와이나라고 불러요."

"위나이와이나?"

"네, 영원한 젊음이란 뜻이지요."

신비로운 전설 속에 감추어진 폐허의 바위틈에서 피어나는 분홍색 꽃이 그 이름만큼이나 아름다웠다. '젊음의 꽃'은 성스러운 잉카의 길로 가는 바위틈에서 여기저기 앙증맞게 피어나고 있었다. 고도가 높아짐에 따라 점점 숨이 더 가빠졌다. 어네스토는 우리보다 몇 배 무거운 짐을 지고도 전혀 숨이 가쁜 기색이 없어 보였다. 그는 마치 인간 파발꾼 차스퀴처럼 보였다. 잉카 시대에 이렇게 험한 길을 인간 파발꾼 차스퀴들은 하루에 수백 km를 주파하였다고 하니 믿어지지 않았다.

어네스토의 설명에 의하면 '차스퀴(Chasqui)'는 '교환하다'라는 뜻인데, 그들은 릴레이식으로 황제의 명을 전달했다고 한다. 차스퀴는 강인한 체력과 뛰어난 기억력이 요구되었다. 잉카 시대에는 문자가 없었기 때문에 전달할 내용을 토씨 하나 틀리지 않고 외워야 했기 때문이다.

고도가 높아짐에 따라 점점 숨이 가빠졌다. 스코틀랜드에서 온 마리아가 얼굴이 빨개지며 숨을 가쁘게 몰아쉬었다. 그녀는 길에 주저앉아 괴로운 표정을 지었다. 어네스토는 마리아의 상태를 살펴보더니 서둘러 하산할 것을 권유했다. 마리아는 어네스토의 충고에 따라 일단 하산을 했다. 이 상태로 계속 산을 오르다간 더 심각한 사고가 일어날 수도 있기 때문이다.

"여보, 당신은 괜찮아요?"

"네, 괜찮아요. 이미 고도 적응을 해서 그런지 숨쉬기가 별로 어렵지 않아요."

아내는 의기양양하게 앞장서서 걸어갔다. 어디서 그런 힘이 나올까? 참 알다가도 모를 일이다. 집에 있으면 맨날 침대에 누워있기만 하는데……. 오른쪽 밑은 가파른 낭떠러지였다. 절벽 밑으로는 우루밤바강이 흘러가고 쿠스코로 가는 두 칸짜리 기차가 꽁지 빠진 새처럼 기적을 울리며 느리게 기어갔다. 쉼터에서 잠시 숨을 고른 뒤 다시 길을 오르니 시원한 물줄기가 흘러내리고 있었다. 마리노가 환성을 지르며 물줄기 속으로 뛰어들더니 흐르는 물을 손으로 떠서 익살스럽게 일행들에게 뿌렸다. 모두가 마리노의 장난에 괴성을 지르며 한동안 폭포 근처에서 더위를 식혔다.

폭포를 가로질러 언덕을 조금 올라가니 위나이와이나(Winay wayna, 2,650m) 유적지가 태고의 신비를 간직한 채 나타났다. 수로에는 맑은 물이 졸졸 흐르고 있었다. 위나이와이나는 잉카의 길에서 가장 빼어난 유적지로 원형이 매우 잘 보존되어 있다.

위나이와이나 유적지 바로 위에는 야영텐트장이 있었다. 텐트장에는 벌써 많은 사람이 붐비고 있었다. 저녁 식사 시간이 되어 일행들이 모두 한자리에 앉았다. 잉카의 맥주가 한 잔씩 배달되었다. 우리는 맥주잔을 부딪치면서 여기까지 무사히 올라온 것을 자축하며 축배를 했다. 식사가 거의 끝나갈 무렵 어네스토가 심장 문제로 하산을 했던 마리아를 데리고 들어왔다.

마리아는 우리와 헤어져 계곡 아래로 내려가 잔디 위에 한동안 누워있다가 상태가 좋아지자 다시 천천히 올라왔다고 했다. 그녀는 일생에 한 번 걸을까 말까 하는 잉카의 길을 도저히 포기할 수 없었다고 했다. 그녀의 얼굴은 성취감과 재회의 기쁨이 뒤섞여 상기되어 있었다.

"마리아 반가워요. 사실 아내도 심장이 썩 좋지를 않은데 여기까지 올라왔거든요."

"아, 그렇군요."

밤이 깊어지자 우리는 누에고치처럼 웅크리고 잠을 청했다. 종일 가파른 잉카의 길을 걸어온 우리는 곧 깊은 잠에 빠져들어 갔다.

다음날 새벽 4시. 우리는 새벽 별을 바라보며 어두운 길을 걸어가기 시작했다. 여행자들은 머리에 랜턴을 달고 잉카의 길을 말없이 뚜벅뚜벅 걸어갔다. 산등성이에는 안개가 자욱이 끼어 있었다. '잉카의 눈물'이라고 부르는 안개는 점점 더 짙어져만 갔다.

길을 걷는 사람들의 마음속엔 모두 마추픽추의 멋진 일출을 기대하고 있었다. 마추픽추로 들어가는 마지막 입구인 '인티푼쿠(Intipunku-태양의 문, 2,700m)'에 도착했지만, 안개는 더욱 짙게 드리워졌다. 인티푼쿠는 마추픽추 비경을 내려다보는 최고의 전망대다. 어네스토가 안타까운 표정을 지으며 말했다.

"오늘은 안개가 쉽게 벗어질 것 같지 않습니다. 앞으로 20여 분 정도 더 기다리다가 안개가 벗어지지 않으면 기차 시간 때문에 마추픽추로 내려가도록 하겠습니다."

사람들은 모두 한마디씩 하며 안개가 걷히기를 기다리겠다고 했다. 안개는 유독 마추픽추 유적을 휘감아 돌아 보일 듯 말 듯 하면서도 끝내 그 속 모습을 드러내지 않고 있었다. 속이 탔다. 30여 분이 지나가도 마추픽추는 여전히 안개 속에 가려 있었다.

그때 한 원주민 길잡이가 피리를 꺼내어 불기 시작했다. 이어서 또 다른 원주민이 피리를 꺼내 함께 불었다. 애잔한 피리 소리가 안개 속을 뚫고 메아리치며 마추픽추에 울려 퍼졌다. 그들은 안데스의 신들에게 안개가 벗어지기를 간절히 기원하고 있다고 했다. 원주민의 기도에 신들이 응답한 것일까? 갑자기 안개가 걷히며 마추픽추가 모습을 드러내기 시작했다.

"와아! 마추픽추다!"

"와우! 뷰티풀!"

"오! 마추픽추! 어메이징!"

▶ 안개를 거두어 달라고 원주민이 피리를 불고 있다.

"안개 속에서 모습을 드러내니 더욱 신비해요!"

원주민의 애절한 피리 소리를 타고 마추픽추의 신비한 비경이 눈앞에 펼쳐졌다. 놀라운 비경에 모두가 탄성을 질렀다. 안개 속을 뚫고 모습을 드러내는 마추픽추는 마치 공중에 걸려있는 것처럼 하늘에 둥둥 떠 있었다. 말과 글로는 도저히 표현할 수 없는 놀라운 풍경이었다. 무어라 형언할 수 없는 전율이 온몸으로 타고 내려왔다. 넋을 잃고 마추픽추를 바라보던 아내의 눈에 그렁그렁 눈물이 맺혔다. 엔도르핀이 눈물이 되어 나오는 것일까? 힘든 잉카의 길을 걸어온 보람이 있었다. 마추픽추가 다시 안개 속에 사라지더라도 여한이 없을 것 같았다.

'마추픽추(Machu Picchu)'는 '늙은 봉우리'란 뜻이다. 마추픽추 유적은 늙은 봉우리와 건너편에 있는 '와이나픽추(Huayna Picchu, 젊은 봉우리)' 사이에 신비하게 모습을 드러내고 있었다. 울창한 숲과 뾰족한 봉우리들이 마추픽추를 외부세계와 완전히 차단하고 있었다.

1911년 미국의 역사학자 하이람 빙엄은 하늘 위에 떠 있는 유적을 발견하고 이 도시를 '잃어버린 공중도시'라고 불렀다. 유적의 존재는 그 어디에서도 볼 수가 없고, 오직 공중에서만 확인할 수 있었기 때문이다.

신비에 싸인 마추픽추를 넋을 잃고 바라보고 있는데, 길잡이 어네스토가 시간이 많이 지체되었다고 하며 내려가야 한다고 다그쳤다. 마추픽추 비경에 압도된 아내는 피곤한 기색이라곤 전혀 보이지 않았다. 1박 2일 동안 잉카의 길을 걷느라 무척 지쳐 있을 텐데 힘이 점점 솟아나는 모양이었다. 사람은 놀라운 비경에 압도되었을 때 엔도르핀의 몇천 배 효과에 해당하는 다이돌핀(Didorphin)이라는 신비한 '감동 호르몬'이 분비한다고 한다. 마추픽추라는 놀라운 비경이 다이돌핀을 솟아나게 해주었을까?

계단식 밭으로 연결된 유적지는 깎아지른 절벽으로 둘러싸여 도저히 접근을 허용할 수 없는 천혜의 요새였다. 계단식 밭을 따라 걸어가니 '오두막 전망대'가 나타났다. 전망대에서 어네스토는 마추픽추 유적지를 안내하는 현지 가이드를 소개했다. 그의 얼굴은 온통 주름투성이로 마치 늙은 봉우리를 연상케 했다.

"이 오두막 전망대에서 바라보는 마추픽추 풍경이 사진 촬영하기에도 가장 좋은 장소이지요."

그는 느리고 낮은 목소리로 말했다. 굵은 바리톤 음성은 마치 옛 잉카가 환생하여 들려주는 옛날이야기처럼 들렸다. 낮은 목소리를 놓치지 않기 위해서는 그의 곁으로 더욱 바짝 다가가 귀를 기울여야만 했다.

‣잃어버린 공중도시 마추픽추로 가는 길

　계단식 밭을 지나자 마을 주거지가 나왔다. 주거지에는 수로가
흘러내리고 있었다. 물은 산 위에서 도랑을 타고 내려왔다. 돌뿐인
산에서 어떻게 이런 물이 흘러 내려올까? 고산지대에 있는 잉카가
대제국으로 발전하는 비밀은 관개수로의 개발에 있었다. 계단을 따
라 위로 올라가니 유적에서 가장 높은 곳에 말뚝을 박아 놓은 것
같은 석조물이 나왔다. 태양을 붙잡아 바위에 묶어 놓는 성스러운
장소인 인티우아타나(Inti Huatana, 태양을 잇는 기둥)라는 해시계였다.
　"이것은 해시계 역할도 했지만, 12월 21일 태양이 기울면서 낮
이 가장 짧은 동지가 오면, 사제는 천체가 사라지는 것을 막기 위
해 태양을 이 돌에 붙들어 매는 의식을 진행했지요."
　높이 1.8m의 큰 돌을 깎아서 만든 해시계는 가운데 돌출한 각
주가 36cm로 유적에서 가장 높은 곳이다. 동짓날에 해당하는 인
티라이미(Inti Raymi, '인티'는 태양이고, '라이미'는 축제라는 의미의 케추아어로
'태양의 축제'라는 뜻)가 오면 태양이 돌다가 각주의 모서리에 연결한
대각선을 통과한다.

인티우아타나에서 바라본 마추픽추는 감동적이었다. 시간을 붙들어 맬 수는 없을까? 내 마음을 저 인티우아타나에 붙들어 매어볼까? 나는 두 팔을 한껏 벌려 하늘을 우러러보았다. 마추픽추 위에 무한대로 펼쳐져 있는 하늘은 푸르고 높았다. 어쩐지 가슴이 후련하고 뻥 뚫린 것처럼 시원했다. 한 마리 새가 되어 마추픽추를 날아가는 기분이 들었다. 미운 오리 새끼가 백조가 된 느낌이랄까?

인티우아타나 뒤쪽으로 올라가니 쪼개다 만 바위들이 무더기로 있었다. 채석장으로 쓰였던 곳이다. "거대한 바위의 결을 따라 틈을 내고 나무로 만든 쐐기를 박아 물을 흘려 놓으면 나무가 부풀어 올라 바위가 서서히 쪼개집니다."

나무나 돌 같은 단순한 도구를 이용하여 어떻게 이토록 치밀하고 완벽하게 돌을 다듬었는지 신기에 가까운 그들의 기술에 감탄이 절로 나왔다.

인티우아타나를 지나 젊은 봉우리를 향해 조심스럽게 내려왔다. 마추픽추 배후에 우뚝 솟아있는 와이나픽추는 힘차게 하늘로 분기탱천하고 있었다. 무언가 힘을 솟아나게 하는 기운이 서려 있었다.

"어떤 여성은 하늘로 우뚝 솟은 젊은 봉오리를 바라보면 성욕을 느끼기도 한다고 하더군요. 여러분은 저 봉오리를 보고 어떤 느낌이 드는지요? 지금부터 자유 시간을 드리겠습니다. 희망자는 이 봉우리에 올라갈 수 있습니다. 왕복 2시간 정도 걸리는데 길이 가파르고 위험함으로 조심해야 합니다."

와이나픽추로 가는 입구에는 초가지붕을 덮은 건물이 있고, 그 옆으로 고사한 나무가 한그루 서 있었다. 입구에서 입산 신고를 해야 와이나픽추로 올라갈 수 있었다.

"여보, 나 저 봉우리에 올라가고 말 거예요!"

새로운 곳에 대한 호기심이 많은 아내를 나는 염려스러운 눈으로 바라보았다. 이틀간의 트레킹으로 벌써 많은 힘을 소모하여 가파른 젊은 봉우리를 오르기에는 아무래도 무리였다.

"오후 2시까지 푸엔테 루이나스 역, 엘 톨도 레스토랑으로 늦지 않게 도착하세요. 쿠스코로 가는 기차는 4시 20분에 출발합니다."

어네스토는 만날 장소를 알려 주고 노인 가이드와 함께 사라져 갔다. 함께했던 일행들도 이곳에서 헤어졌다. 마리노가 짓궂은 표정을 지으며 말했다.

"미스터 초이, 우리 부에노스아이레스에서 다시 만나요."

"오케이, 인연이 닿으면 만나겠지요."

심장이 좋지 않은 마리아가 섭섭한 표정을 지으며 말했다.

"미스터 초이도 아내를 잘 보살피며 멋진 여행 하시길 기원합니다."

"네, 마리아도 건강 조심하고 멋진 여행이 되길 바랍니다."

1박 2일 동안의 짧은 시간이었지만 정이 듬뿍 들어 있었다. 일행과 헤어진 우리는 광장의 잔디밭으로 내려갔다. 광장 한 편에는 나무 한 그루가 시원한 그늘을 제공해 주고 있었다. 나무 밑에는 여행자들이 누워서 잠을 자기도 하고, 책을 읽거나, 편지를 쓰며 휴식을 취하고 있었다.

아내와 함께 잔디밭에 벌렁 누워 하늘을 바라보았다. 모든 시름이 사라지고 평온했다. 아내의 손을 잡으니 따스한 체온이 전달되

▶마추픽추 유적지에 누워 휴식을 취하는 여행자들

어왔다. 행복했다. 살아있다는 것은 이렇게 좋은 것이다. 하늘을 바라보니 조각구름들이 느리게 흘러갔다. 구름을 바라보고 있노라니 슬슬 눈이 감겨왔다. 나는 깜빡 잠이 들었다.

"여보, 그만 일어나요?"

"응? 여기가 어디지?"

"이러다간 기차 시간에 늦겠어요. 빨리 일어나세요."

시계를 보니 12시가 다 되어 가고 있었다. 우뚝 솟아오른 젊은 봉우리가 나를 굽어보고 있었다. 보관소에서 배낭을 찾아 메고 우리는 꼬불꼬불한 길을 따라 내려갔다. 뱀처럼 구불구불한 이 길은 빙엄의 이름을 따서 '하이럼 빙엄 도로'라고 부른다. 도로는 무려 열세 번이나 360도로 회전하며 굽이굽이 휘돌아 간다. 미니버스를 타면 20분이면 역에 당도할 수 있지만, 우리는 오솔길을 걸어 내려갔다. 사방을 둘러보아도 보이는 것은 울창한 나무숲뿐이었다.

그때 갑자기 두 명의 소년들이 오솔길을 뛰어 내려갔다. 이름만 들었던 '굿바이 보이(Good Bye Boy)'들이었다.

우루밤바강을 따라 2시간 정도 걸어가니 푸엔테 루이나스 역이 나타났다. 형형색색의 기념품을 진열한 가게들이 줄줄이 늘어서 있고, 선로를 따라 음식점과 카페들이 들어서 있었다. '엘 톨도' 레스토랑에서 잉카 트레일을 무사히 마친 기념으로 잉카의 맥주로 축배의 잔을 들었다. 맥주 맛이 그만이었다!

카페에서 잠시 휴식을 취한 후 우리는 쿠스코로 가는 기차를 탔다. 협궤열차는 빽빽 기적소리를 지르며 쿠스코를 향해 서서히 출발했다. 잃어버린 공중도시 마추픽추가 점점 멀어져 갔다.

"고마워요. 이렇게 멋진 마추픽추까지 데리고 와 주어서."

"하하, 오히려 난 당신 때문에 여행복이 터진 사람이요. 그러니 당신이 더 고맙지요."

사실 그랬다. 죽기 전에 세계일주 여행을 하고 싶다는 아내의 소원을 쫓아 모든 것을 놓아버리고 올 수 있었던 것은 순전히 아내 덕분이었다. 우루밤바강을 따라 달리는 기차에서 내 손을 꼭 잡고 있던 아내가 곧 잠이 들었다. 잉카의 길을 걷던 일이 한여름 밤의 꿈처럼 차창을 스치고 지나갔다.

티티카카, 바다인가 호수인가?

_페루 티티카카 호수

▸티티카카 호수 아만타니섬 마마니 가족과 함께

티티카카로 가는 길 어디서인가 주민들이 데모하며 길을 막고 있어 기차와 버스 길이 모두 막혀있다고 했다. 덕분에 우리는 호스텔에서 이틀간이나 휴식을 취할 수 있었다. 쿠스코 중심가와 시장을 어슬렁거리다가 호스텔로 돌아오니 지배인이 말했다.

"미스터 초이, 버스 길이 열렸다고 합니다."

"오, 그래요? 몇 시에 출발하지요?

"밤 10시에요."

"다행이네요. 떠날 준비를 해야겠군요. 그동안 고마웠어요."

버스는 10시 30분에 출발했다. 쿠스코에서 푸노까지는 버스로 16시간이 넘게 걸린다. 버스는 덜덜거리며 칠흑같이 어두운 안데스산맥을 달려갔다. 너무 어두워 밖은 모두 까만색 일색이었다. 눈을 감고 잠을 청했지만, 쉽게 잠이 오질 않았다. 아내도 고통스러운 표정을 하며 고개를 의자에 기대고 있었다. 길이 너무 힘해서 버스가 덜컹거리는 바람에 몸살을 하다가 새벽녘에 깜박 잠이 들었다. 갑자기 유리창이 쨍하고 깨지는 소리에 놀라 잠을 깼다. 여기저기서 유리창을 뚫고 돌멩이가 날아 들어왔다.

"이크, 이게 뭐야!"

"모두 엎드리세요!"

"여보, 작은 배낭으로 머리를 가리고 엎드려요!"

승객들이 모두 의자 밑으로 고개를 들이박고 엎드렸다. 돌멩이는 계속 날아왔다. 총알처럼 핑핑 날아드는 돌멩이 세례에 버스는 잠시 주춤거리다가 속력을 냈다. 피용! 피용! 언덕에서 던진 돌멩이가 버스 지붕을 총알처럼 때리며 튀어 나가거나 유리창을 깨고 버스 안으로 날아들었다.

한 승객이 돌멩이에 맞았는지 "악!"하고 비명을 질렀다. 한참을 달려서야 돌멩이 세례를 겨우 피할 수가 있었다. 돌멩이를 맞은 승객의 이마에 피가 흘러내리고 있었다. 버스 안내원이 응급조치를 하면서 스페인어로 뭐라고 말을 하는데 잘 알아들을 수가 없었다.

닭의 모가지를 비틀어도 새벽은 온다고 했던가? 지옥 같은 밤이 지나고 드디어 날이 새기 시작했다. 안데스의 봉우리들이 손에 닿을 듯 스쳐 지나갔다. 돌멩이 세례가 언제 있었느냐는 듯 창밖의 풍경은 평화롭기만 했다. 시간이 모든 것을 해결해 주었다. 세상은 시간의 파도 위에서 잠시 주춤거리다가 시간의 파도 속으로 묻혀 간다.

"와아, 티티카카 호수다!"

누군가가 소리를 질러 창밖을 내다보니 티티카카 호수가 끝없이 펼쳐져 있었다. 우여곡절 끝에 지구상에서 가장 높은 곳에 있는 티티카카 호수에 도착했다. 지옥과 천당이 따로 없다. 어젯밤은 정말 지옥과 같았는데 티티카카 호수에 도착한 우리는 마치 천당에라도 온 기분이 들었다. 버스에서 내린 아내는 "후유~"하고 긴 숨을 토해냈다. 돌멩이 세례 속에서도 다치지 않고 티티카카호반의 도시 푸노에 무사히 도착했다.

"호수가 바다처럼 낮게 보이는데 숨이 차요!"

"여긴 쿠스코보다 더 높은 곳이니 천천히 걸어야 해요."

티티카카 호수는 3,810m로 지구상에서 기선이 다닐 수 있는 호수 중에서 가장 높은 곳에 위치해 있다. 산등성이에는 갈색의 집들이 다닥다닥 붙어 있고, 거대한 호수가 바다처럼 펼쳐져 있었다.

잉카의 창시자인 만코 카팍이 강림했다는 전설을 담고 있는 푸노는 잉카 시대부터 매우 중요한 역할을 해왔다. 그러나 스페인이 점령한 후에는 모든 것을 잃어버린 곳이다. 숨이 차고 힘이 들었지만, 터키석처럼 푸른 티티카카 호수는 아름다웠다! 잠시 숨을 고르고 있는데 키가 호리호리한 원주민 두 명이 다가왔다.

"쿠스코에서 오신 미스터 초이 씨지요?"

"네, 그런데요?"

"저희는 비바라틴에서 연락을 받은 푸노의 여행사 직원입니다. 푸노에 오신 것을 환영합니다."

그들은 아내와 내 배낭을 차에 실었다. 과잉친절을 베푸는 듯한 그들의 인상이 별로 내키지는 않았지만 비바라틴 지배인이 미리 연락해둔 여행사라 믿고 그들을 따라가기로 했다. 덜덜거리는 고물 자동차는 만코 카팍의 동상이 바라보이는 언덕에 있는 마리아 호텔 앙골라(Hotel Maria Angola) 앞에 멈췄다. 그들은 호텔비가 40달러인데 20달러로 특별히 할인하여 제공한다며 어깨를 으쓱거렸다. 티티카카호수 투어 비용을 물으니 1박 2일에 1인당 78솔(약 24달러)이라고 했다. 안내서에 나와 있는 비용보다는 터무니없이 비쌌다.

우리는 호텔에서 잠시 휴식을 취한 뒤 도심으로 걸어 내려갔다. 다운타운에 있는 킹덤여행사에 들어가서 티티카카 호수 투어를 알아보니 똑같은 1박 2일 코스인데 가격은 34솔(약 10달러)이었다. 픽업을 나온 여행사보다 배나 싼 가격이었다. 나는 킹덤여행사에서 티티카카 호수 1박 2일 투어를 예약했다. 킹덤여행사 직원은 맛있는 음식점과 저렴한 호스텔까지 친절하게 소개해 주었다. 여직원이 호스텔까지 동행하여 가격까지 흥정해 주는 친절을 베풀어 주었다. 다운타운에서 가깝고 호스텔 분위기도 좋았는데 하룻밤에 10달러라고 했다.

우리는 내일 아침 이 호스텔로 옮기기로 하고 시내를 산책했다. 시장을 돌아보는 것은 가장 늘 흥미 있는 구경거리였다. 일용품을 비롯하여 스웨터, 모자, 구두, 알파카 제품 등 필요한 것은 모두 진열되어 있었다. 아내는 잉카 전통 옷을 입은 노파로부터 과일을 샀다. 작은 키에 통치마를 입고, 둥근 중절모를 쓴 노파의 의상이 퍽 인상적이었다.

우리는 킹덤여행사 직원이 소개해 준 엘도라도란 음식점에서 페루의 전통 요리를 시켜 먹었다. 감자에 채소, 콩과 새우가 섞여 있는 음식이었다. 2인분에 13솔로 값도 저렴했다. 저녁 식사를 하고 마리아 앙골라 호텔로 돌아와 티티카카 호수가 바라보이는 푸노의 밤 풍경을 바라보았다. 잔잔한 호수가 마음을 편안하게 해주었다.

11월 23일, 아침 일찍 우리는 킹덤 여행사 직원이 소개해 준 호스텔로 옮기기 위해 로비로 내려와 체크아웃을 하고 호텔을 재빨리 빠져나왔다. 아무래도 그 여행사 직원들과 부딪치다가는 좋지 않은 예감이 들었기 때문이다. 여행 중 위험의 소지가 있는 상황은 피할 수 있을 때 빨리 피해야 한다.

호텔을 빠져나온 우리는 아레키파 호스텔로 짐을 옮겨놓고 티티카카 호수 관광을 위해 항구로 걸어갔다. 아침 8시, 부두에 도착하니 여행자들이 여기저기서 어슬렁거리며 모여들었다. 대부분 유럽에서 온 배낭여행자들이었다. 하늘은 티 없이 맑고 푸르렀다. 수평선이 아득한 티티카카 호수 위로 흰 구름이 둥둥 떠가고 있었다.

케추아어로 '티티(Titi)'는 '퓨마'를 뜻하고, '카카(Caca)'는 '바위'라는 뜻이다. 호수 주변 원주민들이 퓨마와 재규어 같은 동물을 숭배하는 데서 티티카카라는 이름이 붙여졌다고 한다. 선장은 우루족

원주민으로 몸집이 크고 마음씨가 좋아 보였다. 통통배가 뱃고동을 길게 울리며 푸노 항을 출발했다. 갈대숲 사이를 헤집고 나가자 곧 갈대로 만든 우로스섬이 나타났다.

우로스섬은 '토토라(Totora)'라고 부르는 갈대를 겹겹이 쌓아 만든 인공 섬으로 호수 위에 떠 있는 갈대 섬이다. 티티카카 호수에는 크고 작은 갈대 섬이 40여 개나 흩어져 있다. 유람선에서 내린 아내가 갈대 섬에 발을 내디디며 말했다.

"바닥이 푹신푹신해요!"

"하하, 정말 솜처럼 푹신푹신하네요!"

"우와, 저건 갈대로 만든 우체국이네!"

"어젯밤에 아이들에게 쓴 엽서를 저 갈대 우체국에서 부쳐야겠어요."

아내는 신기한 듯 갈대 우체통에 엽서를 넣었다. 섬 안에는 갈대로 만든 학교와 우체국, 교회, 박물관도 있었다. 섬에서 사는 사람들은 주로 우루족으로 티티카카 호수에서 서식하는 물고기나 물새를 잡아서 생활하고 있다. 우루족은 티티카카 호수에서 가장 오랜 역사를 가진 민족으로 몇백 년에 걸쳐서 자신들의 독자적인 원시생활 형태를 유지하면서 대를 이어가며 갈대 섬에서 살아오고 있다. 토토라로 생활 터전인 섬을 만들고, 집, 가축의 먹이는 물론 섬과 섬 사이를 오가는 배도 만든다. 원주민들은 갈대로 만든 '발사(Balsa)'라는 갈대 배가 주요 교통수단이다.

"자, 이 갈대를 한번 맛보시지요."

선장이 토토라에 대하여 설명을 하다가 껍질을 벗기고 꺾어서

▶티티카카 호수 대중교통 수단인 갈대배 발사

맛을 보라고 권했다. 그가 잘라준 토토라 줄기 속을 씹어보니 달콤했다. 수수 대를 씹는 맛이랄까?

"선장님 화장실은 어디에 있지요?"

"저기 세워진 전망대 같은 곳이 화장실입니다."

"응가를 하기에는 좀 곤란하겠는데. 하하."

화장실이 마치 과수원에 세워둔 움막처럼 보였다. 토토라 갈대는 무엇이든지 빨아들이는 특성이 있어 오염물질을 자연 분해하여 흡수하므로 오염될 염려는 없다고 했다. 섬에 사는 인구가 몇 명 되지 않으니 자연 방사를 해도 자연스럽게 분해가 된다고 한다. 우리는 차마 갈대 화장실에서 일은 보지 못하고 구경만 했다.

원뿔꼴 모양의 움막으로 다가가자 아이들이 통치마를 입고 뒤뚱거리며 다가왔다. '티피(tepee)'라고 부르는 갈대 움막집은 세 개의 나무 기둥을 세우고 갈대를 입혀 부엌과 함께 침실 공간으로 사용하고 있었다. 튼튼하게 보이는 아이들의 손에는 토토라가 들려져 있었다. 아이들은 토토라를 꺾어서 씹어 먹었다. 어떤 놀이기구도 없는 섬이지만 아이들은 순박하게만 보였다. 종일 스마트폰을 들고 있는 우리나라 아이들에 비하면 얼마나 자유로워 보이는가? 햇볕에 그을려 검붉게 탄 얼굴, 까만 눈동자, 얼크러진 머리칼……. 해맑게 웃는 자연 그대로의 순진무구한 모습이었다. 처음에는 사진을 찍는 것을 부끄러워하던 아이들이 익숙해지자 손을 들며 멋진 포즈를 취해주기도 했다. 문명의 이기는 편리하기는 하지만 인간의 행동과 생활을 구속하는 도구로 전락하고 있다.

유럽에서 온 여행자들은 아예 웃통을 벗어젖히고 물렁물렁한 갈대 바닥에 누워 일광욕을 즐겼다. 푹신 거리는 바닥에 벌렁 누워 하늘을 보았다. 자연 그대로가 침대이자 이불이었다. 파란 하늘엔 흰 뭉게구름이 한가로이 떠갔다. 세상의 모든 복잡한 일이 하나도 생각이 나지 않았다.

"여보, 저 갈대배를 한번 타보고 싶어요."

"오케이, 나도 타보고 싶었어요."

금방 가라앉을 것만 같은 갈대배에 아내와 둘만 탔다. 갈대배는 가라앉지 않고 유유히 호수 위를 미끄러져 갔다. 머리를 길게 땋아 내린 우루족 여인이 만면에 웃음을 머금고 노를 저었다. 중절모자를 쓰고 통치마를 입은 여인의 모습이 자못 근엄하게 보였다. 노를 젓는 솜씨도 유연했다. 갈대배는 푸른 물결을 헤치며 건너편 있는 좀 더 큰 갈대 섬에 도착했다.

우리는 그 섬에서 통통배를 타고 우로스섬을 출발하여 아만타니 섬으로 향했다. 넓은 호수로 나오니 바람이 거세게 불어왔다. 큰 파도에 흔들거리는 작은 보트는 위험하기 짝이 없었다. 심하게 흔들릴 때마다 여행자들은 비명을 지르며 스릴을 느꼈다. 티티카카, 바다인가? 호수인가?

우로스섬을 출발한 지 3시간 만에 통통배는 아만타니(Amantani) 섬에 도착했다. 아만타니 섬은 티티카카 호수에서 가장 큰 섬이다. 통통배에서 내리니 선착장에 호수를 등지고 20여 명의 여인들이 다소곳이 앉아 있었다. 여인들은 머리에 히잡과 비슷하게 생긴 검정 두건을 두르고, 흰색 저고리에 붉은 통치마나 푸른색 통치마를 입고 있었다. 검은 천으로 목을 감지 않는 것이 이슬람 히잡과 달랐다.

배를 정박시킨 선장이 여인들을 한 명씩 호명하면서 여행자들에게 짝을 지어주기 시작하면서 의문이 풀렸다. 선장이 아만타니 섬 여인의 이름을 먼저 호명하고, 이어서 여행객들의 이름을 부르면 여인들은 말없이 일어나 승객의 짐을 받아 들고 언덕 위에 있는 민박집으로 인도했다. 희한한 짝짓기였다.

"마마니, 미스터 초이 커플!"

선장이 '마마니(Mamani)'라는 이름을 먼저 부르고 이어서 내 이름을 불렀다. 마마니라는 여인이 조용히 일어나 다소곳이 우리 곁으로 다가왔다. 그녀는 작달막한 키에 갈색 두건을 머리에 쓰고 예쁜 꽃무늬가 그려진 흰색 저고리에 푸른색의 주름 통치마를 입고 있었다.

흰 이를 드러내고 살짝 웃으면서 그녀는 우리 큰 배낭을 두 개

▶민박 손님을 기다리는 아만타니 섬의 여인들

나 받아들더니 하나는 머리에 이고 하나는 등에 걸친 채 성큼성큼 언덕을 걸어 올라갔다. 우리는 맨몸으로 그녀를 뒤따라가는데도 숨이 차서 헐떡거렸다. 마마니가 우리 배낭을 이고 지고 가는 이유를 알 것 같았다.

헐떡거리며 언덕을 올라가니 낡은 집 한 채가 나타났다. 앞서가던 마마니가 흙 벽돌담 사이에 세워진 사립문 앞에 서서 다소곳이 웃었다. 사립문을 들어서니 'ㄱ' 자형의 안마당이 나왔다. 마마니는 우리를 2층으로 안내했다. 천장이 낮은 2층에는 출입문이 하나 있고, 방안에는 두 개의 작은 침대와 작은 탁자가 하나 놓여 있었다. 키가 천장을 닿을 정도로 낮은 어두운 방에는 호수를 향해 작은 들창문 하나가 나 있었다. 들창문을 통해 창밖을 바라보니 터키석처럼 푸른 호수가 눈이 시리도록 펼쳐져 있었다. 숨이 멎어버릴 것 같은 아름다운 풍경이었다. 티티카카, 호수인가? 바다인가?

짐을 내려놓은 마마니에게 화장실이 어디냐고 물었더니 마마니가 화장실로 안내했다. 사립문을 나가 오른쪽 고샅길로 돌아가니 갈대로 지은 화장실이 나왔다. 마마니는 여기에서 볼일을 보라고 눈짓을 하며 조용히 물러났다.

"여기도 우로스섬의 갈대 화장실과 비슷하네요! 어떻게 하지요?"

"어떻게 하긴, 하는 수 없지 않소?"

아내가 마지못해 화장실로 들어갔다. 아내가 들어간 후 얼마 되지 않아 꿀꿀거리는 돼지 소리가 들려왔다. "어머나!" 아내는 소스라치게 놀라며 황급히 밖으로 나오고 말았다. 화장실로 들어가 보니 널빤지 두 개를 얹어 놓은 공간 밑에 돼지들이 꿀꿀거리며 살고 있었다. 아만타니 섬의 화장실은 제주도의 '통시(뒷간)'를 연상케 했다. 아내의 놀라는 소리를 들었는지 마마니가 웃으며 세숫대야에 물을 받아왔다. 그 물로 손을 씻고 화장실에 버리라고 했다. 물이 귀하니 이렇게 물을 아껴 쓰고 있는 것이다.

아만타니 섬은 물이 귀했다. 바다처럼 넓은 티티카카 호수에 물이 차고 넘치지만, 물을 끌어 올리는 수도시설이 없었다. 산 중턱에 자리 잡은 섬 주민들은 물을 호수에서 길러 와 사용하고 있었다. 물이 귀하다 보니 세숫물로 발을 씻고 다시 그 물로 화장실 씻었다.

전기도, 전화도, 텔레비전도 없는 섬은 현대문명과는 거리가 너무 멀어 보였다. 섬은 너무 적막하고 고요했다. 마마니는 점심으로 꿩 알 정도 크기의 검은색 감자와 찐 달걀, 그리고 노란색의 수프를 작은 접시에 담아 들고 2층 방으로 올라왔다.

"에그그, 이게 점심인가 봐요!"

"상차림 한번 단순하네!"

쑥잎처럼 생긴 푸른 잎을 띄어 놓은 따뜻한 차가 곁들여 나왔다. 뜨거운 차에서 짙은 향기가 풍겨 나왔다. 마마니에게 무슨 차냐고 물어보았더니 "무냐 티"라고 짧게 대답했다. 아만타니 섬에 자생하는 무냐라는 식물로 만든 차라고 했다. 무냐 티(muña tea)는 고산병을 완화하는 효과가 있다고 했다.

아만타니 섬은 1년에 한 번 선출되는 촌장을 중심으로 독립 자치국을 형성하고, '도둑질하지 말 것, 거짓말하지 말 것, 게으르지 말 것'이라는 잉카의 세 가지 덕목을 도덕 규범으로 삼고 잉카의 전통 문명을 그대로 이어나가며 살아가고 있었다.

점심을 먹고 나서 우리는 마마니의 딸 린다를 따라 마을 뒤편에 있는 유적지 탐방에 나섰다. 린다는 앞장을 서서 성큼성큼 걸어가는데 우린 한 발자국 걸을 때마다 숨이 턱까지 차올랐다. 바람처럼 걸어가는 린다, 거북이처럼 느리게 기어가는 아내와 나. 린다는 가다 서고 가다 서고를 반복하는 우리를 가끔 뒤돌아보며 싱긋 웃었다. 린다는 우리에게 지그재그로 천천히 걸어오라고 손짓을 했다.

두 소년이 지친 우리를 격려하듯 샴뽀냐를 연주하고 북을 치며 뒤를 따랐다. 소년들은 '엘 콘도 파사'를 길게, 느리게 번갈아 연주했다. 소년들에게 감사의 표시로 2솔을 건네주었더니 "그라시아스" 하며 환하게 웃었다. 길가에는 원주민 여인이 물과 기념품을 팔며 뜨개질을 하고 앉아 있었다.

내가 아는 스페인어는 '아구아(물)', '꽌또 께스따?(얼마지요?)', '올라(안녕)'가 전부다. 나머지는 보디랭귀지나 눈치로 통한다. 내가

▶ 아만타니 섬 정상에서 바라본 황홀한 일몰

"아구아"하고 손을 내밀었더니 뜨개질을 하던 여인이 씩 웃으면서 물 한 병을 건네주었다. 물을 마시며 잠시 휴식을 취한 우리는 소년이 부는 마법의 피리 소리에 힘을 얻어 산 정상에 가까이에 다가갔다.

아만타니 섬의 정상은 해발 4,120m나 되는 고지대다. 정상 입구에는 돌로 만든 아치가 수수께끼의 문처럼 서 있고, 그 아치 사이로 석양빛이 황홀하게 호수를 물들이고 있었다. 사방을 돌아보아도 바다처럼 수평선만 보였다. 티티카카, 호수인가? 바다인가?

돌로 쌓아 올린 신전이 허물어진 채로 놓여 있었다. 신전에는 대지의 신 파차마마(Pachamama-땅의 어머니)와 신성한 빛을 상징하는 파차타타(Pachatata-해의 신), 물의 신 마마코차(Mamacocha)를 모시고 있다고 한다. 아만타니 섬은 이 신전에서 매년 6월 21일에는 태양의 축제가 열린다.

티티카카 호수의 일몰을 조망하기에는 최고의 위치였다. 어디선가 구름이 몰려와 하늘을 덮더니 붉은 천으로 휘장을 두른 듯 분홍색 노을을 구름 위에 곱게 드리웠다. 아름다운 일몰이었다! 신전 앞에 있는 아치 계단에 앉아 넋을 잃고 오래도록 티티카카 호수에 지는 아름다운 노을을 바라보았다.

"티티카카에 지는 노을처럼 아름다운 황혼을 맞이해야겠지요?"

"하하, 지금 그렇게 보내고 있지 않소?"

인생은 끝이 좋아야 한다. 우여곡절 끝에 도착한 아만타니 섬에서 아름다운 황혼을 바라보니 감개무량했다. 사방이 점점 어두워지자 아랫마을에서는 연기가 피어올랐다. 전기가 없던 시절 옛날 우리네 시골처럼 화덕에 가마솥을 걸고 저녁을 짓고 있었다. 부엌에 있는 화덕도, 가마솥도 꼭 우리네 그것을 닮았다. 태양이 티티카카 수평선으로 떨어지고 나니 추웠다.

마마니의 집으로 내려오자 그녀는 방안에 성냥불을 그어 촛불을 밝혔다. 작은 촛불을 밝히자 어둡던 방이 환해졌다. 전기가 없는 어두운 곳에서 촛불 하나를 밝혔는데 온 세상을 환하게 비추는 것 같았다. 아니 온 우주를 밝히고 있는 것처럼 느껴졌다.

문득 어린 시절 등잔불을 밝혀 책을 읽었던 추억이 떠올랐다. 나는 어린 시절 전기가 없는 시골 마을에서 자라났다. 고등학교를 졸업할 때까지 등잔불 밑에서 책을 읽었다. 등잔불을 켜다가 촛불을 켜면 그렇게 밝을 수가 없었다. 어머니는 촛불이 빨리 타지 않도록 촛대에 물을 묻혀 손으로 비벼서 촛불이 오래도록 타게 했다. 촛불 하나가 그렇게 소중했다. 부족하고 소중할수록 행복을 더 많이 느끼게 된다. 그윽하게 빛나는 촛불을 바라보니 마음이 저절로 한 곳으로 집중되었다.

마마니가 노란 수프와 삶은 감자, 무냐 찻종지를 들고 와 나무 식탁에 살포시 내려놓았다. 무냐 차에서 허브향이 짙게 흘러나왔다. 간소하고 멋진 저녁 만찬이었다. 차 한 잔과 몇 쪽의 감자가 전부였지만 음식이 더 소중하게 느껴지고 맛이 있었다. 시장이 반찬이라고 하지 않았던가? 우리는 접시를 깨끗하게 비웠다. 칠흑같이 어두운 방에 타오르는 촛불은 마치 가난한 여인 난타가 밝힌 빈자일등(貧者一燈)과 같다는 생각이 들기도 했다.

창문을 열고 방을 나서자 칠흑같이 어두운 하늘에 별이 총총 빛나고 있었다. 별을 바라보며 한참을 걸어가야 화장실에 도착했다. 손에 잡힐 듯 별이 빛나는 하늘에 초승달이 눈썹처럼 걸려있었다. 화장실에 앉아 별과 초승달을 번갈아 바라보며 볼일을 마치고 2층 방으로 돌아오는데 마음이 왠지 흐뭇하고 행복했다. 접시에 세워놓은 촛대가 바닥까지 타 버리자 촛불도 꺼져버렸다. 바람마저 잠을 자는지 세상은 태초의 고요처럼 적막했다. 나는 잠시 티티카카 호수를 향하여 가부좌를 틀고 고요히 명상에 잠겼다. 앉아 있기만 해도 저절로 마음이 집중되고 고요해졌다. 내 마음은 곧 티티카카호수처럼 잔잔해졌다.

다음날 새벽 4시가 되자 티티카카 호수에 여명이 밝아왔다. 하늘에 무수히 반짝이는 별들이 하나둘 사라져 가고 오두막 문창살에는 환한 햇살이 비쳐왔다. 마마니 가족과 이별의 순간이 다가오고 있었다. 사립문을 나서기 전에 마마니 가족과 기념촬영을 했다. 마마니의 오두막집, 사립문, 화장실, 어둡고 작은 방, 작은 침대, 호수로 난 들창문, 검은 감자와 무냐 차……. 나는 하룻밤 사이에 마마니의 집에 있는 것들과 익숙해져 있었다. 마마니와 린다가 사립문 앞에 서서 우리가 통통배를 타고 멀어져 갈 때까지 손을 흔들었다. 마치 무슨 영화의 한 장면 같았다.

아만타니 섬을 출발하여 1시간 만에 타킬레섬(해발 4,050m)에 상륙하여 돌계단을 타고 급경사를 올라가는데 한걸음 옮길 때마다 숨이 턱턱 막힐 정도로 차올랐다. 30여 분 정도를 올라가니 아치로 된 돌문이 나왔다. 아치를 들어서자 그림 같은 작은 마을이 나왔다.

"남자들이 모두 뜨개질을 하고 있어요!"

섬 주민들은 그들만의 독특한 문화를 지키며 살아가고 있었다. '츄요(Chullo)'라고 하는 귀마개가 달린 모자를 쓰고 광장에는 남자들이 삼삼오오 앉아서 뜨개질하고 있었다. 손놀림이 보통이 아니다. 손으로 짠 직물은 치밀함과 무늬, 색 배합이 세계의 직물 중 최고라고 할 정도로 아름답다. 흰 저고리에 화려한 허리띠를 두르고 여인들은 전통의상인 통치마 폴레라스를 입고 허리띠를 두르고 있었다. 여인들은 알파카 털 뭉치에서 방추(물레에서 실을 감는 가락)로 빙빙 꼬아가면서 실을 뽑아냈다.

호수가 바라보이는 언덕에서 점심을 먹고 상륙을 했던 반대편으로 내려갔다. 티티카카 호수에서 1박 2일 동안의 시간이 꿈결처럼 흘러갔다. 타킬레섬 섬을 출발한 통통배는 1시간여 만에 푸노 항에 도착했다. 배에서 내려 뒤돌아보니 터키색 푸른 호수가 끝없이 펼쳐졌다. 티티카카, 바다인가? 호수인가?

라파스의 택시강도

_볼리비아 라파스

▶걸어서 볼리비아 국경을 건너갔다.

아침 일찍 일어나 라파스로 떠날 준비를 하고 있는데 아내가 갑자기 저혈당 증세가 나타났다. 초콜릿을 먹고 주스를 마신 후 30여 분이 지나자 저혈당 증세는 많이 나아졌지만, 여전히 기운이 없어 보였다. 지금까지 잘 견디어 주었는데 앞으로 여정을 생각하니 걱정이 되었다.

"하루 정도 푸노에 더 머물다 가는 것이 어떨까?"

"괜찮아요. 곧 나아질 거니 염려 말고 출발해요."

아내가 먼저 배낭을 메고 일어섰다. 아내의 의지는 참으로 대단하다. 여행이란 묘약이 아내를 일으켜 세우고 있었다. 터미널에 도착하니 코파카바나 행 미니버스가 기다리고 있었다. 미니버스는 티티카카 호수를 끼고 천천히 달려갔다. 약 2시간 정도를 달려가자 페루 국경도시 융구요(Yunguyo)에 도착했다.

승객 모두가 버스에서 내려 걸어서 페루 국경을 통과했다. 볼리비아 출입국관리사무소 앞에는 여행자들이 줄을 서서 입국 절차를 밟고 있었다. 입국 절차를 밟고 우리는 걸어서 볼리비아 국경을 통과했다. 버스에 오르자 곧 티티카카 호수 변에 있는 코파카바나에 도착했다. 버스 출발 시각까지는 2시간 정도 여유가 있었다. 코파카바나 해변에서 점심을 먹으며 바라보는 티티카카 호수는 과히 환상적이었다. 점심을 먹고 난 후 잠시 해변을 거닐다가 시내 중앙에 자리 잡은 대성당으로 갔다.

'검은 마돈나'를 모시고 있는 대성당은 프란시스코 티토 윤판쿠(Fransisco Tito Yunpanqui)라는 원주민이 검은 나무에 용설란 섬유로 마리아상을 제작한 이후, 수많은 기적을 불러일으키면서 더욱 유명해졌다. 성당 안에는 금으로 장식된 웅장한 제단과 보석으로 덮인 망토를 입고 금관을 쓴 성모 마리아상이 있었다. 우리는 원주민을 닮은 성모 마리아님께 합장을 하고 잠시 묵상에 잠기다가 버스정류장으로 갔다.

오후 2시, 버스는 라파스를 향해 출발했다. 꽁지머리 헤어스타일을 한 멋쟁이 운전사가 매혹적인 안데스 음악을 틀어 주었다. 벨

216

소리를 울리는 것도 특이했다. 운전석 앞 백미러 밑에 달린 줄을 리드미컬하게 당기면 "부응 부응"하고 멋진 부자 소리가 울렸다.

버스는 만년설을 낀 안데스산맥의 황량한 고원지대를 달려가다가 해발 4,000m에 있는 수도 라파스로 진입했다. 버스는 갑자기 계곡 밑을 향해 곤두박질치듯 떨어지더니 달팽이처럼 생긴 언덕을 빙빙 돌아서 라파스 시내로 진입하기 시작했다. 마치 거대한 블랙홀로 빠져들어 가는 듯한 불길한 예감이 들었다. 버스는 프란시스코 광장 근처의 글로리아 호텔이라고 표시된 도심에 정차했다. 고산지대 여행에 지친 여행객들이 묶인 자루에서 미끄러져 떨어지듯 버스에서 내려왔다. 버스에서 내리니 현기증이 나고 어지러웠다. 한 걸음을 옮기는 데도 숨이 차고 뒷골이 띵했다. 배낭을 메고 몇 걸음을 걷자 숨이 턱까지 차올랐다.

"택시를 타고 가지요? 도저히 걷지 못하겠어요."

"나도 숨이 턱까지 차올라 걷기가 힘들어요."

미리 알아놓은 게스트하우스까지는 약 10여 분 정도 걸어서 갈 수 있는 거리였지만 우리는 너무 힘이 들어 택시를 타기로 했다. 호텔 앞에 서 있는 택시를 아내가 손짓으로 부르자. 택시가 곧 우리 곁으로 다가왔다.

"알로자미엔토 호스텔로 가는데 얼마지요?"

"10볼리비아노."

"너무 비싸요. 5볼리비아노."

"오케이!"

택시 운전사의 대답이 의외로 시원시원하여 쉽게 흥정이 되었다.

미남 운전사가 미소를 지으며 우리 배낭을 받아 트렁크에 실었다. 택시는 산 프란시스코 광장을 지나 점점 인적이 드문 골목으로 접어들었다. 걸어서 10여 분 정도면 도착을 할 수 있는 거리인데 어쩐지 택시가 빙빙 돌아가는 기분이 들었다. 모퉁이를 돌아가더니 운전사는 난데없이 손을 흔들고 있는 어떤 사내를 태웠다. 빼빼한 체구에 안경을 쓴 눈이 유난히 크게 보였다.

"왜 다른 사람을 태우지요?"

"같은 방향이어서 태운 거요."

"다른 사람과 함께 탈 수는 없어요. 우릴 먼저 데려다주시오."

그 순간 또 한 사람의 건장한 남자가 택시에 곧바로 올라탔다. 구릿빛 얼굴에 키가 크고 마치 레슬링 선수처럼 생긴 근육질의 원주민이었다. 선글라스를 쓴 그가 어쩐지 섬뜩해 보였다. 작은 배낭을 걸머지고 앞자리에 먼저 탄 그는 브라질에서 온 여행자라고 말했다. 두 사람을 태운 택시는 재빨리 출발했다.

"왜 또 사람을 태우느냐?"

"나는 마약을 단속하는 특수경찰이오."

"경찰이 왜 사복을 입고 있지요?"

"특수경찰이라 사복을 입은 것이오. 이게 내 경찰 신분증이오. 마약을 소지했는지 검문을 해야 하니 세 사람 다 신분증을 보여주시오."

"사복을 입은 당신을 경찰이라고 믿을 수 없소. 이봐요 운전사, 우리를 빨리 내려줘요."

택시 운전사는 내 말을 무시하고 점점 인적이 드문 곳으로 차를 몰았다. 경찰을 사칭한 사내가 여권을 보여주라고 재촉을 하자 브라질에서 왔다는 여행자가 순순히 여권을 꺼내어 그에게 건네주었다. 그는 여권을 받아 들더니 어디론가 전화를 걸어 확인하는 시늉을 했다.

"이봐요, 당신 전대와 양말도 벗어서 보여줘요!"

그러자 브라질 여행자는 순순히 허리에서 전대를 끌러 경찰에게 보여주고 양말까지 벗어서 건네주었다. 사내는 전대와 양말에 코를 대고 킁킁거리며 마약 냄새를 맡는 시늉을 했다.

"음, 마약은 없군."

그는 브라질 사내가 건네준 전대와 양말, 배낭을 다시 그에게 돌려주었다. 일순 그가 경찰 같다는 생각도 들었지만 믿을 수가 없었다.

"나는 정말 특수 마약 단속반 경찰이오. 당신도 이 사람처럼 내 검문에 순순히 응하시오."

"믿을 수 없다. 진짜 당신이 경찰이라면 경찰서로 갑시다."

"검문에 응하지 않으면 곤란할 텐데."

그와 실랑이를 하는 사이에 운전사는 어느 으슥한 골목으로 들어가 차를 세웠다. 사람의 그림자도 없는 적막한 골목이었다. 아내는 이미 겁에 질려 얼굴이 파래져 있었다. 그들은 본격적으로 강도의 본색을 드러냈다. 가짜 경찰과 운전사 그리고 브라질 여행객 행세를 했던 자가 합세하여 카메라가 든 내 작은 배낭을 강제로 빼앗아 갔다. 그들은 앞뒤에서 나를 틀어잡고 강제로 내 몸수색을 했다. 그 모습을 본 아내는 "악! 사람 살려요!" 하고 소리를 질렀지만, 그곳엔 아무도 없는 외진 곳이었다. 힘으로 몸을 뒤진 그들은 내 지갑과 전대를 낚아챘다.

지갑과 전대를 빼앗은 그들은 내 작은 배낭과 전대를 뒤지기 시작했다. 그들은 현금을 찾고 있었다. 그러나 내 지갑에는 30달러 정도의 현금과 신용카드가 들어 있고, 전대에는 여권과 항공권, 여행자수표, 그리고 배낭에는 카메라와 비디오, 가이드북 등이 있었다. 가짜 경찰이 내 배낭을 뒤지다가 금강경 소책자를 발견하고 이리저리 넘겨 보더니 그 안에 끼어둔 우리 가족 사진을 유심히 들여다보았다. 나는 금강경 소책자 안에 아이들과 함께 찍은 가족사진 한 장을 끼어 놓고 여행을 다닐 때는 언제나 부적처럼 지니고 다녔다. 가족사진을 유심히 들여다보던 강도가 빙그레 미소를 지으며 나를 향해 말했다. 다소 엉뚱한 데가 있어 보이는 강도였다.

"이건 너희 가족 사진이냐?"

"그렇다."

"아이들이 참 예쁘다, 그런데 이 책은 무슨 책이냐?"

"다이아몬드 수트라라는 부처님 말씀이오."

"글자 모양이 신기한데? 다이아몬드 수트라가 무슨 뜻이냐?"

"부처님의 말씀을 기록한 경전이다."

그는 한문으로 된 금강경이 신기하다는 듯 유심히 들여다보았다. 금강경이 저 가짜 경찰을 물리쳐 주지 않을까 하는 실 날 같은 기대가 번개처럼 뇌리를 스치고 지나갔다. 그러나 그는 금강경을 접어 배낭 속에 넣더니 아내 쪽으로 시선을 돌리며 다시 험상궂은 표정으로 돌아갔다.

"부인, 당신 전대도 순순히 내놓으시오."

파랗게 질린 아내가 지레 겁을 먹고 허리에 찬 전대를 풀어서 그들에게 건네주고 말았다. 아내의 전대에는 푸노에서 여행자수표를 바꾼 현금이 800달러나 들어 있었다. 우리가 한 달 동안 남미를 여행할 비용이었다. 아내의 전대를 열어 코를 킁킁거리며 마약 냄새 맡는 시늉을 하던 가짜 경찰이 갑자기 태도를 바꾸었다.

"흠, 마약은 없는 것 같군. 이봐, 운전사 이 친구들 짐을 트렁크에서 꺼내 드려요."

운전사가 차에서 내려 트렁크를 열고 우리 큰 배낭을 땅바닥에 팽개쳤다. 가짜 경찰은 우리들의 여권, 지갑, 전대, 그리고 카메라 배낭과 내 지갑, 그리고 아내의 전대를 우리에게 순순히 돌려주었다. 나는 떨고 있는 아내를 부축하며 일단 차에서 내렸다. 우리가 차에서 내리자 그들은 트렁크 문도 닫지 않은 채 황급히 사라져 버렸다. 우리는 팽개친 배낭 앞에 얼이 빠진 듯 한동안 멍하니 서 있었다. 겁에 질려 있던 아내가 울음을 터트리기 시작했다. 나는 아내를 달래며 배낭을 챙겼다.

그때 마침 캡을 단 라디오 택시가 나타났다. 나는 택시를 불러 세웠다. 외진 곳이라 택시를 타지 않으면 숙소로 갈 수도 없었다. 아내의 전대를 열어보니 텅텅 비어있었고, 내 지갑에는 1달러짜리 지폐 3장이 남아있었다. 택시강도가 남겨준 3달러였다! 강도의 마음 한편에도 택시비를 남겨주는 한 조각 자비가 있었단 말인가?

"택시강도를 당하고 또 택시를 타요? 흑흑흑……."

겁에 질린 아내는 택시 앞에서 한 발자국 뒤로 물러섰다. 맞는 말이었다. 그러나 선택의 여지가 없었다.

"버스도 없는 곳이니 택시를 탈 수밖에 없지 않소. 그리고 이 자동차는 라디오 택시라 안전해요."

"그걸 어떻게 믿어요."

우리는 큰 배낭을 트렁크에 싣지 않고 끌어안고 탔다. 소 잃고 외양간 고치는 격이었다.

"콘티넨털 호텔로 갑시다."

콘티넨털 호텔은 하루 숙박료가 15달러 정도 하는데, 원래 이 호텔로 숙소를 정했다가 숙박비를 조금이라도 아끼자는 아내의 제안으로 5달러짜리 알로자미엔토 게스트하우스로 바꾸었었다. 돈이라는 것은 아무리 아껴도 내 것이 안 되려면 이렇게 허무하게 사라져 버린다.

어쨌든 택시강도가 남겨준 3달러의 여유(?)로 라디오 택시를 타고 숙소에 무사히 도착했다. 아내는 호텔에 들어가 체크인을 할 때까지 흐느끼고 있었다. 호텔 데스크 여직원이 나와 아내를 번갈아 바라보았다. 마치 부부싸움을 해서 내가 아내를 울린 게 아닌가 하는 그런 눈초리였다. 체크인을 끝내고 방으로 들어가자 라파스 사람들이 모두 강도처럼 보인다고 하며 내일 당장 볼리비아를 떠나자고 했다.

"여보, 진정해요. 도대체 어디로 가자는 거요?"

"볼리비아가 아닌 다른 나라 어디든 가요."

"지나간 일은 빨리 잊어버리고 잠시 여유를 가지고 생각을 해봅시다."

"이런 일을 당하고 어떻게 금방 잊을 수 있겠어요. 아무튼 나는 볼리비아라는 나라가 싫어요. 그러니 볼리비아를 빨리 떠나자고요."

아내는 막무가내였다. 나는 냉정하게 상황을 판단해 보았다. 아내를 위해 떠난 여행인데 아내의 마음을 무시하고 여행을 한들 무슨 의미가 있겠는가? 나는 론니플레닛 가이드북을 펴들고 갈 곳을 찾아보았다. 볼리비아는 페루, 칠레, 브라질, 파라과이, 아르헨티나와 국경을 이루고 있는 내륙국가다. 원래 여행계획은 볼리비아 우유니 사막을 거쳐 칠레로 넘어갈 예정이었다. 페루로 다시 갈 수도 없고, 브라질은 아마존 정글로 이어진다. 파라과이와 아르헨티나는 너무 멀고 교통편도 여의치 않았다. 그나마 칠레가 가장 가까운데 가이드북을 자세히 살펴보니 라파스에서 칠레 아리카로 넘어가는 버스 편이 있었다.

"칠레 아리카로 넘어가는 것이 어떻겠소?"

"어디든 볼리비아 땅이 아니면 좋아요. 내일 당장 떠나요."

나는 라파스에서 칠레로 넘어가는 버스 편을 알아보기 위해 프런트로 갔다. 프런트에는 마음씨가 좋아 보이는 여직원이 미소를 지으며 나를 맞이했다.

"라파스에서 칠레 아리카로 넘어가는 버스 편을 좀 알아봐 주시겠어요?"

그녀는 내일 오전 6시 30분, 7시 30분 그리고 12시 30분에 출발하는 아리카로 가는 버스가 있다고 했다.

"지금이라도 터미널에 가면 버스표를 살 수 있을까요?"

"오늘은 너무 늦었고요. 내일 아침 일찍 가면 표를 살 수 있을 거예요."

그녀와 이야기를 하고 있는데 아주머니 한 분이 2층에서 내려왔다. 그녀를 본 순간 나는 고향의 낯익은 아주머니를 만난 기분이 들었다. 옅은 갈색 톤의 파마머리를 길게 늘어뜨리고 다소 풍뚱한 몸매에 웃음 띤 얼굴은 어쩐지 고구마처럼 친근하고 포근하게 보였다.

"저는 밀렌카라고 해요. 여긴 저희 어머님이세요."

"아, 그래요. 안녕하세요? 저는 한국에서 온 초이라고 합니다."

"오, 아주 먼 나라에서 오셨군요. 마리아예요."

"네, 반갑습니다. 내일 아침 7시 30분에 출발하는 버스가 좋겠습니다. 그 시간에 좀 깨워 주실 수 있나요?"

"염려 마세요. 아침에 일찍 깨워드리지요."

"감사합니다."

"저어, 부인은 좀 어떠신가요?"

밀렌카가 근심 어린 표정을 지으면서 나를 바라보았다.

"네, 괜찮습니다. 사실은 라파스에 도착하자마자 택시강도를 만나 겁에 질려 있어요."

"오, 마이 갓!"

밀렌카와 그녀의 어머니가 동시에 놀라는 표정을 지으며 손으로 입을 가렸다.

"그런 끔찍한 일을 당하다니 유감입니다."

"할 수 없지요. 경찰에 신고하고 싶은데 좀 도와주시겠습니까?"

"경찰에 신고하더라도 그 강도들을 잡기는 어려울 것입니다. 우선 경찰서에 전화로 신고를 해드리지요."

"감사합니다. 그런데 이 근처에 현금을 찾을 수 있는 은행이 있나요? 주머니에 현금이 한 푼도 없어서요."

"네, 광장에 가면 있긴 있는데, 저녁이라 위험하니 내일 아침에 찾으시는 것이 좋겠습니다."

"지금 당장 저녁을 사 먹을 돈이 없어서요."

"걱정하지 마세요. 제가 좀 빌려드리지요."

"아이고, 정말 감사합니다."

밀렌카는 안타까운 표정을 지으며, 20볼리비아노를 나에게 내밀었다. 나는 밀렌카가 준 돈을 들고 길거리에 나가서 빵과 우유를 사 들고 방으로 들어가 아내에게 내밀었지만, 아내는 도대체 먹을 생각을 하지 않고 누워만 있었다.

"자, 좀 먹어야 인슐린을 맞을 거 아니요. 내일 아침 칠레 아리카로 가는 버스가 7시 반에 있다고 하니 내일 칠레로 넘어가요."

시간이 더디게 흘러갔다. 모든 것은 순간의 인연으로 일어난다. 조금 힘들더라도 걸어가거나 라디오 택시를 탔더라면 그 강도를 만나지 않았을 텐데 하필이면 그 택시를 탔을까? 내 부주의도 있지만 나는 이를 인연법으로밖에 풀 수 없었다.

우리는 그들에게 전생에 진 빚의 일부를 갚았는지도 모른다. 볼리비아는 인디오들이 가장 많이 사는 나라다. '몽골리안 일만 년의 지혜'(폴라 언더우드 지음)란 책을 보면, 먼 옛날 몽골리안 종족이 베링해의 얼음을 타고 알래스카로 건너가 먹을거리와 살 곳을 찾아 남쪽으로 이동하여 아메리카 대륙에서 살게 되었고 한다. 그 후손들이 오늘날 남미에서 살고 있는 아메리카 인디오라고 한다. 그들의 엉덩이에도 몽골반점이 발견되어 이를 증명하고 있다. 그러니 우리와 같은 혈통을 지닌 그 택시강도가 아주 먼 옛날 전생에 나와 가까이 살았던 형제일 수도 있지 않겠는가?

잠시 눈을 붙인 것 같은데, 누군가가 방문을 노크하는 소리가 들렸다. 문을 열어보니 밀렌카의 어머니 마리아였다. 시계를 보니 아침 6시였다. 마리아는 호텔 문 앞에 택시를 대기시켜놓고 있었다. 아내는 택시만 보면 움찔하며 몸을 움츠렸다. 마리아는 겁에 질려 잔뜩 긴장하고 있는 아내를 바라보더니 우리와 함께 버스터미널까지 동행해주겠다고 했다. 택시를 타고 터미널에 도착하니 아리카행 7시 30분 버스는 운행이 취소되어버려, 12시 30분에 출발하는 버스표를 샀다. 출발 시간까지는 너무 많은 시간이 남아있어 호텔로 돌아와 잠시 휴식을 취한 우리는 다시 터미널로 갔다. 이번에도 밀렌카의 어머니 마리아가 동행하여 우릴 도와주었다. 그런데 12시 30분에 출발을 하기로 한 버스가 오후 1시경에 출발을 한다고 했다. 우리는 마리아 함께 터미널에 있는 식당에서 간단하게 점심을 먹은 후 버스에 올랐다.

"마리아. 정말 고마워요!"

"천만에요. 남은 여행을 무사히 끝내길 기도할게요."

"감사합니다!"

마리아의 손을 잡고 아내는 눈물까지 글썽거렸다. 우리가 버스에 올라 자리를 잡고 마리아에게 손을 흔들자 마리아도 웃으며 손을 흔들었다. 그런데 버스가 출발하지 않고 계속 늑장을 부렸다. 또 출발하지 못하는 것이 아닌가 하고 조바심을 내고 있는데 안내원이 올라오더니 이 버스는 고장이 나서 출발을 할 수가 없다고 했다. '이거야 정말, 흥부가 기가 막히네!' 우리는 할 수 없이 버스에서 내렸다. 우리가 떠날 때까지 기다리고 있던 마리아가 괜히 미안한 표정을 지으며 말했다. 아내는 다른 버스를 타고라도 오늘 중으로 라파스를 떠나자고 했다.

"오늘 중으로 떠나는 버스는 없고요, 내일 아침 6시 30분에 떠나는 버스가 있다고 하니 표를 사고 일단 호텔로 돌아가지요. 그버스는 칠레 버스라 틀림없이 출발할 거예요"

결국, 우리는 다음 날 아침 6시 30분에 출발하는 칠레소속 '터어 버스(Tur Bus)' 티켓을 구입하고 호텔 콘티넨털로 돌아왔다. 마리아는 참으로 친절한 사람이었다. 침울한 표정을 짓고 있는 아내를 보더니 밀렌카가 위로하듯 말했다.

"미스터 초이! 이 근처에 한국음식점이 있어요."

"아, 그래요! 여기서 가까운가요?"

"네, 아주 가까워요. 5분 정도 걸어가면 됩니다."

"그래요! 그럼 오늘 저녁은 거기서 먹어야겠군요."

밀렌카는 한국음식점으로 가는 길을 자세히 안내해 주었다. 나는 아내를 달래며 말했다.

"여보, 기분도 전환할 겸 한국음식점에서 저녁을 먹어요."

"무서워서 밖에 나가기가 겁나요."

"은행에 가서 돈도 찾아야 하는데. 그럼 나 혼자 나갔다 올까?"

"은행이요? 거긴 혼자 가면 위험해서 안 돼요."

"그러니 함께 가자는 것 아니요."

밖으로 나오니 오후의 강렬한 태양이 라파스의 거리를 찬란하게 비추고 있었다. 우리는 밀렌카가 준 지도를 들고 일람푸 거리를 따라 내려갔다. 거리는 이상한 물건을 파는 노점상들로 가득 차 있었다. 보지도 듣지도 못한 묘한 물건들이 지천으로 널려 있었다. 저절로 호기심을 동하게 하는 거리였다. 아내도 호기심 어린 표정으로 거리를 걸으면서 점차 마음이 누그러졌다.

밀렌카가 알려 준 한국음식점 '잉카 레스토랑'은 일람푸 거리와 산타크루즈 거리 교차점 2층에 있었다. 지도상에 식당 위치를 찜해두고 우리는 마녀 시장으로 내려갔다. '마녀 시장(Mercado de Hechiceria-Witches' Market)'에는 박제된 라마를 비롯하여 희한하게 생긴 인형, 괴상한 동물의 뼈, 온갖 약초와 씨앗, 코카 잎, 알파카 털로 짠 알록달록한 스웨터, 판초, 모자, 은 장식품, 뱀 껍질, 이상한 부적 등이 끝없이 진열되어 있었다.

한쪽에서는 코카 차가 펄펄 끓고 있는가 하면, 다른 한쪽에서는 주술사와 마술사들이 안데스의 민간요법으로 병을 치료하고 있었다. 주술사들 앞에는 치료를 받으려는 사람들로 북적거렸다. 마녀 시장을 빠져나와 플라자 무리요(Plaza Murillo)까지 걸어갔다.

"여보, 저기 현금지급기가 있네."

"위험하지 않을까요?"

"내 뒤에 당신이 바짝 붙어 망을 봐요."

돈을 찾는 동안 아내는 내 등 뒤에 바짝 붙어 사방을 두리번거리며 보초를 섰다. 현금카드를 넣고, 비밀번호를 치니 현금이 좌르르 튀어나왔다. 현금이 흘러나오는 순간 가짜 경찰의 얼굴이 떠올랐다. 금강경과 우리 가족 사진을 번갈아 보며 묘한 표정을 짓던 강도의 얼굴이 지폐 위에 파노라마처럼 포개지자 나는 그만 피식 웃고 말았다.

100볼리비아노를 찾은 우리는 왔던 길을 따라 천천히 되돌아갔다. 마녀 시장을 지나 일람푸 거리에 들어서니 찜해두었던 잉카 레스토랑 간판이 보였다. 2층 식당으로 올라가니 십 대로 보이는 한국인 소년이 홀로 카운터에 앉아 있었다. 소년의 모습이 매우 의젓해 보였다. 우리가 식탁에 앉자 소년이 물병과 컵을 가져와 메뉴판과 함께 탁자 위에 놓았다. 아직 이른 저녁이라 그런지 식당 안에는 우리뿐이었다.

"여기 김치찌개 메뉴가 있네요."

"김치찌개 2인분 줘요!"

주문을 받은 소년은 진열된 샐러드는 마음껏 먹을 수 있다고 했다. 테이블로 가서 싱싱한 채소를 가져와 입안을 넣고 있는데 한국인으로 보이는 아주머니 한 분이 들어왔다. 소년이 아주머니에게 우리를 소개해 주었다.

"저희 어머님이세요."

"아, 그래요. 반가워요! 우리는 서울에서 온 부부입니다."

"어머! 그러세요! 반갑군요! 이렇게 두 분만 오셨나요?"

"네, 그렇답니다."

"우와! 그 나이에 두 분 용기가 대단하시군요!"

40대 초반으로 보이는 K여사(그분이 신분 노출을 꺼려 풀 네임을 밝히지 않겠다)라고 소개한 그녀는 타원형의 얼굴에 눈동자가 매우 맑아 보였다. 그녀는 부엌으로 가서 뭔가 말을 하고 다시 우리 앞자리에 앉았다.

"중년 부부가 이렇게 둘이서만 배낭여행을 온 한국인을 처음 만나는군요. 그런 의미에서 오늘은 제가 두 분을 위하여 한턱내겠습니다."

"아하, 그래요? 감사합니다."

"연세도 있으신데 어떻게 배낭여행을 떠날 용기를 내셨지요?"

"하하, 그럴만한 사연이 있기도 하지만 선무당이 사람 잡는 용기로 떠났답니다."

"참 대단하십니다. 볼리비아 여행은 어떠신가요?"

아내가 친절한 K여사를 만나더니 긴장이 풀렸는지 대화에 적극적으로 참여했다.

"볼리비아요? 말도 마세요. 전 볼리비아를 한시바삐 떠나고 싶은 마음밖에 없어요."

"아니, 왜요?"

"라파스에 도착하자마자 택시강도를 만나 현금을 몽땅 털렸거든요. 라파스에 있는 사람들이 모두 강도로만 보여서 무서워요!"

"아이고, 저런! 얼마나 놀라셨을까?"

그때 소년이 김이 무럭무럭 스테이크 접시를 들고 와 우리 식탁에 내려놓았다.

"볼리비아산 스테이크인데요. 맛있게 드세요."

K여사가 아내 앞으로 스테이크 접시를 밀며 권하자 아내도 맛있게 먹으며 말문이 열리기 시작했다. 그동안 낯선 땅에서 알아듣지도 못하는 '슬픈 언어'에 시달리며 참아왔던 말이 마치 봇물 터지듯 쏟아져 나왔다. 속마음을 알아주는 K여사가 장단을 맞추며 들어주니 얼마나 신이 났겠는가. 역시 여자들은 수다를 떨어야 스트레스가 풀리는가 보다.

"호호호, 사모님 그 정도 택시강도는 새 발의 피에요."

"아니, 어떻게 그런 일이 새 발의 피지요?"

"십 년이 넘게 볼리비아에서 살고 있는 저희도 얼마 전에 남편이 은행에서 돈을 찾아 나오다가 은행 현관문에서 몽땅 털리고 말았어요. 그게 불과 한 달 전 일이에요."

"어머! 정말이요?"

"알파카 원단을 사기 위해 현금 5만 달러를 은행에서 찾아들고 막 은행 문을 나서다가 당한 일이었어요."

"어머나! 그런 일이 있었어요!"

"글쎄 말입니다. 무려 일곱 명이나 되는 일당들이 전후좌우에서 달려들어 꼼짝 못 하게 붙들고 현금을 몽땅 털어가고 말았답니다."

"에구머니나! 세상에!"

"아저씨 몸은 다치지 않았나요?"

"네, 그나마 불행 중 다행으로 몸은 다치지 않았답니다. 하지만 저항했더라면 무슨 일을 당했을지 모르지요."

경찰에 수사 의뢰를 했으나 조서를 한 장 꾸밀 때마다 수사비용을 청구하고 수사는 전혀 진전이 없다고 했다. 이런 강도 사건은 은행원이 정보를 강도에게 미리 알려 주고 강도와 경찰이 서로 짜고 했을 가능성이 크다고 했다. 강도를 당한 남편은 홧김에 미국 LA로 잠깐 머리를 식히러 가버렸다고 했다.

"두 분께서도 몸을 다치지 않은 것만으로도 천만다행이라 생각하시고 남은 여행이나 기분 좋게 잘하세요."

"듣고 보니 정말 그렇군요! 아니 그렇게 당하고서도 라파스에 살고 싶은 생각이 있으신가요?"

"네, 그래도 전 라파스가 좋아요! 돈은 다시 벌면 되지 않겠어요? 호호호."

호탕하게 웃고 있는 K여사를 보자 우리는 마음에 큰 위안이 되었다. 소년은 스테이크가 떨어지면 다시 김이 모락모락 나는 접시를 들고 왔다. 우리는 시간이 가는 줄 모르고 이야기꽃을 피웠다. 낯선 땅을 여행하는 동안 우리가 한국 음식과 한국인이 그리웠듯이 K여사도 먼 이국땅에서 살아가면서 마음 놓고 이야기를 나눌 한국인이 그리웠던 모양이었다. K여사는 마음이 따뜻하고 통이 큰 여자였다.

그녀는 남편과 함께 남미로 여행을 왔다가 볼리비아가 좋아 십년을 넘게 이곳에 머물고 있게 되었다고 했다. 처음에는 사진 필름 현상소를 경영하다가 레스토랑을 차리게 되었고, 남편은 알파카 사업을 하게 되었다고 한다. K여사의 마지막 꿈은 우리처럼 남편과 함께 세계일주 여행을 하는 것이라고 했다. K여사와 이야기를 나누는 동안 아내는 안정을 되찾게 되었고, 컨디션도 많이 회복되었다. 자정이 다 되어서야 우리는 잉카 레스토랑의 문을 나섰다. K

여사는 밤이 늦어 위험하다고 하면서 그녀의 아들에게 호텔까지 바래다주라고 했다.

"정말 고마워요! 한국에 오시면 꼭 연락을 주시기 바랍니다."

"네, 남은 여행 잘하시고, 건강하세요."

"감사합니다."

밖으로 나오니 하늘에 별이 총총 떠 있었다. K여사의 아들이 호위병처럼 호텔 앞까지 우리를 바래다주고 총총히 사라져 갔다. 장사 밑천을 몽땅 털리고도 낙천적인 웃음을 보여주는 그녀의 여유 있는 모습에서 우린 다시 '용기'를 되찾았다.

일체유심조(一切唯心造)! 세상의 모든 것은 마음이 지어낸다. 지나간 것은 잡을 수 없다. 아직 다가오지 않은 미래를 걱정할 필요도 없다. 우리에겐 오직 현재만 있을 뿐이다. K여사 덕분에 우리는 다시 힘을 내어 여행을 계속할 수 있었다.

오랜만에 푹 잤다. 밀렌카의 어머니가 터미널까지 바래다주겠다고 했지만 정중히 사양했다. 두 번이나 우리를 터미널까지 동행하여 주었는데 또 신세를 지기도 미안했다. 그들에게 감사를 드리며 사진을 한 장 찍겠다고 했더니 기꺼이 응해주었다. 그 한 장의 사진이 라파스에서 찍은 유일한 사진이었다.

여행이란 아름다운 풍경도 좋지만 이렇게 아름다운 사람과의 만남이 오래도록 더 기억에 남는다. 밀렌카는 호텔 앞 현관에 라디오 택시를 불러서 안전하게 타고 가도록 배려를 해주었다. 그들은 우리가 멀어져 갈 때까지 손을 흔들어 주었다. 아내는 눈시울을 적시

▶라파스의 호텔 콘티넨털 밀렌카 가족

며 손을 흔들었다. 나도 목젖이 뜨거워지며 코끝이 시큰해졌다.

　오늘 아침에는 버스가 제대로 출발할까? 아내와 나는 마음을 졸이며 버스에 올랐다. 염려했던 것과는 달리 칠레 버스는 6시 30분 정각에 출발했다. 터미널을 출발한 버스가 복잡한 라파스의 시내를 빠져나가기 시작했다. 우리는 마치 극적으로 라파스를 탈출하는 느낌이 들었다. 비록 택시강도를 당하기는 했지만, 콘티넨털 호텔의 밀렌카 가족과 잉카 레스토랑의 K여사의 도움으로 우리는 원기를 회복하여 용기를 되찾고 다시 여행을 계속할 수 있었다. 그들은 정말 우리들의 마음을 훈훈하게 해준 라파스의 수호천사들이었다.

지구상에서 가장 건조한 사막을 가다

_칠레 아타카마 사막

▶ 지구상에서 가장 건조한 아타카마 사막

버스는 달팽이처럼 돌돌 감긴 언덕길을 커다란 원을 그리면서 블랙홀 같은 라파스 시내를 서서히 빠져나갔다. 밤에는 은하계의 별처럼 아름답던 빈민촌 엘알토가 다닥다닥 붙어 있는 진드기처럼 흉하게 드러났다.

멀리 일리마니산(해발 6,438m)이 한 마리 학처럼 고고하게 나타났다. 볼리비아 사람들은 일리마니산이 라파스를 지켜준다고 믿고 있다. 해발 4,000m의 고원으로 올라온 버스는 황량한 벌판을 달려 갔다. 라파스에서 500km 떨어진 아리카까지는 날씨와 도로 사정에 따라 하루가 걸릴 수도 있다.

라파스에서 출발한 지 4시간 후에 버스는 볼리비아 국경 탐보 퀘마도(Tambo Quemado, 해발 4,660m)에 도착했다. 버스에서 내려 한 발자국 움직이는데도 숨이 찼다. 볼리비아 국경에서 출국수속을 밟고 5km 정도를 가니 곧 칠레 국경 검문소 충가라(Chungara, 해발 4,990m)에 도착했다.

칠레 검문소는 매우 까다로웠다. 짐을 모두 내려서 하나하나 검사를 했다. 줄을 서서 우리 차례가 되어 여권을 내밀자 관리소 직원은 잠시 기다리라고 하며 어디론가 전화를 걸더니 내 여권과 아내의 여권을 들고 나가버렸다. 불안해하는 아내를 데리고 밖으로 나가니 충가라호수(Chungara Lake, 260㎢)가 환상적인 풍경을 보여주고 있었다. 푸른 호수에 드리운 설산의 풍경이 절경이었다. 호수 위에는 플라밍고들이 한가로이 먹이를 쪼아 먹고 있었다.

"이렇게 높은 곳에 넓은 호수가 있다니 놀라워요!"

"택시강도 덕분에 생각지도 못한 곳에서 이렇게 멋진 호수를 바라보네!"

라파스에서 택시강도를 만나지 않았더라면 지금쯤 우유니 사막에 있을지도 모르지만, 전혀 생각하지 못했던 곳에서 멋진 풍경을 만나자 횡재를 한 느낌이 들었다. 호수 가까이 가서 손으로 물을 떠서 맛을 보니 매우 짰다. 호수 인근에는 파리나코타 화산(Parinacota, 6.220m)과 볼리비아에서 가장 높은 네바도 사자마

▶ 충가라호수(Chungara Lake, 해발 4,517m)

(Nevado Sajama, 6,542m) 산이 이어져 있다.

잠시 망중한을 즐기며 호수를 배경으로 사진을 찍고 있는데 우리 이름을 호출하는 소리가 들렸다. 검문소로 갔더니 경비소 직원이 여권에 탕탕 스탬프를 찍어주었다. 내가 무슨 문제가 있느냐고 물었더니, 자기가 근무하는 동안 한국인이 이 국경을 넘는 일이 처음 있는 일이라서 여권을 조회하느라고 늦었다고 말했다. 버스에는 볼리비아 원주민 몇 명 말고는 외국인은 우리밖에 없었다.

칠레 국경을 통과하자 가파른 내리막길이 시작되었다. 아슬아슬한 절벽을 타고 버스가 곤두박질을 치듯 내려갔다. 행글라이더를 타고 급강하하는 느낌이랄까? 여행은 때아닌 곳에서 스릴과 재미를 만끽하게 되는 경우가 많다. 지금이 바로 그랬다. 연기가 솟아오르는 화산이 바로 가까이에 보이는가 하면, 풀 한 포기 없는 메마른 고원지대가 이어졌다. 점점 낮은 계곡으로 내려오자 푸른색의 나무들이 보이고, 짠 바다 냄새가 나기 시작했다.

"바다 냄새가 나요!"

"드디어……. 태평양에 도착 했군!"

라파스를 출발하여 13시간 만에 칠레 최북단 도시 아리카에 도착했다. 아리카는 인구 20만 명의 항구도시다. 볼리비아 사람들은 아리카 항구를 빼앗긴 지 120년이 지났는데도, 마음속에는 아직도 이 땅이 자기네 영토라고 생각하고 있다. 태평양 전쟁으로 아리카 항구를 빼앗긴 이후, 칠레는 볼리비아 사람들이 가장 미워하는 나라가 되었다.

아리카는 연중 평균기온이 18~23°C로 온화하여 '영원한 봄의 도시'라고 불리고 있다. 높은 고원지대에만 머물다가 오랜만에 바다가 인접해 있는 낮은 지역으로 내려오니 우선 숨쉬기가 한결 편해졌다. 아내의 표정도 생기가 돌고 훨씬 밝아졌다. 우유니 사막을 가지 못하더라도 라파스를 떠난 것은 잘했다는 생각이 들었다.

"이거, 야단났는데요!"

"무슨 일인데 그래요?"

"스웨터가 없어졌어요."

"혹시 버스에 두고 온 건 아닌가?"

터미널 인근 카페에서 커피를 마시며 잠시 휴식을 취하던 아내가 갑자기 얼굴색이 변하더니 스웨터가 없어졌다고 했다. 중요한 것을 잃어버리지 않아 다행이었다. 티켓 매표소로 가서 여직원에게 버스에 스웨터를 두고 내렸는데 어디서 찾을 수 있느냐고 물었다.

"지금쯤 버스가 정비공장으로 갔을 거예요."

"어떻게 하면 좋지요?"

"잠깐만요. 나와 함께 정비공장까지 가서 찾아보지요."

"아이고, 그렇게까지 해주신다니……. 정말 감사합니다!"

"천만에요. 저를 따라오세요."

그녀는 하던 일을 옆 사람에게 맡겨두고 밖으로 나왔다. 아내는 카페에서 잠시 기다리기로 했다. 그녀는 하늘색 승용차를 손수 운전해서 버스 정비공장까지 가는 친절을 베풀었다. 내가 한국에서 왔다고 소개를 했더니 그녀는 축구 이야기를 꺼냈다.

"아, 코리아! 2002년도에 한국에서 열렸던 월드컵축구는 너무나 감동적이었어요."

"축구를 좋아하시는 모양이지요?"

"칠레 사람들은 모두 축구를 좋아하지요. 이탈리아전에서 멋진 헤딩을 넣고 삼손처럼 긴 머리를 휘날리며 반지에 키스하는 장면이 퍽 인상적이었어요.!"

"아하, 그랬었군요. 안정환이라는 선수인데요, 한 편의 드라마 같은 멋진 골이었지요."

정비공장은 터미널에서 생각보다 멀었다. 모랄레스라고 자신을 소개한 그녀는 붉은 악마 응원단과 함께 일사불란하게 응원하는 한국인들을 보고 크게 감동했다고 했다. 특히 길거리에 널려 있는 그 많은 쓰레기를 하나도 남김없이 치우는 모습이 퍽 인상적이었다고 했다.

칠레 사람들은 축구를 지독히도 좋아하지만, 관중의 매너는 빵점이라고 했다. 자신들이 응원하는 팀이 이기던지, 지던지 축구 경기가 끝나고 나면 으레 관중들끼리 싸우는 일이 다반사로 일어난다고 했다. 자기가 응원하는 팀이 이기면 기분이 좋아서 한잔, 지면 분통이 터져서 한잔……. 그녀는 아들만 셋이 있는데, 절대로 축구 선수는 시키지 않겠다고 했다.

정비공장에 도착해서 버스 안을 뒤져 보니 아내가 탄 좌석 선반 위에 스웨터가 그대로 놓여있었다. 버스 안에서 스웨터를 흔들며 나오는 나를 바라보며 그녀는 밝게 웃었다. 터미널로 돌아온 나는 스웨터를 둘둘 말아 뒤에 감추고 아내 곁으로 갔다.

"왜 그렇게 늦었어요? 스웨터는 찾았나요?"

"정비공장이 생각보다 꽤 멀었어요."

"내 스웨터는요?"

"당신 스웨터는 없었는데 대신 이런 게 있더군."

"아니, 이건 내 스웨터인데……. 날 골탕 먹이고 있는 거지요?"

스웨터를 받아 든 아내의 표정이 환하게 밝아졌다. 작은 물건이지만 다시 찾았다는 안도감이 아내를 기쁘게 해주고 있었다. 스웨터를 찾아준 금발의 미녀에게 고맙다는 인사를 하며 한국에서 가져온 끈이 달린 볼펜 세 개를 선물로 주었다.

"한국에서 가져온 볼펜입니다. 아이들에게 선물로 드리고 싶군요."

"이렇게 귀한 선물을 받다니. 감사합니다."

그녀는 크고 아름다운 눈을 위로 치켜뜨며 고맙다는 말을 몇 번이나 했다. 작은 선물에도 크게 기뻐하는 서양인들의 솔직한 감정 표현은 우리가 배워야 할 덕목이다. 볼펜 세 자루를 받고 기뻐하는 모랄레스의 표정이 오래도록 지워지지 않았다. 지옥과 같았던 라파스를 벗어나 칠레에 도착한 첫날부터 행운이 따르고 있었다. 어쩐지 앞으로의 여정도 순탄해질 것 같은 예감이 들었다.

버스 출발 시각까지는 7시간 정도의 여유가 있었다. 큰 배낭을 카페에 맡겨두고 아리카 시내 산책에 나섰다. 중앙광장으로 걸어가니 식민지풍의 건축양식과는 다른 앙증맞은 교회 건물이 눈에 들어왔다. 산 마르코 교회는 에펠 탑을 설계한 건축가 에펠이 설계한 건물이라고 한다. 아리카에서 에펠의 작품을 만난 것은 뜻밖이었다. 교회 안으로 들어가니 하얀 벽에 밤색 철재로 단순하게 장식한 내부가 매우 독특했다. 교회에서 나와 해변으로 가니 끝없이 넓은 태평양이 시야에 들어왔다. 태평양을 바라보게 되니 내 조국과 아이들이 갑자기 그리워졌다.

"영이야, 경이야, 아빠와 엄만 잘 있다! 너희들도 무사하겠지? 여행을 마치고 돌아갈 때까지 잘 있어라!"

"애들아, 밥 잘 먹고 건강하게 잘 있어!"

시원한 바람이 불어오는 태평양을 향하여 아이들의 이름을 소리쳐 불러보았다. 파도는 곧 우리들의 소리를 삼켜버렸다. 우리는 아이들의 이름을 큰 소리로 몇 번 더 불렀다. 와락 눈물이 날 것만 같았다. 집을 떠난 지 너무 오랜 시간이 흘러가고 있었다. 저녁을 먹은 뒤 아내는 식당 근처에 있는 야시장에 들려 과일을 잔뜩 샀다. 싱싱하고 가격도 쌌다. 아내는 아타카마 사막은 과일값이 비쌀 거라고 하면서 귤, 포도 등을 샀다.

밤 11시, 아리카 터미널을 출발한 버스는 지구상에서 가장 건조

한 아타카마 사막을 향해 달려갔다. 아타카마 사막(Atacama Desert)
은 아리카에서 라세레나에 이르기까지 안데스산맥과 태평양 사이
에 장장 1,600km에 걸쳐 길게 뻗어있다. '버려진 땅'이란 뜻을 가
진 아타카마 사막은 연간 강수량이 겨우 15mm 이내로 지구상에
서 가장 건조하기로 악명이 높다.

아타카마로 가는 길에는 검문이 유난히 많았다. 검문할 때마다
밖으로 나가야 했는데 사막의 밤은 몹시 추웠다. 이번 검문소에서
는 승객의 짐을 전부 꺼내놓고 검색을 했다. 우리는 아리카에서 샀
던 과일을 몽땅 압수당하고 말았다.

"당신네 나라에서 돈을 주고 산 과일인데 왜 압수하지요?"

"먹고 갈 수는 있지만 휴대하고 들어가는 것은 절대 안 됩니다."

옛 볼리비아 영토였던 이 지역은 볼리비아인들이 왕래가 잦아
콜레라 균등 세균이 감염될까 봐 과일은 물론, 고기 등의 식품도
일체 반입이 안 된다고 한다. 아내는 빼앗긴 과일이 아까워서 발을
동동 굴렀지만 어떻게 할 도리가 없었다.

여명이 밝아오자 풀 한 포기 없는 사막이 무덤처럼 펼쳐져 있었
다. 버스 안내원이 아침 식사라고 하면서 빵과 물을 한 병씩 나누
어 주었다. 빵을 씹어먹으며 창밖을 내다보니 칼라마라는 녹색 마
을이 나타났다. 건조하고 황량한 사막만 보다가 초록빛을 보니 너
무 아름답고 반가웠다. 생명체란 이토록 아름다운 것이다.

오아시스의   도시   칼라마(Calama)는   세계   최대의   추키카마타
(Chuquicamata) 구리광산이 있는 곳이다. 추키카마타 지역 전체가
하나의 거대한 구리로 이루어진 산이라고 한다. 구리광산에는 하루

치의 빵을 얻기 위해 일을 하다가 죽어간 이름 없는 원주민들이 숱하게 묻혀 있는 현장이기도 하다.

전설적인 혁명가 에르네스토 게바라는 스물셋의 의대생 시절에 친구 알베르토 그라나도와 함께 아르헨티나와 칠레, 페루를 가로지르는 라틴아메리카 여행을 떠난다. 두 청년은 '포데로사(힘센 녀석이란 뜻)'라고 이름을 붙인 구식 모터사이클을 타고 언덕처럼 배낭을 쌓아 올리고 여행을 떠난다. 그들은 아타카마 사막에 도착하여 고장 난 모터사이클을 버리고 이 지역을 걸어서 여행하며 추키카마타 광부들을 만났다. 광산 노동자의 삶은 그가 혁명가의 길을 가는 데 결정적인 영향을 미쳤다고 한다. 여행을 마친 후에 게바라와 그라나도는 9개월 동안의 여행기를 『모터사이클 다이어리』란 책으로 엮어냈다. 후에 게바라는 체 게바라로 세상에 크게 알려졌는데. '체(Che)'는 동지·친구라는 뜻의 의성어로 혁명을 하면서 얻은 별명이다. 그는 39세로 짧은 생애를 살았지만 사후에 살아 있을 때보다 전설적인 혁명가로 더 유명해진 인물이다.

칼라마를 지나 건조한 사막을 몇 시간 동안 달려가자 먼지바람 속에 어렴풋이 푸른색들이 가물가물 나타났다.

"저기, 파란 나무가 보여요!"

"오! 저기가 바로 오아시스 마을 산 페드로 에 아타카마야!"

가까이 다가갈수록 푸른색의 나무들이 병풍처럼 마을을 감싸고 있었다. 황량한 사막을 달려오다가 초록으로 둘러싸인 오아시스 마을을 보게 되니 목이 더 타오르고 숨이 막혔다. 사막을 여행하는 사람들이 오아시스를 발견하고 마음이 조급해져 달려가다가 지쳐서 도착하기 직전에 숨을 거둔다는 말이 실감이 났다.

산 페드로 데 아타카마는 칠레에서 가장 오래된 도시 중 하나로 꼽힌다. 약 2,000여 명의 주민들은 대부분 관광객을 상대로 기념품을 팔거나 민박을 운영하여 생계를 유지하고 있다. 버스가 마을 입구에 도착하자 민박을 유치하러 온 호객꾼들이 서로 자기네 집으로 가자고 했다.

불볕더위에 숨을 제대로 쉬지 못하고 서 있는데 한 원주민이 우리 곁으로 다가와 값싸고 좋은 방을 소개해 주겠다고 했다. 구레나룻을 기르고 솥뚜껑처럼 큰 손을 가진 그는 목소리도 굵은 바리톤 음성이었다. 어쩐지 그가 믿음직스러워 우리는 그의 봉고차를 타기로 했다. 십여 명의 여행자들이 그의 봉고차를 타고 민박집을 찾아 갔다. 그는 무료로 여기저기 마을 민박집을 순회하며 여행자들을 안내해 주면서 달의 계곡 투어를 이용할 때 자기 봉고차를 이용해 달라고 부탁을 했다.

오아시스 마을을 순회하는 동안 여행자들은 민박집을 골라 하나 둘 내렸다. 마지막으로 네덜란드에서 왔다는 모녀와 우리가 봉고차에 남았다. 처음 보는 순간부터 두 모녀는 인상이 좋고 우리에게 싹싹하게 대해주어 우리는 그들을 따라가기로 했다.

"네덜란드에서 온 루나예요. 여긴 저희 어머니시고요."

"아, 그래요? 저희는 코리아에서 왔어요. 반갑습니다."

루나는 보름달처럼 둥그렇고 예쁜 미인이었다. 우리는 중심가에서 다소 떨어진 엘 카르멘(El Carmen)이라는 민박집에 여장을 풀었다. 루나의 어머니는 아주 오래전에 아타카마에 한 번 온 적이 있

▶카르동이라는 선인장을 사용하여 만든 시장 지붕

었는데, 그때도 이 민박집에서 머물렀다고 했다. 우리는 털보 운전
사에게 '달의 계곡' 투어를 신청했다.

"고맙습니다. 오후 4시에 모시러 오겠습니다."

털보 운전사는 예의 바르게 인사를 하고 흙먼지를 날리며 사라
져갔다. 원주민이 운영하는 민박집은 하룻밤에 4,000페소(약 6천 원)
로 저렴했다. 잠시 휴식을 취한 우리는 도심 광장으로 걸어 나갔
다. 마을 중앙에는 온통 하얀색으로 칠한 낡은 성당이 들어서 있었
다. 17세기에 지었다는 오래된 교회는 카르동(Cardon)이라는 천연
선인장 건축자재를 사용하여 만든 지붕이 퍽 이색적으로 보였다.
천연 건축재인 카르동 선인장을 이용하여 못 대신 라마의 가죽끈
으로 묶어서 지은 건물이었다. 카르동 선인장으로 만든 시장 지붕
도 아주 시원스럽게 보였다. 우리는 기념품 가게를 기웃거리며 구
경을 하다가 아르마스 광장 부근에 있는 음식점에서 점심을 먹었

다.

점심을 먹은 후 광장 근처에 있는 여행사로 들어갔다. 여행사에서는 우유니 사막 투어와 달의 계곡, 그리고 알티플라노 투어를 알선해주고 있었다. 라파스에서 우유니 사막을 가지 못한 것이 못내 아쉬워 아내에게 우유니 사막을 가는 것이 어떻겠냐고 설득했지만, 아내는 고개를 살래살래 흔들며 라파스의 택시강도 악몽이 되살아나는지 갑자기 표정이 어두워졌다. 지척에 있는 우유니 사막을 가보지 못하는 것이 못내 아쉬웠지만, 아내가 극구 반대를 하니 어쩔 수가 없었다. 이번 여행은 아내를 위한 여행이 아닌가? 게스트하우스로 돌아와 휴식을 취하고 있는데 털보 운전사가 4시 정각에 털털거리는 봉고차를 몰고 왔다.

달의 계곡에서 만난 스파이더맨

_칠레 달의 계곡

▸달의 계곡에서 만난 스파이더맨

"와, 저기 스파이더맨이 있어요!"

"하하, 정말 스파이더맨이네!"

달의 계곡 입구 전망대에 도착하자 털보 원주민 운전사는 우리 일행을 '스파이더맨'에게 인계했다.

"웰컴, 바야 데 라 루나! (달의 계곡에 오신 것을 환영합니다)"

스파이더맨은 지금부터 자기 말을 잘 듣고 따라야 한다고 강조했다. 만약에 자기 말을 잘 듣지 않으면 슝슝 거미줄을 쏘는 흉내를 내면서 오른손으로 목을 자르는 코미디를 연출했다. 그 모습을 본 여행자들이 모두 까르르 웃음을 터트렸다. 그는 영화 속의 스파이더맨과 똑같은 거미 옷을 입고 거미줄을 쏘는 흉내를 냈다.

스파이더맨은 모래와 흙먼지가 풀풀 날리는 계곡 길을 매우 거칠게 운전했다. 여행자들은 달의 계곡 풍경 속으로 점점 빨려 들어갔다. 스파이더맨은 으쓱한 흙벽 앞에서 거칠게 브레이크를 밟으며 자동차를 멈췄다. 순간 뽀얀 흙먼지가 연막처럼 주위를 감돌았다. 그는 모두 버스에서 내리라고 명령했다.

"여기서부터는 각자가 서바이벌 게임을 해야 합니다. 나는 계곡 반대편에서 여러분을 기다리겠습니다."

그는 반대편 계곡까지 살아서 온 자만이 버스를 태워주겠다고 하면서 버스를 몰고 휭 사라져 버렸다. 눈앞에는 상상을 초월하는 풍경이 펼쳐졌다. 오랜 세월 건조한 사막에서 바람에 깎인 지형이 달의 표면을 닮았다 하여 '달의 계곡(Valle de la Luna)'이란 이름이 붙여졌다고 한다. 지구상에 이렇게도 낯선 풍경이 있다니 놀랍기만 했다. 비현실적인 계곡을 걷다 보니 외딴 행성에 불시착한 착각에 빠져들기도 했다.

아타카마 사막은 약 2천만 년 동안 건조한 상태로 유지되어 온 세계에서 가장 건조한 사막이다. 이 사막에는 살아있는 생명체도 없지만 죽은 생명체의 시체도 쉽게 사라지지 않는다. 몇천 년 전에 죽은 동식물이 수분만 증발한 채 미라가 되어 남아있다. 병을 옮기는 바이러스나 세균조차도 살 수 없다니 놀랍기만 하다. 말 그대로 무균지대다. 이번 기회에 아내와 나의 몸속에 덕지덕지 붙어 있는 세균들을 한방에 소독해버릴 수는 없을까? 그런 기대를 하고 달의 계곡을 걷기 시작했다. 입술이 바짝바짝 마르고 점점 갈증이 심해졌다. 아무리 물을 마셔도 목이 탔다. 앞서 걷던 아내가 취한 듯 비틀거렸다.

"여보, 저혈당 아닌가요? 빨리 초콜릿을 꺼내 먹어요."

모래턱에 주저앉아 아내는 배낭에서 초콜릿을 꺼내 먹었다. 다행히 아내의 저혈당증세는 심하지 않아 곧 회복되었다. 그런데 이번에는 내가 아랫배가 살살 아프기 시작했다. 급기야 뒤가 급해졌다. 아리카에서 먹은 과일이 탈을 일으킨 모양이었다. 나는 원래 장이 약해 생과일을 잘 못 먹으며 배탈이 잘 나는 체질이다. 달의 계곡에는 화장실은 없었다. 나는 사람들의 눈에 띄지 않는 골짜기 밑으로 달려가 체면 불고하고 쪼그리고 앉아 일을 볼 수밖에 없었다. 땡볕에 설사를 몇 번이나 하고 나니 현기증이 나고 다리가 후들후들 떨렸다. 나는 일을 보고 일어나다가 모래사막 그대로 쓰러지고 말았다. 쓰러질 때는 눈에 노란불이 번쩍거리더니 사막에 길게 누워서 푸른 하늘을 바라보니 마음이 편해지고 하늘이 신기루처럼 보였다. 텅 빈 충만이란 이런 느낌일까?

"여보, 빨리 오지 않고 뭐해요!"

아내가 부르는 소리에 정신을 차리고 기를 쓰고 일어나 다시 걷기 시작했다. 몸은 힘들고 고달팠지만 신기루처럼 펼쳐지는 사막과 듬성듬성 서 있는 흙기둥은 황홀하게만 보였다.

아내와 나는 손을 꼭 잡고 서로 의지하며 겨우 발걸음을 옮겼다. 아니, 내가 아내에게 이끌려 겨우 걸어갔다. 2시간 동안 달의 계곡을 걷는 것이 마치 20년이 걸리는 것 같았다. 마침내 반대편 계곡 그늘에 미니버스가 보였다. 스파이더맨은 계곡의 그늘에 앉아서 태평스럽게 쉬고 있었다. 가까스로 도착한 우리는 그만 툭 하고 쓰러져 눕고 말았다. 스파이더맨이 놀라며 뛰어와서 우리를 부축하며 버스 안으로 데리고 갔다.

"어떻게 된 거지요?"

"아내는 저혈당 증세가 나타나고 나는 배탈이 나서 죽는 줄 알았어요."

"오 마이 갓! 자, 이 차를 천천히 마셔요. 이걸 마시면 곧 나아질 테니 걱정하지 말아요."

"이게 무슨 차예요?"

"고산병과 배탈을 치료하는 마법의 차요."

"마법의 차?"

"코카잎 차예요. 계속 마시면 곧 나아질 겁니다."

스파이더맨은 뜨거운 물을 컵에 따르더니 "피웅~ 피웅~" 거미줄을 쏘는 모습을 연출하며 마법사처럼 파란 잎사귀를 뜨거운 물에 풀어 넣었다. 그의 익살에 우리는 그만 웃음을 터트리고 말았다. 그는 유머 감각이 뛰어난 미워할 수 없는 사람이었다. 뜨거운 코카잎 차를 몇 잔 마시자 한결 기분이 나아졌다. 그는 또 말린 코카잎을 주며 자꾸만 씹으라고 했다. 스파이더맨이 시키는 대로 코카잎 차를 연거푸 마시고 코카잎을 씹으니 신기하게도 기운이 점점 솟아났다. 코카잎 차는 과연 마법의 차였다!

달리는 버스 속에서 우리는 죽은 듯이 깊은 잠 속으로 빠져들어 갔다. 스파이더맨이 우리를 흔들어서 깨워 눈을 떠보니 바위로 된 동굴이 보였다. 잠시 단잠을 잔 데다가 코카잎 덕분인지 기운을 되찾은 우리는 스파이더맨을 따라나섰다.

바위굴 속으로 들어가니 매우 어두웠다. 스파이더맨은 아내가 행여 쓰러질까 봐 아내 곁에 바짝 붙어 서서 아내의 경호원처럼 보호해주었다. 바위굴은 사람이 한 사람 겨우 빠져나갈 정도로 비좁고 울퉁불퉁하여 걷기에 매우 위험하고 힘들었다. 벽에는 소금 돌기가 촘촘히 맺혀있었다. 아타카마 사막은 화성과 지형이 비슷하여 과학자들은 이곳에서 화성을 탐사하기 위한 전지 훈련을 한다고 한다. 숨바꼭질하듯 바위굴을 돌아 나오니 소금이 하얗게 깔린 모래 벌판이 나왔다. 벌판에는 기둥처럼 돌출된 암석들이 이상한 모양을 하고 하늘로 솟아있었다. 돌기둥 세 개가 하늘을 향해 돌출된 모습이 마리아상과 같다고 하여 'Tres Marias(세 마리아)'라고 했다.

사막에 점점 해가 기울어가자 스파이더맨은 더 늦기 전에 사막의 일몰을 감상하러 가야 한다고 하면서 서둘러 여행자들을 모두 버스에 태웠다. 버스는 높은 모래 언덕 밑에 멈추었다.

"저 모래 언덕을 올라가야 합니다. 아타카마 사막의 일몰은 죽기 전에 꼭 감상해야 할 절경이지요. 모두 저를 따라오세요."

어디서 그렇게 많은 사람이 모여들었는지. 사막의 언덕을 오르는 여행자들의 모습이 마치 개미 대열처럼 보였다. 우리는 스파이더맨을 따라 모래 언덕으로 기어 올라갔다. 거대한 모래 능선에 올라서니 다른 세상에 온 느낌이 들었다. 마침내 이글거리는 해가 모래성 아래로 가물거리며 사라져 갔다. 시뻘건 태양을 집어삼킨 사막은 아름답다 못해 황홀했다.

"오늘 여러분은 지구상에서 가장 건조하고 험한 아타카마 사막 달의 계곡에서 살아남은 행운아들입니다. 오늘 스파이더맨과 함께 달의 계곡 투어를 무사히 마치게 된 것을 감사드리며 앞으로 남은 여정도 좋은 여행 하시길 바랍니다. 슝슝슝~ 피융 피융~."

인사를 마친 그가 다시 거미줄 방사하는 흉내를 내자 모두 까르르 웃으며 박수갈채를 보냈다. 땅거미가 지자 모든 것이 컴컴한 곧 어둠 속에 묻혀버렸다. 아타카마 사막의 밤하늘에는 별이 총총 빛나기 시작했다.

호스텔로 돌아온 우리는 저녁을 먹은 뒤 잠시 휴식을 취하고 밖으로 나왔다. 별이 손에 잡힐 듯 가깝게 느껴졌다. 우리는 모래턱에 앉아 밤하늘을 바라보았다. 문득 생텍쥐페리의 동화 '어린 왕자'의 한 구절이 떠올랐다. "사막이 아름다운 것은 어딘가에 우물을 숨기고 있기 때문이야……." 그는 이생의 여행을 마치고 어린 왕자처럼 자신의 별로 돌아갔을까? 생텍쥐페리는 갈증으로 사막을 헤매다 쓰러진 자신을 구해준 한 사람에게서 모든 사람을 보았다고 했다. 또한 자신에게 가장 어려운 것은 절망하는 일이라고 했다. 그렇다! 어떠한 어려움이 다가오더라도 결코 절망해서는 안 된다. 저기 하늘에 떠 있는 별 하나만 따라가면 사막을 건너는 길이 열리지 않을까?

신비의 땅 알티플라노

_칠레 알티플라노

▸비현실적으로 보이는 미스칸티 호수(해발 4,300m)

달의 계곡을 힘들게 걸었지만 신기하게도 아내의 컨디션은 아주 좋았다. 스파이더맨이 보호해 준 탓일까? 아니면 무균지대인 아타카마 사막에서 걸은 탓일까? 아무튼 좋았다. 사람의 몸은 기분에 좌우된다. 내친김에 우리는 알티플라노 여행을 떠나기로 했다. '알티플라노(Altiplano)'는 높은(Alti) 평원(plano)이라는 뜻으로 일반적으로 안데스의 고원지대를 말한다.

알티플라노고원은 페루 쿠스코에서부터 아르헨티나 북부에 이르기까지 남북으로 약 1,000km 길게 뻗어있고, 안데스산맥을 중심으로 동서 간의 폭이 150~200km나 된다. 면적은 약 17㎢로 한반도보다 조금 작다. 주변에는 6,000m급 산들이 둘러싸여 있으며 라마들의 고향이라고 부르기도 한다. 쿠스코와 티티카카 호수, 우유니 사막도 알티플라노고원에 속한다. 우리는 이미 쿠스코와 티티카카호수, 라파스, 사하마(Sajama, 6,542m) 등 알티플라노고원을 지나왔다.

11월 30일 아침 8시, 산 페드로 데 아타카마를 출발한 미니버스는 황량한 사막을 지나 하얀 소금 벌판으로 진입했다. 미니버스에는 독일, 프랑스, 영국 등 주로 유럽지역에서 온 젊은 여행자들이 대부분이었다. 그들은 동양에서 온 이방인에게 특별한 관심을 가지고 친절을 베풀어 주었다. 버스 좌석도 전망이 좋은 앞자리에 앉으라고 양보를 했다.

산 페드로를 출발한 지 1시간여 만에 도착한 곳은 아타카마 소금사막(Salar de Atacama, 2,305m 약 100만 평)이었다. 이곳은 칠레에서 가장 큰 소금 평원이다. 소금 평원은 겉으로 보기에는 쓸모없는 곳으로 보이지만, 품질이 가장 좋은 리튬(lithium)이 세계 매장량의 27%나 매장되어 있다고 한다. 리튬은 휴대전화나 전자제품에 없어서는 안 되는 원자재이다. 사막에서 기름이 쏟아져 나오듯, 소금 평원에서는 전자제품에 꼭 필요한 리튬이 추출된다니 어찌 보면 세상은 참 공평하다는 생각이 들었다.

소금사막 깊숙이 들어간 미니버스는 'Laguna Chaxa'라고 표시

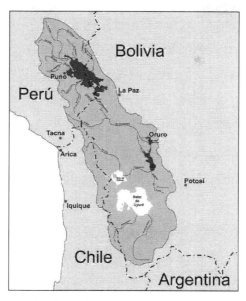

▸ 신비의 땅 알티플라노고원(자료:위키피디아)

된 호수 앞에 멈췄다. 산 페드로에서 65km 떨어진 라구나 착사는
아타카마 소금사막의 중심지역으로 플라밍고를 가장 가까이서 관
찰할 수 있는 호수다. 소금이 뭉쳐서 콩나물처럼 수많은 돌기를 이
루고 있는 모습이 신비롭기만 보였다.

호수에는 수많은 플라밍고가 플랑크톤을 쪼아 먹으며 기지개를
켜거나 유희를 하고 있었다. 착사염호를 떠나 미니버스는 울퉁불퉁
한 비포장도로를 달려 더 높은 고원으로 올라갔다. 고도가 높아질
수록 고슴도치처럼 생긴 이상한 풀들이 대지의 숨통을 뚫고 여기
저기 돋아나 있었다. 버스는 점점 더 가파른 언덕을 헐떡거리며 힘

겹게 올라갔다. 고지대로 올라갈수록 바람은 점점 강해졌다.

등성이를 넘어서니 온통 하얀 눈이 덮인 것처럼 보이는 호수가 나타났다. 운전사 리베리토는 투야즈토 호수(Tuyajto Lake, 4,010m)라고 말했다. 산도 호수도 뽀얀 우윳빛이었다. 호수로 난 외길을 따라 가까이 가니 놀랍게도 모두가 소금이었다. 소금이 눈꽃처럼 결빙되어 호수를 아름답게 수놓고 있었다. 아내가 소금을 찍어 입에 대더니 얼굴을 찡그리며 말했다.

"아유, 엄청나게 짜요!"

"천연 소금이라 더 짤까?"

에메랄드빛을 발하면서도 우유처럼 뽀얀 소금호수는 태고의 신비 그 자체였다! 투야즈토 호수를 출발하여 버스는 점점 더 높은 곳으로 올라갔다. 바람이 세차게 불어왔다. 버스는 구릉의 정상에서 멈췄다. 버스에서 내린 여행자들은 모두 "와아!" 하고 감탄을 쏟아냈다. 길이 끝나는 곳에는 그림 같은 두 개의 호수가 펼쳐져 있었다. 미스칸티, 미니케스(Laguna Miniques, 4,120m) 호수다. 주변에는 만년설로 뒤덮인 미스칸티 화산(5,600m)과 미니케 화산 등 5개의 화산으로 둘러싸여 있고, 산의 반영이 호수 위에 한 폭의 수채화처럼 아름답게 수를 놓고 있었다.

우리보다 먼저 온 다른 여행자들이 호숫가로 느릿느릿 걸어가고 있었다. 그들의 동작은 달나라에 착륙한 우주인처럼 느렸다. 아내는 고산증세가 심해져 그냥 버스에 있겠다고 했다. 우리보다 먼저 내려갔던 사람들은 프랑스에서 온 여행자들이라고 했다. 대부분 노인이었는데 그중에 한 백발노인이 나에게 말을 걸어왔다.

"젊은이, 당신은 어느 나라에서 왔지요?"

"코리아에서 왔습니다."

"오, 코리아! 참, 멀리서도 왔네! 그런데 혼자서 왔소?"

"아니요. 아내와 함께 왔는데 고산증세가 심해서 버스에 쉬고 있어요. 힘들지 않으세요?"

"이 나이에 왜 힘이 들지 않겠소. 그러나 죽기 전에 이런 경치를 볼 수 있다는 것이 너무나 경이롭지 않소?"

맞는 말이었다. 그는 73세라고 했다. 검은 머리카락을 가진 내가 아마 30대 젊은 청년으로 보였던 모양이다. 나에게 말을 건 노인은 부인의 손을 꼭 붙잡고, 아주 천천히 걸어갔다. 미스칸티와 미니케스 두 개의 호수는 부부 호수처럼 가까운 거리에 나란히 위치하고 있었다. 미니케스 호수는 미스칸티 호수보다 더 규모가 작았다. 하늘에서 내려다보면 마치 서로 사랑을 나누는 부부처럼 하트 모양을 하고 있다고 한다. 미니케스호수를 돌아서 아내가 쉬고 있는 언덕으로 올라가니 아내가 손을 흔들며 반겨주었다.

"나만 다녀와 미안해요."

"여기서만 바라보아도 황홀해요! 죽기 전에 이런 경치를 구경할 수 있다니 너무 감사해요."

"저 노인들과 똑같은 말을 하네. 나는 오히려 당신에게 감사드려야 할 것 같소."

삶은 순간순간이 소중하다. 나는 살아서 이 놀라운 경치를 구경하게 해준 모든 만물의 신에게 진심으로 감사의 기도를 드렸다. 미스칸티호수에서 내려온 우리는 토코나오(Toconao)라는 작은 마을에 들려 잠시 휴식을 취했다. 산 페드로 남쪽 40km 지점에 있는 이 마을은 중앙에 산 루카스 교회가 있었다. 교회 옆에 세워진 하얀 종탑이 퍽 이색적으로 보였다. 마을 중앙에는 포도, 석류, 사과, 허브 등을 진열해 놓고 있었다. 근처에 있는 농장과 과수원에서 생산한 과일이라고 한다. 포도와 석류를 보니 입에 침이 고였다.

아내는 포도 한 송이와 석류 두 개를 샀다. 알알이 익은 포도와 보석 같은 석류를 씹어 먹으니 갈증이 풀렸다. 똑같은 사막의 땅에서 생산된 과일인데 포도 맛은 달콤하고 석류 맛은 시큼했다. 인생은 포도 맛일까? 석류 맛일까? 입 안에서 툭툭 터지는 포도와 석류는 여행의 피로를 잊게 해주었다. 우리는 알티플라노고원에 지는 아름다운 노을을 바라보며 산 페드로 데 아타카마로 돌아왔다.

십 년 동안이나 자전거 여행을 한다니!

_아르헨티나 멘도사

▸ 10년 동안 자전거 여행을 하고 있는
이탈리아 루시아노 부부가 준 엽서

저녁 7시 30분 산티아고행 버스를 탔다. 산 페드로 데 아타카마
에서 산티아고까지는 1,630km로 30여 시간이 넘게 걸린다. 해가
기울자 주변이 점점 어두워지고 아타카마 사막에 노을이 지기 시
작했다. 태양은 대지와 하늘을 붉은색으로 물들이며 사막 속으로

사라져 가자 사막은 곧 어두운 침묵 속으로 잠겨버렸다.

버스에서 하룻밤을 지났는데도 사막이 끝없이 이어지고 있었다. 태평양에 인접해 있는 라세레나(La Serena)에 도착하자 초록빛이 나타나기 시작했다. 포도밭이 펼쳐지고 숨쉬기도 훨씬 수월했다. 안데스산맥에서 흘러내린 눈 녹은 물이 계곡을 타고 내려와 대지를 적시고 기름진 토양을 이루어 젖과 꿀이 흐르는 풍요로운 대지를 만들어 주고 있었다. 버스는 해 질 무렵 산티아고에 도착했다. 버스에서 내리니 매연으로 숨이 턱턱 막혔다. 산티아고는 매연으로 악명이 높은 도시다. 공해의 주범은 도시가 분지에 건설된 탓도 있지만, 정제되지 않는 연료를 쓰는 자동차 매연이 주범이었다.

"호스텔까지 그리 멀지 않으니 걸어가도 괜찮겠소?"

"너무 오래 앉아 있었으니 운동도 할 겸 걸어가고 싶어요."

호스텔에 도착하니 남녀가 따로 구분된 도미토리밖에 없었다. 피로에 지친 우리는 여장을 풀고 잠속으로 빠져들어 갔다.

이른 아침 2층으로 올라가 아내에게 다가가니 저혈당으로 혼미 상태에 있었다. 위험했다! 초콜릿을 찾아 아내의 입에 넣어주고 매점으로 달려가 주스를 구해와서 아내에게 마시게 했다. 20여 분이 지나자 아내는 점점 기운을 차렸다. 갑자기 찾아오는 저혈당은 여행 중 자장 위험한 순간이다. 저혈당에서 회복이 되자 아내가 말했다.

"너무 답답해요! 산티아고를 빨리 떠나고 싶어요."

"사실은 나도 공해 때문에 답답해서 떠나고 싶었어요. 안데스산맥을 넘으면 멘도사라는 녹색도시가 있는데 그곳으로 갈까?"

"좋아요. 지금 당장 떠나지요."

대도시는 아내의 힐링에 별로 도움이 안 된다. 배낭을 챙겨 매고 버스터미널에 도착하니 이른 아침인데도 승객들로 붐비고 있었다. 칠레의 장거리 버스는 터어 버스(Tur Bus)와 풀만 버스(Pullman Bus)가 대종을 이루고 있다. 나는 택시강도를 만난 후 라파스에서 터어 버스를 타고 아리카로 넘어온 후, 어쩐지 이 버스가 좋았다. 우리는 터어 버스를 타기로 했다. 터어 버스 매표소로 가니 마침 멘도사로 가는 버스표가 바로 있었다. 14,000페소를 지급하고 멘도사행 티켓 두 장을 샀다.

버스는 산티아고를 가로지르는 마포초 강(Mapocho River)을 따라가다가 곧바로 안데스산맥으로 접어들었다. 버스는 구불구불한 오르막길을 곡예를 하듯 기어 올라갔다.

정상에 도착하여 칠레 국경초소를 통과하자 아르헨티나 깃발이 바람에 펄럭이고 있었다. 국경초소 옆에는 매점이 하나 있었다. 운전사는 이곳에서 간단하게 점심을 먹으라고 했다. 우리는 햄버거와 핫도그를 사 들고 바람이 윙윙 불어대는 국경초소에 서서 먹었다. 국경초소를 출발한 버스는 꼬불꼬불한 급경사를 곤두박질치듯 내려갔다. 멘도사에 도착하니 오후 5시였다. 멘도사는 온통 푸른 나무로 덮여 있었다.

"아, 이제 숨을 쉬기가 한결 편하군요!"

멘도사에 도착하여 아내가 토해낸 일성이었다. 멘도사는 인간의 힘으로 일구어 놓은 아름다운 녹색도시다. 아메리카에서 가장 높은 아콩카과(6,962m)산이 바라보이는 멘도사는 안데스산맥의 영향을 받아 매우 건조한 기후이지만 안데스의 눈 녹은 물을 이용하여 거대한 그린벨트를 형성하여 아르헨티나 제1의 와인 도시로 탈바꿈했다. 멘도사는 도시 전체에 500km에 이르는 수로를 만들어 24시간 물을 흘려보내 거리는 온통 녹색의 바다를 이루고 있다.

호스텔에 들어가니 머리를 박박 깎은 털보가 체 게바라 티셔츠를 입고 웃으며 우리를 반갑게 맞이했다. 턱이 긴 얼굴에 구레나룻을 기른 턱수염이 희극배우를 연상케 했다.

"체 게바라를 좋아하는 모양이지요?"

"네, 제가 가장 존경하는 인물입니다."

호스텔은 아담했다. 식당으로 들어가니 핑크빛 식탁보를 덮은 테이블이 앙증맞게 보였다. 아내는 배가 고프다며 배낭을 내려놓고 부엌으로 가서 수프를 끓이기 시작했다. 레스토랑 벽에는 멘도사 와인이 진열되어 있었다. 긴 여정에 지친 우리는 와인을 한잔 마시고 싶어서 호스텔 직원에게 어느 포도주가 맛이 좋으냐고 물었다.

"멘도사 와인은 다 맛이 좋아요. 화이트 와인 테라자스도 값이 싸고 맛이 괜찮습니다."

나는 테라자스 화이트 와인을 한 병 샀다. 아내와 마주 앉아 와인을 한 잔 마시고 나니 그동안 쌓였던 피로가 포도주잔 속으로 녹아내리는 것 같았다. 와인 덕분에 우리는 녹색도시의 품에 안겨 잠속으로 푹 빠져서 들어갔다.

새들이 노랫소리에 잠을 깼다. 오랜만에 들어보는 새소리였다.

커피와 빵으로 늦은 아침을 먹은 후 밖으로 나갔다. 가로수 사이사이에 수로를 연결하여 맑은 물이 졸졸 흘러내리는 도시는 생동감이 흘러넘쳤다. 수로 주변에는 주민들이 신문을 보거나 차를 마시며 여유롭게 앉아 있었다. 도랑에 흐르는 물소리가 마음을 편안하게 했다. 나무 터널이 드리워진 수로를 따라 걸어가는 길은 전혀 지루하지 않았다. 산이 많은 우리나라도 관개수로를 잘 개발하여 도심 요소요소에 물을 흐르게 하면 어떨까?

시가지를 벗어나니 곧바로 포도밭이 나타났다. 포도밭에는 싱그러운 포도가 강렬한 햇빛 아래 알알이 익어 가고 있었다. 고랑마다 작은 수문이 있고 시간대별로 일정하게 물을 흘려보내고 있었다.

우리는 아르헨티나 와인의 성지라고 일컫는 '보데가 이 카바스 데 와이너트(Bodega y Cavas de Weinert)'로 갔다. 그곳에는 흡사 와인 박물관을 방불케 할 정도로 옛날에 쓰던 각종 와인 도구와 오크통들이 진열되어 있었다.

지하실로 내려가 오크통이 가득 차 있는 와인 저장소를 돌아보고 와인 시음회에 참여했다. 와인을 종류별로 시음하다 보니 은근히 취기가 돌았다. 우리는 레드와인 1병과 화이트 와인 1병을 사 들고 호스텔로 돌아왔다. 저녁 식사를 준비하기 위해 식당으로 들어가니 건강미가 넘치는 중년 부인이 토스트를 굽고 있었다. 민소매 셔츠를 걸쳐 입은 여인의 어깨 근육이 장난이 아니었다. 내가 포도주 마개를 따며 눈인사를 하자 그녀도 흰 이를 드러내며 생긋 웃었다. 마음이 통했는지 그녀가 먼저 자신을 소개했다.

"저는 이탈리아 로마에서 온 베레나에요. 저기 컴퓨터 앞에 앉아 있는 남자가 제 남편 루시아노고요."

"저희는 한국에서 온 오케이랍니다. 이쪽은 아내 정희이고요."

루시아노(Lepre Luciano) 부부는 멘도사에서 단 하루만 머물려고 했는데 녹색도시가 너무나 마음에 들어 10일째 발목이 잡혀 있다고 했다.

"도대체 난 이런 도시가 좋아요. 멘도사에 도착해서 하룻밤만 보내려고 했는데 벌써 10일간이나 머물고 있지요."

"아, 그렇군요! 저 역시 멘도사가 너무 좋아 하룻밤 더 머물 생각입니다."

"겨우 하루요? 좀 더 머물다 가지 않고요? 이렇게 매력적인 도시를 만나기란 그리 쉽지 않거든요. 멘도사에 오기 전에는 어디에 머물렀지요?"

"산티아고에서 안데스산맥을 넘어왔어요."

"그렇군요. 우린 자전거로 안데스산맥을 넘어 산티아고로 가려고 합니다."

"자전거를 타고 가파른 안데스산맥을 넘는다고요?"

내가 놀라는 표정을 지으며 와이너리에서 사 온 포도주를 권하자 베레나 부부는 기꺼이 받았다. 베레나는 사이클 선수였고, 남편인 루시아노는 사진작가라고 했다. 어쩐지 근육이 장난이 아니다 했더니……. 포도주 한잔으로 더욱 친숙해진 우리는 서로 터놓고 여행담을 주고받았다. 배낭여행의 백미는 바로 이런 데 있다.

"정말 자전거를 타고 안데스산맥을 넘어가실 건가요? 버스를 타고 오는데도 고도가 높아 힘이 들었는데……."

"고산증 적응은 자전거를 타고 가는 것이 오히려 수월해요. 천천히 고도를 높여 가다가 힘들면 쉬어가고, 그래도 힘들면 텐트를 치고 자고 가면 되니까요."

"하하, 그렇기도 하겠군요."

"우리는 10년째 자전거를 타고 여행을 다니고 있어요."

"네? 10년 동안 자전거 여행을 하고 있다고요?"

"뭐 그리 긴 시간도 아니지요. 이리저리 끌려다니며 살기엔 우리 인생은 너무 짧아요! 그래서 후회 없는 인생을 살기 위해 우린 하고 싶은 일을 하면서 살아가기로 작정을 했답니다."

"하고 싶은 일이 자전거 여행이었군요."

"네, 한국의 서울에도 딱 한 번 간 적이 있었어요. 88올림픽 게임 때였지요."

"아, 그래요? 서울은 어떤 느낌이 들던가요?"

"서울이요? 우린 대도시 여행을 별로 좋아하지 않은 편인데, 서울은 그 정도가 좀 심했어요."

"저희도 대도시보다는 자연 여행을 더 좋아합니다만……."

"거리는 인파로 넘치고, 활기가 넘쳤지만 사람들은 도대체 마음의 여유가 없어 보였어요. 얼굴엔 웃음이 없고 사람들은 대부분 무뚝뚝했어요. 거리나 지하철에서 사람들이 옆구리를 치고 가면서도 미안하다는 말도 하지 않고 그냥 지나가 버리더군요."

"그것참, 미안하군요."

베레나의 말을 듣다 보니 갑자기 얼굴이 화끈거렸다. 서울을 찾는 대다수 관광객이 느낌은 베레나 부부와 같지 않았을까?

"뭐, 꼭 서울만 그런 건 아니지요. 대부분 대도시가 다 그렇다는 거지요."

"정확하게 잘 보셨습니다."

"사실은 내가 살고있는 이탈리아 로마는 서울보다 더 심해요."

"하하, 참 솔직하시군요. 로마를 여행하다가 소매치기를 당하기도 했거든요."

"그랬었군요. 로마에선 흔히 일어나는 일이지요."

나는 그녀의 솔직한 표현이 마음에 들었다. 그녀는 포도주를 잘 마셨다고 하면서 남편이 찍은 사진으로 만든 엽서를 한 장 건네주었다. 두 부부가 호주 울루루에서 황홀한 일몰을 바라보고 있는 모습이었다.

"우리 여행하다가 생각이 나면 메일로 서로 연락 해요. 오늘 즐겁게 마신 멘도사 와인을 기억하면서 말이에요."

"좋은 말씀입니다. 안데스산맥 잘 넘어가시고 멋진 여행 하시길 기원합니다."

정말 인생을 멋지게 살아가는 부부라는 생각이 들었다. 그들은 자전거 여행이 생활 그 자체였다. 후회 없는 인생을 살아가겠다는 그들을 바라보며 나는 문득 버나드 쇼의 '우물쭈물하다가 내 이럴 줄 알았지'라는 묘비명이 생각났다. 그녀의 말처럼 이리저리 끌려다니며 살아가기엔 우리 인생은 너무나 짧다.

스텝이 엉기는 것이 탱고라오!

_아르헨티나 부에노스아이레스

▶ 호스텔에서 탱고 교습을 받는 여행자들

오후 5시, 멘도사 옴니버스 터미널에서 부에노스아이레스행 버스를 탔다. 멘도사 시내를 벗어나자 곧 끝없는 팜파스가 펼쳐졌다. 버스 안에서는 탱고 음악이 경쾌하게 울려 퍼졌다. 평소에 즐겨 듣던 라 쿰파르시타(La Cumparsita)였다! 라 쿰파르시타는 속어로 '가장행렬'이라는 뜻이다. 들을수록 저절로 흥이 나는 경쾌한 음악이지만 내용은 슬프다. 라 쿰파르시타는 죽어가면서도 축제를 끝없이 즐기려고 하는 불행한 사람들의 슬픈 외침이다.

'팜파스(Pampas)'는 인디오 말로 '평원'을 뜻한다. 아르헨티나는 팜파스로부터 얻은 풍요로움으로 한때 세계 경제 5위 대국으로 발전할 수 있었다. 헨리 데이비드 소로와 비슷한 시기에 팜파스에서 자라난 영국의 조류학자 W.H. 허드슨(William Henry Hudson, 1841~1922)의 '내 마음의 팜파스'란 글은 잔잔한 감동을 준다. 허드슨은 어린 시절부터 팜파스 자연 속에 묻혀 인생의 정체성을 찾아가며 16세 때까지 자라났다. 그리고 그는 70세를 넘기며 그때를 회상하며 『Far Away and Long Ago(한국어판 '내 마음의 팜파스')』란 제목으로 글을 썼다. 소년 허드슨의 눈에 비친 팜파스는 때로는 아름답고, 격정적이며, 두려운 곳이었다.

자연과의 교감이 그에게 주는 형용할 수 없는 충만함과 행복감, 대평원을 오가는 방랑자나 여행객들을 언제나 따뜻하게 대해주었던 그의 어머니, 아이들이 무엇을 원하는지 가장 잘 아는 것은 아이들이라는 소신으로 교육했던 아버지, 만나기만 하면 죽여야 하는 것으로 배웠던 뱀도 살려두어야 할 생명임을 알려 준 이웃집 여인, 삶과 죽음의 문제를 고민하게 만든 양치기 개의 죽음 등에 관한 이야기에서는 어린아이가 소년으로 성장해 가면서 겪는 정신적 변화 과정이 섬세하게 드러나 있다. 그가 죽기 7년 전, 노후에 병상에서 담담하게 들려주는 허드슨의 팜파스 이야기는 아주 작은 것에서부터 행복을 찾는 실마리를 준다.

268

밤새 팜파스를 달려 버스는 부에노스아이레스에 도착했다. 19세기 초 산초 델 캄포가 부에노스아이레스에 상륙하여 "부에노스아이레스! (좋은 공기다!)"라고 외친 말이 기원이 되어 '부에노스아이레스'란 도시 이름이 생겨났다. 비 온 뒤의 청량하고 평화로운 아침! 상쾌한 탱고 리듬처럼 도시의 풍경이 깔끔했다.

9시 30분, 레티로(Retiro) 버스터미널에서 지하철을 타고 매이요역에서 내려 밖으로 나오니 부에노스아이레스의 중심가가 한눈에 들어왔다. 도심 중앙에 있는 밀하우스(Milhouse) 호스텔은 비교적 깨끗하고 편의 시설도 좋았다.

체크인할 때 프런트에 붙어 있는 'Tango Lesson & Tour'라는 광고가 호기심을 자극했다. 직원에게 물어보니 호스텔 홀에서 탱고 교습을 받고, 탱고 교수와 함께 저녁을 먹으며 아르헨티나 탱고의 역사에 대한 강의를 들은 후, 현지 전통 탱고 무도장에서 견학까지 하는 코스라고 했다.

호스텔을 나와 '5월 광장'에서 지하철을 타고 산마르틴 역에서 내리니 보라색 자카란다꽃이 바람에 하늘거리고 있었다. 광장에 있는 거대한 나무가 내 마음을 사로잡았다. 안내판을 보니 213년이나 된 '그란 고메로(Gran Gomero)'란 고무나무인데 지지대를 받쳐서 나무를 보호하고 있었다. 우리는 나무 밑에 앉아 심호흡하며 나무의 기를 듬뿍 받았다.

나무의 기를 받고 플로리다 거리로 걸어가니 관광객들로 북새통을 이루고 있었다. 아내는 아이들 선물로 작은 손지갑을 골랐다. 값을 깎는 실랑이 끝에 가죽 지갑을 손에 든 아내의 표정은 매우 만족스러워 보였다. 나는 탱고 CD 한 장과 마테 찻종지를 골랐다. 비록 값이 싼 기념품을 샀지만 쇼핑은 여행의 묘미를 더해준다.

우리는 자카란다 향기 그윽한 거리를 걸어서 호스텔로 돌아왔다. 여행은 체험이다. 체험을 통해서 그 나라의 문화와 생활을 조금이라도 더 이해할 수 있다. 춤에는 문외한이지만 음악을 좋아하는 나는 호스텔에 도착했을 때부터 탱고레슨이 궁금하여 아내를 설득해서 탱고체험을 해보기로 했다.

밤이 되자 호스텔에서는 카페의 의자와 식탁을 모두 치우고 무도장으로 만들었다. 짧은 턱수염을 기른 탱고 교수가 남녀 한 쌍의 젊은 탱고 댄서와 함께 나타났다. 마리아노라고 소개를 한 탱고 교수는 40대의 중년 남자였다.

마리아노 교수가 탱고 댄스에 대한 이론을 간단히 설명하고, 곧이어 두 젊은 댄서들이 시범을 보여주었다. 관중은 숨을 죽이며 두 댄서의 현란한 발놀림 속으로 빠져들어 갔다. 적당한 간격을 유지하며 오만하게 펼쳐지는 춤의 유희! 치고 빠지는 발놀림, 땅에 닿을 듯 늘어지는 여인의 허리……. 두 댄서의 춤 속에서 강한 에로티시즘이 느껴졌다. 춤은 고대로부터 만국의 언어다. 원시 시절부터 사람들은 언어 대신 몸짓으로 대화를 하고 구애를 해왔다.

댄서의 시범이 끝나고 남녀가 짝을 지어 탱고체험에 들어갔다. 세계 각지에서 온 젊은 남녀들이 자연스럽게 파트너를 이루었다. 물론 나의 파트너는 아내였다. 여자 파트너가 적어 남자끼리 파트너를 하기도 했다. 춤의 문외한인 아내와 나는 서로 발이 엇갈리고 걸려 넘어질 것만 같았다. 우리는 애꿎게도 스텝이 엉켜 상대방의 발만 밟고 있었다. 마침내 아내가 포기를 선언했다.

"난 도저히 못 하겠어요."

"그건 나도 마찬가지라오. 하하."

자꾸만 스텝이 엉기는 우리의 모습을 바라보던 여자 댄서가 나에게로 다가왔다. 그녀는 왼손으로 내 허리를 가볍게 터치하고, 오른손은 옆으로 곧게 뻗은 채 자연스럽게 스텝을 유도했다. 처음에는 스텝이 자주 엉키더니 점점 발이 자유로워졌다. 스텝이 엉킬 때마다 상대방의 발을 밟은 내가 미안해하자 그녀는 처음에는 다 그렇다며 웃었다. 점점 더 스텝이 경쾌해졌다. 곡이 끝나자 마리아노 교수가 청중을 향해 말했다.

"실수해서 스텝이 엉키면 그게 바로 탱고라오."

그는 '여인의 향기(Scent of a Woman, 알 파치노 주연)'에 나오는 알 파치노의 유명한 대사를 인용하며 스텝이 엉키는 실수를 괘념치 말라고 했다.

두 시간 동안 탱고 교습이 끝나고 우리는 레스토랑으로 자리를 옮겼다. 밤 10시인데도 레스토랑은 만원이었다. 경제가 어렵다고 하는데도 아르헨티나의 밤거리는 흥청거렸다. 와인을 곁들여 저녁을 먹으며 마리아노 교수의 탱고 강의가 이어졌다.

탱고의 역사를 장황하게 설명한 마리아노 교수는 카세트에 테이프를 끼워 넣고 밀롱가(milonga, 아르헨티나 탱고의 전신에 해 당하는 2/4 박자 무곡)라는 음악을 선보였다. 두 댄서가 밀롱가 음악에 맞추어 시범을 보였다. 밀롱가는 폴카, 마주르카, 왈츠 같은 춤에서 영향을 받았다고 한다.

"밀롱가는 원래 팜파스에서 살고 있었던 가우초들이 추던 춤이었습니다. 그 춤이 도시의 뒷골목으로 들어와서 탱고로 변신했다고 볼 수 있지요. 역사 공부는 그만하고 전통 탱고의 발상지인 보카 지구로 가볼까요?"

택시를 타고 간 곳은 보카 지구(La Boca)의 어떤 허름한 창고처럼 생긴 건물이었다. 어두운 조명 속에 원색으로 칠한 벽이 현란했다. 2층으로 올라가니 실내는 탱고를 추는 사람들로 가득했다. 홀 중앙에는 남녀가 탱고 리듬에 맞추어 춤을 추고 있었다. 무대 옆 바에서는 사람들이 담배를 피우거나 맥주나 와인을 마시며 수다를 떨고 있었다.

"아휴, 담배 연기! 숨이 막혀서 도저히 못 참겠어요."

"사실 나도 담배 연기에 질려 나가려고 하던 참이었소."

마리아노 교수에게 숙소로 가겠다고 말했더니 이제부터 본격적으로 무대가 시작되는데 벌써 가느냐고 말했다. 우리 부부를 30대로만 알고 있었던지 그는 이해하지 못하겠다는 듯 고개를 갸웃거렸다. 숙소에 돌아오니 새벽 2시였다. 춤은 만국의 언어라고 하지만 우리에겐 보는 것으로 만족해야 할 것 같았다.

오, 장대한 물 폭탄!

_아르헨티나 이구아수폭포

▸ 아르헨티나 이구아수폭포. 악마의 목구멍

 부에노스아이레스 국제 버스터미널에서 이구아수폭포로 가는 버스를 탔다. 우리 옆좌석에는 네페르타리처럼 콧날 선이 뚜렷한 아랍풍의 여인이 앉아 있었다. 내가 먼저 인사를 하자 그녀는 이스라엘에서 온 시갈리트(Sigalit)라고 자신을 소개했다. 그녀는 홀로 남미를 여행 중이라고 했다.

부에노스아이레스에서 출발한 버스는 18시간 만에 푸에르토 이구아수에 도착했다. 푸에르토 이구아수는 브라질과 파라과이의 경계를 이루고 있는 작은 도시다. 우리는 시갈리트와 함께 숙소를 찾아 나섰다. 처음에 찾아간 곳은 1인당 20페소를 달라고 했다.

"여기보다 더 싼 곳을 알고 있어요."

센스가 있어 보이는 그녀를 따라 다른 민박집을 찾아갔다. 처음 민박집보다 절반 가격인 1인당 10페소였는데 위치와 시설은 오히려 더 좋았다. 시갈리트는 배낭여행의 고수처럼 보였다. 우리는 민박집에 짐을 풀어놓고 이구아수폭포로 가는 버스를 탔다. 30분 정도를 달려가자 이구아수폭포 방문자센터가 보였다. 내가 신용카드를 내밀자 매표소에서는 아르헨티나 페소만 현금으로 받는다고 했다. 이구아수폭포 입장료는 1인당 30페소였다.

"시갈리트, 아르헨티나 페소를 좀 빌려주지 않겠소? 환전을 미처 하지 못해서요. 시내에 가면 은행에서 찾아 바로 갚아드릴게요."

"그래요? 잠시만 기다려 주세요."

돈을 빌려주겠다는 시갈리트는 갑자기 화장실로 들어갔다. 잠시 후 화장실에서 나온 그녀는 나에게 60페소(약 1만 2천 원, 당시 환율 1페소 400원)를 빌려주었다.

"고마워요. 시내로 돌아가면 은행에서 찾아 바로 돌려드릴게요."

"천만에요."

시갈리트가 웃으며 나를 바라보더니 갑자기 질문을 했다.

"초이, 당신은 돈을 어디에 보관하지요?"

"우린 보통 허리 전대에 보관해요."

"허리는 안전지대가 아니지요. 우린 여기에 보관해요."

시갈리트가 씩 웃으며 자신의 허벅지 안쪽을 가리켰다. 그녀는 허벅지 안쪽에 전대를 보관한다고 했다. "세상에!" 아내가 감탄하며 혀를 내둘렀다. 이스라엘 여행자들은 여성은 주로 허벅지에 전대를 메고, 남성은 허리띠 안쪽에 별도로 밴드를 만들어 100달러짜리 등 큰돈을 보관한다고 귀띔을 해주었다. 수천 년 동안 전해 내려오는 탈무드의 지혜가 배낭여행자에게도 전수되고 있는 것일까?

우리는 시갈리트와 함께 이구아수폭포로 가는 꼬마열차를 탔다. 폭포로 가는 정글 속에는 부리가 긴 투카노(Tucano-큰부리새)라는 새도 보였다. 이구아수폭포에 도착하여 첫 번째로 놀란 것은 지축을 뒤흔드는 폭포 소리였다. 정글을 빠져나와 꼬마열차가 종점에 도달하자 폭포 소리가 더 크게 들려왔다.

꼬마열차에서 내려 나무다리를 10여 분 정도 걸어가니 휑하니 뚫린 말발굽 모양의 거대한 구멍이 나왔다. 텔레비전에서만 보았던 그 유명한 '악마의 목구멍(Garganta del Diablo)'이었다. 악마의 목구멍으로 블랙홀처럼 빨려 들어가는 거대한 물줄기를 바라보고 있으니 아찔한 현기증이 났다.

"아아, 어지러워요!"

아내도 현기증이 나는 모양이었다. 소용돌이치며 쏟아져 내리는 폭포 앞에 서 있으니 몸이 물줄기를 따라 빨려 들어갈 것만 같았다. 비옷을 걸쳤지만 솟구쳐오르는 물벼락으로 속옷까지 다 젖어버렸다. '이구아수(Iguazu)'는 과라니 원주민 언어로 '큰물' 또는 '거대한 물'이라는 뜻인데, 말 그대로 거대한 물이었다.

"와, 무지개다!"

거대한 폭포에 오색 무지개가 걸리자 여기저기서 감탄사가 터져 나왔다. 작은 새들이 무지개를 가르며 쏜살같이 날아갔다. 자연의 위대한 힘과 신비는 어떠한 언어나 글로는 표현할 수가 없다.

상상할 수도 없는 어마어마한 양의 물이 거대한 말발굽 모양의 구멍으로 쉴새 없이 떨어져 내렸다. 엄청난 에너지가 느껴졌다. 몸은 흠뻑 젖었지만 몇십 년 묵은 스트레스가 한 방에 훅 날아가는 카타르시스를 느꼈다.

악마의 목구멍에서 빠져나온 우리는 밀림과 폭포 사이를 걸어서 폭포 아래쪽으로 가기로 했다. 동행했던 시갈리트는 보트를 타고 폭포 탐방을 한다고 하며 보트 쪽으로 갔다. 우리는 크고 작은 폭포 사이를 걸어서 밀림 체험을 하기로 했다. 시갈리트는 벌써 고무보트를 타고 있었다. 내가 그녀를 바라보며 "샬롬!" 하고 성호를 긋자, 그녀 역시 "샬롬" 하며 웃으면서 손을 흔들었다.

이구아수폭포는 270여 개의 크고 작은 폭포로 이루어져 있다. 서킷 코스(순회코스)를 따라 걸으면 다양한 폭포를 좀 더 가까이서 관찰할 수 있다. 우리는 보트를 타는 대신 순회코스를 걸어서 돌기로 했다. 어퍼 서킷(Upper Circuit)과 로우어 서킷(Lower Circuit)으로 나누어지는 트레일 코스는 폭포마다 밑으로 내려가거나 뷰포인트에서 아주 가까이 폭포를 바라볼 수 있었다. 우리는 정글에서 마치 숨바꼭질을 하듯 오르내리며 시간 가는 줄도 모르고 다양한 폭포를 관람했다.

귀가 먹먹해진 우리는 다시 꼬마열차를 타고 방문센터로 돌아와 버스를 타고 숙소로 돌아왔다. 너무 많이 걸은 탓인지 배가 고팠다. 민박집 주인에게 레스토랑 정보를 얻은 우리는 인근에 있는 레스토랑으로 가서 아사도(asado, 쇠고기에 소금을 뿌려 숯불에 구운 아르헨티나 전통 요리)를 먹으며 영양 보충을 했다. 아사도는 원주민 가우초(gaucho)들이 먹던 요리에서 유래된 아르헨티나 정통 요리다. 갈비뼈 부위를 통째로 구어 소금을 뿌린 후 파슬리나 칠리로 만든 치미추리(chimichurri)란 소스를 발라서 먹었는데 갈비에 실이 많이 붙어 있고 맛도 고소하고 좋았다.

다음 날 아침 브라질 측 이구아수폭포로 떠날 준비를 하고 있는데, 시갈리트가 배낭을 메고 나왔다.

"샬롬, 시갈리트, 다음 여행지는 어디지요?"

"이스라엘로 돌아가요. 고국을 떠나온 지 벌써 3개월이나 되었거든요."

그녀에게 꾼 돈 60페소를 돌려주며 허벅지에 돈을 넣는 시늉을 했더니 그녀가 씩 웃었다. 그녀와 함께 기념촬영을 한 후 아쉬운 이별을 했다.

우리는 버스를 타고 '우정의 다리(Ponte Iguazu)'를 건너 브라질 포스두이구아수 터미널에서 시내버스를 타고 브라질 측 이구아수폭포로 향했다. 브라질 쪽에서 바라보는 이구아수폭포는 아르헨티나 쪽보다 훨씬 넓게 조망을 할 수 있었다. 폭 2,700m에 이르는 거대한 폭포가 파노라마처럼 펼쳐졌다. 문득 영화 '미션'에서 십자가에 묶인 사제가 폭포 아래로 추락하는 장면이 떠올랐다. 바티칸

▶ 브라질 쪽에서 바라본 이구아수폭포

이 선정한 '위대한 영화 45편'에 수록된 이 영화의 끝은 복음의 한 다음과 문장으로 끝을 맺고 있다.

"어둠이 빛을 이겨본 적이 없다."

가슴을 울리는 명언이다! 나무 데크를 따라 폭포 깊숙이 들어간 우리는 폭포에서 쏟아지는 물방울로 온몸을 흠뻑 적시고 말았다. 몸은 젖었지만 엄청난 이구아수폭포의 기운을 받은 탓인지 기운이 샘솟아 나오고 마음이 한껏 고조되어 있었다. 시름과 원망과 아픔도 모두 엄청난 물줄기 속에 확 씻겨 내려가 버린 것 같았다.

오후 6시, 상파울루행 버스를 탔다. 버스는 브라질의 광활한 땅을 달려갔다. 도로 양옆에는 커피농장이 끝없이 이어지고 있었다. 브라질의 커피 농장은 상파울루 지역을 중심으로 남부지방에 집중되어 있다. 커피 대국이라는 말이 실감이 났다. 브라질은 세계 최대 커피 생산국이지만 커피의 원조는 아프리카 에티오피아이다.

이구아수폭포를 출발한 지 16시간 만에 남미 최대의 도시 상파울루에 도착했다. 터미널에서 밖으로 나오자 거리는 마치 인종 시장을 방불케 할 정도로 다양한 피부색을 가진 사람들이 홍수를 이루고 있었다.

호스텔에 짐을 풀어놓고 우리는 리베르다지 거리로 갔다. 아내가 김치찌개를 먹고 싶다고 해서 리베르다지에 있는 '한국관'을 찾아갔다. 2층으로 올라가니 한국인은 없고 현지 종업원들이 서빙하고 현지인들이 음식을 먹고 있었다.

"김치찌개 2인분 빨리 주세요."

이구아수폭포에서 밤새 달려온데다 김치찌개를 먹을 생각을 하니 더 허기가 졌다. 종업원에게 한국말을 좀 할 줄 아느냐고 물었더니, 그녀가 씩 웃으면서 말했다.

"빨리빨리!"

외국인들이 우리말 중에서 가장 먼저 배우는 말이 '빨리빨리'라고 한다. 한국 여행자들로부터 '빨리빨리'란 말을 하도 자주 듣다 보니 이 말을 가장 먼저 배우게 된다는 것. 김치찌개를 다 먹어갈 무렵 한국인으로 보이는 중년 신사가 나타났다. 종업원은 그가 이 식당의 보스라며 엄지손가락을 척 들어 보였다. 반가움에 내가 먼저 인사를 했더니 그도 웃으며 반갑게 맞이해주었다.

"상파울루 구경은 좀 하셨나요?"

"아니요. 오늘 아침에 막 도착했는데 워낙 큰 도시라 어디를 가야 할지 모르겠습니다."

"상파울루는 사람이 많고 크기만 하지 볼 만한 게 별로 없어요. 특별한 곳이 있다면 부탄탄 뱀 연구소라는 곳이 있어요. 한 번 가 보시는 것이 어떨지요. 그곳에 가면 다른 데서는 볼 수 없는 진기 한 아마존의 뱀들을 볼 수 있지요."

"좋은 정보 감사합니다. 김치찌개가 맛이 그만이군요."

"아, 그래요. 감사합니다."

상파울루는 빌딩 숲 아래 노숙자들이 우글거리고 강도와 절도 사건도 빈번하여 치안이 매우 나쁜 편이라고 안내서에 소개되어 있었다. 우리는 하룻밤만 머물고 떠나기로 했다. 어차피 오늘은 시 간 여유가 있어 우리는 부탄탄 연구소(Butantan Institute)를 가보기로 했다. 하필이면 뱀연구소를 가느냐고 싫다고 하는 아내를 겨우 설 득하여 찾아간 부탄탄연구소는 상파울루 대학 인근 낮은 구릉에 하얀색 건물로 지어져 있었다. 아내가 다양한 색깔의 뱀들을 보고 놀랐다. 파란 뱀, 하얀 뱀, 빨간 뱀, 검정 뱀……. 색깔도 정말 다 양했다.

"이브가 저 아름다운 뱀의 유혹에 빠질 만도 하지 않소?"

"제 눈에는 사탄처럼 사악하게만 보이는데요."

호스텔로 돌아온 우리는 일직 잠자리에 들었다. 그러나 꿈에 자 꾸만 뱀이 나타나는 바람에 잠을 설쳐야만 했다.

인생은 설탕 덩어리

_브라질 리우데자네이루

▶ 리우데자네이루 그리스도상

밤 11시, 리우데자네이루 버스 터미널에 도착하자 보사노바의 부드러운 리듬이 흐르고 있었다. 리우도 치안이 좋지 않은 도시다. 나는 라파스의 택시 강도를 떠올리며 잠시 망설이다가 라디오 택시를 불러 탔다. 털릴 것이 없는 자유! 아무것도 가진 것이 없는 거지들의 영혼이 자유로운 이유를 알 것도 같았다.

우리가 찾아간 호스텔은 하룻밤에 30헤알(약 8,000원)로 저렴한 도미토리였다. 코르코바도 해변 가까운 곳에 있어 위치는 좋았지만 직원이 불친절하고 침대와 화장실도 청결하지 않았다. 밤늦은 시간이라 이곳에서 하룻밤만 자고 내일 숙소를 옮기기로 했다.

짐을 풀고 밖에 나와 고개를 들어보니 코르코바도 언덕에 거대한 그리스도상이 찬란한 조명 빛을 받으며 두 팔을 벌리고 서 있었다. 양팔을 벌리고 있는 거대한 예수상을 보니 성경의 한 구절이 떠올라서 아내를 바라보며 말했다.

"수고하고 무거운 짐 진 자들아, 모두 내게로 오라. 내가 너희를 쉬게 하리라. 자, 당신의 무거운 짐을 내 어깨에 내려놓으시오."

"호호호, 저는 여행만 떠나면 짐이 별로 무겁지 않아요."

"그러면 계속 여행을 떠나야겠군."

무거운 배낭을 짊어지고 먼 길을 온 우리에게 딱 어울리는 성경 구절이었다. 양팔을 벌리고 있는 예수상을 보니 마음이 차분해졌다. 리우는 풍수지리적으로도 산과 바다가 절묘하게 어우러져 좋은 기운이 넘쳐흐르고 있었다. 분기탱천하는 화강암 봉우리가 서로 다투며 기운을 모아주고 있는 것 같았다. 우리는 코파카바나 해변을 잠시 거닐다가 숙소로 돌아갔다.

다음 날 아침 일찍 케이블카를 타고 코르코바도 언덕으로 갔다. 해발 710m의 코르코바도 산정에는 짙은 안개 때문에 아무것도 보이지 않았다. 기다리면 보여준다고 했던가! 1시간 정도를 기다리자 안개가 서서히 걷히고 그리스도가 하늘에서 구름을 타고 부활하여 나타나는 모습처럼 보였다.

브라질 독립 100주년 기념으로 포르투갈이 선물했다는 그리스도 상은 백인도, 흑인도, 인디오도 아닌, 온 세상 인간의 혼혈로 융합된 모습처럼 보였다. 혼혈로 얼룩진 브라질인을 닮은 모습이랄까? 흘러가는 안개와 구름 속에 모습을 나타냈다가 사라지는 구세주의 모습은 시시각각으로 달라 보였다.

리우데자네이루는 겉으로 보기엔 아름답고 화려하다. 그러나 그리스도상 앞면엔 부자들이 떵떵거리며 살고 있고, 그 뒷면의 산기슭엔 빈민촌 '파벨라(Favela, 브라질의 슬럼가)'가 산재해 있다. 동전의 앞면과 뒷면처럼 예수상을 중심으로 부자와 가난한 자의 양극화 현상이 극명하게 구분되고 있다. 물론 그럴 의도는 아니었겠지만 예수님마저도 가난한 동네를 외면하고 부자들을 위해 양팔을 벌리고 있는 것처럼 보여서 마음이 씁쓸했다.

코르코바도 언덕은 다시 짙은 안개로 뒤덮였다. 케이블카를 타고 내려와 팡데아수카르로 가기 위해 택시를 탔다. 40대로 보이는 인상이 좋아 보이는 택시 운전사가 웃으며 우리를 맞이했다.

"어디로 모실까요?"

"팡데아수카르."

"팡데아수카르. 오케이! 라이프 이즈 슈가로프! (인생은 설탕 덩어리)"

운전사는 시를 읊는 듯 흥얼거리며 싱긋 미소를 지었다. 콧노래를 부르는 그는 아주 낙천적인 모습이었다. 팡데아수카르로 올라가는 케이블카 정류장에 우리를 내려주면서 그는 다시 속삭였다.

"엔조이 슈가로프! 라이프 이즈 슈가로프!"

팡데아수카르는 바다 위에 툭 튀어 오른 바위가 마치 제빵용 '설탕 덩어리(Sugar Loaf)' 같다고 하여 붙여진 이름이다. 슈가로프에서 바라본 리우데자네이루는 너무 아름다웠다. 슈가로프 아래로는 코파카바나 해변이 하얀 설탕처럼 펼쳐져 있었다. 과연 세계 3대 미항이라는 말이 실감이 났다.

"정말 아름답군요!"

세상에는 아름다움이 존재하기 때문에 인생은 살만한 가치가 있는 것은 아닐까? 슈가로프에서 내려와 코파카바나 해변으로 걸어갔다. 다양한 피부색을 가진 사람들이 흰 설탕 같은 모래사장에 누워있었다. 터질 듯 탄탄한 몸매, 실오라기 같은 천 조각으로 아슬아슬하게 요소를 가린 여인들이 모래사장에 누워 몸을 좌우로 천천히 돌리면서 생선을 굽듯 살갗을 그을리고 있었다. 맨발로 모래사장을 걸어가는데 가늘디가는 흰 모래가 발가락을 간질이며 빠져나갔다. 바닷물에 발을 적시고 걷다가 모래사장에 앉아 휴식을 취했다. 파도가 사랑의 밀어를 속삭이며 다가왔다. 그냥 앉아 있기만 해도 좋았다.

리우에서 맞이하는 둘째 날 아침 우리는 이파네마 해변으로 갔다. 코파카바나 해변과 비교하면 한적하지만, 주변에는 고급 주택가들이 즐비하게 늘어서 있었다. 한적한 이파네마 해변은 훨씬 편안한 느낌을 주었다. 이파네마는 보사노바의 아버지라 불리는 음악가 톰 조빔(Tom Jobim)의 아름다운 사랑 이야기가 흐르고 있는 해변이다. '새로운 물결'이란 뜻을 가진 보사노바는 삼바의 토속적인 리듬에 재즈를 접목한 음악이다.

톰 조빔은 코파카바나 해변에서 열아홉 살 난 아리따운 동네 처녀를 만나 짝사랑에 빠지고 만다. 사랑에 빠진 조빔은 친구이자 시인인 모라이스에게 짝사랑의 사연을 이야기하자, 모라이스는 즉석에서 조빔의 사랑 이야기를 시로 옮겼다. 조빔은 열아홉 소녀에게서 영감을 받아 모라이스의 시에 곡을 붙였다. 그래미상까지 받게 된 그 유명한 보사노바 '이파네마의 소녀(The Girl Grom Ipanema)'는 이렇게 탄생했다. 아름다움은 우리 인생을 지배하고 사랑에 눈멀게 하고 예술을 탄생시킨다.

우리는 레스토랑 이파네마(Garota de Ipanema)란 간판이 걸린 카페로 들어갔다. 때마침 '이파네마의 소녀'란 보사노바가 진한 커피 향을 타고 흐르고 있었다. 카페의 벽에는 조빔의 사진과 악보, 기사들이 붙어 있었다.

카페에서 커피 한 잔을 마시고 우리는 이파네마 해변에서 가까운 리우데자네이루 식물원으로 발길을 옮겼다. 식물원은 거대한 나무들로 숲을 이루고 있었다. 제왕 야자나무가 하늘을 찌르며 늘어서 있었다. 파우 페로(Pau Ferro-철의 나무)라는 진기한 나무도 있었다. 너무 단단하고 무거워서 가지조차 물에 뜨지 않는다는 나무다. 파우 브라질(Pau Brasil)이란 나무도 있는데 브라질이란 국명은 이 나무에서 유래되었다고 한다.

공원에는 앙리 마티스(1869~1954 프랑스 화가)의 그림 '춤(Dance)'을 모방한 나체 동상들이 역동적으로 춤을 추고 있었다. 이 그림은 러시아를 여행할 때 상트페테르부르크 에르미타주 미술관에서 관람

▶ 앙리 마티스의 그림 '춤' 조각상 옆에서
기체조를 하는 사람들 (리우데자네이루 식물원)

했기 때문에 금방 알아볼 수 있었다.

잔디 위에서 벌거벗은 채 살아서 움직이는 것 같은 율동적인 모습이 퍽 인상적이었다. 동상 옆에서는 한 떼의 남녀가 어울려 기체조를 하고 있었다. 신성한 정원에서 천천히 움직이는 그들의 모습이 너무 싱그럽게 보였다. 아내와 나는 의자에 앉아 기체조를 하는 사람들을 바라보며 잠시 휴식을 취했다. 싱그러운 숲속에서 기체조를 하고 있는 그들을 바라보자 싱그러운 기운이 저절로 들어오는 것 같았다.

리우는 아름답고 기가 충만한 도시다. 그리스도상과 팡데아수카르, 코파카바나 해변과 이파네마 해변, 사랑을 속삭이듯 잔잔하게 흐르는 보사노바……. 설탕처럼 달콤한 하루가 지나갔다.

이스터섬의 수수께끼 속으로

_칠레 이스터섬

▸ 수수께끼의 모아이 석상

이스터섬이 점점 가까이 다가오자 조바심이 났다. 드넓은 남태평양에 한 점처럼 떠 있는 작은 섬에 비행기가 제대로 착륙을 할 수 있을까? 혹시 항로를 이탈하여 바닷속으로 가라앉아버리지는 않을까? 이스터섬(163.6㎢)은 우리나라 안면도와 비슷한 크기로 아주 작은 섬이다.

내 손을 꼭 잡은 아내의 손에는 땀이 괴어 있었다. 그런 우려와
는 달리 마침내 육중한 점보기는 활주로에 무사히 착륙했다. "후
유~" 승객들이 모두 길게 안도의 숨을 토해내며 무사히 안착해준
비행기의 기장에게 뜨거운 갈채를 보냈다.

이스터섬에 발을 내딛자 우리들의 영혼에 맑은 기(氣)를 불어넣
어 주는 그 무엇이 우리를 기다리고 있는 것 같았다. 비행기에서
내린 여행자들은 마중을 나온 사람들을 따라 하나둘 사라져가고,
텅 빈 공항에 아내와 나 둘만 떨렁 남았다. 그때 한 원주민 여인
이 '하룻밤에 10달러, 아침 포함'이라는 피켓을 들고 히죽 웃으며
우리 앞에 나타났다. 그녀의 해맑은 미소가 우리를 마법처럼 끌어
당겼다.

우리가 그녀를 따라가겠다고 하자 어디론가 달려가더니 부겐빌
레아꽃으로 만든 꽃목걸이를 가져와 우리들의 목에 걸어주며 싱글
벙글 웃었다. 생각지도 않았던 그녀의 환영을 받은 우리는 어리둥
절해졌다. 그녀는 영어를 전혀 알아듣지 못했다. 나는 스페인어를
전혀 알아듣지 못하니 피장파장이었다. 손짓과 발짓으로 겨우 알아
낸 그녀의 이름은 마르타였다.

공항에서 20여 분을 걸어가자 바닷가에 오두막 한 채가 나타났
다. 동화 속에나 나올법한 오두막이었다. 마르타의 집에 들어서니
덩치가 큰 누렁개 한 마리가 환영이라도 하듯 꼬리를 흔들며 다가
왔다. 그 뒤로 앳된 소녀가 방에서 나오더니 "올라!" 하고 인사를
하며 엄마의 치마폭을 휘어잡은 채 수줍은 듯 히죽히죽 웃었다. 소

녀의 뒤를 따라 구레나룻을 기른 더벅머리 사내가 웃으며 우리들의 배낭을 받았다. 그는 마르타의 남편이라고 했다.

오두막에는 방 두 칸에 부엌 한 칸, 처마 밑에 놓인 탁자 하나, 그리고 탁자 앞에 낡은 의자가 놓여 있었다. 마르타가 김이 모락모락 나는 커피를 끓여왔다. 그녀의 환한 미소가 커피 향을 타고 가슴으로 스며들었다. 마르타의 식구들이 왠지 아주 오래전부터 알고 지냈던 사람처럼 가깝게만 느껴졌다.

"말은 통하지 않는데 왜 이리도 마음이 편하고 행복하지요?"

"모아이의 영혼이 마르타의 따뜻한 가슴을 통해 우리에게 전해오는 것은 아닐까?"

행복은 우리에게 그리 멀리 떨어져 있지 않았다. 뜨거운 커피를 마시자 가슴도 뜨거워졌다. "철썩철썩" 부서지는 파도 소리가 긴 여운을 남기며 주기적으로 들려왔다. 커피를 마시고 난 후 우리는 해변으로 걸어 나갔다. 몇 걸음도 채 걷기 전에 거대한 파도가 다가왔다. 파도는 암벽에 부딪혀 포효하며 거대한 물거품을 일으켰다. 모아이 석상에 기대고 앉아 있으니 아무런 생각도 나지 않았다. 우리는 점점 모아이의 영혼 속으로 빠져들어 가고 있었다.

우리는 모아이 석상에 기대어 한동안 바다를 바라보다가 마르타네 집으로 돌아왔다. 마르타 딸은 미히노아(Mihinoa)라고 했고, 남편은 로져라고 했다. 로져는 바다에서 고기를 잡아 오는 어부였다. 그들은 늘 웃는 얼굴이었고, 마음을 편하게 해주는 '그 무엇'이 있었다. 그들의 맑은 영혼이 우리 마음을 정화해 주고 있는 것일까?

"이스터섬으로 우리를 불러들인 것은 모아이가 아닌, 바로 저 마르타 가족이 아닐까요?"

"맞아요. 나도 그렇게 생각이 돼요. 마르타 가족의 해맑은 미소가 우리를 행복하게 해주고 있어요."

별들이 손에 잡힐 듯 유난히 크게 보였다. 별이 총총 빛나는 밤하늘에 별똥이 길게 꼬리를 물며 하나둘 떨어져 내렸다. 수수께끼에 싸인 모아이, 밀어를 속삭이는 파도, 바닷가 외딴 오두막집
…….

토르 헤이에르달(Thor Heyerdahl, 노르웨이 탐험가)은 고대 남아메리카인들이 폴리네시아 군도에 정착할 수 있었으리라는 사실을 증명하기 위하여 발사나무로 만든 콘티키호를 타고 페루에서 이스터섬을 향하여 대장정에 올랐다. 그는 101일 동안 항해한 후 폴리네시아 투아모투 제도에 도착했다. 그 후 그는 이스터섬을 탐험하고 『아쿠-아쿠(Aku-Aku: The Secret of Easter Island)』라는 책을 썼다. 이 저서에서 그는 '아쿠 아쿠'는 이스터섬 사람들을 위한 영적인 안내자라고 밝혔다. 아쿠! 아쿠! 모아이를 움직이는 영혼의 힘이 우리를 이곳까지 인도했을까? 우리는 파도 소리를 들으며 깊은 잠 속으로 빠져들어 갔다.

아침에 눈을 뜨고 일어나 밖으로 나오니 마르타가 환하게 웃으며 "요라나!"하고 인사를 했다. 그 말이 무슨 뜻인지 처음에는 알아듣지 못했지만, 라파누이들의 인사말이라는 것을 알 수 있었다. 라파누이 언어로 '요라나(Iorana)'는 우리나라의 '안녕'에 해당하는 인사말이라고 했다. 섬의 원주민들은 라파누이어와 스페인어를 혼

용해서 쓰고 있었다. '부활의 섬'에서 맞이한 첫 아침. 아내의 표정은 어린아이처럼 밝고 천진스럽게 보였다. 모아이의 영혼이 아내의 마음을 밝게 비추어 주었을까?

"거참 이상한 데요? 해가 거꾸로 떠오르는 것 같아요?"

"글쎄? 나도 도대체 방향감각을 모르겠어요?"

해가 바다 앞에서 떠오를 줄로만 생각했었는데, 웬걸 해는 마을 뒤쪽에서 솟아오르고 있었다. 아무리 살펴보아도 집 앞이 동쪽 같은데 서쪽이라고 했다. 마르타가 커피 한잔과 빵 한 조각을 들고 와 하얀 탁자 위에 올려놓았다. 그녀의 손에는 영어를 스페인어로 번역하는 사전이 들려 있었다. 의사소통을 위해서 그녀는 영어 공부를 열심히 하고 있었다. 내가 영어단어 하나를 써주면 그녀는 그 단어를 스페인어 사전에서 찾아 해석했다. 차라리 몸과 손으로 하는 의사소통을 하는 데 더 빨랐다.

커피 향이 진하게 코를 찔렀다. 밀이 한 톨도 나지 않는 이스터섬에서 빵 한 조각은 매우 귀한 존재였다. 감사하는 마음으로 뜨거운 커피에 빵을 적셔 조금씩 씹어 먹었다. 빵 맛이 그만이었다.

빵을 한 조각 찢어서 커피에 적셔 한입 물고 있는데 로져가 밤송이 같은 머리를 하고 어슬렁어슬렁 방에서 나오면서 "요라나!"하고 인사를 했다. 곧이어 마르타의 딸 미히노아가 아빠 뒤를 따라 나오며 "올라"하고 인사를 했다. 우리는 "안녕하세요?" 한국말로 인사를 했다. "요라나", "올라", "안녕하세요", 이스터섬의 아침은 3개국 말로 시작되었다.

우리는 수화와 몸짓으로 대화를 했다. 혀를 내밀기도 하고, 고개를 전후좌우로 흔들기도 하고⋯⋯. 마치 온몸과 영혼으로 나누는 대화 같았다. 그래도 불편함은 전혀 느껴지지 않았다. 마음과 영혼으로 나누는 대화는 오히려 더 진솔하고 서로를 진하게 이해할 수 있게 해주었다.

로져에게 어디서부터 이스터섬을 돌아보는 것이 좋으냐고 묻자 내 표정을 보고 알아들었다는 듯 고개를 끄덕이며 방으로 들어가더니 지도를 한 장 들고나왔다. 로져는 그 지도를 탁자 위에 펼쳐놓더니 손가락으로 여기저기를 짚으며 이스터섬의 여행 방법을 자세하게 가르쳐주었다.

지도에는 수많은 모아이 석상과 이상한 새들이 잔뜩 그려져 있었다. 로져는 맨 처음에 오롱고(Orongo)라고 표시된 곳을 손가락으로 짚었다. 론리플래닛 안내서를 보니 라파누이들이 가장 신성시하는 곳이라고 했다.

로져는 손가락으로 지도를 짚어가며 라노카오-아후비나푸-라노라라쿠-통가리키-아후테 피토 쿠라-아나케나-아후 아키비-타하이-테라바카-항가로아 등을 차례로 가리켰다. 그의 말대로 돌다 보면 이스터섬을 한 바퀴 도는 것이나 다름없었다. 손가락으로 짚은 지명이 모두가 수수께끼 같은 낯선 이름이었다.

로져가 일러준 대로 우리는 걸어서 오롱고 곶을 오르기로 했다. 내일부터는 지프를 한 대 빌려서 섬을 일주하기로 했다. 섬의 총면적은 우리나라 안면도와 비슷하지만 로져는 짧은 시간에 걸어서 다니기엔 힘든 코스라고 했다.

로져는 이스터섬을 여행하는데 몇 가지 주의 사항을 알려주었다.

▸ 성산일출봉을 닮은 라노카오 화산

가장 중요한 것은 물이라고 했다. 이스터섬에는 오직 항가로아 마을에만 마트가 있으므로 간식과 물은 이곳에서 미리 준비해서 가야만 한다고 했다. 마르타의 집을 나온 우리는 항가로아 마을에서 물과 빵 등 약간의 간식거리를 사 들고 오롱고로 향했다.

항가로아 마을에서 오롱고까지는 약 7Km로 마치 제주도의 성산일출봉을 올라가는 느낌이 들었다. 이른 아침이라 오롱고 곳으로 가는 길에는 우리 둘뿐이었다. 유칼립투스가 우거진 숲속에는 이름 모를 야생화들이 피어 있었다. 완만한 경사를 이루다가 마지막 정상 부근은 상당히 가팔랐다.

"성산일출봉을 오르는 느낌이 들기도 하네!"

라노카오(Rano Kao) 정상에 도착하자 성산일출봉과 비슷한 거대한 분화구가 있었다. 성산일출봉과 다른 점은 물이 고여 있다는 점이다. 지금은 사화산이지만 이스터섬은 300만 년 전 해저 화산 폭발로 생긴 섬이다. 분화구 안에는 마치 달의 표면을 연상케 하는 물웅덩이가 모자이크를 이루고 있었다. 오롱고 곶은 이 섬에 사는 라파누이들이 가장 신성하게 여기고 있는 성역이다.

아내와 나는 잠시 눈을 감고 명상에 잠겼다. 그냥 앉아 있기만 해도 저절로 명상에 들어가는 느낌이 들었다. 라파누이들이 가장 신성시하는 오롱고 곶에서의 명상은 좀 특별한 느낌이 들었다. 어떤 알 수 없는 영혼의 힘이 몸속으로 들어오는 느낌이랄까? 가만히 앉아 있기만 해도 저절로 몸과 마음이 치유되는 것 같았다. 바위에 기대어 누우니 그냥 편안했다.

오롱고 절벽 앞에는 세 개의 작은 바위섬이 조각배처럼 둥둥 떠 있었다. 그중 가장 큰 섬이 모투 누이(Motu Nui-큰 섬), 그 옆에 모투 이티(Motu Iti-작은 섬), 모투 카오카오(Motu Kao Kao-하늘을 향해 뻗어 있는 섬) 등 세 개의 작은 바위섬이 그림처럼 모여 있었다. 이스터섬의 전설에 의하면 창조의 신 마케마케(MaKemaKe)가 바닷새들을 이끌고 피신한 곳이 이 세 개의 섬이었다고 한다. 마케마케는 라파누이 신화에 등장하는 우주 창조의 신으로 다산의 신인 동시에 탕가타 마누(Tnagata Manu, 鳥人) 신의 우두머리다.

이스터섬의 최대 종교 행사는 '탕가타 마누(鳥人)'라고 불리는 조인 축제다. 조인 축제는 해마다 남쪽에서 봄이 시작되는 때를 잡아 이곳 오롱고에서 열렸다. 세 섬 중에서 가장 큰 모투 누이 섬에는 철새인 '마누 타라(검은 제비갈매기가)'가 알을 낳기 위하여 날아온다. 조인 축제는 이때를 맞추어 열린다. 전사들은 각각 자신의 부하를 한 명씩 지명하여 모투누이 섬에서 마누타라의 알을 갖고 오는 경

▶ 이스터섬 오롱고곶 정상에서

주를 벌린다.

전사들은 의식용 복장을 하고 '아오의 길'을 따라 석실로 이루어진 오롱고 마을에 당도하여 상어가 득실거리는 바다로 헤엄쳐 간다. 전사들이 검은 제비갈매기의 첫 번째 알을 찾아 치열한 경쟁을 벌이는 동안, 오롱고에서는 신들의 가호를 기원하는 의식이 치러진다. 마누 타라의 알을 가장 먼저 발견한 호푸마누(수영자)는 알을 머리 위에 묶은 바구니에 넣고 오롱고곶까지 헤엄쳐서 돌아왔다. 그리고 그는 조인이 되었다. 조인은 일 년 동안 종교와 정치적인 실권을 잡고 섬을 통치했다. 신적인 존재가 된 조인은 라노 라라크에 있는 조인거주지에 은거하며 부인도 가까이하지 않고, 전용 화로에서 끓인 것 이외에는 어떠한 음식물도 입에 대지 않고 밖에도 나가지 않는 엄중한 금기 생활을 했다. 한 번 조인이 된 사람은 죽은 후에도 일반인과 구별되는 전용 아후(Ahu, 제단)에 납골 되었다.

어린 시절 나는 한 마리 새가 되어 하늘을 나는 꿈을 자주 꾸곤했다. 새가 되어 더 넓은 세상으로 가고만 싶은 것이 나의 꿈이었다. 좁은 땅에서 살아야만 했던 라파누이들도 새가 되어 더 넓은 세상으로 나아가고 싶었으리라. 바람이 윙윙 불어오는 모투 누이 섬을 향해 새처럼 두 팔을 벌렸다. 그 꿈이 실현되어 나는 지구를 한 바퀴 돌아 이스터섬까지 오게 되었다. 저 멀리 바다 수평선에서 한 마리가 커다란 새가 날아왔다. 새는 점점 모습이 커지는데 가까이 오니 그것은 새가 아니라 비행기였다.

우리는 정상에서 한동안 휴식을 취하다가 유칼립투스 나무가 하늘을 가리고 있는 숲길을 따라 내려갔다. 이름 모를 야생화들이 흐드러지게 피어 있는 숲길은 에덴동산을 연상케 했다.

마르타네 집으로 돌아오니 미히노아가 "요라나!"하고 손을 흔들었다. 요라나! 듣기만 해도 마음이 편해지는 인사말이었다. 항가로아 마을 입구에는 돌하르방을 닮은 모아이 석상이 먼 하늘을 쳐다보고 서 있었다. 이스터섬에는 오직 항가로아 마을에만 사람들이 모여 산다. 마을이라고 해보아야 조그마한 동네에 지나지 않지만, 이곳에 슈퍼마켓, 선물 가게, 학교, 우체국, 교회, 은행, 병원 등 있을 것은 다 있었다. 마을의 모습은 마치 우리나라 우도를 연상케 했다. 우리는 낯익은 느낌을 주는 항가로아 마을을 기웃거리며 돌아다녔다.

선물 가게에 들어가서 모아이 석상 기념품들을 구경하다가 아내는 목각으로 새겨진 모아이 석상을 하나 골랐다. 25cm 정도 되는 목각으로 만들어진 모아이는 긴 귀에, 굳게 다문 입술, 그리고 배꼽 밑으로 두 손을 다소곳이 모으고 있었다. 투박하게 생겼지만 어쩐지 믿음이 갔다. 아내는 목각 모아이 석상을 포장지로 소중하게

▶ 모아이 기념스탬프

감싸 신주를 모시듯 조심스럽게 배낭에 집어넣었다. 목각인형 모아이가 난치병을 앓고 있는 아내를 지켜 줄 것만 같다는 생각이 들었다.

"저 목각 모아이는 긴 귀로 모든 소리를 다 들어주고 침묵하며 누군가를 지켜줄 것 같은 느낌이 들어요."

"아하, 부처님의 귀처럼 길고 크네! 그럼 이 목각 모아이님에게 당신의 소원을 매일 빌어봐요."

우리는 마을의 아기자기한 풍경들을 바라보며 걷다가 우체국에 들어가 아이들에게 엽서를 부치고 이스터섬 방문 기념스탬프를 찍었다. 우체국에서 나온 우리는 슈퍼마켓에서 포도주 한 병을 샀다. 마르타네 집으로 돌아오니 누렁이가 꼬리를 치며 우리를 반겼다. 마르타가 웃으며 즐거웠냐는 표정을 지었다. 내가 아주 좋았다는 표정을 짓자 그녀는 마치 다정한 오누이처럼 씩 웃더니 곧 저녁상을 차렸다.

"아니, 웬 생선이지요?"

"로져가 바다에서 낚시로 잡아 온 생선이래요. 로져 덕분에 오늘밤 싱싱한 생선요리를 먹을 수 있게 되었네!"

식탁 위에는 로져가 낚시로 잡아 온 싱싱한 생선구이가 올라와 있었다. 우리는 마르타와 함께 포도주잔을 마주치며 건배를 했다.

마르타는 우리가 알아들을 수 없는 여러 가지 언어로 축배 외쳤다.

"알레!"

"친!"

"마누이야!"

"건배!"

무슨 말인지는 모르지만 마르타가 외치는 대로 우리도 "알레, 친, 마누이야!" 하며 따라 외쳤다. 내가 "건배!"를 외치자 마르타가 따라서 "건배!"라고 따라 하면서 해맑게 웃었다.

"호호호, 재미있군요!"

"하하하, 정말 기분이 좋아요!"

생선구이에 포도주를 곁들인 만찬은 특별했다. 저녁을 먹고 있는데 태양이 바닷속으로 가라앉으며 붉은 물감을 바다에 풀어내기 시작했다.

"정말, 숨이 막힐 정도로 아름다운 노을이군!"

"바라만 보아도 그냥 눈물이 날 것만 같아요!"

이스터섬의 아름다운 노을은 바라만 보아도 눈물이 날 것만 같았다. 하늘과 바다가 맞닿은 수평선에 태양이 이글거리며 가라앉고 있었다. 아침을 빵 한 조각에 커피 한 잔으로, 점심은 우유에 빵 한 조각을 먹었지만, 우리는 마치 영화 '티파니에서 아침을'처럼 멋진 아침과 저녁을 맞이했다. 나는 가난한 여행 작가 폴이였고, 아내는 언제나 여행을 꿈꾸는 홀리였다. 아내의 이마에는 언제나 '여행 중'이라는 팻말이 붙어 있는 것 같았다. 비록 빵 한 조각과 커피 한잔으로 아침을 때우더라도, 여행 중인 순간만큼은 아내는

▶ 언제나 행복한 웃음을 짓고 있는
마르타와 그녀의 딸 미히노아

아픔이 없었고, 모든 것을 초월한 듯 행복하게만 보였다.

마르타의 딸 미히노아는 하루 종일 웃었다. 우리를 보기만 하면 미히노아는 그냥 까르르 까르르 소리를 내며 웃었다. 건강한 웃음, 티 없는 웃음, 재롱 넘치는 웃음, 행복한 웃음……. 건강미가 넘쳐흐르는 미히노아는 너무도 귀엽고 순진무구했다. 순진무구란 이런 아이를 두고 한 말일 게다. 마르타도 로져도 우리와 마주치면 그저 씩 웃었다. 웃음이 가득한 바닷가의 오두막, 행복이 가득한 집……. 그들은 물질적으로는 가난했지만 언제나 웃음이 넘쳐흘렀고, 행복의 파도가 넘실거렸다. 어찌나 웃어대던지 바람 소리도 파도 소리도 때론 웃음소리로 들릴 지경이었다.

아내의 손을 잡고 노을을 향해 바닷가로 걸어가자 언제 따라왔는지 누렁이가 꼬리를 치며 앞장을 섰다. 이스터섬에 있는 동안 누렁이는 늘 우리를 보호라도 하듯 따라다녔다. 아주 오래전 컴컴한 새벽에 그리스 올림포스산을 올라갔을 때 하얀 백구가 헤르메스처럼 우리들의 길을 안내해 주었는데 이곳 이스터섬에서는 누렁이가 헤르메스 역할을 하고 있었다.

노을이 지고 나니 사방에 어둠이 깔리고 들리는 것은 파도 소리뿐이었다. 어두운 공간에 별들이 하나둘 반짝거리며 나타나기 시작했다. 우리는 모아이가 서 있는 항가피코 선착장까지 걸어갔다. 모아이 석상이 달빛을 받으며 외로이 서서 하늘을 응시하고 있었다.

"우리 여기 좀 앉을까?"

"좋지요."

"와, 저기 남십자성이 보이네!"

"어디요?"

"저기 수많은 별 중에서 유난히 빛나는 네 개가 보이지? 저 별 네 개에 선을 그으면 십자가 모양으로 보여 남십자성이라고 불러요."

"정말 그렇군요!"

하늘을 유심히 바라보니 '十'자 모양의 별이 뚜렷하게 보였다. '十'자 모양이 정남 쪽 방향을 가리키고 있어 대항해시대에는 뱃사람들의 길잡이가 되었던 별이다. 별똥별이 길게 꼬리를 물며 사라져 갔다.

다음날 마르타의 소개로 우리는 중고 지프차를 빌렸다. 낡은 자동차였지만 바다 색깔처럼 진한 남색이 마음에 들었다. 라디오도 없고 기어도 스틱 기어였다. 이스터섬에는 일본산 중고차들이 굴러다니고 있었는데, 대부분 영화 '라파누이(Rapa Nui, 1994년)'를 촬영

할 때 들여온 차들이라고 했다. 시동을 걸고 액셀을 밟아보니 고물 자동차는 슬슬 잘 굴러갔다. 사륜구동이라 힘은 좋아 보였다. 자동차가 출발하자 마르타와 로져, 미히노아가 손을 흔들며 인사를 했다.

"올라!"

"요라나!"

우리는 마르타 가족의 환송을 받으며 이스터섬 탐사에 나섰다. 나는 로져가 표시해준 지도를 따라가기로 했다. 로져가 준 지도는 스티븐슨의 소설 『보물섬』에 나오는 지도와 흡사하다는 생각이 들었다. 새 그림과 모아이 석상들이 수없이 그려진 지도를 들고 답사에 나서니, 숨겨진 보물을 찾아가는 느낌이 들기도 했다.

"우린 지금 보물섬 투어에 나서고 있는 거야."

"호호호, 나도 그런 생각이 들어요."

상상은 자유다. 우리는 숨겨진 보물을 찾으러 가는 탐험대처럼 가슴이 설렜다. 항가로아 마을에 있는 마켓에서 빵과 우유, 물 등 비상식량을 샀다. 비상식량을 싣고 마타베리 공항을 지나 섬의 남쪽으로 향했다.

첫 번째 목적지는 라노 라라쿠 모아이 채석장이었다. 라노 라라쿠는 모아이들의 고향이자 분만실이다. 라노 라라쿠 채석장에 도착하니 시원한 나무 그늘에 원주민들이 좌판을 늘어놓고 돌로 만든 모아이 석상을 팔고 있었다.

라노 라라쿠 채석장은 이스터섬에서 가장 인상적인 명소 가운데 하나다. 채석장은 150m 높이의 돌산인 라노 라라쿠 화산 기슭에

▶ 모아이 석상 채석장 라노 라라쿠

있었다. 채석장 기슭에는 수백 개의 모아이 거석들이 누워있거나 퇴적물 속에 묻혀 있었다. 고개만 내밀고 있는 모아이, 두 동강 난 모아이, 길게 누워있는 모아이, 바위 속에 제작하다가 그대로 누워 있는 석상들……. 아무렇게나 널브러져 있는 모습이 마치 우리나라 화순 운주사의 석불들을 연상케 했다.

모아이의 평균 크기는 5~7m로 다양하다. 그 가운데 가장 인상적인 모아이 석상은 '엘 기간테(El Gigante)'라는 모아이였다. 무게 270톤, 길이가 무려 20m에 달해 산등성이 하나를 온전히 차지하고 있었다. 이 석상의 크기는 파리 콩코드 광장이나, 바티칸 광장에 세워진 오벨리스크 정도로 커 보였다(콩코드 광장의 오벨리스크 크기는 22.8m이다).

이스터섬에는 모아이 석상들을 어떻게 옮겨졌는지 몇 가지 전설이 내려오고 있다. 주민들은 마케마케(Makemake, 이스터섬 라파누이 신화에 등장하는 창조의 신) 신이 석상에게 '걸어가서 아후에 올라가라'고

명령했다고 믿었다. 석상들은 영적인 힘을 발휘해서 아후까지 저절로 걸어가거나, 밤이 깊어지면 여기저기 돌아다니며 신탁의 말씀을 전했다고 한다. 섬사람들은 이 전설을 믿었다. 믿으면 산도 움직인다는 말은 진실일까?

최근 연구 결과에 따르면 이스터섬에는 원래 나무가 울창했다는 사실이 밝혀졌다. 사람들은 석상 운반용으로 썰매, 지렛대, 굴림대를 만들기 위하여 나무를 무분별하게 베어냈다. 그리고 나무의 굴림대를 이용하여 모아이 석상을 옮겼다고 한다. 모아이 석상이 아후(Ahu, 제단) 똑바로 대좌 위에 세워지면 머리 위에 빨간색으로 된 거대한 원통형의 모자를 씌운다. 마치 왕관이나 터번처럼 생긴 원뿔형의 모자는 '푸카오'라고 부르는데, 일종의 고관들에게 씌운 상투 같은 것이다. 그리고 마지막으로 하얀 산호에 눈을 새겨 미리 파 놓은 두 개의 구멍에 집어넣는다. 시력을 갖게 된 모아이는 비로소 생명력을 부여받게 된다.

그러나 스위스 작가 에리히 폰 다니켄(Erich Anton Paul von Däniken)은 이스터섬에 불시착한 외계인들이 무료함을 달래고 고향을 그리워하며 모아이 석상을 만들었다고 주장한다. 그 증거로 모아이 석상은 모두 하늘을 바라보고 있는데 이는 바로 그들의고향을 기리기 위한 의지가 담긴 것이라고 황당한 주장을 한다. 어떻든 이러한 그의 주장은 세계를 휩쓸었고, 이스터섬에 대한 관심이 높아졌으며, 관광객은 외계인이 만들었다는 거대 석상을 보기 위해 몰려들기 시작했다.

채석장을 내려오다가 나는 45도로 기울어져 있는 모아이를 붙들고 힘껏 밀어보았다. 그러나 모아이는 꿈쩍도 하지 않았다. 도대체 이 모아이는 몇백 년 동안 이렇게 기울어 있었단 말인가? 나는 영원히 잠에서 깨어나지 않을 것 같은, 땅속에 잠들어 있는 거인들에게 이별을 고하며 천천히 채석장을 걸어 내려왔다.

"해변에 서 있는 모아이들이 마치 이쪽으로 걸어오고 있는 것만 같지 않소?"

"정말 그렇군요."

바다를 등지고 일렬로 서있는 모아이들의 모습은 위엄에 차 있었다.

덜덜거리는 고물차를 포이케 반도 쪽으로 몰고 가다가 나는 '테 피토 쿠라(Te Pito Kura:빛의 배꼽이라는 뜻)' 앞에 차를 세웠다. 테 피토 쿠라에는 둥근 타원형의 돌이 놓여 있었다. 거대한 새의 알처럼 생긴 이 돌은 전설의 왕 '호투 마투아'가 그의 고향 히바(Hiva)에서 가져온 '신비의 돌'이라고 한다. 언제부터인가 이 돌을 껴안으면 신비한 기운을 얻는다고 전해지고 있었다.

"자, 당신이 먼저 한번 안아 봐요. 저 돌의 신비한 기운이 당신의 병을 치료해줄지도 모르니까."

"저게 무슨 돌인데요?"

"전설의 호투 마투아 왕이 이 섬에 상륙할 때 가져온 신비의 돌인데, 난치병도 치료하는 신통력을 가지고 있다고 전해 내려오고 있대요. 단순한 돌이라고 생각하지 말고 돌의 신통한 힘을 굳게 믿고 안아 봐요."

"정말인가요?"

▶난치병도 치유한다는 신비의 돌

"믿겨야 본전이니 한 번 안아 봐요?"

돌은 그리 크지는 않았다. 아내는 신비한 돌에 가까이 다가가 가만히 안아 보았다. 나는 반대쪽에서 돌을 안고 눈을 감았다. 신비한 힘은 본인이 믿을 때 힘을 발휘한다고 한다. 따뜻한 돌 기운이 온몸으로 들어오는 것 같았다.

신비의 돌을 안아 본 후 우리는 호투 마투아 왕이 최초로 이 섬에 상륙했다는 아나케나 해변으로 갔다. 아나케나(AnaKena) 해변에 도착하니 백사장이 보이고 야자수가 시원하게 서 있었다. 아나케나만은 호투 마투아 왕이 그의 일가족들을 데리고 처음으로 상륙했던 해안으로 알려져 있다.

아나케나 해변을 떠나 비포장도로를 덜덜거리며 달려갔다. 황량한 초원은 영락없이 제주도의 오름 길을 닮았다. 아후 아키비 석상으로 가는 길은 섬의 중앙부를 가로질러 가다가 우회전을 하는 것으로 지도에 표시가 되어 있었다. 그런데 아무리 찾아보아도 석상은 보이지 않았다. 파도 소리도 잘 들리지 않는 것으로 보아 섬의 중심부인 것 같은데 아키비 모아이는 보이지 않았다.

"꽤 높이 올라온 것 같은데 아키비가 보이지 않지?"

"지도를 다시 한번 살펴봐요?"

자동차를 세우고 로져가 준 지도를 펴들고 살펴보았으나 중심도로만 굵게 표시되어 있고, 세부적인 길은 표시되어 있지 않았다. 이 작은 섬에서 길을 잃어버리다니……. 물어볼 사람도 없었다. 초원에는 엄마 말이 아기 말을 데리고 초원에서 유희하며 풀을 뜯고 있었다.

"저 말들에게 길을 물어볼까?"

"이 좁은 섬에서 길을 잃은 들 무슨 걱정이에요."

"하긴 그래요. 여행은 길을 잃고 나서부터 시작된다고 했어요."

"맞아요! 길을 잃은 덕분에 우리가 잔디 위에서 평화로운 풍경을 바라보며 잠시 편히 쉬는군요."

우리는 길을 잃고 나서 비로소 한가로이 쉬고 있었다. 잠시 휴식을 취하다가 산 정상까지 가보기로 했다. 올라갈수록 점점 시야가 확 트이고 보이는 건 푸른 바다뿐이었다. 정상 밑에서 길이 끊겨 자동차는 올라갈 수 없었다. 자동차의 시동을 끄고 아내와 함께 정상으로 걸어서 올라갔다.

"오, 저 망망대해!"

길을 잃은 덕분에 우리는 이스터섬에서 가장 높은 테레바카 분화구가 있는 정상까지 오를 수 있었다. 테레바카는 섬에서 가장 높은 봉분으로 해발 507m나 된다. 정상에 올라서니 구름이 손에 잡힐 듯 가까웠다. 바람이 세차게 불어왔다. 바람은 풋풋하고 공기는 청청했다. 짙은 감청색의 바다는 잠에서 막 깨어난 듯 태곳적 모습을 보여주고 있었다. 어딜 보아도 온통 바다뿐이었다.

오직 바람 소리만 들려오는 곳! 눈을 감으니 하늘도 바다도 보이지 않았다. 누운 채로 잠시 명상에 들었다. 무한한 허공, 작열하는 태양, 모아이의 영혼, 바람의 감촉, 하늘을 떠가는 구름, 바람에 일렁이는 파도, 이 모든 것들이 동시에 마음속으로 흘러갔다. 눈을 감고 있으니 내가 가는 길이 어렴풋이 보이는 것 같았다.

> 그대가 바람이면
> 나도 바람이라네!
> 그대가 새라면
> 나도 한 마리 새라네!
> 아아, 나는 한 마리 새가 되어
> 내 영혼에 날개를 달고
> 망망대해를 날아가고 있다네!

테베바카 산에서 내려오다가 우리는 우연히 아후 아키비 석상을 발견했다. 아키비를 이렇게 쉽게 찾다니……. 허허로운 목초지에 일곱 개의 모아이가 멀리 바다를 향해 서 있었다. 이스터섬에 있는 모든 모아이 석상들이 바다를 등지고 있는데 유독 아후 아키비 모아이만 바다를 바라보고 있었는데, 호투 마투아 왕이 그들의 고향 히바섬을 그리며 바라보고 있는 모습이라고 한다. 모아이들이 바라보고 있는 방향에는 폴리네시아의 파투 히바(Fatu Hiva) 섬이 있다고 한다.

아후 아키비에서 내려온 우리는 타하이 유적지로 내려와 잠시 돌아보다가 항가로아 마을에 있는 교회로 갔다. 교회는 항가로아 마을 중심부에 있었다. 벽을 쌓은 돌의 이음매가 마치 거북등처럼 생긴 모자이크 무늬를 띄고 있었다. 기둥과 벽에는 알 수 없는 롱고롱고 그림들이 수수께끼처럼 그려져 있었다. 지붕 전면에는 하얀 아치를 세웠고, 작은 종과 흰 십자가가 중앙에 세워져 있었다. 교회 안으로 들어가니 나무 의자가 소박하게 놓여 있었다. 예수님도, 성모 마리아님도 이상한 모습을 하고 있었다.

"저길 좀 봐요. 성모 마리아님의 머리에 새가 있어요!"

"팔에 안긴 아기 예수의 모습이 무척 귀엽게 보이는군요."

"라파누이를 닮은 성모님이 어쩐지 더 친근하게 느껴져요."

성모 마리아상은 라파누이 창조신 마케마케의 얼굴을 모방하고, 머리에는 마누타라 새의 모습을 얹은 왕관을 쓰고 있었다. 눈동자도 모아이 석상의 눈처럼 흑요석에 물고기 껍질로 만들었는데, 이는 라파누이의 영적인 힘을 투영하고 있다고 한다. 나무로 만든 성모 마리아 조각상은 1970년 타히티에서 가져온 나무통에 현지 장인이 만든 이스터섬 최초의 기독교 이미지라고 한다. 현지에서는 성모 마리아의 이름을 산타 마리아 데 라파누이(Our Lady of Rapa Nui)라고 부르고 있다.

섬에 있는 동안 우리는 충분한 휴식을 취하며 수시로 바닷가에

▸정이 듬뿍 든 미히노아가 울상을 짓고 있다.

있는 모아이 석상에 기대어 명상을 했다. 모아이 석상에 기대어 있는 동안에는 몸과 마음이 저절로 정화되는 느낌이 들었다.

시간이 꿈결처럼 지나갔다. 이스터섬을 떠나가야 할 시간이 다가왔다. 마르타네 가족과 누렁이에게 마지막 작별 인사를 했다. 로져는 여전히 표정이 별로 없었다. 누렁이가 꼬리를 치며 따라왔다.

"나의 헤르메스, 누렁이야 잘 있어!"

누렁이가 알아들은 듯 꼬리를 흔들며 컹컹 짖어 댔다. 마르타는 딸 미히노아와 함께 공항까지 배웅을 나왔다. 그새 정이 듬뿍 든 미히노아는 우리와 헤어지는 것이 못내 아쉬운 듯 울상을 짓고 있었다.

"마르타, 그동안 고마웠어요."

"미스터 초이, 언제 또 와요?"

"기약은 없지만 언젠가는 꼭 한번 다시 오고 싶어요. 미히노아, 너도 잘 있어!"

"올라, 올라!"

"안녕! 안녕!"

"요라나, 요라나!"

이별이란 언제나 아쉽다. 나는 울상을 짓고 있는 미히노아를 번쩍 안아 들고 볼에 이별의 뽀뽀를 했다. 그러나 미히노아는 여전히 시무룩한 표정이었다. 내 팔에 안긴 미히노아의 표정은 한마디로 "정 주고 떠나지 마오!" 그런 표정이었다. 우리가 탑승구를 빠져나가려 하자 마르타와 미히노아는 끝까지 손을 흔들며 힘껏 외쳤다.

"요라나! 요라나!"

우리가 비행기 트랩에 오를 때까지 그들은 "요라나!"를 외치며 손을 흔들었다.

"아름다운 사람들이여, 안녕!"

아내도 나도 그들이 보이지 않을 때까지 손을 흔들었다. 이윽고 비행기가 이륙하자 섬의 모든 것들이 삽시간에 작아졌다. 그리고 한 점이 되더니 섬은 시야에서 곧 사라지고 말았다.

빙하여행

_칠레 토레스 델 파이네 국립공원

▸ 칠레 토레스 델 파이네 국립공원

산티아고를 이륙하여 파타고니아에 진입한 비행기는 푸에르토몬
트에 잠시 착륙하여 숨을 고른 뒤 남미의 땅끝 푼타아레나스로 날
아갔다. 비행기가 고도를 낮추며 푼타아레나스 공항으로 하강을 하
기 시작하자 기체가 심하게 흔들렸다. 안전띠를 매라는 방송이 급
하게 흘러나왔다. 파타고니아의 기류 변동으로 바람이 워낙 강하게
불어 착륙이 늦어지고 있다고 했다. 비행기는 바다 위에서 고도를

높였다 낮추기를 반복하면서 곡예를 하듯 빙빙 돌기만 했다. 이러다가 생텍쥐페리의 소설 『야간비행』의 주인공 파비엥처럼 폭풍우를 만나 추락하는 것은 아닐까?

"만약 내가 추락한다면 정말이지 나는 아무것도 후회하지 않을 것이다. 우글거리는 개미집 같은 미래는 나를 공포스럽게 한다. …… 나는 원래 정원사가 되었어야 한다." 생텍쥐페리가 마지막 비행을 떠나기 전에 남긴 편지 중의 한 구절이다.

소설 속 야간비행의 주인공 파비엥은 생텍쥐페리 그 자신이었다고 한다. 어쩌면 그는 '어린 왕자'가 사막의 한가운데서 사선으로 넘어서며 자신의 별로 돌아가듯이 흔적도 없이 이 세상에서 사라지기를 원했는지도 모른다. 파타고니아는 생텍쥐페리의 소설 『야간비행』 무대이기도 하다. 야간비행은 그가 실제로 프랑스 항공사에서 남미 우편 항로를 개척하는 체험을 바탕으로 쓴 작품이다.

비행기가 자꾸만 빙빙 돌자 일말의 불안감이 스쳐 지나갔다. 무려 30여 분을 그렇게 빙빙 돌다가 비행기는 가까스로 착륙했다. 바퀴가 드르륵거리며 땅에 닿자 승객들은 모두 "후유!" 하고 안도의 숨을 쉬었다. 비행기 트랩을 빠져나오는데 몸을 날려버릴 듯 강한 바람이 불어왔다.

파타고니아(Patagonia)는 '발(Pata)'이 '큰(Gon)'이란 뜻이다. 거대한 공룡의 꼬리처럼 생긴 파타고니아는 '바람이 많은 대지'다. 파타고니아는 조너선 스위프트의 '걸리버 여행기'에 나오는 거인의 모델을 제공한 땅이자 찰스 다윈의 마음을 사로잡은 땅이다. 또한 셰익스피어가 희곡 『템페스트(Tempest, 폭풍)』의 영감을 얻은 땅이기도하다. 파타고니아는 사계절 바람이 강하게 부는 까닭에 너도밤나무를 비롯한 나무들이 바람에 버틸 수 있는 자세로 자란다. 식물들도 줄기가 작아지면서 땅에 납작 엎드리다시피 한 모습을 하면서 꽃을 피운다.

"드디어, 파타고니아까지 왔네요!"

남미 여행이 끝나갈 무렵에 파타고니아 땅을 밟은 감회는 컸다. 북유럽의 최북단 나르비크에서 남미의 최남단 파타고니아까지 실로 긴 여정이 아니었던가?

우리는 콜렉티보 합승 버스를 타고 공항에서 20km 떨어진 푼타 아레나스 시내로 들어갔다. 버스터미널에 도착하니 푸에르토 나탈 레스로 출발하는 버스가 18시 30분에 있었다. 출발 시각까지는 아직 3시간 정도의 여유가 남아있었다. 버스표를 산 뒤 큰 배낭을 맡겨두고 아르마스 광장으로 갔다.

아르마스 광장에서 제일 먼저 눈에 띄는 것은 마젤란 동상이었다. 대포 위에 오른발을 내 딛은 마젤란이 진군하듯 서 있고, 그의 발밑에는 원주민들이 마젤란을 떠받쳐 들고 있었다. 동상을 떠받치고 있는 원주민들은 마젤란이 파타고니아를 발견한 후 거의 절멸의 위기에 놓인 아라카르프족과 우웰체족이라고 한다.

아르마스 광장을 찾는 여행자들은 마젤란보다도 그 밑에 등을 구부리고 앉아 있는 원주민의 발가락을 만져보게 된다. 대항해시대부터 이 원주민의 발을 만지면 무사히 항해를 마친다는 전설이 전해 내려오고 있기 때문이다.

▶ 만지면 소원을 들어준다는
원주민 발등(푼타아레나스)

"하도 만져서 그런지 발가락이 반질반질하군요!"

"믿거나 말거나이지만 저 원주민 발가락을 만지면 한가지 소원이 꼭 이루어진다는 전설이 있대요."

"호호, 그런 전설을 어떻게 믿어요."

그러면서도 아내의 손은 보석처럼 빛나는 원주민 발가락을 만지고 있었다. 진실로 무언가를 믿는 마음이 있으면 산도 감동하여 움직인다고 하지 않은가? 나는 촉촉이 젖은 원주민의 엄지발가락을 만지며 아내의 난치병이 낫기를 진심으로 기원했다.

아르마스 광장에서 터미널로 돌아온 우리는 푸에르토 나탈레스로 가는 버스를 탔다. 버스는 푼타아레나스 시내를 벗어나 바람이 강하게 부는 벌판을 달려갔다. 푸에르토 나탈레스에 도착하니 밤 10시가 다 되어 가고 있었다.

인구 약 2만 명이 살고 있는 푸에르토 나탈레스는 파이네 국립공원으로 가는 전진기지 역할을 한다. 론니 플래닛에서 미리 알아둔 호스텔을 찾아가니 타원형의 얼굴에 미소를 머금은 아주머니가

다가왔다. 데니카라고 소개한 그녀에게 그레이 빙하로 가는 버스표를 물었더니 아침 7시에 출발하는 버스가 있다고 했다. 버스는 파이네 국립공원 입구까지만 가지만, 오후 4시에 그레이 빙하에서 출발하는 버스가 있다고 했다.

다음 날 아침 7시, 파이네 국립공원으로 출발하는 버스를 탔다. 햇빛이 찬란하게 비추더니 순식간에 먹구름이 몰려와 비가 내리기 시작했다. 창밖을 바라보니 호수 위에 아름다운 무지개가 둥그런 원을 그리며 걸려 있었다. 무지개 너머로 로켓포처럼 하늘을 찌르고 있는 토레스 델 파이네 국립공원의 산봉우리들이 보였다. 신비한 비경에 여행자들은 모두가 탄성을 질렀다. 산 밑에는 빙하가 녹은 물이 흘러내려 크고 작은 쪽빛 호수들이 장관을 이루고 있었다.

토레스 델 파이네(Toress del Paine) 국립공원은 '마지막 희망'이라는 뜻을 가진 울티마 에스페란자(Ultima Esperanza) 주에 속해 있다. 한 주의 이름이 이토록 비장할 수 있을까? 이 지역은 인류가 개발이라는 이름으로 아직 손길이 닿지 않은 태곳적 자연을 그대로 간직하고 있다.

버스는 비포장도로를 달려가다가 토레스 델 파이네 국립공원 입구에 도착했다. 대부분 승객들은 파이네 국립공원 트레킹을 하기 위해 삼삼오오 짝을 지어 로켓포처럼 솟아오른 산정을 향해 걸어갔다. 세계 3대 트레킹 코스로 꼽히는 토레스 델 파이네 국립공원을 트레킹 하려면 상당한 체력과 장비가 필요하다. 체력도 부족하고 장비를 미처 준비하지 못한 우리는 차선책으로 토레스 델 파이네 국립공원을 둘러싸고 있는 그레이 빙하를 가기로 했다.

그레이 빙하에서 돌아올 때 걱정이 되어서 버스 운전사에게 오후 4시에 그레이 빙하 입구까지 버스가 오느냐고 물었다. 내 말을 알아들었는지 그는 "오케이"하고 시원시원하게 대답했다. 그레이 빙하로 가는 여행객들은 대부분 패키지 여행자들로 전세 버스를 타고 갔다. 걸어서 가는 여행자는 우리 둘뿐이었다.

바람이 강하게 불어와 머리칼이 이리저리 휘말렸다. 변화무쌍한 날씨 만큼이나 풍경은 야성적이고 놀랄 만큼 아름다웠다. 아내의 손을 잡고 비포장도로를 걸어갔다. 주변에는 이름 모를 야생화들이 미소를 지으며 우리를 반겨주고 있었다. 푸르스름한 빛을 띤 눈 덮인 봉우리들이 구름 사이로 숨 막힐 듯 나타났다가 사라지곤 했다.

뾰쪽하게 솟아오른 '파이네 그란데'와 '퀘르노스 델 파이네'가 야수의 이빨처럼 모습을 드러내고 있었다. 빙하에서 녹아내린 물은 진한 쪽빛 호수를 이루고 있었다. 과나코가 묘한 표정을 지으며 우리를 쳐다보았다. 냔두들이 후다닥 달려가기도 했다. 그때마다 우리는 깜짝깜짝 놀라 서로 부둥켜안았다.

우리는 마치 비밀의 정원을 산책하듯 이름 모를 야생화들이 끝없이 피어 있는 길을 걸어갔다. 꽃을 너무도 좋아하는 아내는 아름다운 야생화를 볼 때마다 탄성을 질렀다.

"저기 빙하가 보여요!"

"오, 마침내 그레이 빙하에 도착했군!"

빙하를 본 아내는 신기한 듯 소리를 질렀다. 거대한 유빙이 녹아내리며 천천히 떠내려가는 모습이 보였다. 빙하를 보니 없던 힘이 솟아났다. 호텔 라고 그레이(Hotel Lago Grey)에 도착하니 오후 2시가 다 되어가고 있었다. 공원 입구에서 6시간이나 걸어왔지만 아내는 눈 앞에 펼쳐지는 놀라운 풍경에 매료되어 전혀 피곤한 기색이 보이지 않았다. 호텔 입구 매표소에서 2시에 출발하는 그레이 빙하 유람선 티켓 두 장을 샀다. 조금만 늦었더라면 그레이 빙하 투어를 놓칠뻔했다.

산장에는 그레이 빙하로 가는 여행객들로 붐비고 있었다. 비가 부슬부슬 내리기 시작했다. 바람이 어찌나 강하게 불던지 몸이 날아갈 것만 같았다. 우리는 바람에 흔들리는 출렁다리를 가까스로 건너갔다. 출렁다리를 지나니 흑갈색의 모래사장이 나오고 청잣빛 색깔을 띤 유빙들이 강물에 둥둥 떠내려오는 모습이 보였다. 우리는 구명조끼를 입고 유람선으로 가는 고무보트를 탔다. 선원이 손을 잡아주어야 바람에 흔들리는 보트를 겨우 탈 수 있었다. 빙하 쪽에서 불어오는 바람은 무척 차가웠다. 유람선이 출발하자 거대한 빙하 군이 점점 가까이 다가왔다.

태평양에서 불어오는 축축한 바람은 안데스산맥에 부딪혀 엄청난 눈을 내리게 하고, 산골짜기에 쌓인 눈은 거대한 빙하를 만들어낸다. 그 결과 칠레와 아르헨티나에 걸쳐 있는 안데스산맥에는 수십 개에 달하는 거대한 빙하가 형성되고 있다. 그레이 빙하는 길이 28km, 넓이 270㎢로 토레스 델 파이네 국립공원 주변에 형성된 12개의 빙하 중에서 가장 크고 길다.

빙하로 다가갈수록 사나운 바람이 배를 집어삼킬 듯 휘몰아쳤다. 파도가 배 꼭대기까지 튕겨 올라왔다. 여행자들이 비명을 지르며 엎드렸다. 뱃멀미가 심해진 아내는 아예 배 뒷전에 엎드려 있었다. 강풍에 배가 뒤집힐 듯한 위험 속에서도 창밖으로 비추는 풍경은 놀랍도록 아름다웠다. 그런데 배가 빙하에 가까이 다가가자 바람이 언제 불었냐는 듯 잠잠해졌다!

빙하에 도드라지는 색깔은 너무나 비현실적이고 인공적인 느낌마저 들었다. 빙하 속살은 곱디고운 고려청자의 빛깔 같았다. 빙하를 만져보는 아내의 모습이 마치 빙하에 박제해 놓은 냉동인간처럼 보였다.

유람선은 빙하 사이를 서서히 떠다녔다. 여행자들은 빙하를 만져보기도 하고 으깨서 맛을 보기도 했다. 빙하를 한 조각 깨물어 맛을 보니 일반 얼음보다 훨씬 차갑게 느껴졌다.

그레이 빙하에서 산장으로 돌아오니 오후 3시 반이었다. 데스크로 가서 푸에르토 나탈레스로 가는 버스가 언제 출발하느냐고 물었더니 오늘 이곳에서 출발하는 버스는 없다고 했다. 데니카의 말을 믿고 왔던 우리는 아연실색을 할 수밖에 없었다. 버스 운전사도 분명히 오후 4시경에 이곳에서 버스가 출발한다고 했는데, 내가 잘못 들었을까? 그레이 산장은 이미 여행객들로 초만원을 이루어 빈방이 없다고 했다. 하루 방값도 300달러로 엄청나게 비쌌다.

"우리는 오늘 꼭 푸에르토 나탈레스로 돌아가야 하는데요. 혹시 나탈레스로 가는 다른 자동차가 없을까요?"

"글쎄요. 지금으로선 없는데요."

"그래도 혹시 있는지 한 번 알아봐 주시겠습니까?"

산장의 여직원은 딱한 듯 나를 바라보았다. 그녀는 어떻게 하든 지 도와주려고 하는 마음이 엿보였다. 그녀는 여기저기 전화를 걸었다. 그러더니 마침내 미소를 지으면서 말했다.

"마침 나탈레스로 가는 트럭이 한 대 있군요. 시간이 좀 걸린다고 하네요. 아무튼 운전사가 이곳으로 오기로 했으니 그분한테 잘 이야기해보세요."

"늦어도 괜찮습니다. 오늘 중으로만 가면 되니까요."

호텔 커피숍에서 뜨거운 커피와 토스트를 먹으며 트럭을 기다렸다. 오후 8시경이 되자 작은 트럭 한 대가 나타났다. 운전사는 마음씨가 좋아 보이는 40대의 원주민이었다. 그는 기꺼이 우리의 요청을 들어주었다. 피할 수 없으면 즐기라 했던가? 트럭을 타고 백야의 밤을 달려가는 추억은 영원히 잊을 수 없다. 운전사는 라디오를 틀어놓고 묵묵히 운전만 했다. 마침내 푸에르토 나탈레스 시가지가 보이기 시작했다. 나탈레스에 도착하니 자정이 되어가고 있었다. 나는 그에게 5,000페소와 한국에서 가져온 기념 볼펜 한 자루를 건네주었다.

"너무 고마워요. 이건 우리의 작은 성의이니 받아주세요."

"고맙소. 좋은 밤 보내세요."

"감사합니다."

원주민의 따뜻한 마음이 우리를 훈훈하게 만들었다. 저 운전사와 우리는 전생에 어떤 인연을 가졌을까? 호스텔 문을 열고 들어가니 데니카가 우리를 웃으며 우리를 맞이했다.

"많이 늦었네요? 그레이 빙하 구경은 잘했나요?"

"빙하 구경은 잘했는데 하마터면 얼어 죽을 뻔했어요."

"호호호, 그게 무슨 말이지요?"

"그레이 산장에서 오후 4시에 출발하는 버스는 없었어요. 산장은 초만원인 데다 엄청 비싸고요. 저 트럭 운전사가 아니었더라면 길거리에서 얼어 죽을 뻔했어요."

"오, 그래요? 정말 미안합니다."

"하지만 덕분에 백야 속의 비경을 실컷 구경하고 왔어요."

"오, 그래요? 미스터 초이, 오늘 저녁 식사는 내가 대접하지요."

데니카는 좋은 여자였다. 우리는 그녀가 한밤중에 차려준 저녁을 맛있게 먹었다. 그리고 곧 깊은 잠 속으로 곯아떨어졌다.

아침 일찍 페리토 모레노 빙하를 향해 푸에르토 나탈레스를 출발했다. 호스텔로 픽업을 나온 봉고차에 오르는데 데니카가 웃으며 말했다.

"오늘은 어제와 같은 불상사는 없을 거예요."

"제발 그랬으면 좋겠네요."

12인승 봉고차는 매우 낡아 보였다. 푸에르토 나탈레스를 출발한 봉고차는 9번 도로를 따라가다가 토레스 델 파이네 국립공원으로 가는 삼거리 카페에서 우회전했다. 칠레 국경을 통과하자 곧 아르헨티나 국경초소에서 한 사람씩 여권을 검사했다. 우리 차례가 되어 여권을 건네주자 국경초소 직원은 어디론가 전화를 걸었다. 시간이 상당히 흘렀는데도 그는 입국 스탬프를 찍어주지 않았다. 우리 때문에 출발이 지연되고 있었다. 동행자들에게 괜히 미안한 마음이 들었다.

"내 여권에 무슨 문제라도 있나요?"

"특별한 문제가 있는 건 아니고요. 한국인이 이 초소를 통과는 것이 처음이라서 확인을 좀 하고 있습니다."

서울에서 사스 증명까지 첨부하여 비싼 비용을 지불하고 어렵게 받았던 아르헨티나 비자가 문제가 될 리가 없었다. 어디선가 걸려 온 전화를 받은 초소 경비원은 마침내 우리 여권에 스탬프를 찍어 주었다.

국경초소를 통과하여 비포장도로를 달려가던 봉고차가 덜덜거리 더니 갑자기 멈춰버렸다. 운전사가 내려가더니 왼쪽 앞바퀴 타이어 가 펑크가 나서 타이어를 갈아 끼워야 한다고 했다. 바퀴를 들어 올리는 장비도 없어서 여행자들이 모두 내려 펑크가 난 쪽의 바퀴 를 힘들게 들어 올려 큰 돌을 괴어 놓고 타이어를 교체했다. 타이 어를 가까스로 교체한 봉고차는 다시 출발했다. 그런데 얼마가 가 지 않아 자동차는 또다시 멈췄다. 이번에는 오른쪽 뒷바퀴가 펑크 가 났다고 했다.

두 번째 펑크가 났을 때는 바퀴를 받칠 수 있는 큰 돌이 주변에 없었다. 마침 그때 지프가 한 대 다가왔다. 운전사가 손을 흔들자 지프가 멈추더니 머리를 빡빡 깎은 남자와 금발의 미녀가 내렸다. 그 뒤를 이어 덩치가 큰 알록달록한 개 한 마리가 꼬리를 치며 따 라 내렸다.

"저런, 타이어 펑크가 났군요. 내 차에 잭이 있어요."

그는 트렁크를 열고 잭을 꺼내 봉고차 기사에게 넘겨주었다. 자동차는 수월하게 들려졌고 펑크 난 바퀴를 쉽게 교체하였다. 펑크 가 두 번씩이나 나고 시간이 꽤 지연되고 있었는데도 여행자들은 불평이 한마디 없었다. 불평하기보다는 모두가 펑크 난 타이어를 교체하는데 협조적이었다. 자동차는 끝없이 펼쳐진 광활한 팜파스를 달려갔다.

칼라파테로 가는 길은 그 유명한 '루타 40번(Ruta 40)' 도로로 이어진다. 루타 40번 도로는 죽기 전에 꼭 한 번은 지나가야 한다는 유명한 도로이다. 아르헨티나 산타크루스주(州) 리오가예고스(Rio Gallegos)에서 출발하여 볼리비아 국경 후후이 주 라키아카(La Quiaca)까지 이어지는 총연장 5,194km에 달하는 루타 40번 도로는 남북으로 11개 주를 통과하며 20개의 국립공원과 18개의 강을 지나간다. 우리는 그 유명한 루타 40번 도로의 일부 구간을 달려 엘 칼라파테에 도착했다.

엘 칼라파테에서 점심을 먹은 후 우리는 모레노 빙하로 출발했다. 구불구불한 도로를 따라 모레노 빙하에 도착하자 천둥소리가 들려왔다. 거대한 빙하가 굉음을 내며 무너져 내리고 있었다. 본체에서 떨어진 빙하는 드라이아이스 같은 물보라를 일으키며 호수 속으로 스르르 침잠했다. 말과 글로는 표현할 수 없는 진풍경이었다. 여행자들이 떨어져 나가는 빙하를 보기 위해서 장사진을 이루고 있었다. 모두가 넋을 잃고 빙하가 연출하는 장관을 바라보고 있었다. 수십 명의 카메라맨이 빙하를 향해 포진하고 있었다. 그들은 빙하가 연출하는 사진 한 장을 찍기 위해 며칠을 기다리고 있다고 했다. 거대한 빙하가 무너져 내리는 장면은 가히 장관이었다.

▸무너져 내리는 아르헨티나 페리토 모레노 빙하

　우리는 빙하가 무너져 내리는 광경을 바라보다가 밤늦게 푸에르토 나탈레스로 돌아왔다. 돌아올 때는 다행히 자동차 펑크도 나지 않고 아르헨티나 국경초소도 무사히 통과했다.

　파타고니아에는 1만 년 전에 밀로돈이 살았던 동굴이 있다. 밀로돈의 동굴은 영국의 풍자소설가 조너선 스위프트의 여행기 '걸리버 여행기'의 배경으로 삼았던 동굴로 소설에 나오는 거인족들은 밀로돈을 모델로 삼았다는 설이 있다. 밀로돈(Mylodon)은 거대한 황소보다 큰 남아메리카 특유의 초식동물이다. 몸길이가 3m에서 7m, 몸무게 1톤에 달하는 밀로돈은 방사성 탄소 연대측정 결과 약 1만 년 전까지 생존했으며, 그 뒤로는 멸종되었다고 한다.
　걸리버 여행기 배경인 밀로돈의 동굴을 그냥 지나칠 수는 없었다. 다음 날 아침 일찍 밀로돈으로 가는 자동차를 타고 야생화가 만발한 들판을 지나자 '밀로돈 동굴'이라고 표시된 이정표가 보였

▶ 걸리버 여행기의 모델 밀로돈

다. 밀로돈의 동굴에 도착하자 거대한 죠스가 입을 크게 벌리고 있는 것처럼 보이는 동굴 입구가 나타났다. 동굴 입구에는 밀로돈을 복원한 동상이 오른손을 들고 서 있었다. 언 듯 보면 공룡 같기도 하고 곰처럼 보이기도 했다.

동굴 내부로 들어가니 비바람과 눈을 피하기에 적합한 구조로 되어 있었다. 동굴 양옆 면에는 소금 결정이 햇빛을 받아 반짝거렸고, 바닥은 짐승의 똥으로 뒤덮여 있었다. 동굴 주변과 내부가 자연 그대로 보존되어 있었는데 이 동굴에서 원시인들이 살았다는 흔적이 발견되었다고 한다.

조나단 스위프트는 '걸리버 여행기'에서 야만적인 쾌락과 잔인함, 탐욕에 빠진 '야후(Yahoo)'의 모습을 신랄하게 풍자하고자 했는데, 밀로돈이 바로 그 야후의 모델이라고 한다. 인터넷 포털 사이트 '야후(Yahoo)'도 걸리버 여행기에 나오는 '야후'에 따온 것이라고 한다.

동굴 밖으로 나와 자동차를 타러 가는데 길 양옆에는 억센 가시가 돋아나 있는 가지에 보라색 열매들이 주렁주렁 열려 있었다. 칼라파테라는 열매였다. 칼라파테는 청정지역인 파타고니아 지방에 주로 자생한다고 한다. 봄에 노란 꽃이 피고 여름이면 검푸른 열매가 달리는데, 이 열매로 잼을 만들어 먹기도 한다고 한다.

파타고니아에는 칼라파테의 열매를 먹으면 다시 파타고니아에 온다는 전설이 전해 내려오고 있다. 아내와 나는 가시에 달린 설익은 칼라파테 열매를 조심스럽게 따 먹었다. 전설의 열매를 먹었으니 파타고니아 바람의 신이 우리를 다시 한번 파타고니아로 데려다줄까?

푸에르토 나탈레스로 돌아오니 밤이 깊었다. 호스텔로 들어가니 데니카가 밀로돈의 동굴은 잘 다녀왔느냐고 웃으며 반겼다. 그리고 뭔가를 우리에게 알려주려는 듯 말했다.

"미스터 초이, 저기, 코레아 프렌드가 있어요."

눈치로 보아서는 한국인이 와 있다는 말인 것 같았다. 배낭을 내려놓고 밖으로 나오니 한국인 청년 한 사람이 식탁에 외롭게 홀로 앉아 있었다. 아내가 정색하며 반겼다. J(프라이버시를 존중하여 실명은 생략함)는 한국을 떠난 지 10개월이 다 되었다고 했다. 그는 아내와 함께 신혼여행 기념으로 세계일주를 하던 중 장모님이 위급하다는 소식을 듣고 아내는 한국으로 돌아가고 홀로 여행하고 있다고 했다.

우리는 푸줏간에서 고기를 사다가 구워 먹기로 했다. 데니카가 가르쳐 준 정육점으로 가는데 J가 따라나섰다. 심심하던 차에 우리 부부를 만나니 무척 반갑고 좋은 모양이었다. 푸줏간에서 남미산 소고기를 사 들고 호스텔로 오는데, 또 한 사람의 한국인이 거기에 와 있질 않은가! 그는 한 달 전에 페루 쿠스코에서 만난 L군이었다. 세상 참 좁다. 파타고니아에서 그를 다시 만나다니. J가 포도주 한 병을 샀고, 아내가 불고기를 끓이는 동안 L군이 밥을 지어서 가져왔다. 우리는 소고기에 쌀밥, 그리고 포도주잔을 기울이며 여행담으로 이야기꽃을 피웠다.

다음 날 아침 우린 푼타아레나스행 버스를 타기 위해 정류장으로 갔다. 데니카가 버스정류장까지 배웅을 나와 주었다. 며칠 머무는 동안 그녀와 정이 듬뿍 들었다. 버스가 출발하자 데니카가 손을 흔들었다. 바람이 강하게 불어왔다.

"데니카 그동안 고마웠어요."

"미스터 초이, 칼라파테 열매를 따 먹으면 파타고니아에 다시 온다고 했으니 우리 다시 만나요."

"오, 그래요?"

"우리 그때 다시 만나요. 굿 바이!"

"바이 바이."

칼라파테 열매를 먹으면
파타고니아에 다시 온다고 했지.
바람의 신이 우리를
파타고니아로 데려다줄까?

세상 끝에서 세상 끝으로

_칠레 파타고니아~호주 퍼스

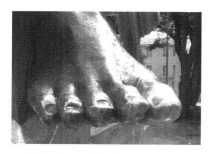

▸ 칠레 땅끝 푼타아레나스 원주민 발등

　푼타아레나스에 도착하여 민박집에서 저녁을 먹은 후 커피를 마
시며 휴식을 취하고 있는데 푸른 눈의 서양 아가씨가 홀로 2층으
로 올라왔다. 늘씬한 키에 서글서글한 눈매를 가진 유럽풍의 여자
였다. 내가 먼저 인사를 했더니 그녀도 손을 들며 반갑게 미소를
지었다. 그녀는 독일에서 홀로 여행을 왔다고 하면서 대뜸 이런 제
의를 했다.

"내일 아침 우수아이아로 가기 위해 자동차를 렌트를 해 놓았는데 함께 가지 않겠어요?"

"오, 그래요? 우리도 우수아이아를 가려고 하던 참인데 잘 되었군요. 잠시만 기다려 주세요. 아내와 상의를 해 보겠습니다."

그렇지 않아도 우수아이아는 꼭 가려고 하던 참이었는데 좋은 기회였다. 그녀는 우수아이아에서 2박을 하고 푼타아레나스로 다시 돌아올 계획이라고 했다. 렌트 비용과 기름값도 절감이 되고 서로 교대하면서 운전을 할 수 있는 좋은 기회라는 생각이 들어 아내에게 함께 가자고 했더니 아내는 싫다고 했다. 아내는 그냥 우리끼리 자유롭게 여행하는 것이 좋다고 했다. 낯선 독일 아가씨가 싫었을까? 좋은 기회를 놓치는 것이 다소 아쉬웠지만 나는 아내의 의견을 따르기로 했다.

다음 날 아침 어젯밤에 남겨두었던 생선국을 먹으려고 냉장고를 뒤지니 생선국을 담아둔 그릇이 없었다. 누군가 먹어 버렸거나 아니면 버린 모양이었다. 주인에게 물어보니 버렸다고 했다.

"우리한테 물어보지도 않고 버리다니."

화가 난 아내는 당장에 숙소를 옮기자고 했다. 나도 기분이 썩 좋지는 않았지만, 그렇다고 숙소를 옮길 정도로 심각한 문제는 아니었다. 하지만 아내가 워낙 단호하게 말을 하는지라 짐을 챙겨 들고 J가 알려준 마뉴엘의 집으로 갔다.

마뉴엘의 집에 도착하니 뜻밖에 J가 와 있었다. 그는 페리토 모레노 빙하 투어와 피츠로이 등산을 포기하고 예정보다 빨리 왔다고 했다. 혼자서 등산을 하려고 하니 재미도 없고 괜히 신세가 처량한 것 같아 푼타아레나스로 돌아왔다고 했다. 아무튼 반가웠다. 우리는 도미토리룸에서 J와 같은 방을 사용했다.

나는 우수아이아를 꼭 가고 싶어서 아내에게 다시 물으니 좋다고 했다. 우수아이아를 갈 마음이 있었다면 어제 독일 아가씨와 함께 갔더라면 이미 우수아이아에 도착했을 텐데……. 휠! 아쉬운 마음이 들었지만 이미 지나간 일이었다. 우리는 자동차를 렌트하여 우수아이아로 가기로 했다. 렌터카 회사에 가서 자동차를 빌리려고 알아보니 가격도 비싸고 마일리지 제한까지 있었다.

"너무 비싸요. 마일리지 제한까지 있으니 킬로미터마다 가격이 재깍재깍 올라갈 텐데 마음 졸여서 그걸 어떻게 봐요."

숙소로 돌아와 마뉴엘에게 가격이 저렴한 렌터카를 좀 알아봐 달라고 했더니 그가 씩 웃으며 말했다.

"염려 말아요. 내가 싸고 좋은 베리 굿 카를 소개해 줄 테니."

"싸고 좋은 베리 굿 카?"

"그렇고말고. 내일 아침 차를 끌고 올게요."

다음 날 아침 마뉴엘은 싱글벙글 웃으면서 덜덜거리는 낡은 포터 한 대를 끌고 왔다. 그가 '베리 굿 카'라고 자랑을 했던 자동차는 생산된 지 무려 30년이 지난 1975년산 포터였다. 하루 렌트비용은 30달러, 무제한 마일리지였다. 우리가 알아본 렌터카보다는 절반 가격이었다.

온통 녹을 뒤집어쓴 자동차는 매우 낡아 보였다. 자동차의 문을 닫을 때마다 녹슨 껍질이 땅에 우수수 떨어져 내렸다. 발로 한번 차면 와장창 으스러져 버릴 것만 같았다. 세상에! 이렇게 낡은 자동차를 베리 굿 카라고 극찬하면서 끌고 오다니…….

"마뉴엘, 이게 어떻게 베리 굿 카냐?"

"베리 굿 카고 말고. 내 차는 1970년산인데, 이 차는 5년 후에 나온 75년산이다. 게다가 사륜구동이라 힘도 좋으니 내 차에 비하면 성능이 아주 좋은 차다."

"하하하. 듣고 보니 그렇기도 하네. 가다가 엔진이 꺼져서 멈춰 버리지는 않을까?"

"절대로 그럴 염려는 없다. 마음 놓고 타도된다."

어쩐지 파타고니아 허허벌판에 괴물처럼 생긴 이 낡은 자동차가 어울릴 것만 같았다. 나는 다소 돈키호테 기질이 발동해서 마뉴엘의 추천을 받아들이기로 했다. 아내도 가격이 싸니 좋다고 동의를 했다. 거기에다 J군도 동행하겠다고 하니 렌트 비용을 서로 나누어 내게 되어 값이 더 저렴해졌다. 마침내 고물차를 인수하여 시동을 걸고 있는데 마뉴엘이 자동차 수리 도구와 펜벨트 하나를 챙겨주며 말했다.

"우수아이아까지는 멀기도 하고 길이 워낙 험하여 혹시 펜벨트가 떨어질 수도 있으니 이걸 챙겨 넣어요."

"마뉴엘, 어쩐지 좀 불안한데 괜찮을까?"

"미스터 초이, 이 차는 베리 굿 카니 걱정하지 말아요."

나는 마뉴엘이 준 펜벨트를 챙겨 넣고 우수아이아를 향해 액셀을 힘차게 밟았다. 덜덜거리는 고물 자동차가 어쩐지 돈키호테의 애마 로시난테 같은 느낌이 들어서 나는 자동차의 이름을 '로시난테(Rosinate, 돈키호테가 타고 다녔다는 늙은 말)'라고 명명했다. 무식하면 용감하다고 했던가? 나는 낡은 고물차를 타고 세상의 끝을 여행하는 것도 매우 흥미로울 것 같았다. 어쩌면 폴 서루의 여행기에 나오는 『낡은 파타고니아 특급열차(The old Patagonia Express)』를 타는 것보다 더 흥미로울 것 같다는 생각이 들었다. 비록 고물차이지만 신호등도 없는 황량한 벌판을 방랑해보는 자동차여행은 아주 스릴이 있을 것 같았다. 파타고니아는 방랑자들의 종착역이다. 아내와 나는 어쩌면 방랑자의 기질을 타고났는지도 모른다. 나는 온몸에 전율을 느끼며 로시난테의 액셀러레이터를 힘껏 밟았다.

푼타아레나스에서 우수아이아까지는 630km로 승용차로 쉬지 않고 가도 10시간이 넘게 걸린다. 더구나 고물 자동차는 속력을 내기가 어려운데다 기후조건에 따라 시간이 얼마나 걸릴지도 모른다. 푼타아레나스를 벗어나 9번 도로를 타고 북상을 하다가 캄포 라 아베나(Campo la Avena)에서 우회전하여 255번 도로로 접어드니 비포장도로가 이어졌다. 끝없이 펼쳐진 황량한 팜파스에는 마을은커녕 사람도 자동차도 구경하기 힘들었다. 가시덤불이 드문드문 무덤처럼 보일 뿐 황량한 들판에는 아무것도 없었다.

바람의 땅, 파타고니아를 여행하다 보면, 마음속 깊은 곳에서 뭔가 바닥을 치고 올라오는 것이 느껴진다. 그것은 바로 '아, 아직도 내가 살아있구나!' 하는 경이로움이다. 인생이 바닥을 친다고 해서 결코 슬퍼만 할 필요는 없다. 바닥은 더 밑으로 떨어질 곳도 없는 재기의 전환지점이기 때문이다. 강한 삶의 의욕을 불러일으키는 곳이 바로 은둔의 땅 파타고니아다.

"여보, 어쩐지 으스스하기만 해요. 사람은커녕 자동차도 구경하

▶75년산 고물 렌터카 '로시난테'를 타고
세상의 끝 파타고니아를 달렸다.

기가 힘드니 말이에요."

"흠… 하지만 이런 게 진정한 여행이 아니겠소?"

아내의 말을 듣고 보니 다소 불안한 마음이 들기도 했다. 우리
는 고독하고 낯선 땅을 여행하기 위하여 지구의 끝으로 왔을까?
비포장도로는 엉망진창으로 질척거렸다. 이런 낯선 오지를 고물 자
동차를 몰고 여행을 한다는 것은 매우 위험하고 무모한 짓이라는
생각이 스치고 지나갔다. 자동차가 고장이라도 난다면 오지도 가지
도 못하는 신세가 되고 말 것 같았다. 약 3시간 정도를 달렸을까?
황량한 벌판에 트럭을 세워놓고 손을 흔들고 있는 사람이 보였다.
아마도 트럭이 고장이라도 난 모양이었다.

뭔가 도움을 요청하는 것 같아 자동차를 멈추었더니 그는 손과
발로 제스처를 하며 스페인어로 뭐라고 말을 했다. 스페인어에 문
외한인 우리는 그의 말을 통 알아들을 수가 없었다. 그의 제스처와
표정으로 대강 유추해 보건대 자기 트럭이 고장이 나서 그러니 좀

태워달라는 것 같았다. 우리는 일단 그를 태웠다. 산 그레고리오 어쩌고저쩌고하는 거로 보아서 여기에서 가까운 도시인 산 그레고리오까지 데려다 달라는 것 같았다.

1시간여를 달려가자 작은 마을이 나왔다. 그는 "텔레포노."라고 말하며 그 마을에서 내려 전화를 걸어야겠다는 시늉을 했다. 자동차에서 내린 그는 "그라시아스! 그라시아스! 그라시아스!"를 연발하며 손을 흔들었다. 아마 자동차 정비소에 전화를 걸어서 자동차를 고치려고 하는 것 같았다.

손을 흔들며 사라져 가는 그를 바라보니 자동차가 고장이라도 나면 정말 난감할 것 같았다. 행여 우리에게 그런 일이 일어나지 않기를 바라며 로시난테를 살살 몰아갔다. 그런데 갑자기 엔진 쪽에서 펑 하는 소리가 났다. "엇! 나의 로시난테에 어찌 된 일이야?" 자동차는 굴러가기는 했지만 뭔가 이상한 느낌이 왔다. 일단 자동차를 세워서 상태를 살펴보려고 하는데 전방에 트럭 두 대가 서 있는 것이 보였다. 로시난테를 살살 달래면서 가까이 다가가니 그 트럭도 고장이 나서 수리를 하는 중이었다. 우린 구세주를 만난 듯 트럭 옆에 차를 세웠다.

본 네트를 열어보니 펜벨트가 떨어져 있었다. 어쩐지 출발할 때부터 불안했던 우려가 현실로 나타났다. 나는 운전을 할 줄은 알았지 자동차 수리에 대해서는 문외한이었다. 떨어진 펜벨트를 들고 어이없이 바라보고 있는데 트럭을 수리하던 기사가 내게로 다가왔다. 그는 다행히 영어가 좀 통하는 기사였다. 그는 여분의 벨트가 있느냐고 물었다. 나는 푼타아레나스에서 출발하기 전에 마뉴엘이 준 벨트를 찾아내 그에게 건네주었다. 그는 벨트를 끼어 보더니 이건 너무 커서 맞지 않으니 다른 것이 있느냐고 물었다. 내가 그것밖에 없다고 하자 그는 벨트를 철사로 묶어 벨트라인에 이어주면서 말했다.

"어디까지 가는 거죠?"

"우수아이아까지 가려고 합니다만."

내 말을 들은 그는 눈을 휘둥그레 뜨면서 이 자동차로는 도저히 거기까지 갈 수 없으니 빨리 가까운 도시로 가서 자동차를 수리하라고 했다. 임시방편으로 펜벨트를 고정해 놓았는데 너무 오래 달리면 곧 다시 떨어지고 말 것이라고 했다. 그러면서 이곳에서 가장 가까운 도시는 푼타아레나스이니 그곳으로 돌아가라고 했다.

이런 오지에서 구세주 같은 그 트럭 운전사를 만난 것은 행운 중에서도 큰 행운이었다. 우리는 트럭 운전사의 충고를 따르기로 했다. 조금 전에 우리에게 고맙다고 했던 그 트럭 운전사가 생각이 났다. 나는 자동차를 수리해준 고마운 트럭 운전사에게 좀 전에 고장 난 트럭 운전사가 말한 것처럼 "그라시아스! 그라시아스! 그라시아스!"라고 말하며 오던 길로 자동차를 돌려 살살 달래며 몰고 갔다. 사람 팔자 한 치 앞을 내다볼 수 없다는 것을 이런 경우를 두고 한 말이 아닐까? 우리는 좀 전에 고장 난 트럭 운전사에게 베푼 업보를 그대로 받고 있었다.

그런데 이를 어찌할꼬? 길을 잘못 들어 우리는 아르헨티나 국경까지 가고 말았다. 설상가상으로 연료 계기판을 보니 거의 바닥까지 내려와 있었다. "젠장, 로시난테 어찌 된 일이야. 길을 제대로

인도해야지." 나는 속으로 중얼거리며 자동차를 세우고 칠레 국경
(Cafeteria Integración Austral) 경비원에게 다가가 이 근처에 주유소가
있느냐고 물었다. 그는 이 근처에는 주유소가 없고 푼타아레나스
쪽으로 100km쯤 가야 한다고 했다. 맙소사! 자동차를 반대편으로
몰고 온 탓에 우리는 푼타아레나스에서 200km나 떨어져 있었다.
내비게이션도 스마트폰도 없던 때라 길을 잃어버린 줄도 모르고
무턱대고 운전한 탓이었다. 길을 잃고 나서 진정한 여행이 시작된
다는 말은 맞는 말이 아니었다. 불안과 초조함만 엄습해왔다.

선택의 여지가 없었다. 나는 로시난테를 살살 달래며 출발했다.
아내는 자동차가 곧 멈춰버리지나 않을까 걱정스러운 눈으로 연료
계기판을 자꾸만 바라보았다. 펜벨트도 임시로 갈아 낀데다 기름까
지 바닥이 나 있어 한 번 멈추기라도 하면 로시난테는 영영 멈춰
버릴 것만 같았다. 그런데 이상하게도 로시난테는 덜덜거리면서도
굴러는 갔다. 우리는 가까스로 주유소가 있는 곳까지 무사히 도착
했다.

"후유~."

세 사람이 동시에 안도의 숨을 길게 내 쉬었다. 팜파스가 끝없
이 펼쳐진 바닷가에 작은 주유소가 보였다. 주유소에는 사람은 보
이지 않고 작은 종이 하나 걸려 있었다. 아마 종을 울려야 안에서
사람이 나올 모양이었다. 종을 땡땡땡 세 번을 쳤더니 어떤 할아버
지 한 분이 건물 안에서 문을 열고 얼굴을 빼꼼히 내밀었다. 우리
는 마치 구세주를 만난 듯 반가웠다. 가까스로 기름을 넣을 수 있
었다. 기름을 가득 넣고 주유소를 출발하여 살얼음판을 기어가듯

자동차를 몰았다. 다행히 로시난테는 멈추지 않고 푼타아레나스까지 무사히 도착했다. 푼타아레나스에 도착하니 비가 세차게 내리기 시작했다. 마뉴엘이 되돌아온 우리를 보고 고개를 좌우로 갸웃거리며 왜 벌써 돌아왔느냐고 물었다.

"마뉴엘, 펜벨트가 떨어져 큰일 날 뻔했소. 이래도 이 자동차가 베리 굿 카냐?"

"그렇고말고. 베리 굿 카가 아니면 어떻게 그 먼 데서 여기까지 올 수 있겠소?"

"뭐라고? 푸하하하하하."

"푸하하하하하."

우리는 마뉴엘의 유머에 모두 하늘을 바라보며 폭소를 터트릴 수밖에 없었다. 정말 그의 말처럼 베리 굿 카가 아니었다면 마뉴엘의 집까지 되돌아오지 못했을지도 모른다. 웃어야 했다. 바람이 더 세차게 불고, 하늘에 구멍이 뚫린 듯 비가 점점 더 많이 쏟아져 내렸다.

"미스터 초이, 돌아오길 잘했소. 만약에 우수아이아까지 갔더라면 이 비바람을 어떻게 견딜 뻔했소. 뉴스를 들으니 밤새 폭우가 쏟아진다고 하네요."

"마뉴엘, 그 말을 듣고 보니 불행 중 다행으로 생각해야겠네요. 그런데 이 자동차는 참 이상해요. 계기판이 바닥을 쳤는데도 멈추지 않고 굴러가던데 어찌 된 일일까?"

마뉴엘이 내 말을 듣고 계기판을 점검해보더니 말했다.

"미스터 초이, 계기판이 고장이 났군요."

"뭐요? 계기판이 고장이 나 있었다고?"

"네, 계기판이 고장이 났는데도 자동차는 잘 굴러갔으니 베리 굿카가 아니겠소? 푸하하하하하."

"크크크크크."

"하하하하하"

"호호호호호"

마뉴엘의 말에 우리 모두 박장대소를 할 수밖에 없었다. 고장난 계기판 덕분에 우리는 살아서 돌아온 거나 다름없었다. 번개가 하늘을 가르며 번쩍이더니 지축을 흔드는 천둥소리를 내며 하늘이 곧 무너질 것처럼 강한 빗줄기가 쏟아져 내렸다. 마뉴엘의 말처럼 이 낡은 자동차로 우수아이아까지 강행했더라면 폭풍 속에 케이프 혼의 귀신이 될 법도 했다.

"여보, 토끼 용궁에 들어 갔다 온 기분이 들지 않소?"

"자동차가 고장이 나지 않았더라면 정말 저 폭우 속에 빠져 꼼짝 못 하고 바닷속에 갇힐 뻔했군요."

그 독일 아가씨와 함께 우수아이아를 가지 못했을 때부터 우리는 우수아이아로 갈 수 없는 운명이었는지도 모른다는 생각이 들었다. 인간은 가끔 놀이공원으로 가서 무서운 귀신의 집을 즐기듯이, 누군가에게 두들겨 맞는 마조히스트 적인 면이 있나 보다. 펜벨트가 떨어져 우수아이아로 가는 여행이 무산되고 천둥을 동반한 폭풍우가 몰아치는 공포 속에서도 이상하게도 우리는 짜릿한 즐거움을 느끼고 있었다. 그렇게 헤매고 다녔어도 우리는 별로 피곤을 느끼지 못했다. 낯선 땅에 대한 호기심 탓일까? 세상의 끝이 주는 땅 기운일까?

다음 날 아침 마젤란펭귄 서식지 세노 오트웨이(Seno Otway)를 가기 위해 로시난테에 시동을 걸고 있는데 마뉴엘이 웃으며 말했다.

"미스터 초이, 펜벨트를 새로 갈아끼웠으니 오늘은 걱정하지 말고 잘 다녀오세요."

"정말 믿어도 되겠소?"

"그렇고말고."

"그럼 시동을 걸어볼까?"

짓궂게 웃는 마뉴엘이 밉지 않았다. 그의 말대로 계기판은 고장이 났어도 로시난테는 덜덜거리며 잘 굴러갔다. 푼타아레나스에서 북쪽으로 50km 떨어진 오트웨이 만에 도착하니 바람이 강하게 불어와 숨쉬기조차 힘들었다. 해변은 온통 펭귄들이 파놓은 땅굴투성이였다. 자그마치 1만 2천 마리가 파놓은 땅굴이다.

"저 펭귄을 좀 봐요. 서로 포옹을 하며 입을 맞추고 있어요."

"호오, 정말이네요!"

펭귄 한 쌍이 둥지 앞에 서서 서로 부리를 맞대고 키스를 하고 있었다. 백주의 대낮에 내놓고 애정행각을 벌이는 녀석들의 사랑은 퍽 노골적이었다. 내가 가까이 가서 카메라를 들이대고 사진을 찍고 있는데도 펭귄들의 입맞춤은 계속되었다. 긴 입맞춤을 끝낸 펭귄 중 한 마리가 둥지를 떠나 바닷가로 뒤뚱뒤뚱 걸어 나갔다. 둥지를 떠난 펭귄은 부지런히 바다를 향해 걸어 나갔다. 둥지 앞에 남아있는 펭귄은 먹이 사냥을 떠나는 펭귄을 망부석처럼 서서 하염없이 바라보았다. 오, 인간도 펭귄처럼 서로 사랑하며 평생을 살아간다면 얼마나 좋을까? 펭귄들로부터 사랑법을 한 수 배우는 순간이었다.

귀여운 펭귄들을 바라보다가 우리는 칠레의 땅끝 마젤란 해협으로 향했다. 1520년 마젤란이 이 해협을 발견한 이후 세계사는 큰 전환점을 맞이했다. 대서양과 태평양을 잇는 지름길을 발견한 것이다. 1914년 파나마 운하가 개통되기 전까지 마젤란 해협은 유럽과 남미를 잇는 주요 항로로 크게 번성했다.

9번 도로를 타고 푼타아레나스를 벗어나자 길 양쪽에 이름 모를 야생화들이 땅에 바짝 엎드려 은하계의 별처럼 무수히 피어있었다. 파타고니아는 여름이 시작되는 12월이 오면 야생화가 일제히 피어난다. 사계절 바람이 강하게 부는 까닭에 나무들은 바람에 버틸 수 있는 자세로 바짝 누워 자라고, 식물들은 줄기가 작아지면서 땅에 납작 엎드려 꽃을 피운다. 대지에 엎드린 채 바람결에 일렁이며 은하계의 별처럼 반짝거리는 꽃들의 모습은 아름답다 못해 경이롭게까지 보였다.

아내는 바람에 일렁이는 야생화를 보자 그만 넋을 잃고 말았다. 자동차에서 내린 우리는 느릿느릿 걸으며 야생화를 감상했다. 속도를 내면 풍경을 제대로 볼 수 없다.

"오, 저기 아름다운 무지개를 좀 봐요!"

야생화 들판에 무지개가 걸리자 환상적인 풍경이 연출되었다. 아름다운 것은 아름다운 것이다. 세상은 그래서 또 살만한 가치가 있지 않을까?

대지가 끝나는 바닷가에는 어디선가 밀려온 고사목들이 아무렇게나 널브러져 있었다. 자연이 준 선물은 참으로 위대하다. 마젤란 해협을 출발하자 동행한 J가 말했다.

"제가 운전을 좀 하면 안 될까요?"

"로시난테는 아무나 운전을 할 수 없는 고물차인데 운전경력이 얼마나 되지요?"

"사실은 면허만 따고 운전 실습을 한 두 번밖에 하지 않았어요."

"여보, 한가로운 길이니 한번 해 보라고 하지요."

"아직 운전면허증에 잉크도 마르지 않았겠는데……."

나는 불안한 마음을 떨치지 못한 채 자동차 핸들을 J에게 넘겨주었다. 아니나 다를까? 그는 몇 미터도 가지 못하고 자동차를 도랑에 처박아 넣고 말았다. 브레이크를 밟는다는 게 그만 액셀을 밟고 만 것이다. 하마터면 마젤란 해협에 물귀신이 될 뻔했던 아슬아슬한 순간이었다. 다행히 핸들을 바다 반대편으로 돌려서 자동차가 바다 쪽으로 굴러가지 않고 도랑에 처박혔다. 어쩔 줄 모르는 J를 내리게 하고 운전석에 앉은 나는 로시난테를 살살 달래며 가까스로 도랑에 빠져나왔다.

"하마터면 우리 세 사람 모두 물귀신이 될 뻔했어요."

"죄송합니다. 한국에 돌아가면 두 분을 인수봉 꼭대기 올려 드릴게요."

"하하하, J에게는 암벽타기가 자동차 운전보다 쉽겠군요."

"두 분을 인수봉에 올려놓을 자신이 있습니다."

"고맙소. 귀국하면 기대해 보겠소."

▸ 마뉴엘 가족과 이별을 하며(칠레 푼타아레나스)

암벽등반가인 J는 엉뚱하게 우리를 인수봉 꼭대기에 올려주겠다고 했다. 인수봉 꼭대기에 올라가지 않아도 되니 제발 다시는 운전하겠다는 말만 하지 않았으면 좋겠다.

마젤란 해협에서 마뉴엘의 집으로 돌아온 우리는 호주로 떠날 준비를 했다. 잠자리에 들기 전에 나는 잠시 가부좌를 틀고 명상에 들었다. 만년설로 뒤덮인 안데스산맥, 세계에서 가장 건조한 아타카마 사막, 지구의 땅끝 파타고니아, 고물차 로시난테……. 지나온 여정이 파노라마처럼 지나갔다.

셰익스피어는 "여행의 종착역은 사랑이다"라고 말했다. 세상의 끝 파타고니아에서 사랑하는 아내와 함께한 여행의 순간들이 더욱 소중하게만 느껴졌다. 사랑이 없었다면 우리는 결코 이곳 세상의 끝까지 올 수 없었을 것이다.

12월 24일, 우리는 마뉴엘 부부와 긴 포옹을 하며 이별의 아쉬움을 나누었다. 파타고니아에 머무는 동안 정이 듬뿍 들었던 마뉴엘 가족이었다.

"마뉴엘, 그동안 정말 고마웠소."

"미스터 초이, 우리 언젠가 다시 만나요."

"마뉴엘. 나도 다시 한번 오고 싶은데 그럴 수 있을까?"

"그렇고말고. 칼라파테 열매를 따 먹었으니 꼭 다시 올 수 있을 거요."

"정말 그럴 수만 있으면 얼마나 좋겠소. 우리 다시 만날 때까지 로시난테를 잘 지키고 계시오. 하하하."

"하하하, 염려 마세요. 로시난테가 잘 굴러가도록 대기시켜 놓을게요."

"안녕!"

"올라! 올라!"

눈물이 터질 것만 같은 감정을 겨우 추스르고 마뉴엘 가족과 헤어졌다. 끝까지 유머를 잃지 않고 미소를 짓는 그가 곧 그리워질 것만 같았다.

마뉴엘과 이별을 한 후 파초코 버스를 타고 공항에 도착하니 11시였다. 체크인하고 탑승 시간이 좀 남아 카페에서 커피를 한잔 마시고 돈을 내려고 주머니를 뒤지니 지갑이 없었다.

"어? 지갑이 없네?"

"아니, 지갑이 없다니요?"

"체크인할 때 지갑을 사용하고 분명히 주머니에 넣었는데……."

"호호, 주머니에 넣은 지갑이 왜 내 핸드백에 들어 있지요?"

"글쎄?"

"정신 좀 바짝 차리세요. 체크인 카운터에 놓은 것을 내가 챙겨 넣었으니 망정이지, 하마터면 큰일 날 뻔했어요."

"내가 정신을 어디에다 두고 다닐까? 하하."

"지금 웃음이 나와요?"

"그럼 울까?"

입이 열 개라도 할 말이 없었다. 여행 중 방심은 금물이다. 12월 24일 12시 40분. 이윽고 비행기가 칠레의 땅끝 푼타아레나스 공항을 떠나 공중으로 솟아올랐다. 저녁 11시, 우리는 산티아고 국제비행장에서 시드니행 비행기로 갈아탔다. 자정이 되자 기내에서는 크리스마스 캐럴을 틀어주며 여자 승무원들이 초콜릿으로 만든 산타 할아버지를 승객들에게 나누어 주고 간식과 함께 와인을 서비스했다. 여기저기서 포도주 잔을 마주치며 하늘에서 맞이하는 크리스마스를 축하하고 있었다. 날짜변경선을 통과하고 나니 눈 깜박할 사이에 하루를 까먹었다. 아침 7시 30분, 란칠레 항공기는 긴 비행을 끝내고 시드니에 무사히 착륙했다. 시드니 공항에서 우리는 다시 퍼스행 비행기로 갈아탔다.

퍼스는 '지상에서 가장 고립된 도시'란 수식어가 붙어있을 정도로 호주 대륙의 서쪽에 멀리 떨어져 있다. 칠레 푼타아레나스를 이륙하여 푸에르토몬트-산티아고-오클랜드-시드니-퍼스에 이르기까지 꼬박 이틀간의 비행 끝에 우리는 호주 대륙의 서쪽 끝 퍼스에 도착했다. 세상 끝에서 세상 끝으로 날아 온 내 생애 가장 긴 여정이었다.

아무리 피하고 싶어도 만날 사람은 꼭 만나게 되고, 헤어질 사람은 헤어지게 된다. 여행도 마찬가지다. 꿈을 접지 않는 한 가고 싶은 곳은 언젠가는 가게 되어 있다. 호주의 서쪽 끝 퍼스가 바로 그런 곳이었다. 퍼스는 내 여행의 버킷리스트로 방점을 점을 찍어 놓은 곳 중의 하나였다.

공항 밖으로 나오니 섭씨 40도를 웃도는 불볕더위가 질식시킬 듯 온몸을 휘어 감았다. 크리스마스 연휴와 연말연시 연휴를 맞아 공항은 여행객들로 북새통을 이루고 있었다. 렌터카를 이용하려고 하였으나 이미 예약이 끝나버려 며칠을 기다려야 한다고 했다. 공항에서 버스를 타고 퍼스 시내에 진입하자 북적대는 공항과는 달리 도심은 너무나 조용했다. 연휴를 맞이하여 모두가 해변이나 휴양지로 여행을 떠나버리고 도심은 텅 비어 있었다.

다음 날 아침 일찍 다운타운으로 갔다. 텅 빈 버스에 아내와 단 둘이만 타고 있으니 묘한 기분이 들었다. 거리는 쥐 죽은 듯 조용했다. 고급 백화점과 패션 매장은 문이 모두 닫혀 있었다. 런던의 어느 거리를 빼다 닮은 것 같은 메인 스트리트는 수족관처럼 투명하고 깨끗했다. 사람이 없는 도시는 김빠진 맥주와 같았다. 우리는 유령의 도시 같은 퍼스를 벗어나 해변으로 가기로 했다.

퍼스에서 불과 20km 정도 떨어진 프리맨틀은 호주 철도의 서쪽 종점이다. 프리맨틀에 도착하니 관광객들이 북적거리며 사람 냄새가 났다. 오랜 역사를 간직한 시장 안에는 많은 상품이 진열되어 있었다. 시장의 이곳저곳을 기웃거리던 아내는 서호주에 온 기념으로 티셔츠 한 벌을 골랐다.

▶호주 서쪽 끝 퍼스 스완 벨 타워

　시장을 빠져나오니 진한 카푸치노 향기가 코를 찔렀다. 프리맨틀은 카푸치노가 맛이 좋기로 유명한 도시이다. 우리는 노천카페에 앉아 카푸치노를 마시며 잠시 망중한을 즐겼다.

　프리맨틀에서 대표적인 퍼브(pub) 중의 하나가 '세일 앤드 앵커(Sail and Anchor)'이다. 1800년대에 세워진 이 술집은 원래 여관이었다고 한다. 우리는 세일 앤드 앵커에서 프리맨틀 맥주 인디언 패일 애일(Indian Pale Ale)과 피시 칩을 시켰다. '앵커(닻)'가 그려진 맥주잔이 퍽 인상적이었다. '닻을 내리고 맥주를 마시자' 19세기 이곳을 항해하는 선원들은 이 항구에 닿으면 아마 그런 생각을 하지 않았을까? 프리맨틀에서 퍼스에 돌아오니 밤 9시가 넘어가고 있었다. 맑은 공기 속에서 여유로운 시간을 보내서인지 별로 피곤하지 않았다.

다음날 우리는 늦은 아침을 먹은 후 킹스파크를 거닐다 호수 변에 우뚝 서 있는 '스완 벨 타워(Swan Bell Tower, 백조의 탑)'로 발걸음을 옮겼다. 퍼스의 랜드 마크인 스완 벨 타워는 세계에서 가장 큰 악기라고 한다. 높이 82.5m의 유리 탑 안에는 18개의 스완 벨이 있다고 한다. 스완 벨 타워에서는 종소리가 아름다운 하모니를 이루며 은은하게 울려 퍼지고 있었다. 마침 타워에서 결혼식을 올리고 있어서 신혼부부를 위해 특별히 울려주고 있었다.

벨 소리에 이끌려 우리는 10달러(호주 달러)의 입장료를 내고 백조의 탑으로 들어갔다. 결혼식장에는 양가 가족들이 지켜보는 가운데 결혼식이 치러지고 있었다. 하객은 가족과 친지 몇 사람뿐이었다. 가족이 경건하게 지켜보는 가운데 치러지는 결혼식은 어느 영화의 한 장면을 연상케 했다.

"우리들의 금혼식을 저 스완 벨 탑에서 올리면 어떨까?"

"호호호, 꿈같은 이야기네요."

"꿈을 자꾸만 꾸면 반드시 이루어진다고 하질 않던가요?"

지구의 최남단 파타고니아에서 태평양을 건너 호주 대륙의 최서단 퍼스에 이르기까지, 세상 끝에서 세상 끝으로 온 여정이 파노라마처럼 나타났다가 한여름 밤의 꿈처럼 사라져 갔다. 나는 지금 꿈을 꾸고 있는 것일까?

지구의 심장, 울루루를 걷다

_호주 울루루

▸세상의 중심이라 부르는 울루루

    호주 내륙의 심장부인 울루루를 향해 아웃백으로 들어갈수록 땅의 색깔은 점점 붉어졌다. 앨리스스프링스 공항에 도착하여 먼저 눈에 띄는 것은 곳곳에 새겨진 토착민 애버리지니의 화려한 문양이었다. 비행기는 물론 담벼락, 표지판, 간판, 그리고 심지어는 쓰레기통까지 화려한 애버리지니 문양이 새겨져 있었다.

    시내 중심부 토드 강변에 있는 호스텔로 들어가자 풀장이 눈에 띄었다. 풀장을 보니 뛰어 들어가지 않고는 배길 수 없었다. 짐을 풀지 말자 풀장으로 들어가 더위를 식혔다.

해가 졌지만 열기는 식지 않고 더욱 후끈거렸다. 토드몰 거리에 있는 레드독카페(Red Dog Cafe)로 들어가 아이스크림을 핥아먹으며 더위를 식혔지만, 여전히 숨이 턱턱 막혔다. 냉방이 잘된 호스텔에 들어가 편히 쉬는 것이 좋을 것 같았다. '물이 솟는다'라는 뜻을 가진 앨리스스프링스는 애버리진 신앙의 중심지이다. 호주에서 애버리진 들의 과거와 현재를 잇는 역사적인 문화가 가장 많이 남아 있는 곳이 앨리스스프링스이다. 지금은 울루루와 다윈으로 가는 거점도시 역할을 하고 있다. 우리가 앨리스스프링까지 온 것도 울루루로 가기 위해서였다.

아침 6시 30분, 울루루로 가는 캠핑카에 올랐다. '울루루(Uluru)'는 애버리지니 언어로 '그늘이 지난 장소'란 뜻이다. 호주 사람들은 호주 대륙 중앙에 솟아있는 울루루를 '지구의 배꼽'이라고 부른다.

캠핑카에는 열두 명의 다국적 여행자들이 합류하였다. 남자 4명, 여자가 8명으로 20~30대의 젊은이들이었다. 일행 중에 우리 부부가 가장 나이가 많았다. 대부분 서양에서 온 서양의 젊은이들이었다. 운전사 겸 가이드는 30대의 백인 남자 글렘(Glemm)이었다. 앨리스스프링스를 벗어난 지 얼마 되지 않아 글렘은 목장처럼 생긴 곳에 자동차를 멈추었다. "여기서 잠시 낙타를 타는 체험을 하겠습니다." 사파리의 첫 일정은 핀든 카멜 트랙(Pyindan Camel Tracks)에서 낙타를 타는 체험으로 시작되었다. 으르렁거리며 괴성을 지르는 낙타 등에 앉아 있으니 아웃백의 먼 과거 속으로 시간 여행을 떠나는 느낌이 들었다. 낙타 타기 체험을 짧게 끝내고 난 후 다시 울루루를 향하여 출발했다.

"여기서 울루루까지는 무려 다섯 시간이나 걸려요. 긴 시간 사막을 달려가다 보면 지루해요. 그래서 울루루까지 가는 동안에 여러분 각자를 소개하는 시간을 갖도록 하겠습니다."

글렘은 한 사람씩 운전석 앞으로 나와 마이크를 들고 자기소개를 하게 했다. 그리고 자기소개가 끝나면 여행자들에게 무엇이든지 질문을 하라고 했다. 첫 번째로 스웨덴에서 온 유학생 모니카가 자신을 간단하게 소개하고 자리로 들어가려고 하자 글렘은 그대로 서 있게 하면서 재빨리 질문을 퍼부었다.

"모니카, 당신의 첫 키스는 언제였지요?"

"나의 첫 키스요? 그걸 지금 꼭 말해야 하나요? 호호호."

"그래요. 지금 당장 말하지 않으면 저 펄펄 끓는 사막에 내려놓고 말 거요. 크크크."

"아이고, 말할 테니 제발 사막에는 내려놓지 마세요."

"그럼 다시 질문할게요. 모니카 당신의 첫 키스는 언제였지요?"

"호호. 꼼짝없이 밝혀야겠군요. 정확한 날짜는 기억이 잘 나지 않지만, 고등학교 다닐 때였어요."

"누구랑 어디서 했지요?"

"그러니까 그게……. 고등학교 남자 친구랑 극장이었어요."

"그 첫 키스는 달콤했나요?"

"달콤하기보다는 가슴이 두근거렸어요."

"그럼, 마지막 키스는 언제 했지요?"

"2주 전이었어요. 호호호."

"와우, 2주 전의 키스는 어떤 느낌이었나요?"

"호호, 그건 여러분의 상상에 맡기겠습니다."

"하하, 고마워요. 모니카. 자 이런 식으로 서로 질문을 주고받는 겁니다. 질문은 여러분이 하는 겁니다. 질문에 진지하게 답변하지 않는 자는 저 뜨거운 모래사막에 내동댕이쳐진다는 것을 잊지 마세요. 자, 다음엔 누구 차례인가요?"

모니카의 솔직한 답변에 흥미를 느낀 열두 명의 여행자들은 모두가 적극적으로 나와서 자신을 소개했다. 청중들은 점점 더 호되고 열띤 질문을 퍼부었다. 남녀 간의 사랑 이야기는 국제적으로 가장 공통적인 관심사이자 흥미로운 이야깃거리다. 청문회 덕분에 덥고 지루한 사막의 드라이브는 시간 가는 줄을 모르고 만큼 금방 지나갔다.

우리는 낮 12경에 오늘 밤 야영지가 될 '에어즈락 캠핑 그라운드'에 도착했다. 캠프장에 도착하여 우리는 점심을 손수 지어 먹었다. 글렘이 미리 준비해온 음식 재료로 구성원 각자가 하나씩 일을 맡아서 했다. 남자들은 짐을 운반하고 여자들은 요리를 했다. 아내가 채소와 소시지를 설겅설겅 썰어서 수프를 만들었다. 글렘은 아내가 끓인 수프를 후루룩 마셔보더니 엄지를 척 들어 올리며 말했다.

"미스터 초이, 당신 아내 요리 솜씨는 일품이야!"

점심을 먹은 뒤 우리는 곧바로 카타추타 국립공원으로 향했다.

카타추타 국립공원이 가까워지자 대머리처럼 반질반질한 붉은 바위들이 신비하게 우뚝우뚝 솟아있었다. 애버리지니 언어로 '올가(Olgas, 많은 머리)'라고 부르는 거대한 바위가 절경을 이루고 있었다. 여기서는 바람의 계곡 트레킹을 한다고 했다. 글렘은 트레킹에 앞서 몇 가지 주의사항을 말했다.

"물을 충분히 준비하고, 대열에서 떨어지지 말아야 합니다. 이곳에는 독사나 전갈 같은 독이 많은 파충류가 살고 있으니 정해진 트레킹 코스를 벗어나면 매우 위험합니다. 꼭 정해진 코스를 따라 걷기를 바랍니다."

올가 입구에서 '바람의 계곡(Valley of The Winds)'까지는 약 8km나 된다고 했다. 불볕더위에 잠시만 움직이지 않으면 체체파리가 극성을 부렸다. 체체파리(Tsetse Flies)는 아프리카에 있는 것만 아니었다. 체체파리는 보츠와나 원주민의 언어로 '소도 죽인다는 파리'라는 뜻이다. 체체파리는 날 파리처럼 생겼는데 한 번 살에 붙으면 따끔하게 일침을 가하며 흡혈귀처럼 피를 빨아들였다. 녀석들은 주둥이에 가늘고 긴 침을 빨대처럼 쑥 내밀어 마치 병원 채혈실에서 주사기로 피를 빨아드리듯 맹렬하게 피를 빨아들였다. 서양에서 온 여행자들은 체체파리 방어용 파리 망(Fly net)을 얼굴 전체에 쓰고 다니는 사람들이 많았다. 말하자면 얼굴에 모기장을 치는 것이다. "우리도 저 망을 미리 준비할걸 그랬지요?" 아내가 걱정스러운 듯 말했다. 울루루를 답사할 때 파리 망은 필수일 것 같았다.

우리는 점점 좁아지는 협곡을 기어서 올라갔다. 비지땀이 온몸을 적셨다. 바람의 계곡으로 올라가는 마지막 깔딱 고개를 오르니 시

▶ 카타추타 국립공원 바람의 계곡

야가 확 트이고 바람이 시원하게 불어왔다. 붉은 계곡은 마치 어느 외계의 땅에 온 것 같은 착각이 들었다. 뭉떵뭉떵 하면서도 거대한 성처럼 보이는 붉은 바윗덩어리들은 신비로움 그 자체였다.

어디선가 묘한 울림이 붉은 계곡을 휘돌아 치며 들려왔다. 글렘은 자연이 들려주는 디저리두(Didgeridoo, 호주 원주민이 연주하는 원뿔 모양의 목관악기) 소리라고 귀띔을 해주었다. 디저리두는 자연의 원음을 그대로 내는 애버리지니의 고유 악기다. 자연의 소리를 내는 디저리두는 애버리지니들이 절규하는 소리처럼 들린다고 한다.

계곡 정상에 선 아내는 눈 앞에 펼쳐진 풍경에 곧 압도되어 버렸다. 두 개의 거대한 붉은 바위가 성문처럼 우람하게 뻗어있는 계곡 건너편에는 푸른 초원이 이어지고, 붉은 바위들이 장관을 이루고 있었다. 낙타 등처럼 울룩불룩 솟아오른 붉은 바위들은 형용할 수 없는 기운을 느끼게 했다. 우리는 붉은 바위의 신비한 기운을 듬뿍 받고 있었다.

"여러분 늦기 전에 울루루의 일몰을 보러 가야 합니다."

바람의 계곡에서 내려와 울루루로 다가가자 웅장하고 거대한 바위산이 앞을 가로막았다. 글렘은 울루루의 일몰을 가장 잘 볼 수 있는 위치에 차를 세웠다. 먹구름이 하늘을 가리고 있어 노을을 감상하기란 쉽지 않을 것 같았다. 여행자들은 모두 안타까운 표정을 지었다. 설상가상으로 빗방울까지 떨어지기 시작했다. 글렘이 달래듯 말했다.

"잠시만 기다려 보세요. 여긴 날씨가 워낙 변덕스러워서 곧 하늘이 갤지도 모르니까요."

글렘의 말이 끝나자마자 누군가 외쳤다. "와아, 저기 무지개가 떴다!" 정말 사막 저편에 무지개에 떠올랐다. 무지개를 바라보고 있는 순간 먹구름이 갑자기 걷히더니 **황홀한 노을이 붉은 바위 위로 비추기 시작했다.**

해가 사막 속으로 가라앉기 시작하자 붉은 바위 색깔이 카멜레온처럼 여러 가지로 변했다. 울루루는 하루에도 여러 번 얼굴색을 바꾼다. 태양의 기울기에 따라 시시각각으로 색깔이 변화되는 울루루는 신비로움 그 자체였다. "울루루를 보지 않고서는 진정한 호주를 보았다고 말할 수 없다"라는 말이 실감이 났다. 우리는 한동안 넋을 잃고 황홀한 일몰을 바라보다가 야영 텐트로 돌아왔다.

밤이 되자 그토록 덥던 사막은 서늘해졌다. 칠흑같이 어두운 밤하늘에 은하수가 하늘을 수놓고, 크고 작은 별들이 어두운 창공에 흩어져 무수히 반짝거렸다. 우리는 사막에 가부좌를 틀고 앉아 별빛 쏟아지는 하늘을 바라보았다. 은하계의 무수한 별들이 지구의 배꼽으로 쏟아져 내리는 것 같았다. 어두운 창공에 별똥별이 길게 선을 그으며 떨어져 내렸다. 우주와 몸이 하나가 되는 느낌이 들기도 했다. 글렘의 설명에 의하면 오래전 이 지역은 바다였다고 한다. 지질학자들은 6억~9억 년 전에 호주 대륙 중앙의 대부분이 해수면 아래에 놓여 있었는데, 서서히 퇴적층이 형성되며 수억 년 동안 지각변동이 일어나면서 오늘날의 모습으로 변했다고 한다. 쏟아지는 별빛을 바라보다가 야영 텐트로 들어가니 아내가 벌레 때문에 도저히 잠을 이룰 수 없다고 했다.

"피할 수 없으면 즐겨야지. 밖에 나가 밤새 별이나 바라볼까?"

"밖은 너무 추워요."

"그럼 내 품에 안겨 봐요. 잠이 저절로 올 테니."

"에구구, 그런 게 어디 있어요."

여행은 사랑이다. 남녀가 서로 사랑을 할 때 우리 몸에서는 알파파가 나온다고 한다. 마음이 흐뭇하고 기분이 좋아지는 것은 알파파가 나오면서 동시에 엔도르핀이 분비되기 때문이다. 그러니 '깨어 있을 때 우리가 할 일'은 부지런히 서로를 사랑하는 일이다. 이루어지지 못할 사랑, 도달하지 못할 사랑도 그 영혼의 면면에 흐르는 사랑은 아름답다. 이곳 울루루를 배경으로 촬영한 영화 '세상의 중심에서 사랑을 외치다'가 그토록 일본인들에게 감동을 주는 것은 남자 주인공 '사쿠'가 죽도록 사랑했던 '아키'의 영혼을 죽은 후에도 너무나 사랑했기 때문이다.

다음 날 아침 울루루를 바라보니 거대한 사암질의 바위가 마치

▶울루루의 기(氣)를 듬뿍 받고 있는 아내

활활 타오르는 횃불처럼 보였다. 우리는 약 10km에 달하는 베이스 워크(Base Walk)를 걸어서 울루루를 한 바퀴 돌기로 했다. 하늘에서 내려다본 울루루는 내 주먹 크기의 작은 바윗덩어리에 지나지 않았지만, 트레킹을 하며 가까이 다가가서 보니 실로 엄청나게 컸다. 길이 3.6km, 둘레 9.4km, 높이 348m나 되는 울루루는 단일 바위로는 세계 최대라고 한다. 바위의 3분의 2가 땅속에 묻혀 있다니 밖으로 튀어나온 부분은 빙산의 일각에 지나지 않는다. 도대체 그 크기를 가늠하기가 어려웠다.

가까이서 바라보는 바위는 기기묘묘했다. 어떤 바위는 거대한 죠스의 입처럼 보이기도 하고, 사람의 뇌를 단층으로 촬영한 것처럼 보이기도 했다. 달의 표면이나 화성의 표면처럼 구멍이 숭숭 뚫린 곳이 있는가 하면, 하트 모양도 있었다. 원주민들이 그렸던 고대 벽화들도 보였다.

우리는 기이한 바위 모양에 취해 걷다가 그늘이 진 바위 밑에서 잠시 휴식을 취했다. 붉은 바위에 앉아 있는 아내가 마치 미지의 행성에 불시착한 외계인처럼 보이기도 했다. 풍경에 취한 아내의 모습은 기쁨과 희열에 차 있었다. 오묘한 자연과 하나가 되는 순간에는 그 어떤 고통도 없다. 붉은 바위의 기운을 듬뿍 받아서일까? 눈에 보이지 않는 울루루의 기(氣)가 온몸에 기운을 불어넣어 주고 있었다.

붉은 바위는 심장처럼 뜨거웠다. 뜨거운 바위를 걷다 보니 점점 지구의 심장 속으로 빨려 들어가 몸과 마음도 점점 붉게 물들어 가는 것 같았다. 운동화도 심장도 붉게 물들어 사랑의 온도가 점점 더 올라가는 것 같았다.

울루루를 한 바퀴 돌아서 우리는 남쪽 면에 있는 메기 스프링스에 도착했다. 붉은 바위에서 신비하게도 물이 철철 흘러내렸다. 이 물은 애버리지니가 성수처럼 여겼던 소중한 식수였다고 한다. 하지만 지금은 울루루를 등반하는 사람들이 버린 쓰레기와 오물, 구토 등이 빗물에 쓸려와 마실 수가 없는 오염수가 되어 버렸다. 인간이 문제다.

울루루를 오르는 등반은 언제부터인가 관광객들에게 큰 인기를 끌게 되었다. 더구나 세상의 중심이자 지구의 배꼽이라고 부르는 세계에서 가장 큰 바위를 오르는 것은 퍽 이색적인 등반이어서 사람들의 호기심을 크게 유발했다. 호주 당국은 관광객들이 좀 더 편하게 등반을 하기 위해서 1964년 울루루에 수백 개의 말뚝을 박고 쇠줄을 설치했다. 돈을 벌기 위한 발상이었다.

울루루는 호주 원주민들이 가장 신성시하는 성소다. 원주민 아난구 부족은 1985년부터 자신들이 성소인 울루루 등반을 금지해달라고 줄기차게 요구해왔다. 전체가 거대한 바윗덩어리인 울루루는 정상에 화장실이 없다. 풀코스로 트레킹을 하는데 최소한 3~4시간이 걸린다. 따라서 등산을 했다가 내려오기 전까지 아무 데나 방뇨를 하는 일이 다반사다. 비가 오지 않는 바위는 배설물이 마를 때, 그리고 어쩌다 비가 내려 씻겨 내릴 때, 냄새가 지독하게 진동하여 벌레들이 우글거리게 된다. 울루루 등반 금지를 놓고 호주 정부에서도 찬반을 거듭하며 우여곡절을 겪다가, 호주 정부는 2019년 10월 26일부터 울루루 등반을 영구히 금지했다. 내가 생각을 하기에도 울루루 등반을 금지한 것은 아주 잘한 일이라는 생각이 든다.

울루루 트레킹을 마치고 야영 텐트로 돌아와 점심을 먹고 나니 오후 2시였다. 점심을 먹은 후 우리는 킹스 캐니언을 향해 출발했다. 울루루에서 킹스 캐니언까지는 300km가 넘는 거리였다. 킹스 캐니언으로 가는 도중에 글렘은 잠시 자동차를 멈추고 죽은 나뭇가지를 주어서 캠핑카에 실었다. 오늘 밤 송년 캠프파이어를 하는데 필요하다고 했다.

모두가 나뭇가지를 주어서 트레일러에 실었다. 좁은 길로 들어서자 붉은 먼지가 풀풀 휘날리는 비포장도로가 나왔다. 울퉁불퉁한 길을 달려가는 자동차는 파도처럼 요동을 쳤다. 롤러코스터가 따로 없었다. 글렘은 자동차의 율동에 맞는 경쾌한 음악을 틀더니 그 율동에 맞추어 춤을 추듯 운전을 했다.

캠핑 로지에 도착하니 저녁 5시 30분이었다. 푸른색 천으로 드문드문 쳐진 텐트는 마치 군 막사를 방불케 했다. 배정된 야영 텐트에 짐을 풀고 각자가 맡은 소임을 맡아 저녁 식사를 마련했다. 저녁 식사를 마친 후, 주어온 나뭇가지에 불을 지피고 캠프파이어를 중심으로 빙 둘러앉았다. 타닥타닥 타오르는 모닥불을 바라보며 여행자들은 저마다 생각에 잠기는 듯했다. 피부색이 다르고, 문화도 다르지만, 모닥불 앞에 모여 새해를 맞이하는 마음은 모두 같았다. 밤하늘엔 별이 총총 빛나고, 땅에는 모닥불이 활활 타오르고 있었다. 우리는 모닥불을 뛰어넘으며 환성을 질렀다. 자정이 지나 우리는 "해피 뉴 이어!"를 외치며 새해를 맞이하면서 각자의 텐트로 돌아갔다.

야영 텐트에서 새해를 맞이한 우리는 킹스 캐니언 부시 워킹에 나섰다. 글렘은 날씨가 뜨거워지기 전에 일찍 떠나야 한다며 서둘렀다. 뜨거운 지열로 수은주는 섭씨 50도가 넘어서고 있었다.

산등성이에 올라서니 장엄한 경관이 펼쳐졌다. 돔처럼 생긴 거대한 붉은 바위들이 고대 도시를 연상케 했다. 루리차(Luritja) 원주민들은 이곳을 '잃어버린 도시'라고 불렀다. 오랜 세월 비와 바람에 깎인 사암 절벽은 태초의 신비로움을 가득 안고 있어 마치 외계의 어느 행성에 불시착한 느낌이 들기도 했다.

잃어버린 도시를 지나가니 두부처럼 매끈하게 잘린 황금빛 절벽이 나타났다. 양파 속살처럼 안으로 들어갈수록 태초의 신비가 드러났다. 절벽에는 어떤 안전 보호시설도 없었다. 300m가 넘는 깎아지른 절벽이 아찔하게만 보였다. 절벽 끝에 엎디어 아슬아슬한

▶ 킹스 캐니언 부시워킹

계곡을 내려다보았다. 낭떠러지를 내려다보는 스릴은 마치 바이킹 놀이기구를 탄 듯 오금이 저렸다. 절벽은 케이크를 잘라 놓은 단면처럼 수직으로 뻗어있고, 그 너머로 공룡의 거대한 알처럼 보이는 붉은 돔들이 보였다. 혹자는 붉은 돔들을 외계인의 무덤이라고 말한다.

절벽에 엎디어 아찔한 풍경을 바라본 후, 계곡을 따라 걸어갔다. 깊게 파인 절벽 사이로 유칼립투스와 양치류 식물이 즐비하게 늘어선 작은 숲이 나왔다. 유칼립투스 나무가 우거진 계곡을 내려가는데 어디선가 물이 흘러가는 소리가 들렸다! 더위에 지친 일행은 모두 "와아!" 하고 소리를 질렀다. 물소리를 따라 내려가니 신비스러운 정원이 펼쳐졌다. '에덴 정원'이라 부르는 계곡은 마치 아담과 이브가 살았을 법한 장소처럼 아늑했다. 나무계단을 내려가니 작은 연못이 나왔다. 사람들은 마치 아담과 이브처럼 알몸으로 자연의 풀장 속으로 뛰어들었다. 발만 담그고 있어도 계곡물이 워낙 차가워서 더위가 저절로 식혀졌다. 에덴 정원에서 휴식을 취한 후

우리는 다시 트랙을 따라 절벽을 올라갔다. 킹스 캐니언에 노을이
지고 있었다.

　2박 3일간의 부시 워킹에서 앨리스스프링스로 돌아온 날 밤 멜
랑카 바(Melalanka's Bar)에서 피자파티가 있었다. 피자파티가 열리는
레스토랑으로 들어가니 벌써 많은 여행자가 와 있었다. 피자 한 판
에 대여섯 명이 둘러앉자 맥주와 콜라가 나왔다. 홀에는 애버리지
니 전통음악인 디저리두 음률이 울려 퍼지고 있었다.
　피자 파티의 하이라이트는 엽기적인 구렁이 쇼였다. 쇼 진행자가
거대한 구렁이를 목에 감고 나오자 모두 놀라며 입을 벌렸다. 괴괴
한 디저리두 음률이 실내에 울려 퍼지기 시작했다. 디저리두의 음
률에 따라 거대한 구렁이가 서서히 꿈틀거렸다. 낮고 느린 저음의
율동에 맞추어 거대한 구렁이가 사람들의 목을 타고 꿈틀거렸다.
기절초풍할 풍경이 연출되었다.
　구렁이는 5m는 족히 넘어 보였다. 이렇게 큰 뱀을 처음이었다.
구렁이는 여행자들의 목을 타고 느리게 꿈틀거리며 혀를 날름거렸
다. 사람의 영혼을 뒤흔드는 디저리두의 묘한 음률이 여행자들의
마음을 환상의 세계로 몰아가고 있었다. 젊은이들이 무대 위로 뛰
어 올라가 큰 구렁이를 어깨에 걸쳤다.
　"히야!"
　"흐흐흐, 까악!"
　구렁이를 어깨에 걸친 젊은이들은 흥분의 도가니 속에서 저마다
괴성을 질러댔다. 호기심이 발동한 나도 아내의 만류를 뿌리치고

▸구렁이 쇼에 참여하고 있는 여행자들(엘리스스프링스)

무대에 올라가 조심스럽게 구렁이의 살을 조심스럽게 만져보았다. 구렁이의 살이 손에 닿는 순간 놀랍도록 차가웠지만, 감촉은 여인의 속살처럼 부드러웠다. 뱀과 인간이 하나가 되어 짜릿한 순간을 맛보면서 여행자들은 아웃백의 엽기적인 밤을 만끽하고 있었다.

호스텔로 돌아와 아내가 잠든 사이 나는 호스텔과 인접해 있는 토드(Todd) 강변을 따라 걷다가 강둑에 앉아 하늘을 바라보았다. 하늘에는 별들이 총총히 빛나고 있었다. 별들이 내 눈동자 속으로 쏟아져 내렸다. 나는 가부좌를 틀고 앉아 심호흡하면서 잠시 깊은 명상에 잠겼다. 코로 숨을 힘껏 들이마시고, 입을 작게 벌려 서서히 숨을 토해냈다. 그렇게 들숨과 날숨을 반복하다 보니 정신이 한층 맑아졌다. 점점 아무것도 없는 무의 상태로 돌아가고 오직 들숨과 날숨만이 남았다.

여행은 만남이다

_호주 다윈~브리즈번

▶조앤이 선물해준 인형 스탠리(우측)와 마르티

1월 2일 오전 10시, 호주의 북쪽 끝에 있는 다윈에 착륙하자 비가 내리고 매우 습하고 더웠다. 너무 더워서 걷기가 힘들 정도였다. 다윈은 건기와 우기가 뚜렷이 나누어지는 사바나 열대기후(savanna climate) 지대에 속한다. 11월부터 다음 해 3월까지는 우기로 무려 1,700mm의 강수량이 쏟아진다. 다윈은 우기에는 되도록 방문하지 않는 것이 좋지만, 우리는 카카두 국립공원을 탐방하기 위해 다윈을 찾았다.

다음 날 아침 6시 30분에 에이에이티 킹스(AAT Kings) 투어에 조인하여 카카두 국립공원으로 출발했다. 투어에 합류한 여행자는 독일인 2명, 이스라엘인 1명, 미국인 3명, 영국인 1명, 그리고 우리 부부 2명으로 모두 아홉 명이었다.

카카두 국립공원(Kakadu National Park)은 지구상에서 가장 보전이 잘 되어 있는 생태계의 보고이다. '카카두(Kakadu)'는 '범람원의 평원'이란 뜻으로 많은 비가 내리는 우기에는 상습적으로 범람을 하는 늪지대이다. 카카두는 늪지와 협곡이 어우러져 태곳적 풍경을 자연 그대로 보존하고 있다.

우리는 노우랜지 락(Nourlangie Rock) 안방방 갤러리에서 2만 년 전의 고대 암각화를 구경하고, 옐로우 워터 늪지대에 도착했다. 옐로우 워터는 엘리게이트 강 하구 부분에 형성된 거대한 자연 습지로 각종 파충류와 곤충류, 조류, 악어 등 포유류 등 온갖 동식물이 서식하고 있는 생태계의 천국이다. 보트를 타고 습지로 들어가면서 마이클이 주의사항을 말했다.

"이곳에 서식하는 악어는 4~7m의 크기로 사람을 통째로 집어삼켜요. 녀석들은 아주 교활해서 사람들이 2~3m 가까이 다가올 때까지 전혀 낌새를 알아차리지 못하게 납작 엎드려 있다가 결정적일 때 갑자기 시속 65km로 달려들어 통째로 집어삼키지요. 범람 지역이라 악어들이 육지에도 잠입하여 먹이를 노리고 있어서 매우 위험하니 조심해야 합니다."

마이클은 보트 밖으로 손이나 다리를 내밀지 말고, 사진을 찍을 때도 방심을 하지 말라고 했다. 카카두 국립공원에는 약 1만 마리가 넘는 악어가 서식하고 있는데 언제 어디서 악어가 튀어나올지 모르니 경계를 게을리해서는 안 된다는 것. 바닥이 알루미늄으로 된 보트는 양쪽에 쇠로 만든 망사가 쳐져 있고, 지붕에는 캐노피(canopy, 하늘을 가리는 덮개)가 달려 있었다. 악어가 튀어 올라 침입하는 것을 방지하기 위해서였다.

늪지대를 지나가는 동안 수많은 희귀 새들과 식물을 관찰할 수 있었다. 호수 위에는 연꽃들이 만발하여 늪 속에 숨어 있는 비밀의 화원을 돌아보는 느낌이 들었다. 물속에 잠복하고 있는 악어들은 침묵 속에서 눈 하나 깜짝하지 않고 먹이를 노리고 있었다. 죽은 통나무처럼 보이는 검은 등은 빙산의 일각에 지나지 않는다. 수백 킬로그램의 악어가 공중으로 튀어 오르는 묘기를 기대해 보기도 했지만, 영화 '크로커다일 던디(Crocodile Dundee)'에 나오는 점핑 크로크다일은 볼 수 없었다. 태곳적 신비를 간직한 습지는 다양한 종류의 동물군과 식물군을 분포하여 원시 상태의 지구 숨결을 느낄 수 있었다.

다윈으로 돌아오는 길에서 우리는 거대한 흰개미집을 발견하였다. 마이클은 개미집 앞에 잠시 차를 멈추어 개미집에 대해 자세한 설명을 해주었다. 개미집이 어찌나 크던지 마치 거대한 탑처럼 보였다. 개미집 앞으로 가까이 다가가 보니 안내판에 '성당 흰개미집(Cathedrals of Termite Mound)'이라고 쓰여 있었다. 개미집은 높이가 5m는 족히 넘어 보였다.

▶카카두 국립공원의 '성당 흰개미집'.

"흰개미집 안에는 여왕개미와 왕개미가 한 마리씩 있어요. 일개미들은 나무와 흙과 모래 등을 물어와 침샘에서 분비되는 타액만으로 집을 짓습니다. 신기한 것은 적당한 온도와 습도, 통풍이 잘 조절되도록 건축을 한다는 점입니다. 만일 공기가 잘 순환되지 않으면 개미들은 한두 시간 안에 모두 죽고 맙니다. 스페인의 위대한 건축가인 가우디도 흰개미들의 건축술에서 영감을 받아 건축 구조를 설계했다고 해요."

침샘에서 분비되는 타액만으로 먼지처럼 작은 흙을 붙여 쌓아 올린 개미집은 콘크리트처럼 견고하여 도끼로 부수려고 하면 불꽃이 튈 정도로 단단하다고 한다. 일교차가 큰 계절에도 더운 공기는 위로 밀려 나가게 하고 아래쪽으로 신선한 공기가 들어오도록 하

여 개미집의 내부 온도는 섭씨 30도 정도로 일정하게 유지된다고
한다.

자연의 순리에 따르는 흰개미의 건축술이 어찌 보면 인간보다
월등하다고 볼 수 있다. 인류의 기원은 300만 년 정도에 지나지
않는데 개미의 기원은 거의 1억 년이나 된다. 고작 6mm에 불과
한 흰개미가 자기 키의 1천 배나 되는 초고층 건물을 짓는 모습은
그저 감탄스러울 뿐이다.

우거진 숲길을 따라 부시 워킹을 하다가 날씨가 너무 더워 중단
하고 왕기 폭포(Wangi Falls)로 갔다. 시원한 물줄기를 보자 여행자
들은 찜통처럼 더운 날씨를 견디지 못하고 모두 계곡의 물속으로
첨벙첨벙 뛰어 들어갔다. 인간의 본성에는 원시인의 습성이 내재
되어 있다. 계곡 속에서 물장구를 치며 더위를 식히고 있는데 갑자
기 천둥 번개가 치며 앞이 보이지 않을 정도로 장대비가 쏟아졌다.
모두가 계곡에서 뛰쳐나와 버스로 대피를 했다. 버스는 앞이 보이
지 않는 빗속을 뚫고 기어가다가 리치필드 카페(Litchfield Cafe)란
간판이 걸려 있는 레스토랑 앞에서 멈췄다. 턱수염을 길게 늘어뜨
린 주방장의 모습이 자연을 닮은 모습이었다. 빗속에서 마시는 진
한 커피 향이 숲속에 있는 레스토랑 풍경과 함께 긴 여운을 남겼
다. 늦은 점심을 먹고 다윈으로 돌아오는 내내 비가 내렸다.

1월 5일 오후 3시 40분, 다윈을 출발한 비행기는 오후 6시 40
분에 브리즈번 공항에 착륙했다. 브리즈번은 호주 최 동쪽에 있는
생태 도시로 걷기에 아주 좋은 도시였다. 이번 기회에 호주 대륙의

366

▶ 산책하기 좋은 생태도시 브리즈번

동서남북 끝을 모두 여행하고 있었다.

브리즈번은 거리 이름이 특이했다. S자형으로 시내 중심가를 흐르고 있는 브리즈번강과 평행인 거리는 남자들의 이름이 붙여져 있었다. 윌리엄, 조지, 앨버트, 에드워드 등……. 반면에 강의 흐름과 수직인 거리에는 앤, 애들레이드, 퀸, 샬럿, 메리, 마거릿, 앨리스와 같은 여성 이름이 붙여져 있었다.

우리는 남성 이름과 여성 이름이 서로 크로스로 만나는 거리를 걷다가 빅토리아 다리를 건너 사우스뱅크 파크랜드 길을 걸었다. 길을 따라 걷다 보니 부겐빌레아가 흐드러지게 피어있었다. 하늘을 덮고 있는 아치에는 연분홍 부겐빌레아꽃이 물결을 이루고 있었다.

"와, 이건 우리를 위한 꽃길 같아요!"

"호주 여행의 대미를 장식해 주는 멋진 꽃길이네요!"

그런데 부겐빌레아 아치 밑에서 꽃에 취해 있던 아내가 갑자기 쓰러졌다. 호사다마란 이런 경우를 두고 한 말일까?

"여보, 왜 그래요?"

"갑자기 다리가 마비되는 것 같아요."

부겐빌레아 밑에 쓰러진 아내는 다리를 움켜쥐고 고통스러운 표정을 지었다. 마비된 다리를 1시간 정도 주무르자 겨우 진정되었다. 당뇨가 심한 아내는 가끔 다리에 쥐가 나는데 이번엔 좀 심한 것 같았다.

"더운 날씨에 너무 많이 걸어 다닌 것 같아요. 저기 그늘로 가서 좀 쉬어요."

시원한 그늘에서 땀을 식히며 휴식을 취하자 컨디션이 회복된 아내는 다시 걸을 수 있다고 했다. 우리는 야자수와 열대식물이 정글을 이루고 있는 숲속으로 천천히 발걸음을 옮겼다. 생태공원을 지나자 넓은 수영장이 나왔다. 인공으로 만들어 놓은 '코닥 비치 (Kodak Beach)' 수영장은 시원한 야자수 그늘과 다양한 수목이 어우러져 있어 그냥 보기만 해도 기분이 좋았다.

"저 물속에 몸을 담그면 피로가 확 풀릴 것 같은데."

"수영복이 없잖아요."

"저 사람들은 그냥 옷을 입 채로 들어가는데."

"숙소로 가서 수영복으로 갈아입고 오지요."

수영장에서 호스텔은 그리 멀지 않았다. 호스텔로 가서 수영복을 껴입고 사우스뱅크로 갔다. 물결은 감미로웠고 야자수 그늘은 시원했다. 가볍게 수영을 하며 물장구를 치니 몸과 마음이 릴랙스하게 풀어졌다. 쥐가 심하게 났던 아내의 다리도 훨씬 나아졌다.

여행은 새로운 풍경뿐만 아니라, 낯선 문화와 음식, 여행지의 독특한 풍습과의 만남이다. 그리고 무엇보다도 여행은 사람들과의 만남이다. 우리는 조앤과 카멜리언을 만나기 위해 브리즈번에서 골드코스트로 가는 기차를 탔다. 우리가 골드코스트로 가는 것은 그 유명한 서퍼스 파라다이스를 보러 가는 것도, 황금빛 모래사장을 보러 가는 것도 아니었다. 그곳에는 유럽 여행에서 만났던 그리운 친구 조앤과 카멜리언이 살고 있었기 때문이다. 우리는 5년 전 은혼식 기념으로 유럽 여행을 갔을 때 우연히 이 두 친구를 만났었다. 조앤은 중등학교 체육 교사이고, 카멜리언은 초등학교 교장 선생님이라고 했다. 브리즈번에서 골드코스트까지는 기차로 1시간 정도 걸렸다. 네랑(Nerang)역에서 내려 조앤에게 전화를 걸었다.

"조앤, 여기 초이예요. 지금 네랑역에 막 도착했어요."

"오, 초이! 드디어 왔군요. 내가 지금 수업 중이라 마중을 나가지 못하는데 어쩌지요?"

"괜찮아요. 약속 장소만 알려주세요."

"네랑역에서 버스를 타고 서퍼스 파라다이스에 내리면 맥도날드가 있어요. 그곳에서 만나요."

"오케이."

서퍼스 파라다이스 비치에 도착하자 황금빛 모래사장이 끝없이 펼쳐져 있었다. 맥도날드 로비에 앉아 모래사장을 바라보고 있는데 조앤과 카멜리언이 반갑게 손을 흔들며 나타났다. 조앤의 품에는 인형 마르티가 함께하고 있었다.

▸골드코스트에서 만난 친구 조앤과 카멜리언

"와우! 초이! 팍! 롱 타임 노 씨!"

"조앤, 카멜리언! 반가워요!"

우리는 서로 포옹을 하며 재회의 기쁨을 나누었다. 조앤이 인형 마르티를 아내에게 건네주자 아내는 마르티를 받아 들고 인형에게 입맞춤을 했다. 마르티는 마치 살아있는 인형 같았다. 마르티는 우리가 5년 전 베네치아 부라노 섬에서 선물로 사주었던 레이스를 두르고 있었다. 조앤은 부라노 섬에서 함께 찍었던 앨범까지 들고 나왔다.

"초이, 당신은 참으로 대단해요! 이렇게 아픈 아내와 함께 세계 일주를 하고 있으니 말이요."

"지금은 아내가 아픈 게 아니라 내가 아파요. 하하하."

"정말 그렇게 보이네요. 호호호."

우리는 조앤이 운전하는 자동차를 타고 골드코스트 해변으로 갔다. 황금빛 모래사장을 걷다 보니 시간이 금방 지나갔다. 해변을 걷다가 우리는 고급 요트가 즐비하게 정박해 있는 어느 레스토랑으로 들어가 해산물 요리에 포도주를 곁들여 점심을 먹었다.

"초이, 올해 결혼 몇 주년이지요?"

"벌써 30주년이 되었네요."

"와우, 결혼 30주년을 진심으로 축하해요!"

우리는 포도주잔을 높이 쳐들고 재회의 기쁨을 나누었다. 조앤과 카멜리언은 진심으로 우리를 환영해주었다. 오랜만에 만나 이야기 꽃을 피우다 보니 이별의 시간이 다가오고 있었다. 조앤과 카멜리언은 우리를 네랑 역까지 데려다주었다. 기차가 출발할 시간이 다 되어가자 조앤은 가방에서 인형 하나를 꺼내 들었다.

"미스터 초이, 이 인형은 스탠리라는 소년 인형이에요. 마르티 인형보다 한 살 더 먹었어요."

"오, 그래요?"

"스탠리는 나와 7년 동안 함께 살아온 인형인데, 오늘 두 분에게 골드코스트 방문 기념으로 선물하고 싶어요."

"아니, 그렇게 소중한 인형을요?"

""괜찮아요. 자 받아요."

조앤은 스탠리를 아내에게 선물로 건네주었다. 스탠리의 발바닥에는 'JA'라는 조앤의 이니셜이 새겨져 있었다. 가슴이 뭉클했다. 카멜리언은 스탠리의 가슴에 호주 국기가 그려진 조그마한 마크를 달아주었다. 서양인들은 자신들이 가장 아끼는 소장품을 사람들에게 선물을 한다고 한다. 스탠리는 가격으로 환산할 수 없는 소중한 선물이었다.

"조앤, 마르티의 표정이 울상인데. 정말 스탠리를 데리고 가도

될까요?"

"괜찮아요. 그 대신 스탠리를 잘 보살펴 줘요."

"어쩐지 스탠리가 슬퍼 보여요!"

그랬다. 비록 말을 하지는 못했지만, 인형들은 이별을 슬퍼하는 것 같았다. 이윽고 기차가 출발했다. 아내는 스탠리를 입양하듯 소중하게 안고 그들이 보이지 않을 때까지 손을 흔들었다. 조앤과 카멜리언도 기차가 멀어져서 보이지 않을 때까지 손을 흔들었다. 세계 일주가 끝나가는 시점에 두 친구와 짧은 만남은 우리에게 특별한 추억을 안겨주었다. 여행은 길고 짧은 만남이다.

내일이면 호주를 떠나 홍콩을 거쳐 그리운 집으로 돌아가야 한다. 집이 그리웠다. 아이들도 만나고 싶었다. 여행은 돌아갈 곳이 있기에 떠난다고 했던가? 맞는 말이다. 오늘은 짐을 정리하고 일직 잠자리에 들기로 했다. 호스텔 카페에서 간단하게 저녁을 먹고 방으로 들어와서 짐을 정리하고 일직 잠자리에 들었다.

텅 빈 충만으로 돌아오다

_홍콩~서울

▸ 홍콩 란타우섬 빅 부다

　저녁 8시 홍콩 국제공항에 착륙했다. 지구를 한 바퀴 돌아오는 동안 19번의 비행기를 탔다. 홍콩에서 서울로 가는 마지막 20회 탑승만 남았다. 총알처럼 달리는 기차는 곧 홍콩 다운타운에 도착했다. 하늘을 올려다보니 초고층 콘크리트 빌딩 숲이 정글을 이루고 있어 하늘이 보이지 않았다. 거리는 사람들로 인산인해를 이루고 자동차와 사람들의 소음이 도로를 가득 메우고 있었다. 대자연을 여행하다가 빌딩 숲에 갇히게 되니 숨이 턱턱 막혔다. 빨리 홍콩을 벗어나야겠다는 생각만 들었다.

홍콩의 숙소는 '자키 클럽 마운트 데이비스 유스호스텔(Jockey Club Mt. Davis YHA)'이란 긴 이름을 가진 호스텔이었다. 도심에서 호스텔로 가는 무료 셔틀을 타고 호스텔에 도착하니 밤 11시가 다 되어가고 있었다. 해발 269m의 데이비스 산 정상에 있는 호스텔은 한적하고 사방이 확 트여서 전망이 매우 좋았다. 접근성은 그리 좋지 않았지만, 홍콩의 야경을 바라보기에는 아주 좋은 위치였다. 프런트에는 키가 작은 백인 안내원이 친절하게 안내해주었다. 그는 마침 전망이 좋은 트윈룸이 여유가 있다고 했다. 이 방은 호스텔에서 가장 전망이 좋은 방인데 예약을 했던 여행자가 갑자기 취소하는 바람에 비어있다고 했다. 그는 우리보다 운이 좋은 사람이라고 했다.

짐을 풀어놓고 샤워를 한 뒤 커피를 마시며 바다를 바라보았다. 지나온 여정이 파노라마처럼 스쳐 지나갔다. '세상 끝에서 세상 끝으로' 떠나온 긴 여정이었다. 그동안 아슬아슬한 고비도 많았지만, 무사히 세계일주를 마무리하게 된 것은 우리에게 큰 축복이었다. 위험하고 긴박했던 순간마다 우리는 어떤 알 수 없는 은혜와 도움을 받아 위기를 벗어나곤 했다. 이 세상의 모든 것이 그저 감사하고 고마울 따름이었다.

길게 울리는 뱃고동 소리에 잠을 깼다. 오랜만에 늘어지게 늦잠을 자고 일어나 바다를 바라보니 무역선들이 뱃고동을 울리며 끊임없이 드나들고 있었다. 홍콩에서 딱 한 가지 빼놓을 수 없는 것은 빅토리아 피크(Victoria Peak)로 올라가서 홍콩의 밤 풍경을 내려다보는 것이다. 오후에 중앙역에서 내려 빅토리아 피크로 가는 트램을 탔다. 빅토리아 피크로 가는 길은 경사가 급하고 각도가 심했다. 트램은 45도가 넘는 급경사를 아슬아슬하게 올라가 10여 분만에 해발 396m에 있는 피크 타워에 도착했다. '스카이 테라스 428' 전망대에 오르니 홍콩 시내가 한눈에 들어왔다. 스모그 현상으로 선명한 전망을 볼 수 없었지만 그나마 시내 전경을 볼 수 있어 다행이었다.

"내일이면 집으로 돌아가네요."

"그동안의 여정이 그저 꿈만 같아요. 당신 덕분에 세계일주의 꿈을 이루다니 정말 고맙소."

"내가 당신에게 백배 감사해야지요."

"그렇게 힘들고 긴 여정을 돌고도 당신이 이렇게 팔팔하다니 정말 믿기지 않아요."

"호호호, 당신도 잘 알잖아요. 나는 여행만 가면 없던 힘이 솟아난다는 걸. 우리 다음에는 어디로 여행을 떠나지요?"

"하하하, 아직 여행이 끝나지도 않았는데 벌써 다음 여행지 타령이라니……. 어디로 가고 싶소?"

"더 늦기 전에 티베트를 가고 싶어요."

"더 늦기 전에 티베트를 가고 싶다고?"

"네, 늦어질수록 다리가 후둘거려 가기 힘든 곳이잖아요."

"좋아요. 그럼 우리 다음 여행지를 티베트로 정해요."

우리는 여행이 끝나기도 전에 다음 여행지를 정하고 있었다. 티베트는 우리들의 영혼에 어떤 여행약을 처방해줄까? 생각만 해도 벌써 가슴이 설렜다.

　1월 14일, 우리는 텅 빈 충만을 안고 108일 만에 집으로 돌아왔다. 돌아갈 수 있는 집이 있다는 것이 얼마나 감사한가! 벌써 다음 여행지를 꿈꾸고 있는 아내는 108번뇌를 모두 털어낸 사람처럼 밝게 보였다.

감사의 말

시골 벽촌에서 태어난 나는 농사일을 돕느라 11살이 되어서야 겨우 초등학교에 입학할 수 있었다. 늦깎이로 학교에 입학한 나는 책 속에 길이 있다는 것을 일찍 깨닫게 되었다. 책을 읽고 싶어 도서부에 들어간 나는 학원사에서 출판한 『세계명작문고』(전60권) · 『세계위인문고』(전60권)을 몇 번이나 탐독하고 손에 잡히는 대로 책을 읽었다. 나는 마크 트웨인의 소설을 읽으며 모험심과 용기를 배웠고, 쥘 베른의 『80일간의 세계일주』를 읽으며 상상력을 키웠다. 책벌레라는 별명까지 붙을 정도로 어린 시절 읽었던 책은 나를 성장시켜주는는 밑거름이 되었으며, 언젠가는 세계여행을 하고야 말겠다는 꿈과 희망을 안겨 주었다.

그런데 아내 덕분에 어린시절 품었던 세계일주의 꿈이 뜻밖에 이루어졌으니 세상일은 참으로 알다가도 모르겠다. '이기려면 버려라'라는 격언이 있다. 하나를 미련 없이 버리면 또 다른 하나를 얻게 되는 것이 세상의 이치다. 퇴직금을 헐어 쓰고, 집을 줄여가면

서까지 여행하는 동안 내 재산은 자꾸만 줄어들었지만, 대신 아내의 건강은 점점 더 좋아졌다. 아내는 낯선 땅에 대한 호기심과 아름다운 풍경에 취해 아픔조차 잊어버렸다. 오히려 내가 아내를 쫓아다니기가 버거웠다. 사람은 아름다운 풍경 속에서 새롭게 태어난다고 한다. 낯선 지구촌을 여행하는 동안 아내는 날마다 새롭게 태어났다.

여행은 우리를 옭아매고 있는 일상의 모든 군더더기를 휙 던져 버리게 하고, 마음속에 켜켜이 쌓여있던 앙금을 씻겨내려 난치병마저도 낫게 해준다. 아내가 그랬다! 아내는 여행만 떠나면 마치 산소통을 짊어진 사람처럼 온몸에 엔도르핀이 솟아났다. '여행'은 아내의 병을 치유해 주는 최고의 예방약이자, 치료제였으며, 동시에 회복제였다.

이 책은 아픈 아내와 함께 2003년 9월 28일부터 2004년 1월 14일까지 108일 동안 세계일주 과정을 기록한 내용이다. 당시 아내는 유사 루푸스라는 희귀난치병을 앓고 있는 데다가 제1형 당뇨병(체내에서 인슐린이 거의 생산되지 않는 당뇨병)으로 하루에 4번이나 인슐린주사를 맞아야 했고, 고혈압과 갑상샘 저하증 등 여러 가지 합병증으로 시달리고 있었다.

코로나로 발이 묶여 여행을 떠나지 못하고 '집콕' 신세를 지는 동안 나는 틈틈이 블로그에 올려놓았던 여행기를 다듬어서 한 권의 책으로 완성했다. 책을 완성하고 나니 또 한 번의 세계일주 여행을 다녀온 느낌이 든다.

누군가에게 깊이 사랑을 받으면 힘이 생기고, 누군가를 깊이 사랑하면 용기가 생긴다는 말이 있다. 우리는 서로 깊이 사랑했기에 서로를 보듬으며 힘과 용기를 내서 세계일주를 할 수 있었다. 치열하게 투병을 하면서도 세계일주를 하겠다는 용기를 내준 아내에게 뜨거운 갈채를 보낸다.

여행을 떠날 때마다 유서 한 장 떨렁 남기고 집을 떠난 부모를 원망하지 않고, 잘 견디어 준 나의 사랑하는 두 딸 영이와 경이에게 감사하고 미안하다는 말을 전하고 싶다.

우리 부부를 늘 격려해주시고 추천사까지 써 주신 내 인생의 스승이신 이근후 박사님께 존경과 함께 감사를 드린다.

이 책을 쓸 수 있도록 연천 임진강 변 금가락지를 제공해 준 김병용 님에게 깊은 감사를 드린다.

길 잃은 우리를 안내해준 아르헨티나의 둘리 자매, 리마에서 아내의 배낭을 도둑맞고 여행을 중단할 위기에 처했을 때 약국을 돌아다니며 친절하게 약을 구해준 페루의 관광 경찰 마르틴, 라파스에서 택시강도에게 현금을 몽땅 털리고 공포에 떨고 있을 때 위로해주고 맛있는 음식을 제공해준 잉카식당 쥔장 K여사, 심지어는 돈만 털어가고 몸을 다치지 않게 해준 라파스의 택시강도에게도 감사를 드리고 싶다.

"앞으로 20년 후에 당신은 자신이 했던 것보다는 하지 못했던 것들 때문에 더 많은 후회를 하게 된다. 그러니 당장 밧줄을 벗어 던져라. 안전한 항구에서 멀리 벗어나라. 무역풍을 받으며 항해하라. 탐험하라. 꿈꾸라. 그

리고 발견하라." -마크 트웨인-

　마크 트웨인의 말이 옳았다. 만약 20년 전에 우리가 세계일주 여행을 떠나지 않았더라면 아내와 나는 크게 후회했을 것이다. 심장이식까지 받은 아내는 더 이상 오지 여행을 하기 어렵게 되었고, 나 역시 나이가 들어 배낭을 메고 여행을 하기가 쉽지 않게 되었다. 인생은 단 한 번의 삶이다. 한 번뿐인 삶을 올바르고 후회 없이 산다면 그것으로 충분하지 않겠는가?

2022년 9월 30일
연천 임진강변 금가락지에서
최오균